인사이트 밀

인사이트 밀

요네자와 호노부 지음 | 최고은 옮김

THE INCITE MILL

インシテミル

엘릭시르

차례

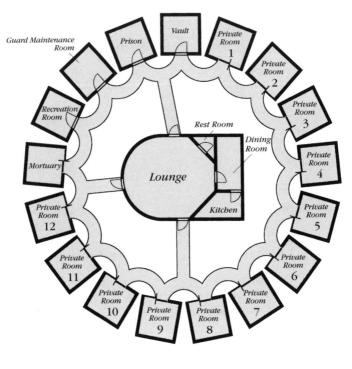

암귀관 평면도

경고

여기서부터는 부조리하고 비윤리적인 일이 발생할 수 있습니다.

그래도 상관없다는 분만, 앞으로 나아가주십시오.

DAY BEFORE

모니터 요원 중 한 사람은 잡지 한 귀퉁이에서 구인 광고를 발견했다.

상식에서 벗어난 조건을 읽고, 그는 모집 자체에 뭔가 착오가 있는 것이라고 생각했다.

하지만 며칠 후, 문득 이런 생각이 들었다. 만일 잘못된 것이 아니라면.

혹은, 자신의 재능을 시험해볼 일생일대의 큰 무대가 될지도 모른다.

그는 파란이 일어날 것을 기대하며 응모했다.

Day-29

모니터 요원 중 한 사람은 인터넷상에서 구인 광고를 발견했다.

그는 충분히 주의를 기울이지 않았다.

모집 요강의 이상한 점을 그냥 지나친 것이다.

나중에 이상하다고 생각하기는 했다. 하지만 그 의문은 일상 속에서 잊히고 사라졌다.

그는 용돈을 벌 목적으로 응모했다.

모니터 요원 중 한 사람은 친구에게서 이상한 구인 광고가 있다는 이야기를 들었다.

친구는 세상에 이런 웃기는 오자가 있다는 것을 보여주기 위해 구인 정보지를 가지고 왔다.

하지만 그는 어쩌면 이런 일도 있을지 모른다고 생각했다.

그는 기술된 내용이 진실인지 아닌지 확인하기 위해 응모했다.

Day-27

모니터 요원 중 한 사람은 눈에 불을 켜고 조건이 좋은 단기 아르바이트를 찾다 구인 광고로 눈을 돌렸다.

그는 조건이 이상하다는 것을 처음부터 문제 삼지 않았다.

모집하는 곳이나 인쇄소에서 실수한 것이라고 생각하고, 그 생각에 약간의 의심조차 품지 않았다.

씌어 있는 글자를 읽지 않고, 스스로 이러할 것이라고 생각한 결과를 읽은 것이다.

그는 다른 단기 아르바이트와 함께 응모했다.

모니터 요원 중 한 사람은 누군가를 통해 권유를 받았다.

그는 생각하고, 고민했으며, 괴로워했다.

이상하다는 사실을 알고는 있었다. 하지만 실제로 참가해보면 생각보다 이상하지 않을지도 모른다.

판단을 할 수 없었다.

결론을 내리지 못한 채 싸구려 술을 마셨다. 계속 마셨다.

그는 새벽녘에 응모했다.

Day-25

모니터 요원 중 한 사람은 구인 광고의 '오자'를 크게 비웃었다.

이렇게 말도 안 되는 소리가 씌어 있다며 친구들에게 보여주었다.

비웃으며 바보 취급하는 동안, 어느새인가 친구들 사이에서 그가 광고에 응모하는 분위기가 형성되었다.

때마침 아르바이트를 구하던 중이기도 해서 딱히 문제될 건 없다고 생각했다.

그는 장난삼아 응모했다.

Day-24

모니터 요원 중 한 사람은 위험한 일이 있다는 정보를 들었다.

이야기를 들은 후에도 한동안 아무 반응도 없었기에, 귀띔해준 사람은 그가 그 일에 관심이 없는 줄로만 알았다.

하지만 어느 날, 그는 변덕이라도 부리듯 응모 요강에 대해 물었다.

심사숙고한 끝에 돈이 필요하다는 결론에 이른 것이다. 위험할지 아닐지는 의식하지 않았다.

그는 경고를 무시하고 응모했다.

Day-23

모니터 요원 중 한 사람은 무료 구인 정보지를 보다 그 구인 광고를 발견했다.

조건 내용의 오류는 제쳐두고서라도 수상한 이야기임은 틀림없다. 그는 그렇게 생각했다.

그리고 이런 수상한 일에 응모하는 건 바보나 하는 짓이라고 생각했다.

게다가 바보들밖에 응모하지 않는 일에 자신이 응모한다면, 맛있는 부분을 독차지할 수 있을 것이라는 생각도 했다.

그는 바보들을 제치고 이득을 볼 생각으로 응모했다.

모니터 요원 중 한 사람은 전화로 권유를 받았다.

때마침 돈이 필요했다.

상세한 조건 같은 건, 검토해보기는커녕 묻지도 않았다.

신경 쓰였던 건, 언제 시작하고, 언제 끝나는가. 입금은 언제인가.

그는 무슨 짓이든 하겠다는 생각으로 응모했다.

Day-21

모니터 요원 중 한 사람은 차가 가지고 싶었다.

차가 없으면 여자에게 인기를 끌 수가 없다. 여자에게 인기가 없으면 학창 생활이 조금 쓸쓸해진다. 그렇게 생각한 끝에, 유키 리쿠히코는 차를 사기로 했다. 차를 사려면 돈이 필요했다.

하지만 평범한 학생인 그는 쓸모없는 버릇이나 취미는 있어도 돈이 될 만한 기술은 아무것도 없었다. 손쉽게 벌 수 있다면 더할 나위 없겠지만, 방법이 떠오르지 않았기 때문에 착실하게 아르바이트를 시작하기로 했다.

아직 여름이 끝나려면 멀었다. 대학은 한창 여름방학중이다. 어느 날, 서클 모임 시간까지 조금 시간이 남았기에 유키는 캠퍼스를 빠져나와 편의점에 들어갔다. 목표는 아르바이트 정보지. 금세 잡지를 발견하고 한 권을 뽑아 대충 훑어보기 시작했다. 딱히 꼭 해야겠다고 생각하는 직종은 없었다. 시급이 높고 일은 편했으면 좋겠다. 찾는 조건은 고작 그 정도였다.

아르바이트 모집은 크게 단기 아르바이트와 장기 아르바이트로 분류되어 있었다. 자, 어떻게 할까. 그렇게 생각하고 있는데, 갑자기 옆에서 누군가 말을 걸었다.

"실례합니다. 이런 잡지에 대해 잘 아시나요?"

어느 틈엔가 그의 옆에 한 여성이 서 있었다.

유키는 자신도 모르게 몸을 뒤로 젖히며 뒷걸음질 쳤다. 여자가 옆에 있어서 놀란 것이 아니다. 사람의 기척은 느끼고 있었다. 말을 걸지도 모른다는 생각도 했다. 하지만 고개를 돌려 바라본 여자는 확실히⋯⋯.

유키는 무슨 말을 해야 할지 생각했다. '이 여자는 확실히' 다음에 무슨 말을 하면 좋을까. 그가 떠올린 말은 이러했다. 이 여자, 확실히 나와는 사는 세계가 다르다.

우아하게 미소 짓는 여자는, 바람도 불지 않는데 살랑거리는 듯한 오묘한 소재의 원피스 차림에, 형광등 불빛을 받아 반짝이는 검은 머리를 늘어뜨리고 있었다. 빛에 에워싸인 머리카락에는 대체 뭘 바른 걸까, 유키는 진심으로 신기하게 생각했다.

머리카락뿐 아니라 그녀 자신도 아름다웠다. 먼저 머리에 눈길이 간 건 똑바로 쳐다볼 수가 없어서 자신도 모르게 시선을 돌려버렸기 때문이다. '와락 껴안고 싶어질 정도로' '성적 욕구를 자극하는' 아름다움은 아니다. 다가가기 힘들고 더럽혀지지 않을 것 같은, 대학에서는 좀처럼 볼 수 없는 종류의 아름다움. 평범한 학생인 유키가 똑바로 바라볼 수 없었던 것도 무리는 아니었다.

그저 서서 한마디 건넸을 뿐인데도 신기하게도 위압감이 느껴졌다. 유키는 깨달았다. 과연, 이게 기품이란 건가. 아니면 격格이라 해야 할까. 그녀는 그냥 서 있는 것만으로도 한 폭의 그림 같았다. 아쉬운 점은 장소가 편의점이고 상대가 자신이라는 이유로 한 컷의 만화가 되었다는 것이다.

유키의 침묵을 이상하게 생각한 듯 여자는 재차 물었다.

"저어, 이런 잡지에 대해 잘 아신다면 하나 질문을 드리고 싶은데요."

특별히 아르바이트 정보지에 대해 잘 아는 것은 아니었다. 하지만 어떤 질문이라 해도 '아니요'라고 대답할 수는 없겠지. 유키는 자신이 취할 수 있는 행동이 하나밖에 없다는 사실을 알아챘다. 그는 작게 고개를 끄덕이는 것밖에 할 수 없었다.

"다행이네요."

여자는 그렇게 말하며 웃었다. 피어나는 꽃 같은 웃음이었다.

문득 정신을 차려보니 여자도 유키와 마찬가지로 아르바이트 정보지를 들고 있었다. 그 모습이 얼마나 어울리지 않는지, 보는 이쪽이 안절부절못할 정도다. 유키는 생각했다. 밀로의 비너스에 KFC 할아버지의 팔을 붙이면 이런 느낌이 들까.

여자는 가늘고 하얀 팔을 뻗어 아르바이트 정보지를 내밀었다.

"글자가 너무 작아서 읽기가 힘들어요. 혹시 색인 같은 건 없나요?"

유키는 정중하게 정보지를 받아 들고 그 표지를 바라보았다. "올여름 힘쓰는 아르바이트 대특집호"라는 문자가 씌어 있다.

"새……."

그렇게 말을 꺼낸 순간, 유키는 자신의 목소리가 잠겨 있다는 것을 깨닫고 황급히 헛기침을 했다.

"색인은 없을지도 모르겠는데요……. 뭔가 찾는 게 있다면 도와드리겠습니다."

"어머."

여자의 눈이 휘둥그레졌다. 크고 또렷한, 갓난아기처럼 맑은 눈동자였다. 유키는 갓난아기의 눈을 본 적 없지만, 그런 생각이 드는데 어쩌겠는가. 여자는 스르륵, 15도 각도로 고개를 숙였다.

"친절하기도 하셔라. 감사합니다."

그녀가 원한다면 던진 나뭇가지를 주워 오라고 해도 따랐을 것이리라. 반했다든지 사모한다든지 하는 감정이 아니라, 그것이 자연스러운 것이라는 생각이 들었다. 그런 유키를 향해 여자는 황송하게도 이름을 밝혔다.

"전 스와나 쇼코라고 합니다."

"아, 네, 잘 부탁드립니다."

유키도 꾸벅 고개를 숙였지만, 스와나는 무언가를 기대하듯 계속 그를 바라보고 있었다. 순간 무슨 실수라도 한 줄 알고 혼란에 빠질 뻔했지만, 다행히도 금세 그 이유를 알아챘다. 그는 자신의 이름을 밝히지 않았던 것이다.

"유키 리쿠히토입니다."

"유키 씨…… 잘 부탁드립니다."

흠 잡을 데 없는 정중한 태도였다.

오히려 그 태도 때문에 유키의 고조된 감정은 식어버렸다.

멋진 여자와 가까워졌다고 기뻐할 마음이 들지 않았다. 스와나는 진정 나에게 감사하는 건가. 그것은 편리한 자동차나 맛있는 소고기를 대하는 것처럼, 자신과 동등하지 않은 것에 대한 감사의 뜻이 아닐까. 직감적으로 그 사실을 느낀 것이다.

유키는 그렇다고 해서 기분 나빠 하지 않았다. 그녀와 자신이 동등하지 않다는 것을 알고 있었기 때문이다. 마찬가지로 정중하게 유키는 질문했다.

"그래서 무얼 찾고 계신 거죠?"

스와나는 미소 지으며 대답했다.

"어떤 아르바이트 응모 요강이에요."

물론 아르바이트 정보지에서 찾는 것이라고 하면 그것밖에 없다. 하지만,

"⋯⋯스와나 씨가, 아르바이트를?"

"네."

심각한 위화감이 들었다. 아이르통 세나*가 운전 교습소에 와서 운전을 가르쳐달라고 하는 상황이다. 스와나의 목에서 빛나고 있는 반짝거리는 체인과 보석. 그걸 팔면 웬만한 아르바이트 급료는 상대도 되지 않을 금액이 손에 들어올 것 같다는 생각이 들었다.

"어째서⋯⋯."

자신도 모르게 그렇게 중얼거리자, 스와나는 얼굴을 붉혔다.

"말씀드리기 부끄럽지만⋯⋯ 빚이 조금 있어서요."

"빚이."

"네⋯⋯."

그렇게 말하며 스와나는 손가락을 하나 세워 보였다. 그만큼 빚이 있다는 것이겠지.

"괜찮은 일을 찾고 있습니다."

✦ 브라질의 유명 F1 드라이버로 94년 사고로 사망했다.

찾고 있다고? 그럼 찾아내주지. 그건 그렇고 그 손가락 하나. 대체 얼마를 뜻하는 걸까. 뭐가 뭔지 분간하지 못한 채, 유키는 아르바이트 정보지를 넘기기 시작했다.

'올여름 힘쓰는 아르바이트 대특집호'라서 도로 공사나 수도 공사, 교통정리 등의 아르바이트 광고가 죽 실려 있었다. 역시 시급은 짭짤한 편이다. 유키라면 이런 아르바이트도 괜찮을지 모르겠지만 스와나 쇼코 씨에게는 어울리지 않았다. 뒤로 책장을 넘겼다.

"사정이 급하신 거라면…… 이쪽이 단기 아르바이트 모집인데요."

그렇게 말하며 정보지를 펼쳐 내밀었다. 그것을 들여다보는 스와나에게서는 희미하게 좋은 향기가 풍겨왔다. 식물 계통 향수 같았지만, 스와나에게서 나는 향기인 것 같다는 착각에 사로잡혔다.

"오프닝 스태프…… 무슨 뜻일까요?"

"가게를 새로 열 때에는 바빠지니까 특별히 사람을 고용하는 겁니다. 요령이 좋지 않으면 힘들 거예요."

"텔레마케터란 건 뭐죠?"

"전화를 걸어서 물건을 사달라고 판촉을 하는 겁니다. 전화받는 사람들이 신경질적으로 대하는 경우가 많아서 스트레스가 엄청나죠."

"그럼."

그렇게 말하며 스와나가 가리킨 것은 아르바이트 광고의 시급란이었다.

"이 880이라는 건 어떻게 되는 거죠?"

어떻게 되느냐고 물어도. 유키는 말문이 막혔다.

"880엔이라는 건데요……. 혹시 그게 아니라 다른 걸 물으시는 겁니까?"

"아뇨, 그게…… 하루에 880엔이라는 건가요?"

"설마요."

아첨과 헛웃음과 쑥스러운 감정 등이 뒤섞여, 유키는 오묘한 미소를 지었다.

"시급이에요. 한 시간 일했을 때의 시급이죠. 하루에 여덟 시간 일하면 880엔의 8배를 벌 수 있죠."

"즉……."

유키는 침묵했다. 그는 암산을 잘하지 못했다. 그에게 다행인 것은, 스와나 또한 계산을 잘하는 것처럼 보이지는 않는다는 것이다. 편의점에 흐르는 유선방송이 명랑하게 울려 퍼졌다. 침묵 끝에 유키는 어물거리며 말했다.

"즉, 만 엔에 못 미치는 정도의 금액을 벌 수 있다는 거죠."

"하아."

스와나는 적잖이 놀란 듯했다.

"만 엔이라고요."

고개를 갸웃거리며,

"그걸로는 좀 모자라겠는데요."

"빚이 얼마나 된다고 하셨죠?"

스와나는 또다시 부끄러운 듯 눈을 내리깔며 손가락을 하나 세워 보였다. 그러니까 그게 얼마라는 겁니까. 묻고 싶기도 하고 묻고 싶지 않기도 한 복잡한 감정을 품은 채, 유키는 쓸데없는 참견이라고 생각하면서도 입을 열었다.

"뭐, 하지만 아르바이트 급료는 어디나 다 비슷비슷해요. 한 번에 큰돈을 벌고 싶으시다면 아르바이트 같은 게 아니라 주식이나 도박을 하시는 편이 좋을 것 같은데요."

그리고 아무 생각 없이 책장을 넘겼다. 주식이나 도박, 그렇게 유키의 말을 그대로 따라 하던 스와나의 몸이 움찔하며 굳어지는 기척이 느껴졌다. 뜻밖에도 날카로운 목소리가 날아들었다.

"유키 씨!"

"네?"

"그 앞장 좀 보여주실래요?"

스와나의 말대로 앞장으로 되돌아가자 그녀의 표정이 반짝 빛났다. 시선은 정보지 한 부분에 박혀 있었다.

"아, 이 일은 조건이 무척 좋은데요."

스와나에게 향하도록 정보지를 내민 상태라 유키는 글자를 잘 읽을 수가 없었다. 정보지를 돌려서 가까이 가져와 스와나가 가리키고 있는 부분을 보자, 그곳에는 "모니터 모집"이라고 씌어 있었다.

무슨 중고 모니터라도 찾는 건가. 유키는 대충 내용을 훑었다.

연령과 성별 불문. 일주일 동안의 단기 아르바이트. 어떤 인문과학적 실험의 피험자. 하루 구속 시간은 24시간. 인권을 배려하며 24시간 동안 피험자를 관찰한다. 기간은 7일. 실험의 순수성을 지키기 위해 외부로부터 격리한다. 구속 시간 동안 시급은 전액 지급한다.

이 말대로라면 수면 시간에도 시급이 나온다는 소리다.

연령과 성별 불문이라는 조건은 딱히 수상할 게 없다. 그보다는 업무 내용이 '피험자'라고만 적혀 있고, 자세한 내용이 설명되어 있지 않은 게 불안했다. 일주일 동안 격리된다는 것이 무섭기도 할뿐더러 외딴 산장에서 하는 리조트 아르바이트 같은 것은 휴대전화 사용이 금지된 경우도 자주 있다고 들었다. 모집하는 곳도 'SHM클럽'이라는 정체 모를 이름의 회사였다. 애초에 상하좌우에 실린 광고 역시 모집하는 곳이 'ABC개발'이나 'BCG프로'인 걸 보면, 회사의 정체가 수상쩍다는 점에서는 큰 차이 없다.

그것보다 제일 중요한 건 시급이 얼마냐는 것이다. 굵은 고딕체로 쓰인 숫자는 1120. 작업 내용에 따라 보너스 있음.

"1120엔. 정말 24시간 내내 지급하는 거라면 확실히 나쁘지는 않네……."

무심코 제 사정에 대입해봤다. 나쁘기는커녕 좋은 조건이다. 지나치게 좋은 조건이다. 그런 생각을 하며 고민하고 있는데, 스와나가 입가에 손을 대고 쿡쿡 웃었다.

"유키 씨, 그게 아니에요. 그래서는 조금 전 봤던 조건과 거의 비슷하잖아요……."

조금 전 봤던? 시급 880엔짜리 아르바이트를 말하는 건가. 880엔과 1120엔은 상당한 차이다. 그렇게 생각하면서도 다시 한번 자세히 들여다본다. 작업 내용, 인문과학적 실험의 피험자. 시급 1120.

"어디가……."

다르다는 겁니까. 그렇게 말하려던 순간, 어디가 다른 것인지 알아챘다. 그 문자는 처음부터 씌어 있었지만, 유키에게는 보이지 않았다. 계속 파스타 가게라고 생각하고 있었는데 타파스 가게였다. 이런 느낌이었다. 눈을 가리고 있던 비늘이 떨어졌다. 그와 동시에 턱도 떨어질 뻔했다.

시급 112000엔.

유키는 암산뿐만 아니라 숫자 전반에 약했다. 일, 십, 백, 천, 손으로 하나하나 짚어가며 세봤다. 11만 2천 엔.

시급 11만 2천 엔.

스와나는 말했다.

"금액은 좀 많지만……. 어떻게든 이 일을 해야겠어요."

"아니, 이건 분명 오자일 겁니다."

입 밖에 내는 것도 바보 같다고 생각하며 유키는 정보지를 덮었다.

"오자. 잘못 표기되었다는 말씀이신가요."

"그야 그렇겠죠. 실수로 0이 두 개 더 들어간 것뿐일 거예요."

"그럴 리가요."

스와나는 자애로운 어머니 같은 미소를 지었다.

"이 잡지는 이 일을 업으로 삼으신 분들께서 열심히 만드신 것일 테죠. 오자라니, 그럴 리 없어요."

현기증이 나는 것 같다. 유키는 자신의 관자놀이를 누르며 고개를 흔들었다.

"뭐, 그렇다면 다행이지만요."

"물론 그럴 거예요."

"성경이나 코란에도 오자는 있습니다. 간음성서라고 모르세요?"

"어머."

양손으로 입을 막고, 스와나는 말했다.

"경망스러워라."

유키는 자신이 파렴치한 인간이 된 것 같은 기분이 들었다. 스와나는 이미 도움을 구할 단계는 지났다고 판단한 것 같았다. 손을 뻗으며,

"도와주셔서 감사했습니다. 큰 도움이 되었어요. 연락처를 메모해야 하니 잡지를 이리 주시겠어요?"

"……진심이십니까?"

"뒷일은 가족들과 상의하려고요."

스와나 쇼코는 진심으로 시급 11만 2천 엔짜리 아르바이트가 존재한다고 믿고 있었다. 애당초 스와나에게 유키는 가게에서 잠깐 정보지에 대해 물어봤을 뿐인 존재다. 가게를 나가면 그녀의 기억에서 제 이름 따위 완전히 지워져버릴 테지.

……하지만, 만일, 정말로 시급 11만 2천 엔짜리 아르바이트라면.

유키는 적당한 가격의 세련된 경차를 중고로 살 생각이었다.

어쩌면 새 세단을 뽑을 수 있을지도 모른다.

작게 한숨을 쉰 다음, 유키는 스와나에게 사회의 상식을 하나 더 가르쳤다.

"알겠습니다. 하지만 연락처를 메모하실 거라면…… 이 잡지를 사셔야 할 거예요."

어머. 스와나는 그렇게 말하며 입가를 가렸다.

유키 리쿠히코는 차를 사기 위해 응모했다.

Day-7

신청서는 이력서를 동봉하여 서류 우편으로 보내십시오. 개인 정보는 보호됩니다.

서류 심사를 거친 뒤 합격하신 분들께만 연락드립니다.

뭔가 잘못되었다는 것은 알고 있었지만, 어차피 급하게 아르바이트를 구하고 있던 것도 아니라 유키는 '모니터 모집' 아르바이트에 응모했다.

스와나와는 그 자리에서 헤어진 후로 만나지 못했다. 앞으로 그런 사람과 이야기할 기회는 다시 없겠지만 딱히 미련은 느끼지 않았다. 거리에서 길을 물어 온 찰스 브론슨에게 고맙다는 말을 듣고 헤어진 후에 '또 만날 수 있을까' 하고 생각하지 않는 것과 똑같은 일이었다.

잡지에 실린 연락처로 이력서를 보낸 지 닷새가 지났다. 그런 일도 있었지 하고 기억이 희미해질 무렵, 휴대전화가 울렸다.

"갑자기 전화드려 죄송합니다. 유키 리쿠히코 씨 되시지요?"

연륜이 느껴지는 중후한 목소리였다.

"네."

"SHM클럽입니다. 이번 피험자 모집에 응모해주셔서 감사합니다. 선발 결과 채용하기로 결정이 나서 이렇게 연락드리게 되었습니다."

그 순간 자신의 연립 주택에 누워 중고 서점에서 산 지저분한 문고본을 읽고 있던 유키는 전화 내용에 생각이 미치자 깜짝 놀라 일어났다.

"저, 저기……."

"네."

"시급은 모집 요강에 적힌 대로인가요?"

"네, 그렇습니다."

침을 삼키며,

"그거 아십니까? 시급이 11만 2천 엔이라고 씌어 있었어요."

분명히 오자라고 생각했지만, 그래도 연락이 왔으니 일단 돈에 대해 물었다. 유키는 제정신이 아닌 것 같은 자신의 모습이 조금 부끄러워졌다.

하지만 전화를 건 상대는 아무런 동요도 보이지 않았다.

"그건 어디까지나 최저 시급에 불과합니다. 모니터 업무 실적에 따라 지급될 각종 보너스도 준비되어 있습니다."

오자가 아니라고? 유키는 잠시 아무 말도 할 수 없었다. 그런 그를 아랑곳하지 않은 채, 상대는 사무적으로 연락 사항을 전했다.

"전화로 말씀드리게 되어 죄송하지만, 최종적으로 참가 의사를 확인하겠습니다. 유키 씨, 저희의 이번 실험에 7일 동안 참가하시겠습니까?"

유키의 뇌리에 경계경보를 알리는 붉은 램프가 켜진다. 수상한 것도 정도가 있다!

유키는 침을 삼키고,

"저, 그전에 실험의 내용을 알고 싶습니다만."

하지만 어림도 없었다.

"죄송하지만 실험의 순수성을 유지하기 위해 사전에 정보를 제공하는 것을 제한하고 있습니다. 그 점을 숙지하시고 결정해주시기를 부탁드립니다."

"정말 안 됩니까?"

"인문과학적인 실험이라고만 말씀드리겠습니다."

인문과학이라고 하면 생각나는 건 행동심리학 정도밖에 없다.

유키의 전공은 심리학이 아니었지만, 교양 수업을 수강하면서 심리학 실험에 입회한 적이 있었다. 의자에 앉은 학생을 앞에 두고 '이것으로 전기의자의 전압을 조절합니다'라며 스위치를 건넨다. '이건 실험입니다. 더 세게!'라는 소리를 들으면 제아무리 소심해 보이는 피험자들도 반드시 전압을 올려가는 모습이 인상적이었다. 의자에 앉은 학생은 고통스런 표정을 지은 채 고통에 몸부림쳤지만, 실제로 그 의자에 전기는 흐르지 않았다. 권위에 대한 인간의 저항성을 계측하는 심리학 실험이었다.

하기야 이번 실험 역시 그런 것이라면 사전에 그다지 정보는 얻을 수 없을 것이다. 급료가 나온다면 그걸로 족하다.

그렇다고 해도 이 시급이 말이 되나? 혹시 예산을 어떻게든 다 써야만 하는 기관인 건가?

……여기까지가 그날 유키의 사고력과 신중함의 한계였다. "어떻게 하시겠습니까, 유키 씨." 상대방이 재촉하자, 그는 결코 적절하다고는 할 수 없는 대답을 해버렸다. 즉, 뭐가 뭔지 모른 채,

"아, 뭐, 네."

하고 대답해버린 것이다.

"좋습니다! 그럼 참가자 등록을 하겠습니다. 추후에 열차표를 보내드리겠습니다. 지정된 역에 내리시면 마중 나온 사람이 기다리고 있을 겁니다."

더할 나위 없군.

솟아오르는 불안은 이미 뭉게구름처럼 커지고 있었다. 교통비를 전액 지급해주는 것만 해도 신기한데, 표까지 보내주는데다 역으로 마중마저 나오겠다고 했다. 딱 봐도 평범한 일이 아니었다. 중학교 시절 가토 선생님이 말했다. 달콤한 이야기에는 무언가 뒷사정이 있는 법이라고. 그것을 파악할 때까지 발을 들여놔서는 안 된다. 지금이라면 아직 거절할 수 있지 않을까?

하지만…….

고등학교 때 이토 선생님은 이렇게 말했다. 호랑이를 잡으려면 호랑이굴에 들어가야 한다고. 걱정하는 것보다 행동하는 것이 쉽다고. 인생은 온몸으로 부딪치는 것이다. 유키는 가토 선생님보다 이토 선생님이 좋았다. 가장 좋아했던 사람은 우토 선생님이었지만. 그는 아무 말도 하지 않았다.

통화가 끝날 무렵. 유키는 웅얼거리며 분명치 않은 말투로 말했다.

"아, 네. 저어…… 자, 잘 부탁드립니다."

Day-1

주최 측에서 보낸 표를 들고 탄 열차 또한 유키의 불안을 부채질했다.

해 질 무렵 특급열차가 역을 떠나자마자 유키는 금세 이상하다는 것을 알아챘다. 7일 동안 사용할 짐을 들고 표에 적힌 대로 올라탄 지정석 차량에는 다른 손님이 없었다.

전후좌우, 아무도 없다. 스스로 낙천주의자라고 자부하는 유키였지만, 이 상황에서는 앉아만 있을 수 없었다. 다른 차량에 가보자, 다른 지정석 차량도, 자유석 차량도, 만석이라고는 할 수 없는 어중간한 승차율이었다. 그것이 더욱 기분 나빴다.

아무도 없는 차량이 유키를 도심 밖으로 실어 날랐다. 공장 지대를 지나, 논밭 사이를 지나, 어느 틈엔가 열차는 푸른 산 사이로

접어들었다. 한 시간, 두 시간. 저녁노을이 사라지고 밤이 깊어갔다. 먼 곳이라는 건 처음부터 알고 있었지만, 도착하려면 아직 많이 남았나. 답답해하고 있는데 오 분 뒤에 다음 역에 도착한다는 내용의 안내 방송이 흘러나왔다. 목적지였다.

용케도 이런 곳에 특급열차가 정차하는군. 감탄이 나올 정도로 고요한 역이었다. 역무원에게 표를 건네고 함석지붕의 역사에서 나왔다. 여름이 아직도 위력을 떨치고 있어서 밤공기는 불쾌할 정도로 후텁지근했다. 도시와는 또 다른 정취의 밤하늘 아래에서 서서 멍하니 있는데 넥타이를 맨 남자가 다가와 인사를 건넸다.

"유키 리쿠히코 님이시죠?"

전화로 들었던 목소리였다. 자세히 보자, 보기만 해도 더운 검은 양복으로 온몸을 감싼 남자가 서 있었다.

희끗한 머리에, 얼굴에도 주름이 진 작은 체구의 남자는 행동거지에 빈틈이 없었다. 동작이나 말투는 담담했지만, 스와나와는 다른 의미로 사는 세계가 다른 사람이다.

이제 늦었다. 이 빈틈없는 남자와 마주한 이상, 이제 도망칠 수 없다. 그런 생각이 들었다. ……하지만 실제로 유키는 도망칠 생각은 없었다. 어차피 제대로 된 일이란 생각은 들지 않는다. 어느 정도는 각오를 굳히고 왔다. 게다가 대부분의 일이라면 어떻게든 될 거라는 생각도 했다. 이래 봬도 대부분의 일은 느긋하게 대비하는 사이에 극복해왔으니까.

하지만 그렇다 해도,

"네, 유키입니다. 잘 부탁드립니다."

라고 말하는 그의 목소리는 살짝 잠겨 있었다. 남자는 정중하게 유키를 차 뒷좌석으로 안내했다. 차종은 알 수 없었지만 엔진 소리가 작은 세단이었다.

역에서 대략 삼십 분. 차는 헤드라이트 불빛을 받아 떠오른 구불구불한 좁은 산길을 달렸다. 진동 소리도 거의 들리지 않았다. 성능 좋은 차다. 그것뿐만이 아니라 길도 좋았다. 이런 산속에 난, 아무도 지나다니지 않을 것 같은 길인데, 새로운 아스팔트로 포장되어 있었다.

집에서 나온 지 여러 시간. 이내 야트막한 높이의 언덕 위에 도착했다.

덩그러니 무사태평하게 뜬 달 아래로 건물이 보였다. 무척 평평한 원형 건물이었는데, 전부 콘크리트로 지은 심심한 외관이었다. 작은 건물은 아니었지만 크지도 않았다. 언뜻 봐선 방공호 입구 같기도 했다.

남자는 차를 세우더니 문을 열어주었다.

"내리시죠, 유키 씨."

안내를 받아 도착한 곳은 리놀륨 바닥에 철제 책상, 눈이 아플 정도의 하얀 천장, 하얀 벽, 정면에는 거대한 프로젝터 스크린이 설치된 회의실 같은 방이었다. 백 명, 아니 이백 명도 들어갈 수 있을 것 같은 거대한 회장에는 겨우 열 몇 명밖에 없었다. 유키는 그 속에서 찰스 브론슨을 발견했다.

어떻게 못 알아보랴. 스크린 제일 정면, 앞에서 두 번째 줄의 책상에 앉아, 방으로 들어온 유키에게 생긋 미소 지은 사람은 바로 스와나 쇼코였다. 유키는 생각했다. 요전번에는 서 있었기 때문에 작약 같았는데, 앉아 있는 모습은 마치 모란 같다. 스와나는 그저 미소만 지을 뿐 유키에게 뭐라 말을 걸 생각은 없는 것 같았다.

유키는 스스로 정한 적당한 거리를 두고 스와나와 떨어진 의자에 앉았다. 철제 책상 두 개분, 거리로 치자면 대략 6미터쯤 됐다.

스와나를 의식하는 바람에 상당히 앞자리에 앉고 말았다. 다른 응모자들은 모두 유키보다 뒤쪽에 자리를 잡고 있었다. 이런 수상한 일에 발을 들여놓은 멤버들의 얼굴을 보고 싶었지만, 일부러 뒤돌아 확인하는 것도 이상하다는 생각이 들었다. 그렇다고 스와나의 옆모습을 바라볼 배짱도 없었기 때문에 그는 아무것도 비춰지지 않은 스크린을 계속 바라보았다.

다음으로 들어온 남자는 유키를 마중 나온 남자와 마찬가지로 검은 양복에 검은 넥타이 차림이었다. 선글라스를 착용하지 않은 것이 아쉬울 정도다. 그는 단상에 올라 고개를 숙였다.

"기다리셨습니다. 여러분, 모니터에 응모해주셔서 감사합니다."

아무래도 유키가 제일 마지막으로 도착한 모양이었다.

남자는 다른 사람들 앞에서 말하는 데 익숙한 듯한, 낮지만 낭랑한 목소리였다. 그는 막힘없이 설명을 시작했다.

"보내주신 서류를 바탕으로 심사는 모두 마쳤습니다. 참가 의사도 확인했으므로, 열두 명분의 준비가 끝난 상태입니다.

하지만 지금부터 말씀드릴 여러 조건에 불만이 있으신 분은 이 자리에서 돌아가셔도 상관없습니다. 돌아가실 때에는 저희가 차로 역까지 모셔다드리겠습니다."

남자는 일단 말을 끊고 회장을 둘러봤다. 유키를 비롯한 참가자들은 모두 입을 다물고 있어서 헛기침 소리 하나 들리지 않았다.

남자는 서서히 말을 이었다.

"그럼 지금부터 조건을 말씀드리겠습니다.

먼저 첫 번째, 모집 요강에서도 확인하셨겠지만, 이 실험은 7일간에 걸쳐 24시간 시행됩니다. 특별한 모니터링 시간은 없습니다. 저희가 설정한 조건하에서 7일을 보내시면 됩니다. 반대로 말씀드리면, 7일 동안 일 분 일 초의 예외도 없이 모니터링, 즉 '관찰'하겠다는 뜻입니다. 그래서 시급이 24시간 지급되는 겁니다."

"저기……."

뒤에서 목소리가 들렸다. 남자 목소리였다. 하지만 단상 위의 남자는 엄격하게 그를 제지했다.

"질문은 설명이 끝나면 받겠습니다. 그럼 두 번째로, 7일 동안 도중에 그만두실 수는 없습니다. 마지막까지 실험에 참가하셔야 합니다.

이 조건에는 갑자기 병에 걸린 경우도 포함됩니다. 이 자리에 모신 분들은 모두 건강에 문제없는 분들입니다. 그래도 만일의 경우, 갑작스럽게 병에 걸리거나 부상 등을 입으셨을 경우에도 돌아가실 수는 없습니다. 그럴 경우에는 시설 내부에서 의사의 진찰을 받게 됩니다."

그렇겠지. 유키는 그렇게 납득했다. 무엇을 '관찰'하고 싶은 것인지는 모르겠지만, 전용 시설을 만들어 외부와의 접촉을 금지할 정도니 예외를 싫어하는 것도 이해가 갔다. 유키는 문과였지만, 실험 도중에 조건이 바뀌는 것이 바람직하지 않다는 것 정도는 안다.

남자는 조금 뜸을 들인 다음 말을 덧붙였다.

"단, 어느 특정한 조건하에서는 아르바이트 기간이 7일보다 짧아질 경우가 있습니다. 이건 저희 쪽에서 제안하는 것이 아니라 여러분들께서 적극적으로 기간을 단축하려 하셨을 경우입니다. 이 경우에는 물론 7일이 지나기 전에 돌아가실 수 있습니다."

이 자리에 참석한 사람은 이 아르바이트가 7일간이라는 걸 알고 있을 터였다. 물론 유키도. 그 기간 동안의 대비는 확실히 해뒀고,

신문 배달도 중지했다. 이제 와서 주의를 줄 필요는 없다.

"그리고 세 번째 조건."

기분 탓인지 남자의 목소리가 조금 낮아진 것 같았다.

"실험중, 본 클럽은 여러분에 대해 전면적으로 책임을 지겠습니다. 식사 등의 생활면에서도 물론, 전혀 부족함을 느끼시지 않도록 돌봐드리겠습니다. 질병이나 부상을 입었을 경우에도 전부 무상으로 치료해드립니다. 그리고 모니터 여러분께서 무언가 법에 저촉되는 행위를 하셨을 경우에도, 그 책임은 저희가 전부 지겠습니다."

무슨 말인지 알 수가 없었다. 아니, 막연하게는 알 것도 같았지만 구체적으로 어떤 뜻인지 짐작이 안 갔다. 유키가 미간을 찌푸리고 있으려니 단상 위의 남자는 구체적인 예를 들기 시작했다.

"예를 들어, 모니터 A씨가 잘못해서 B씨를 다치게 해서 B씨가 심한 상처를 입었다고 치겠습니다. 원래대로라면 그 책임은 A씨에게 있습니다. 하지만 이 실험중에 일어난 일이라면, 그것은 본 클럽이 B씨를 다치게 한 것과 마찬가지라고 생각, 실험 후에도 지속적으로 대응하겠습니다.

즉, 실험중에 일어난 일에 있어서는, 여러분은 다른 참가자들에 대한 법적인 책임을 지지 않는다는 뜻입니다."

설마.

유키는 자신도 모르게 신음할 뻔했다.

그렇다는 건, 만일 시설이란 곳에 들어가자마자 유키가 큰 소동을 일으켜 시설을 파괴해도, 기물파손죄를 범한 건 유키가 아니라 고용주가 된다는 뜻이다. 유키가 스와나의 미소에 심장을 꿰뚫려 죽는다 해도, 살인죄를 저지른 것은 스와나가 아니라 클럽이 된다는 것이다. 아무리 생각해도 모니터 측에 지나치게 유리한 규정이다.

하지만 생각해보면 격리된 공간에서 벌어진 일을 클럽이 공표할지는 알 수 없었다. 모두 은밀히 처리할 작정일까.

"그럼 질문을 받겠습니다."

곧바로 손을 든 사람이 있었나 보다. 단상의 남자가 작게 고개를 끄덕이자, 조금 전 질문하려던 남자가 말했다.

"24시간 내내 실험이 계속된다고 하셨죠. 그럼 목욕할 때나 화장실에 있을 때에는 어떻게 되는 겁니까."

유키는 자신도 모르게 무릎을 쳤다. 과연! 그건 중요한 문제다! 내 목욕 장면을 훔쳐보며 기뻐할 녀석은 없겠지만, 선녀의 입욕 장면이라면 이야기가 달라진다. 그 선녀는 유키로부터 6미터 떨어진 곳에서, 이야기를 듣는 것인지 안 듣는 것인지, 앞을 보고 꿈쩍도 하지 않았다. 화장실 같은 건 그녀와는 상관없는 이야기일 테지. 선녀는 화장실에 가지 않는다.

남자는 그것을 큰 문제라고 생각하지 않은 것 같았다.

"기본적으로 모니터 여러분의 사생활은 제한됩니다. 질문하신

목욕중이나 화장실에 계실 경우에 대해서도 모니터링의 결과가 외부로 유출되는 일은 결코 없습니다. 안심하십시오."

"찍기는 찍는다는 거군요."

"지급되는 시급은 그런 부분까지 전부 고려해서 책정된 것입니다."

"카메라맨이 계속 따라오는 건가요?"

그 물음을 들은 남자는 희미하게 입꼬리를 일그러뜨린 것 같았다.

"아닙니다."

"그럼 어떻게 모니터링을 하겠다는 거죠?"

"시설 안에서 설명드리죠."

유키의 불길한 예감이 50퍼센트쯤 증가했다.

"그 밖의 질문은?"

높은 여자 목소리가 질문했다.

"슬슬 가르쳐줬으면 좋겠거든요, 대체 무슨 실험이에요?"

"그것도 시설 안에서 설명드리겠습니다."

"측정 같은 건 안 해도 되는 거죠? 그럼 보너스는 어떻게 나오는 건데요?"

"그것도 시설 안에서 설명드리겠습니다."

"밤 동안에는 시급에 야간 수당 같은 거 안 붙나요?"

시원한 얼굴로 막힘없이 대답하던 남자의 말문이 처음으로 막했다.

들고 보니 그렇다. 맞아 맞아, 야간 수당은 어떻게 되는 거냐고, 휴일 수당은 받을 수 있는 거겠지? 유키는 속으로 그렇게 요란을 떨었다. 남자는 재빨리 냉정한 표정을 되찾았지만, 그 목소리에는 아직도 조금 동요의 흔적이 남아 있는 것 같았다.

"……지급되는 시급은 그 부분까지 전부 고려해서 책정된 것입니다."

"그 돈을."

그렇게 물은 것은 앞서 질문한 남자와는 또 다른 남자의 목소리였다.

"당신들이 확실히 지불한다는 보증은? 상당히 큰 돈이 될 텐데, 준비는 되어 있는 거겠지?"

"걱정하시는 것도 당연하겠죠."

이것은 예상하고 있던 질문이었나 보다. 남자는 대답하고 난 뒤, 손을 움직여 뭔가를 조작했다. 순식간에 회장의 출입구가 열리더니, 마찬가지로 양복 차림의 두 남자가 평상시에는 거의 볼 일 없는 번쩍거리는 은빛 가방을 양손에 들고 나타났다. 유키는 속으로 짐작해봤다. 저게 바로 소문으로 들었던 007 가방이라는 건가.

가방을 받아 든 단상의 남자는 그것을 차례차례 손쉽게 연 다음, 안에 든 블록 같은 것을 벽돌처럼 쌓았다.

무대 위에 갑자기 작은 산이 솟아올랐다.

"가방 하나에 5백만 엔. 가방 네 개에 2천만 엔이 들어 있습니다. 이걸 보시고도 아직도 걱정되십니까?"

한 사람을 죽이면 살인범이지만, 만 명을 죽이면 영웅이라고 한 것은 누구였던가.

한 장이면 만 엔이지만, 2천 장이면 2천만 엔이구나.

입을 떡 벌린 채, 유키는 그런 생각을 하고 있었다. 그때까지 조용하던 회장이 웅성거림으로 가득 찼다. 굉장하군, 진짜일까, 그런 말들이 들린다. 단상 위의 남자는 웅성거림을 제지하듯 목소리를 높였다.

"만일 원하신다면 선불로 먼저 지급해도 상관없습니다. 하지만 시설 안에는 의류 이외의 소지품 반입은 금지되어 있기 때문에 결국 두고 가실 수밖에 없습니다."

유키는 책과 잡지는 물론, 연결되지 않는다는 소리는 들었지만 물론 휴대전화도 들고 왔다. 소지품 반입 금지라는 건 이 물건들은 맡겨두어야 한다는 건가. 지루하지 않았으면 좋겠는데.

한편, 그 말을 듣자마자 바로 손을 든 사람이 있었다. 스와나였다.

"저기, 질문드리겠습니다."

"네."

불안이 배어 있는 스와나의 목소리에서는 두려움마저 느껴졌다. 스와나 씨가 두려워하고 있다! '쇼코 씨, 괜찮습니다, 제가 있는한!' 유키는 자신도 모르게 자리에서 일어나 그렇게 외치고 싶었다. 생각만 했을 뿐이지만.

스와나는 머뭇거리며 말했다.

"방금 전에 안 된다고 하셨는데 죄송합니다만…… 가능하다면 편의를 봐주셨으면 하는데요."

"무슨 말씀이시죠."

"……평소에 사용하던 화장품은 반입하게 해주시면 안 될까요?"

웅성거림이 사라졌다.

남자도 입을 다물었다.

단상의 2천만 엔도 빛을 잃었다.

"뭐, 상관없겠지요."

"감사합니다."

겉으로 보기에도 스와나는 안도한 것 같았다.

지금 대화로 유키는 귀중한 정보를 하나 얻었다. 이 아르바이트, 실험의 목적은…….

적어도 화장품 개발 관련은 아니다.

회장의 분위기에서 치명적으로 사라진 뭔가를 되찾으려는 듯,

남자는 일부러 크게 헛기침을 하며 딱딱한 목소리로 말했다.

"그 밖에 질문 있으신 분?"

묻고 싶은 건 많았다. 하지만 물어본다 해도 제대로 된 대답은 돌아오지 않을 테지. 유키는 아무 말도 하지 않았다.

"없으신 것 같군요."

그렇게 확인하며 남자는 낮은 목소리로 말했다.

"그럼 마지막으로 경고하겠습니다.

여기서부터는 부조리하고 비윤리적인 일이 발생할 수 있습니다.

그래도 상관없다는 분만, 앞으로 나아가주십시오.

그렇지 않으신 분은 이곳에서 떠나시기를 권합니다."

남자는 마지막 한마디를 덧붙였다.

"……하지만 그 위험에 걸맞은 대가는 준비되어 있습니다."

누군가 자리에서 일어나는 기척은 느껴지지 않았다. 이 아르바이트가 수상하다는 것은 분명 모두 느끼고 있을 것이다. 그리고 모두 유키와 마찬가지로 각오를 굳히고 왔을 것이다. 아마도, 스와나 역시.

아니면 여기서 물러서지 않을 사람만이 심사에 통과해 이 자리에 올 수 있었는지도 모른다.

"좋습니다."

남자는 고개를 끄덕이더니 한 손을 들었다.

"그럼 안내하겠습니다. 이번 실험용 시설, '암귀관暗鬼館'으로."

Day 1

1

옛날 만화에 나왔던 편리한 도구를 기억하고 있다.

책에 빵을 대면 빵에 그대로 글자가 옮겨 간다. 그 빵을 먹으면 책 내용을 기억할 수 있다. 시험 보기 전에 유용한 도구다.

분명 그 도구의 이름은 암기빵.✦

이곳은 암귀관.

유키는 스스로를 낙천주의자라고 생각했지만 결코 말장난을 좋아하는 성격은 아니었다. 이런 생각을 한 것은 어떻게든 흥분을 가

✦ 암기暗記와 암귀暗鬼의 일본어 발음이 같은 것을 이용한 말장난.

라앉히기 위해서였다.

지금 그가 있는 곳은 둥근 방이었다. 방 한가운데에는 짙은 황갈색 원탁이 놓여 있었고, 그 원탁을 둘러싸고 의자가 열두 개 놓여 있었다. 경고를 했음에도 불구하고 결국 어느 누구도 회장을 떠나지 않았다.

방은 서양식 저택의 분위기가 물씬 풍겼다. 테이블과 마찬가지로 방도 원형이었다. 벽지는 차분한 느낌의 짙은 녹색. 자세히 보니, 담쟁이덩굴 무늬가 세세하게 그려져 있는 것을 알 수 있었다. 천장 전체가 조명처럼 옅게 빛나고 있었는데 벽에는 촛대도 설치되어 있었다. 장식용이겠지.

사방에 있는 문은 모두 중후한 느낌이 드는 나무로 만들어져 있었다. 하지만 네 개 중 세 개는 황갈색이었지만, 하나는 하얀색에 가까운 색상이었다. 특이한 점은 방이 둥글다는 것뿐, 그 점을 제외하고는 흠잡을 데 없는 라운지 룸으로 보였다. 벽시계 바늘이 시시각각 움직이고 있었고, 실내의 곡선을 따라 장식장이 설치되어 있었다. 장식장에 놓인 물건은 대부분 서양 자기였다. 유백색 자기에는 티끌 하나 없었고, 그려진 그림도 선명했다. 열두 명이 들어온 상태였지만, 방은 아직도 충분히 넓었다.

하지만 위험하다. 유키는 천장을 올려다봤다.

희미하게 빛나는 천장. 유키 일행은 그곳을 통해 들어왔다.

설명이 끝난 뒤, 그들은 먼저 소지품 검사를 받았다. 유키가 상상한 대로 책과 잡지도 모두 압수당했다. 그뿐만이 아니었다. 옷은 대부분 가지고 들어갈 수 있었지만, 딱 한 벌 가지고 온 여름용 겉옷은 안 된다고 했다. 신발도 신고 있던 운동화를 벗고 샌들 같은 신발로 갈아 신게 했다. 발에 잘 맞아서 걷기 편했지만 전원에게 갈아 신으라고 한 것은 아니었던 것 같다.

이러한 과정을 거친 뒤, 일행은 셸터 안으로 안내받았다. 두꺼운 철문 너머는 나선형의 내리막길이었는데, 끝없이 아래로 이어져 있는 것 같았다. 얼마나 내려갔을까, 길이 끝나는 곳에 맨홀 뚜껑 같은 뚜껑이 나타났다. 안내자가 핸들을 돌려 뚜껑을 열자 아래를 향해 사다리가 펼쳐졌다.

"'실험' 장소는 이 아래입니다."

유키의 불길한 예감은 이 순간 정점에 달했다. 지하 깊숙한 곳에 남겨지는 것 같은 기분이 들었던 것이다. 서로 얼굴을 마주 보거나 하지는 않았다. 하지만 열두 명 중 몇몇 사람들 역시, 유키와 마찬가지로 불안해하고 주저하는 분위기를 풍기고 있었다.

하지만 안내자 말고도 덩치 좋은 남자가 다섯 명이나 버티고 있었다. 그들은 아무 말도 하지 않았지만, 맡은 역할은 확실히 해내고 있었다. 되돌아갈 기회는 몇 번이나 있었다. 하지만 그것은 이미 과거의 일이다. 여기까지 왔으니 이제 어쩔 수 없었다.

한 사람 한 사람, 사다리를 내려갔다. 철제 사다리를 밟는 딱딱한 금속음이 불길하게 느껴졌다.

주르르 사다리가 위로 올라가자 천장과의 이음새를 알아볼 수 없을 정도로 딱 맞게 뚜껑이 닫혔다.

이렇게 그들 열두 명은 암귀관에 초대되었다.

암귀관의 입구가 폐쇄된 것만이 유키를 흥분시킨 것은 아니었다.

황갈색 원탁 위에는 둥글게 인형이 놓여 있었다. 붉은 얼굴에 깃털 장식. 인디언 인형이다. 세어볼 것도 없다고 생각했지만, 그래도 눈으로 세어봤다. 역시 열두 개다.

'악취미로군.'

유키는 벌써부터 진이 빠졌다. 그와 마찬가지로 인형에 눈길을 주고 있던 한 사람이 자신의 몸을 껴안으며 중얼거렸다.

"이게 뭐야. 기분 나빠……."

여자였다. 아까 야간 수당에 대해 질문했던 목소리였다. 한 남자가 그 여자의 어깨에 손을 올렸다.

"그래, 분명히 기분 나쁘군."

얼굴을 가까이 대고 인형을 들여다봤다.

"뭘 가지고 있는 거지?"

열두 개의 인형은 각각 양손으로 끌어안듯 은색 금속판을 들고 있다. 손안에 쏙 들어갈 만한 크기다. 남자는 망설임 없이 그것을 집어 들었다.

"신용카드…… 아니, 카드 키인가?"

이어서 손을 뻗은 사람은 바로 스와나였다. 금속판을 천장 빛에 비춰보며 말했다.

"카드 키. 아아, 이런 걸 본 적이 있어요."

그야 당연히 카드 키 정도는 본 적 있겠지. 그렇게 생각하며 유키도 적당히 인형 손에서 카드를 집어 들었다. 그를 따라 나머지 아홉 명도 각자 카드를 집었다. 대체 이건 어디 카드 키인 거지? 아니면 무언가가 다른 건가? 표면에는 '6'이란 숫자가 씌어 있지만, 이건 방이나 다른 무언가의 번호일 것이리라.

최후의 한 사람이 카드를 손에 든 순간이었다.

칙, 하는 소리가 났다. 유키는 그 소리를 들은 적이 있었다. 방송을 내보낼 때 마이크가 켜지는 소리다.

"지시 사항을 말씀드리겠습니다."

목소리는 일방적으로 그렇게 말했다. 아까 단상에서 설명을 했던 남자의 목소리다.

"손에 든 카드 키에 적힌 번호의 개인실에 오전 0시까지 반드시 입실해주십시오. 다음 날 아침 6시까지 절대로 방에서 나오시면 안 됩니다. 다시 한번 말씀드리겠습니다. 6시까지 자신의 방에서 나오는 것을 금합니다. 아침 식사는 오전 7시에 식당에서 제공합니다. 이상입니다."

분명 자세한 설명은 시설 안에서 하겠다고 했으면서 지시 사항은 그것을 마지막으로 끝났다.

불만이 터져 나올 것이라고 생각했는데 기선을 제압하듯 누군가가 크게 하품을 했다.

"그거 고맙군. 자고 싶었는데. 벌써 12시잖아."

벽시계를 바라보니 시간은 분명히 11시 50분이 다 되어 있었다. 시간 참 빠르군. 그런 생각이 들었지만, 역에 도착했을 때 이미 완전히 해가 저물어 있었던 것을 생각하면 이상한 일도 아니었다.

그건 그렇고, 문제는…….

"대체 개인실이라는 게 어디 있는 건데."

누군가가 그렇게 중얼거리자, 또 다른 누군가가 대답했다.

"벽에 평면도가 붙어 있어."

가리킨 곳에는 원형의 벽에 들어맞게 하려고 한 듯 살짝 구부러진 하얀 판이 붙어 있었다.

유키는 이 건물의 기묘한 형태에 시선을 빼앗겼다. 아마 대부분의 사람들도 그와 마찬가지였나 보다. 방금 전 지적으로 평면도의 존재를 알아챈 사람도 먼저 알아챈 사람도 모두 함께 그것을 뚫어져라 바라보고 있는 것 같았다.

건물, 이라 해도 좋을까. 암귀관이라 이름 붙여진 지하 공간은 동심원 형태를 띠고 있었다.

먼저 지금 그들이 있는 라운지가 중앙의 원형 블록에 해당한다. 정확하게는 Lounge, Dining Room, Rest Room, Kitchen의 생활공간 네 개가, 하나의 원 안에 들어 있다.

원형의 생활 블록을 기묘하게 구부러진 회랑이 엉성하게 둘러싸고 있다. 생활 블록에서 회랑으로 나가기 위해서는 라운지로부터 나갈 수밖에 없는 것 같았다.

그리고 회랑의 바깥쪽에 방들이 늘어서 있었다. 유키는 방 숫자를 세보았다. 열일곱 개. 각각 Private Room 1, Private Room 2…… 이것이 방송에서 설명했던 개인실일 테지.

나머지 다섯 개의 방은, Vault, Prison, Guard Maintenance Room, Recreation Room, Mortuary.

유키는 학생이었지만, 그의 영어 실력은 시원치 않았다. Guard Maintenance Room은 경비정비실이라고 해석할 수 있을 것이고, 영어 실력이 좋지 않아도 프리즌이 감옥이란 뜻인 건 알고 있다. 레크리에이션 룸이 있다니, 고마운 일이다. 하지만 나머지 두 단어는 무슨 뜻인지 알 수 없었다.

대체적인 형태를 파악하기 위해 대충 동심원 형태로 그려놓은 것 같았지만, 실제로는 조금 다른 부분이 있었다. 일그러진 타원형의 생활 블록을 둘러싼 회랑은 단순한 원이 아니라 기묘하게 물결치는 모양으로 생활 블록을 둘러싸고 있다. 한 번 본 것만으로는 자잘하게 구부러진 그 형태가 의도하는 바를 알 수 없었다.

갑자기 땡 하고 중후한 소리가 울려 퍼졌다. 심장이 튀어나오는 줄 알았지만, 자세히 보니 벽시계에서 난 소리였다. 딱 한 번, 11시 55분을 알리는 종이 울린 것이다. 자정이 다가왔으니 어서 방으로 들어가라. 유키는 그렇게 재촉받는 것 같은 기분이 들었다.

상황이 아무리 수상해다 해도 유키는 아르바이트를 하러 온 몸이다. 첫날부터 지시를 거스를 생각은 없었다.

열두 명의 참가자들은 서로를 마주 봤다. 처음 카드 키를 집어든 덩치 큰 남자가 짧게 말했다.

"뭐, 방으로 가지."

자기소개 할 여유도 없이, 서로의 얼굴을 자세히 들여다보지도 못한 채, 그들은 무거운 문을 열고 삼삼오오 라운지를 뒤로했다.

2

라운지에 있는 문은 모두 네 개. 그중 하나는 식당으로 이어지는 문이었지만, 나머지 세 개는 모두 바깥 회랑으로 이어지는 문일 터였다.

하지만 일행은 모두 줄지어 같은 문을 통해 회랑으로 나왔다. 유키도 망설이지 않고 그렇게 행동했다. 아직 무슨 일이 일어난 것은 아니다. 하지만 미묘하게 느껴지는 기분 나쁜 느낌이, 아무리 자신의 방에 가깝다고 해도 혼자서 다른 문으로 나오는 것을 허락하지 않았다.

스와나도 유키와 마찬가지로 애매한 감정을 품고 있는 것일까. 살짝 옆모습을 훔쳐보려 한 순간, 스와나가 먼저 고개를 돌리며 물었다.

"유키 씨는 몇 호실이시죠?"

"네? 아."

허물없는 그 태도에, 몇 사람의 시선이 유키에게 쏟아졌다. 그것을 피할 겸, 유키는 일부러 과장된 태도로 자신의 카드를 내려다봤다.

"아, 6호실이네요."

"그럼 옆방이네요."

그 말에서는 옆방이라 안심된다든지, 불안하다든지 하는 뉘앙스는 전혀 느껴지지 않았다. 그저 사실을 확인하는 것 이상의 의미는 없는 것 같았다. 그리고 이 두 사람의 대화를 듣고 끼어든 사람이 있었다.

"나도 옆방이군. 5호실이야."

조금 전 라운지에 내려갔을 때 졸리다고 말했던 남자였나. 그랬던 것 같지만 조금 자신이 없다. 유키는 사람 얼굴과 이름을 잘 기억하지 못했고, 거기다 이 회랑은 조명이 무척 어두웠다. 불빛이 될 만한 건 벽에 붙어 있는 촛대뿐이다. 안에 든 건 진짜 양초는 아니었지만, 불꽃 모양을 한 유리 안에서 빛나는 전구는 거의 도움이 되지 않았다.

"여기군."

누군가가 그렇게 중얼거리는 소리가 들렸다. 돌아보자, 사람 그림자가 문 안으로 사라졌다. 세어보지는 않았지만, 이미 몇 명은 자신의 방을 찾아 안으로 들어간 것 같았다.

기묘하게 구부러진 회랑은 그곳을 걷는 사람에게 일종의 만취 상태와 같은 당혹스러움을 안겨주었다. 유키 일행은 회랑을 시계 방향으로 걷고 있다. 그러자, 회랑은 끊임없이 자잘한 커브를 그리고 있는 것처럼 보였다. 유키는 문득 뒤를 돌아봤다. 조금 전 누군가가 들어간 방은 바로 뒤에 있었다. 하지만 그 문은 회랑의 커브에 감추어져 이제 보이지 않았다.

커브를 돌 때마다 문이 하나 나타났고, 누군가가 그 안으로 들어갔다. "여기군." 이내 졸리다고 했던 남자도 그렇게 중얼거리며 방문에 손을 댔다. 유키는 그대로 지나치려 했지만, 남자는 무슨 이유에서인지 유키의 소매를 잡아당겼다.

갑자기 외부로부터 힘이 가해지는 바람에 유키는 반쯤 가슴이 내려앉는 기분을 맛보았다. 그리고 동시에 발끈하며 말했다.

"뭐야."

"이 아르바이트, 위험해."

그것은 유키도 충분히 느끼고 있던 사실이었다.

"그래, 그럴지도."

남자는 희미한 빛 속에서 신기하게도 즐거운 듯 미소를 짓고 있었다.

"아마도 네가 생각하는 것 이상으로 위험할걸. 방에 들어가면 카드를 잘 보도록 해."

말을 마친 남자는 유키의 소매를 놓아주었다.

'뭐야, 이 자식.'

이미 스와나는 앞서 지나가 커브 저편으로 사라지려 하고 있었다. 유키는 걸음을 재촉해 그 뒤를 쫓았다.

"Private Room 6"이라 쓴 방 앞에서 유키는 사람들과 헤어졌다. 열두 명의 참가자는 유키까지 포함해 일곱 명으로 줄어 있었다.

"그럼 안녕히 주무세요."

스와나는 그렇게 고개를 숙이며 인사했다. 그 목소리의 여운에 잠긴 채, 유키는 문손잡이에 손을 올렸다. 아무래도 문은 미닫이

식인 듯하다.

그러고 보니 카드가 있었지. 그건 카드 키가 아니었나? 그렇게 생각은 했지만 카드 리더기를 찾을 필요는 없었다. 문은 잠겨 있지 않았다. 도둑이 들어올 리도 없으니 문을 잠글 필요는 없다는 건가. 유키는 그렇게 납득했다.

하지만 유키는 금세 미간을 찡그렸다.

아무리 봐도 카드 리더기가 없다. 그리고 방 안쪽에서 봐도 문에는 손잡이가 하나 달려 있을 뿐이었다.

'잠겨 있지 않았던 게 아니다.'

이 방에는 잠금장치가 없는 것이다.

모든 방이 이런 것일까. 아니면 이 6호실만 공사중에 무슨 실수라도 있었던 것일까. 누군가에게 묻고 싶었지만 물을 상대가 없었다. 옆방으로 가서 당신 방도 문이 잠기지 않느냐고 묻고 싶었지만 0시가 지나면 방에서 나가서는 안 된다. 첫날부터 규칙을 어겨서 어마어마한 액수의 급료에 손상이라도 입히면 안 된다. 어차피 내일 아침에는 알 수 있을 것이다. 그렇게 생각을 바꾸고 유키는 다시 방 안을 둘러봤다.

방 안에는 창이 없었다. 암귀관은 지하에 있으니 당연한 일이겠지만, 창문도, 커튼도 존재하지 않는 벽을 보고 유키는 압박감을 느꼈다.

어렴풋이 다가오는 불쾌함에 익숙해지자 방 안은 상당히 쾌적하게 느껴졌다. 유키는 교양이 풍부하다고 할 수 없었지만, 그런 그에게도 라운지에 놓여 있던 물건들이 그다지 저렴한 물건이 아니라는 것은 알 수 있었다. 한편, 이 개인실의 카펫이나 책상, 벽지는 거의 장식이 없고 소박했다. 전신 거울도 놓여 있다.

문을 열자 거실이 나왔다. 벽지와 카펫 모두 미색으로 통일된 깔끔한 방이다. 안으로 이어지는 문이 하나 있다. 문을 열자 조명이 부드러운 색으로 변했다. 침실이다. 침실은 와인색으로 통일되어 있으며 벽 쪽에 침대 헤드가 있었다.

옷장도 있었는데, 안에는 목욕 가운과 잠옷, 가운과 수면용 모자, 수건이 들어 있었다. 이 가운데에서 유키가 실물을 본 적이 있는 것은 수건뿐이었다.

침실에는 입구 이외에 문이 두 개 있었다. 하나는 화장실, 다른 하나는 세면실이다. 세면실에는 세면대와 세탁건조기가 있었다. 유키가 입고 있는 셔츠는 적당히 빨아 건조기에 던져 넣어도 아무런 문제 없는 물건이었지만, 스와나의 옷은 어떨까. 과연 세탁기에 넣고 돌려도 되는 옷이긴 할까? 그런 게 신경 쓰였다.

붙박이장 안에는 칫솔 몇 개와 치약, 그리고 전기면도기가 들어 있었다. 평소 유키는 일반 면도기를 사용한다. 일반 면도기를 찾아봤지만, 어디에도 없었다.

세면실과 욕실은 이어져 있었다. 무척이나 넓은 욕실로, 욕조는 웬만한 공중목욕탕의 그것보다 넓은 것 같았다.

하지만,

……덥잖아?

단순히 더운 차원을 넘어 어디선가 열기가 느껴졌다. 욕실이지 사우나가 아닐 텐데, 무척이나 덥다. 욕조에는 뜨거운 물이 담겨 있다. 그 때문일까. 지금 당장 들어갈 생각은 없지만, 나중에라도 하루의 땀을 씻어 내려야겠다. 유키는 오랜 열차 여행으로 조금 지쳐 있었다.

자세히 들여다보자 크림색 벽면에 하얀 타일이 박혀 있었다. 그곳에는 공중목욕탕에서나 볼 수 있을 법한 주의 사항이 적혀 있었다.

10시부터 11시 사이에는 자동 청소 장치 작동으로 인해 입욕이 불가능합니다.

고맙기도 하지. 넓어서 기분은 좋았지만, 스스로 청소해야 하면 꽤나 힘들 것이다.

방으로 돌아가려던 순간, 유키는 무언가를 발견했다. 이 방 자체의 문에는 없었다. 세면실 문에도 분명 없었다. 하지만 욕실로 이어지는 문에는 있었다. 잠금장치다. 흔히 볼 수 있는 크리센트형 걸쇠였다.

당연하다는 생각에 그냥 지나쳤지만, 화장실은 어떨까. 확인해보니 화장실 쪽에도 잠금장치는 없었다. 어떤 의도를 가지고 설계한 것일까? 아니면 설계상의 실수인 건가?

뭐 상관없다. 유키는 방으로 돌아와 침대에 누웠다. 가라앉을 것 같은 푹신한 감각. 자신도 모르게 말이 튀어나왔다.

"이, 이건……."

메모리폼 소재로 만들어진 매트다. 베개 역시 같은 소재였다.

푹 잘 수 있을 것 같았다.

3

머리맡에서 상자를 발견했다.

단순하지만 값싸 보이지 않는 다른 물건들과는 분위기가 다르다. 낡은 함석 상자였다. 뚜껑이 꼭 닫혀 있다. 겉면에는 페인트로 아무렇게나 쓴 것처럼 "TOY BOX"라 적혀 있었다.

하지만 단순한 상자가 아니었다. 장난감 상자라는 글자 아래에는 작은 액정 모니터가 달려 있었고, 이런 문자가 표시되어 있었다.

유키 리쿠히코

열어보기 전에 주변에 보는 눈이 없는지 주의하도록

유키가 이 방을 선택한 것은 순전히 우연으로, 열두 개의 인형 중에서 적당히 카드를 집어 든 결과에 지나지 않는다. 그런데 자신의 이름이 표시되어 있다니, 어떻게 된 일이지. 유키는 그제야 자신이 관찰당하고 있다는 사실을 자각했다.

상자 가장자리에 손을 대어봤지만 꿈쩍도 하지 않는다. 자세히 보니 옆면에 카드 리더기가 달려 있었다. 붉은 램프가 켜져 있다.

"이것 때문에?"

유키는 그렇게 중얼거리며 주머니에서 은색 카드 키를 꺼냈다. 리더기를 통과시키자 램프가 붉은색에서 녹색으로 변하며 탁 하는 소리가 났다. 다시 한번 뚜껑에 손을 대봤다. 이번에는 쉽게 열릴 것 같다.

한 아름은 됨직한 함석 상자의 뚜껑을 들어 올렸다. 안을 들여다보며 유키는 중얼거렸다.

"……막대기?"

안에 들어 있던 것은 막대기였다.

광택 없는 검은색. 특별히 장식은 없었고 막대기 한쪽 끝은 동그랗게 구부러져 있다. 다른 쪽은 납작하게 펴졌는데 직각으로 구부러져 있었다. 이와 이 사이에 빈틈이 없는 기다란 효자손 같은 형태다. 유키는 생각했다. 침대 아래로 떨어뜨린 물건을 줍는 데 안성맞춤인 막대기군.

가볍게 들어봤다. ……묵직하다. 하지만 한 손으로 들 수 없을 정도는 아니었고, 유키의 팔꿈치에서 손끝까지 오는 길이였다.

"뭐야, 이건."

답은 장난감 상자 안에 있었다.

유키는 상자 바닥에서 세 번 접힌 한 장의 종이, 메모랜덤을 발견했다. 종이에는 피에로 모자 같은 워터마크가 있었다. 영국에서 쓰는 풀스캡 용지다. 그곳에 인쇄된 글자들은 미묘하게 일그러져 있었다. 프린터 상태가 좋지 않았던 것인지, 아니면 타이프라이터로 작성했는지 글자가 일그러져 있다.

이 상자를 연 사람에게 보내는 메시지는 다음과 같았다.

구살毆殺

인류가 폭력을 행사하기 시작했을 무렵, 최초의 무기는 자신의 몸이었을 것이다.

아마도 그다음 무기는 이 막대기였으리라.

지극히 소박하고, 세련됨이라고는 찾아볼 수 없는 원시적인 무기.

그래서 격렬한 감정이 발단이 된 살인에는 자주 막대기가 등장한다.

그중에서도 제일 인상 깊은 건, 뭐니 뭐니 해도 역시 부지깽이다. 다수의, 혹은 모든 방에 벽난로가 설치된 서양식 저택을 무대로 삼았기에, 부지깽이는 항상 그곳에 존재하며 살인자의 손에 들려 많은 생명을 빼앗아왔다.

미스터리 역사상 제일 유명한 '부지깽이' 는 아마도 「얼룩 띠」에 등장하는 물건이리라.

자, 이 부지깽이를 손에 든 당신은 이것을 구부린 다음, 다시 원래대로 되돌릴 수 있을까?

할 수 없다 해도 상관없다. 구부려졌든, 구부려지지 않았든, 그 일격은 사람을 때려 죽이기에 충분할 테니.

"뭐야, 이건."

유키는 방금 자신이 혼자 중얼거렸던 말을 다시 한번 반복해 내뱉었다.

"……뭐야, 이건."

세 번째 반복했다. 아무래도 이 까만 막대기는 부지깽이인 모양이다. 이름은 몇 번이나 본 적 있지만, 실물을 만져보는 것은 처음이었다. 이것은 난롯불을 조절하는 데 쓰는 물건이다. 하지만 메모랜덤에는 '이걸로 난로를 따뜻하게 만드세요!'란 말은 적혀 있지 않고, 대신 이것을 사용하면 사람을 때려 죽일 수 있다고 씌어 있었다.

유키는 문득 졸리다고 했던 남자의 말을 떠올렸다. 그는 카드를 자세히 보라고 했다. 부지깽이를 장난감 상자에 다시 넣자 탁 하는 소리가 울려 퍼졌다. 생각지도 못한 큰 소리에 가슴이 덜컥했다. 뚜껑을 닫자 카드 리더기의 램프가 다시 붉은색으로 바뀌었다.

카드 키를 조명에 대고 살짝 기울였다. 글자가 보였다. 글자가 쓰여 있다. 작아서 잘 보이지 않았지만, 못 읽을 정도는 아니었다. 카드 키의 양면에 쓰인 문자의 첫머리는 다음과 같았다. '십계.'

십계

1. 범인은 실험을 개시했을 때 건물 내에 있던 인물이어야만 한다.

2. 각 참가자들은 초자연적인 수법을 써서는 안 된다.

3. 두 개 이상의 숨겨진 방이나 비밀 통로를 사용해서는 안 된다.

4. 미지의 독약이나 긴 해설이 필요한 장치를 사용해 살인을 해서는 안 된다.

5. 각 참자가는 중국인이어서는 안 된다.

6. 탐정은 범인 지명의 근거로 우연이나 신비한 직감만을 들어서는 안 된다.

7. 탐정이 된 사람은 살인을 해서는 안 된다.

8. 호스트에게 단서를 은폐해서는 안 된다.

9. 왓슨 역의 지력은 호스트보다 약간 낮은 정도가 바람직하다.

10. 각 참가자가 쌍둥이이거나, 범인과 꼭 닮아서는 안 된다.

조금 전 남자의 목소리가 귓가에 되살아난다. 이 아르바이트, 위험해. 아마도 당신이 생각하는 것 이상으로 위험할걸.

유키는 자신도 모르게 얼굴을 찡그렸다.

"악취미군."

그리고 그 말을 네다섯 번 되풀이했다.

유키가 느낀 불길한 예감, 혹은 위험한 느낌은 이제는 위기감이라 불러야 할 정도로 커져 있었다. 게다가 그 위기감은 흉기가 주어진 지금에 이르러서도 전혀 정체를 알 수 없었다.

유키는 메모리폼 매트리스가 깔린 침대에 앉아 잠시 고민했다.

손에 들린 묵직한 부지깽이를 총처럼 눈앞에 겨누며, 이 상황에서 자신이 어떻게 행동해야 하는지 고민했다.

존경해마지않는 에토 선생님은 이렇게 말했다. 정체를 알 수 없는 것이야말로 제일 무섭다. 인생을 살다 보면 종종 정체불명의 위기가 닥칠 것이다. 경계하거라. 쌓아 올리기는 어렵지만 무너지는 건 한순간이다.

하지만 오토 선생님은 이렇게 말했다. 뭐가 뭔지 모를 때에는 뭐가 뭔지 알 때까지 내버려둬도 아무 문제 없다. 설명서가 없는 일에 일일이 신경 쓸 정도로 너희 인생은 길지 않단다.

가토 선생님은 이렇게 말했다. 급식은 남기지 말고 깨끗이 먹어라.

여러 선생님들의 가르침을 받으며 대학생이 된 유키는 이날 밤, 오토 선생님의 말을 따랐다.

즉, 부지깽이를 다시 장난감 상자에 넣은 유키는 꿈도 꾸지 않을 정도로 숙면에 빠졌고, 그가 태평하게 코 고는 소리는 'Private Room 6'을 가득 채웠다.

4

다음 날 아침.

무방비 상태였던 유키는 예상치 못했던 충격과 마주하게 된다.

그는 먼저 배설 욕구로 인해 눈을 떴다.

다음으로, 어느 틈엔가 이불을 걷어차고, 입고 있던 잠옷을 걸어 올려 고등학교 시절 육상으로 단련된 허벅지까지 드러내고 있는 자신의 모습을 발견했다.

마지막으로 엉덩이를 긁었다.

그러고 나서야 자신의 침대 옆에 스와나 쇼코가 있다는 것을 알아차렸다.

유키 리쿠히코의 20년 인생. 그는 아직까지 눈을 뜨자마자 벌떡 일어나 침대 위에 정좌해본 경험이 없었다.

스와나는 미묘하게 유키로부터 시선을 돌리며 이렇게 말했다.

"안녕히 주무셨어요. 수염이 자랐네요."

그 말을 들은 유키는 자신의 추태를 깨달았다. 그는 수염이 짙은 타입은 아니었지만, 턱을 만져보니 분명 남에게 당당하게 보여줄 수 있는 얼굴이 아니라는 것이 손끝으로 느껴졌다.

하지만 그에게도 할 말은 있었다.

"모르시나요, 남자들은 자고 일어나면 수염이 자라 있답니다."

"아뇨. 저희 가족들은 그러지 않아요."

"면도한 다음에 보신 겁니다."

유키의 말을 어떻게 받아들였는지 스와나의 표정이 갑자기 흐려졌다. 말실수라도 한 건가. 검은 구름 같은 불안이 솟아올랐다.

스와나는 모기 소리만 한 목소리로 말했다.

"아직 채비도 못 하셨을 텐데 이런 이른 아침부터 찾아온 무례를 용서해주세요. 구차하게 들리시겠지만, 말을 전해주는 분이 안 계시는 경우에는 어떻게 찾아뵈어야 할지 몰랐습니다. 이런 상황만 아니었어도……."

어떤 상황이었어도 유키에게는 손님이 찾아온 것을 알려줄 존재 같은 건 없다. 굳이 말하자면, 집에서는 어머니가 알려줄지도 모르지만. 리쿠히코! 너 이 아가씨에게 무슨 짓을 한 거야! 하고.

"다른 분들과 만나기 전에 꼭 상의하고 싶은 일이 있습니다."

깨끗하게 잠기운이 달아난 유키의 뇌에 감동의 물결이 밀려들었다. 스와나 씨가 날 의지하고 있다. 사나이 유키 리쿠히코의 대답에 망설임은 없었다.

"뭐든지 말씀해주십시오!"

스와나는 조용하게 미소 지었다. 아침부터 선녀의 미소를 볼 수 있다니. 유키는 그것만으로도 이 아르바이트에 참가한 것은 올바른 선택이었다고 확신했다.

스와나는 갑자기 뒤를 돌아보더니 지금은 닫혀 있는 문을 바라보았다.

"상의드리고 싶은 일은 두 가지였는데, 하나는 대충 알았습니다. 실은 제게 배정된 방은 문이 잠기지 않았습니다. 무언가 잘못된 건지, 아니면 다른 방들도 마찬가지인지 알고 싶었습니다만……."

그것은 유키도 궁금하게 생각하던 것이었다. 역시 어느 방에도 잠금장치는 달려 있지 않은가 보다.

유키는 그나마 낫다. 하지만 스와나는 한창 나이의 아리따운 여성이다. 사방이 온통 낯선 사람들인데 문이 잠기지 않는 방에서 잠들기란 무척 불안한 일일 테지. 유키는 스와나의 고충을 살피고 그녀를 위로했다.

"저런, 어젯밤엔 잘 못 주무셨겠네요."

"아뇨, 덕분에 푹 잘 잤어요."

그거 다행이군.

"그럼 다른 하실 말씀이란?"

그렇게 물으며 유키는 벽에 걸린 시계에 슬쩍 눈길을 주었다. 7시 조금 넘은 시각. 아침 식사를 하고 있는 사람도 있을지 모른다.

스와나는 지금까지 쥐고 있던 손을 살짝 펼쳤다.

"이것 때문에."

손안에는 녹색 캡슐이 있었다.

선명한 에메랄드빛의 작은 캡슐이다.

무슨 약인가. 그렇게 생각한 찰나, 어떤 예감이 들었다.

뒤이은 스와나의 말은 그 불온한 예감에 힘을 실어주었다.

"이 방에도 장난감 상자가 있군요. 제 방에도 있었어요. 안에 들어 있던 건 작은 병이었는데, 내용물이 이 캡슐입니다. 함께 들어 있던 메모에는 캡슐에는 독이 들어 있다고 씌어 있었어요. 독살에 사용할 수 있다고 하더군요."

"독, 이라."

"네. 분명히, 니트로……."

고개를 갸웃거리는 스와나.

"죄송합니다, 정확한 이름은 잊어버렸어요."

침대 위에서 정좌하며, 유키는 자신도 모르게 몸을 뒤로 빼고 있었다. 니트로글리세린이라면 독이 아니라 폭발물이다. 농담이 아니라고.

하지만 일단 대학 입시를 돌파한 그의 이과 지식은 억측을 억눌렀다. '니트로'는 딱히 니트로글리세린에만 붙는 단어가 아니다. 문과였던 그의 뇌세포에는 '니트로'의 정확한 의미는 들어 있지 않았지만, 그러고 보니 니트로로 시작하는 이름의 독도, 어딘가에서 읽은 기억이 난다.

스와나가 찾아온 이유는 대략 알 것 같았다. 유키 자신도 갑작스레 부지깽이와 마주하고 곤혹스러웠으니까. 만일 그것이 독약이었다면 곤혹스러워하기보다도 먼저 기분이 나빠서 참을 수 없었으리라.

"독이라. 그다지 기분 좋은 물건은 아니군요."

스와나의 아름다운 눈썹이 수심으로 일그러진다.

"네."

스와나는 자신의 손바닥 안을 보았다.

"이렇게 가지고 있는 것만으로도 왠지 무서워요. 편지에는 캡슐 자체는 불용성이라고 씌어 있었지만……."

"그 기분 압니다."

"부끄럽지만, 저는 세상물정을 잘 모릅니다. 유키 씨는 뭔가 세

상사에 박식하실 것 같아서요."

아르바이트 정보지를 뒤지고 있던 것 정도로 박식한 취급을 받다니 몸 둘 바를 모르겠군. 스와나가 자신을 의지하는 것은 기뻤지만 막상 의지하니 곤혹스러웠다. 미묘한 남자의 마음에 유키는 번민했다.

"그래서 하나 가르쳐주셨으면 하는 게 있는데요."

스와나는 유키를 향해 녹색 캡슐이 올려진 손을 내밀었다. 아직 마음 어딘가에서, 어쩌면 니트로글리세린일지도 모른다고 생각하고 있던 것이리라. 유키는 쓱 몸을 뒤로 뺐다. 그러자 스와나는 고운 손을 더욱 앞으로 내밀었다.

"뭐죠?"

유키는 떨리는 목소리로 물었다.

"이 캡슐 말입니다만."

"독이 든."

"네. 이것 말인데요."

거침없이 다가온다. 스와나 앞에서 꼬리를 말고 도망치든지 니트로 어쩌고를 받든지, 둘 중의 하나다.

유키는 후자를 선택했다. 생각하고 한 행동이 아니라, 자신도 모르게 그렇게 해버렸다. 스와나는 유키가 내민 손에 캡슐을 떨어뜨렸다. 그리고 그녀는 입을 열었다.

"열리지 않아요."

"네……."

시선을 떨궜다. 단순한 캡슐처럼 보이긴 하지만…….

"잡아당겨도 봤지만 열리지 않아요. 무언가 특별한 방법을 사용해야 하는 거라면 가르쳐주셨으면 해서요."

여러 생각이 들었다. 하지만 손안의 캡슐을 만지작거리며 유키는 먼저 이렇게 물을 수밖에 없었다.

"열어서 어떻게 하려는 겁니까."

"어떻게 하다니요?"

"독약을 쓰실 곳이라도 있는 겁니까?"

스와나는 이마에 손을 대고 고개를 갸웃거렸다.

"어머."

어머, 할 때가 아니라고. 유키는 마음속 외침을 목구멍에서 억눌렀다.

그와 동시에 끼워 넣는 식으로 만들어진 캡슐이 느슨해지며 내용물이 쏟아졌다. 투명한 액체가 유키의 침대 위로 떨어졌다.

암귀관에 참가한 열두 명 중, 제일 처음 비명을 지른 사람은 유키 리쿠히코였다.

한창 대화를 나누던 중 유키는 어떤 문제에 대해 고민했다.

스와나는 유키에게 자신이 장난감 상자에서 얻은 것은 '독이 든 녹색 캡슐'이라고 가르쳐주며 그것을 넘겨주기까지 했다. 그럼 유키 역시 스와나에게 부지깽이에 대해 알려줘야 하는 걸까? 사람을 때려 죽이기에 충분하다고 씌어 있던 메모랜덤을 보여줘야 하지 않을까?

그것이 신의라는 게 아닐까?

……스와나는 유키에게 그렇게 하라고 요구하지 않았다.

그리고 유키는 스스로 검토해본 끝에, 결국 자신이 얻은 흉기에 대해 입을 다물고 있는 것을 선택했다. 결코 그 사실을 잊어버린 것도 등한시한 것도 아니었다.

5

익숙하지 않은 전기면도기로 면도를 마치고 세수를 한 다음, 자신이 가져온 셔츠로 갈아입고 라운지로 향한다. 암귀관에는 햇빛이 들어오지 않는다. 시계는 오전 7시 반을 가리키고 있지만, 회랑은 어젯밤과 마찬가지로 어두웠고 미묘하게 구부러져 있었다.

라운지에는 원탁에 앉은 채 꿈쩍도 하지 않는 한 남자가 있었다.

가죽 소재인지, 천장 조명을 받아 희미한 광택을 띤 옷에는 수많은 징이 박혀 있었다. 머리카락을 금색으로 염색한 남자는 유키가 들어온 사실을 알아챘을 텐데도 눈길조차 주지 않고 눈앞의 인형을 바라보고 있었다.

"안녕하세요."

말을 걸어보았지만 반응은 없었다.

저 인디언 인형이 신경 쓰이는 건 이해가 갔다. 이해가 가지만 너무 예의가 없다. 그런 생각을 하면서 유키는 하얀 문을 열고 식당으로 들어갔다.

부지깽이와 마찬가지로 이야기 속에서밖에 본 적 없는 긴 테이블이 놓여 있었다. 먼저 온 스와나는 등받이가 살짝 구부러진 비싸 보이는 의자에 앉아 있다. 세어보니 라운지에 있는 사람은 모두 여덟 명이었다. 식사를 하고 있는 사람은 스와나, 남자 두 명에 여자 두 명. 나머지 세 사람은 무언가 음료를 마시고 있었다. 어젯밤에 졸리다고 했던 남자도 무언가 즐거운 듯 눈짓하며 작은 커피 잔에 입을 대고 있었다.

하지만 신경질적이지 않아 보이는 사람은 그와 스와나뿐이었다. 나머지 여섯 명은 늦게 온 유키에게 배려 같은 건 조금도 느껴지지 않는 시선을 보냈다. 불편하군. 그렇게 생각한 순간 스와나가 시원스레 말을 걸었다.

"안녕하세요."

"……안녕하세요."

인사를 나눈 덕택에 자연스럽게 스와나 옆에 자리를 잡을 수 있었다. 유키는 기뻤다. 첫 번째 이유는 스와나의 옆모습을 가까이서 볼 수 있었기 때문이다. 두 번째 이유는 왠지 긴장감이 감도는 이 분위기를 무시할 수 있었기 때문이다.

테이블에는 촛대 세 개와 커다란 접시 두 개가 놓여 있었다. 촛대는 놋쇠로 만들어졌는지 아니면 도금한 것인지는 모르지만 선명한 황금빛으로 빛났다. 회랑에 설치된 촛대와 마찬가지로 거기에 켜져 있는 건 불꽃이 아니라 불꽃을 흉내 낸 전구였다.

커다란 접시는 은색이었다. 테두리 부분에 세밀한 문양이 새겨져 있는 것 같았지만 조명이 어두워서 잘 보이지 않았다. 접시에는 샌드위치가 놓여 있다. 다른 열한 명 중 누군가가 만든 것이 아닐까 하고 생각했지만, 금세 그렇지 않다는 것을 알아챘다. 그 샌드위치는 아무리 봐도 일반인이 만든 것처럼 보이지 않았다.

단순히 식빵에 햄을 넣은 것이 아니었다. 바삭하게 구워져 적당히 크랙이 생긴 빵에 칼집을 넣어 각종 재료를 채운 샌드위치였다. 빨간 토마토, 초록색 양상추, 흰색 양파. 내용물도 공들여 손질했다는 것은 유키도 알 수 있었다. 사이로 보이는 고기는 아마 닭고기겠지.

비싸 보이는군. 그것이 유키의 솔직한 감상이었다.

그런 유키의 심정에 동의하듯, 졸리다고 했던 남자가 가볍게 말했다.

"먹어봐. 일반 서민은 자괴감에 빠질 정도의 맛이야."

"그게 무슨 맛인데."

"이 몸을 우롱하는 건가, 그런 맛."

농담이 지나치다. 아무래도 이 남자와 제대로 된 대화를 나누기를 기대해선 안 될 것 같다.

개인 접시를 받아 달걀 샌드위치를 집었다. 자, 먹어볼까. 유키가 그렇게 생각한 순간, 등 뒤에서 누군가 작은 커피 잔이 놓인 트레이를 내밀었다.

"커피 드릴까요?"

돌아보자 여자가 서 있었다.

아직 열두 명 모두를 찬찬히 살펴본 건 아니었지만, 참가자들의 평균 연령은 20대 전후인 것 같았다. 20살인 유키는 딱 평균이라고 할 수 있을 테지.

한편, 30대, 어쩌면 40대일지도 모른다는 생각이 들게 하는 사람도 두 명 있었다. 커피를 건네준 사람은 그중 한 사람이었다. 볼 언저리가 통통한 여성이었다.

"……감사합니다."

"커피메이커 사용에 애를 먹어서요. 조금 많이 만들어버렸지 뭐예요."

여자는 웃으며 그렇게 말하더니, 옆방, 즉 부엌으로 들어갔다. 대학에 입학한 뒤로 유키는 계속 혼자서 자취 생활을 했다. 대가 없는 친절을 접한 것은 오랜만이었다.

그럼 잘 마시겠습니다. 입을 딱 벌린 순간, 유키는 동작을 멈췄다.

뇌리를 스쳐지나가는 이미지가 있었다.

녹색 캡슐.

니트로 어쩌고.

……독.

부지깽이, '사람을 때려 죽이기에 충분한', 감옥이라는 방이 있다는 사실. 비정상적인 시급.

불온한 예감.

이 아침 식사에 문제는 없는 것일까?

그런 이미지가 눈 깜빡할 사이에 부풀어 올라 그의 몸을 옭아맸다. 샌드위치는 입에서 불과 몇 센티미터 앞에서 멈춰 있다.

순간의 판단. 이미 손에 들고 있는 음식을 내려놓으면 보고 있는 사람들은 이렇게 생각할 것이다. '이 사람은 무언가 이유가 있어서 음식을 먹으려다 말았다' 혹은, 여기까지 눈치챌지도 모른다. '그는 독이 들어 있을지도 모른다고 생각하는 것이다.'

이 불안을 다른 사람들이 알아채게 해도 되는 걸까?

기분 탓인지 식당 안에 있는 멤버들이 흘끔흘끔 자신의 손으로 시선을 보내고 있는 것 같았다.

일 초가 지났을까? 아니면 십 초? 유키는 먹었다. 입을 크게 벌리고 샌드위치를 베어 물었다.

세 가지 이유가 그의 결단을 뒷받침해주었다.

첫 번째, 다른 멤버들이 이미 음식을 먹고 있었다.

두 번째, 배가 고팠다.

마지막으로, 유키 리쿠히코는 기본적으로 낙천주의자였다.

빵은 아직 따뜻했고, 양상추도 무척 신선했다. 리버 페이스트⬧와 크림치즈, 그리고 여태껏 유키가 구경도 해보지 못한 그 밖의 재료들도 뛰어난 맛을 자랑했다. 애초에 유키는 졸리다고 했던 남자가 그렇게 강조할 정도의 질적 차이는 느끼지 못했다. 일개 학생인 자신이 그 차이를 모르는 것도 무리는 아니다. 그는 그렇게 스스로를 위로했다.

편안한 분위기에서 먹었다면 더욱 맛있었을지도 모른다.

하지만 암귀관의 식당을 지배하는 분위기는 유감스럽게도 편안

⬧ 돼지나 닭, 소의 간을 삶은 다음 갈아서 버터, 후추, 소금 등을 넣어 버무린 음식으로 빵에 발라 먹거나 샐러드와 함께 먹는다.

함과는 거리가 멀었다. 몇몇 사람은 노골적으로 다른 사람의 동정을 살피고 있었다. 제일 나이가 많아 보이는 구부정한 어깨의 남자가 침울한 얼굴로 원망스러운 시선을 보내고 있었다. 이 자리에 있는 모든 사람이 부모님의 원수라도 되는 양 험악한 시선으로 사방을 둘러보고 있는 사람은 아직 소년이라고 불러도 될 나이의 남자였다. 전혀 주눅 든 기색 없이 빤히 한 사람씩 관찰하고 있는 사람도 있었지만, 그쪽은 성별을 단정 지을 수가 없었다.

유키는 그러한 시선을 불편하게 느꼈지만, 그 역시 다른 참가자들의 손이며 눈, 입에 시선이 가는 건 어쩔 수 없었다. 자연스럽게 행동하고 있는 것은 스와나 정도밖에 없었다.

마지막 한 사람의 아침 식사가 끝나자 식당은 정적에 휩싸였다.

모두 아무 말도 하지 않았지만, 그 침묵이 지극히 유창하게 그들의 상황을 설명했다. 열두 명 중 대부분, 아마도 전원이 장난감 상자에 들어 있던 흉기를 입수하고, 십계를 읽었다. 그리고 내용을 알 수 없는 이 실험이 정상적인 일이 아닐 것이라고 추측하고 있는 것이다.

쯧. 누군가 허를 차는 소리가 났다.

제일 덩치 큰 남자가 자리에서 일어났다. 그는 열두 명 중에서 제일 눈길을 끄는 존재였다. 절도 있고 당당한 육체에서는 강인함이 느껴졌다. 옆에 앉아 있던 여자가 남자를 올려다보며 소매를 잡아당겼다.

"유우, 어떻게 할 거야?"

유우라 불린 남자는 여자를 흘끗 보았다.

"이러고 있는다고 어떻게 되는 것도 아니잖아."

남자는 그렇게 중얼거리더니 식당에 있던 사람들을 둘러봤다.

"앞으로 일주일은 같이 있어야 하는데 서로 자기소개라도 하죠."

반대하는 사람은 없었다. 오히려 누군가 그렇게 말을 꺼내기를 기다리고 있었다는 듯, 몇 사람은 바로 고개를 끄덕였다.

"라운지로 가죠. 렌카, 후치 씨를 불러와줄래?"

여자는 고개를 끄덕이더니 부엌으로 달려갔다. 지금 대화로 그녀의 이름과 커피를 내어준 여자의 이름을 알 수 있었다.

6

원탁에 열두 명이 앉아 있다.

그중 웃는 얼굴은 하나도 없었다.

조용한 분위기는 앞으로 시작될 일이 무언가 엄숙한 의식이기라도 한 것 같은 착각을 불러일으켰다.

만일 어젯밤 이 라운지에 내려온 직후에 서로 이름을 밝혔더라면……. 유키는 상상했다. 분명 아무 일 없이 앞으로 잘 부탁합니다는 인사로 끝났을 것이다. 하지만 하룻밤 지난 오늘 아침, 유키를 포함한 열두 명 사이에는 정체 모를 불안이 가라앉아 있었다.

정체 모를 것을 대하는 우토 선생님의 가르침을 모두에게 소개해야 하나? 그렇게 생각한 유키는 곧바로 자신의 생각이 틀렸다는 것을 깨달았다.

이 상황에서는 이토 선생님의 가르침을 소개해야지.

열두 명 중에서 제일 덩치 큰 남자, '유우'가 살며시 웃음을 지었다.

"명찰이라도 있으면 불편하지 않을 텐데. 시설은 호화로운데 꼭 필요한 게 없군."

자신의 가슴에 주먹을 대며 말했다.

"오사코 유다이. 대학교 3학년. 일이 이상하게 돌아가는 것 같지만, 아무튼 잘 부탁한다."

세련된 자기소개는 아니었지만 그의 굵은 목소리가 불안을 완화시켜주는 것처럼 느껴졌다. 의지가 된다고 할까.

무리에는 반드시 하나 이상의 리더가 나온다. 오사코의 거동을 보고 유키는 리더가 될 사람은 바로 그일 것이라고 생각했다. 다부진 육체 때문만은 아니다. 자신감이 느껴지는 저 당당한 태도 때문이었다. 나머지는 대항할 인재가 나오느냐인데. 만일 나온다면 파벌이 만들어지게 될 테지.

그 옆에 있는 사람이 조금 전 오사코가 렌카라고 부른 여자였다. 원래 이목구비가 뚜렷하다기보다는 화장으로 뚜렷하게 만든 것 같은 느낌이었다. 눈에는 마스카라. 뺨에 바른 파운데이션에는 반짝거리는 무언가가 섞여 있다. 이 지하 공간에서도 화장은 꼭 챙겨서 하고 있다는 건가. 미모로만 따지면 스와나에 훨씬 못 미쳤지만 이쪽은 이쪽대로 젊은이 특유의 매력이 느껴졌다. 유키의 감상은 그랬다. 여자는 오사코를 슬쩍 보더니 꾸벅 고개를 숙였다.

"와카나 렌카라고 합니다."

오사코와는 원래 알고 지내던 사이인 모양이었다. 하지만 유키의 눈에 앳된 티가 나는 와카나와 오사코는 그다지 어울리지 않는 것처럼 비쳤다. 어젯밤 설명회 때 야간 수당이 나오는지 물었던 여자가 와카나. 오사코를 전적으로 의지하고 있는 것처럼 보였지만, 단순히 그렇게 보이는 것뿐인지도 모른다.

그 옆에는 통통한 남자가 무슨 이유에서인지 원탁에 쓰러질 듯 기대어 앉아 있었다. 열두 명이 자리에 앉을 때, 유키는 그가 어떻게든 오사코의 근처에 앉으려고 우왕좌왕하던 모습을 똑똑히 목격했다. 덥지도 않은데 이마를 훔치고 있다. 깜짝 놀란 듯 눈을 크게 뜨고 있었는데, 의외로 동그란 눈동자가 묘한 느낌을 주었다. 남자는 몸을 더욱 원탁 쪽으로 가져다 대더니 작은 목소리로 자기소개를 했다.

"가마세 조라고 합니다."

다음 차례는 유독 나이 들어 보이는 구부정한 어깨의 남자였다. 나이가 많아 보인다고는 해도 쉰은 되지 않았을 것이다. 세상 풍파에 오랫동안 시달려온 것 같은 피폐한 분위기가 그를 실제 나이보다 더 늙어 보이게 하는지도 모른다. 짧게 자른 머리와 면도한 지 얼마 안 된 듯 푸르스름한 얼굴. 아니, 안색 자체가 그다지 좋지 않았다. 남자는 몸에 밴 예의 바른 태도로 고개를 숙이며 자신을 소개했다.

"니시노 가쿠라고 합니다. 잘 부탁드립니다."

니시노는 식당에서 잔뜩 가라앉은 눈동자로 그 자리에 있던 사람들을 한 사람씩 빤히 바라보던 남자였다. 하지만 지금 그에게서 조금 전 같은 음침한 인상은 느껴지지 않았다. 식당의 어두운 조명과 유키 자신의 불안 때문에 존재하지 않는 그림자를 보았던 것일까.

그 옆은 식당에 있던 멤버들이 이곳으로 이동했을 때부터 같은 장소에 앉아 있던 남자였다. 금발에 가죽 소재 옷을 입은, 유키의 인사를 무시했던 남자다. 그는 눈을 희번덕거리며 차분하지 못한 태도로 계속 주변을 두리번거렸다. 그 모습은 딱 봐도 정상이 아니어서, 약물 금단 증상을 보이고 있는 것이 아닌가 하는 의심까지 들었다. 저러다 갑자기 소란을 피우는 건 아니겠지. 유키는 내심

조마조마했다. 그의 곁에 앉아 있는 사람이 바로 스와나였기 때문이다. 자리를 바꿔야 했다는 후회까지 들었다.

남자의 시선이 불안정한 틈을 타 유키는 그의 옆모습을 빤히 바라보았다. 하지만 낌새를 챘는지, 남자는 고개를 홱 돌려 유키를 노려보았다. 유키는 몸을 움츠리며 이 남자에게는 다가가지 말자고 결심했다. 남자는 혀를 차더니 자포자기에 가까운 말투로 입을 열었다.

"난 이와이. 이제 됐지?"

모두 그에 동의한 듯 다음 사람에게 차례가 돌아갔다.

"스와나 쇼코라고 합니다. 모쪼록 잘 부탁드립니다."

스와나는 아름다운 목소리로 자기소개를 한 다음, 고개를 숙여 인사했다.

남녀를 불문하고 그 자리에 있던 대부분의 사람들이 그녀를 주시했다. 왜 이런 타입의 여성이 이곳에 있는지, 새삼 궁금해하는 것 같은 얼굴이었다. 어딘지 모르게 답답한 안개가 자욱이 껴 있는 듯한 라운지에 순간 빛이 비친 느낌마저 들었다.

그 덕분에, 다음으로 자기소개를 한 유키는 스와나의 존재에 묻혀 거의 주목받지 못했다.

"유키 리쿠히코라고 합니다."

아무도 듣지 않는 것 같은 느낌이 들어서 무심결에 이렇게 덧붙였다.

"학생입니다."

역시 아무도 듣지 않는 것 같았다. 취미와 소속 서클도 이야기하는 편이 좋았을까.

그다음은 식당에서 보았던, 여자인지 남자인지 알 수 없는 사람이었다. 옆에 앉아 있었기 때문에 유키는 가까이서 볼 수 있었다. 코가 오뚝하다. 비범한 미모의 소유자였지만, 아무리 가까이서 관찰해도 남자인지 여자인지 분간이 가질 않았다. 성별을 알 수 없는 그 인물은 자신의 가슴에 손을 올리더니, 역시 성별을 구별할 수 없는 조용한 목소리로 말했다.

"하코시마 유키토. 학생입니다. 잘 부탁드립니다."

이름을 보니 남자인가 보다.

그다음으로 입을 연 건 무척 아름다운 남자였다. 하코시마는 여성적인 느낌도 드는 미남이었지만, 이쪽은 남자라는 사실이 분명히 느껴지는 아름다움이었다. 이목구비가 뚜렷하고, 턱선이 무척 섬세했다. 어딘지 모르게 남의 시선을 받는 것에 익숙한 것 같은 분위기도 풍겼다. 리더 타입은 아니었지만, 집단의 중심 인물은 될 법했다.

하지만 오늘 아침 이 자리에 이르기까지 유키는 그를 본 적이 없었다. 인상에 남는 걸로 치자면 스와나에게도 뒤지지 않는다. 봤는데도 잊어버린 것이 아니라, 아예 본 적이 없다. 그는 라운지에도, 식당에도, 그리고 분명 부엌에도 없었다. 혼자 있는 걸 좋아하는 걸까.

그의 목소리에서는 깊은 무관심이 느껴졌지만 불쾌한 느낌은 들지 않았다.

"마키. 마키 미네오."

이와이와 약간 비슷한 타입인가. 하지만 유키가 보기에는, 얼굴 생김새로만 따지면 마키의 압도적인 승리였다. 두 사람 모두 기분 나쁜 듯한 표정을 짓고 있었지만, 이와이가 반항하고 있는 것처럼 보이는 데 반해 마키는 초연해 보였다.

그 옆에 앉은 소년도 이와이나 마키에 지지 않을 정도로 기분이 나빠 보이는 소년이었다. 이쪽은 잔뜩 가시가 돋친 느낌이었다. 짙은 갈색으로 물들인 머리 아래로 보이는 눈동자는 금방이라도 덤벼들 것 같다. 식당에서 음침한 시선을 보내던 것처럼 보였던 니시노는, 라운지에서 보았을 때는 그렇지도 않아 보였다. 하지만 이 소년은 식당에서 보았을 때도, 라운지에서 보았을 때에도, 변함없이 표정이 험악했다.

"세키미즈 미야."

소년이 아니라 소녀였다. 유키는 무심결에 하코시마를 쳐다봤다. 저쪽은 여성적인 남자. 이쪽은 남성적인 여자. 확실히 구별되는군.

그다음 사람이, 어젯밤 유키에게 카드 키에 쓰인 십계를 넌지시 알려준, 졸리다고 했던 남자였다. 말랐다고는 생각했지만 새삼 다시 보니 말랐다기보다는 살짝 휘청거릴 것 같은 느낌이 들었다.

"안도 요시야. 안도의 도는 동쪽 동 자를 쓰지, 알아두라고."

머리가 나쁜 남자는 아닌 것 같았지만, 그는 이 분위기에서 무척이나 여유 만만한 모습을 보이고 있었다. 아니면, 여유로운 척하는 것일까. 유키는 꿰뚫어 볼 수 없었다. 그러고 보니 아까 식당에서도 느긋하게 커피를 리필하고 있었다. 그는 열두 명 중에서 유일하게 안경을 썼는데, 렌즈 아래에만 테가 붙은 독특한 안경이었다.

마지막 사람은 니시노와 더불어 참가자 평균 연령보다도 조금 위일 것 같은 여성이다. 식당에서 커피를 가져다준 후치였다. 가마세처럼 살진 체형은 아니었지만 조금 통통했다.

"후치라고 합니다. 후치 사와코. 잘 부탁드립니다."

목소리에서 듣는 사람을 안심시키는 부드러움이 느껴졌다.

한참 연상이라 그런 것일까, 열두 명 중에서 후치와 니시노는 그냥 보기에도 분위기가 달랐다. 유키는 사람의 얼굴과 이름을 일치시키는 데 능한 편은 아니었지만, 이 두 사람은 금세 기억할 수 있을 것 같은 느낌이 들었다.

"뭐, 한 번에는 무리겠지. 시간이 지나면 차츰 외울 수 있을 거야."

마지막으로 오사코가 그렇게 말했다. 열두 명은 지금 막 들은 이름을 확인하듯 서로 얼굴을 마주 봤다.

유키는 소개가 끝나자마자 누가 누군지 알 수 없는 상태였다. 원탁에 가슴이 닿을 정도로 등이 구부정한 저 남자, 이름이 뭐랬더라?

7

태평하기만 한 기분은 아니었다.

하지만 구체적인 위기가 닥친 것도 아니다. 존재가 확인된 것은 부지깽이와 녹색 캡슐. 자신들이 비정상적인 상황에 처해 있다는 것은 알고 있었지만 아직 벌벌 떨 정도는 아니었다.

자기소개를 마친 다음 식당과 라운지 사이를 십 분 간격으로 왕복했지만, 유키는 넘쳐나는 시간을 도저히 견딜 수가 없었다. 회랑으로 이어지는 문에 손을 댄 순간 뒤에서 목소리가 들렸다.

"어디 가는 거지?"

굵은 목소리. 오사코다. 유키는 뒤돌아봤다.

"산책."

"그만두는 게 좋을걸."

오사코는 의자에 깊숙이 기대어 앉은 채 팔짱을 끼고 있었고,

옆에 앉은 와카나는 그 옆모습을 바라보고 있었다.

"무슨 일이 일어날지 몰라."

"그야 그렇지만……."

유키는 머리를 긁적였다.

"난 아르바이트 하러 온 거라고. 일이 없으니 따분하잖아."

"따분한 건 나도 마찬가지야. 뭔가 시간을 때울 만한 게 있으면 좋겠는데."

"없으니까 어쩔 수 없지. 그런 고로 난 산책을 다녀오겠어."

졸린 듯 눈을 비비며 계속 꿈쩍도 하지 않았던 하코시마가 천천히 눈을 떴다. 그는 작지만 또렷한 목소리로 한마디 던졌다.

"산책은 함께 걷는 사람이 있으면 즐겁지."

맞는 말이다. 유키는 그렇게 생각했다.

하코시마는 돌아다니는 건 상관없지만 혼자서는 가지 말라고 말하는 것이다. 그는 더이상 경계심을 감추려 들지 않았다.

하지만 사실 자기소개가 끝난 뒤 슬쩍 라운지에서 빠져나간 사람이 있었다. 마키다. 하코시마는 마키의 행동은 상관없었던 것일까.

……아니, 그게 아니다.

라운지에서 나간 사람이 한 명이라는 것이 확실한 경우에는 딱히 아무 문제도 없다. 둘 이상이 나가고 나서야 비로소, 홀로 하는 산책이 그다지 바람직하지 않은 것으로 바뀌는 것이다. 이유는 알고 있다. 하지만⋯⋯.

유키는 어깨를 으쓱하며 말했다.

"그렇게 사사건건 신경 쓰고 있다간 한없이 우울해질걸."

"하긴, 우울해지긴 하는군."

그렇게 동의한 사람은 바로 졸리다고 했던 남자, 안도였다. 그는 크게 하품하더니 안경 아래 눈가를 엄지손가락으로 비비며 자리에서 일어났다.

"가자."

안도의 제의는 고마웠다. 하지만,

"저도 함께 가죠."

스와나까지 함께 나선 것은 뜻밖이었다. 몇 발짝 걸음을 옮기는 스와나는 마치 백합 같았다.

그 자리에 있던 거의 모든 남성들이 희미하게 동요했다. 유키는 물론 기뻤다. ⋯⋯하지만 동시에 곤란하다고 느꼈다.

참가자 열두 명. 오사코가 말했던 '무슨 일이 일어날지 모를' 상황에서 유키는 되도록 눈에 띄고 싶지 않았다. 생판 모르는 열두 명을 지하에 가두어놓으면, 그것만으로도 불안의 씨앗이 된다. 만일 이대로 고용주가 아무런 지시를 내리지 않는다 해도 언젠가는 누군가가 다른 사람과 문제를 일으킬 것이다. 그때에 표적이 되고 싶지는 않았다.

그리고 앞으로 무슨 일이 일어날지 유키는 어렴풋이 짐작하고 있었다.

유키가 보기에 현재 존재감을 발산하는 사람은 모두 세 명. 의지할 수 있을 것 같은 오사코. 친절하게 솔선수범하여 커피를 가져다준 후치. 그리고 선녀 같은 스와나. 외모로 따지자면 마키도 뒤지지 않았지만, 다른 멤버들에게 벽을 치고 있기 때문에 파벌의 리더는 될 수 없을 것이다.

유키와 스와나가 사전에 알고 있던 사이였다는 것은 아마 모두들 눈치챘을 것이다. 지나치게 친밀하게 함께 행동한다면 다른 사람들에게 유키는 '스와나의 추종자'라고 인식될 것이다.

하지만 따라오지 말라고 하는 것도 부자연스러웠다.

뭐, 어차피 대단한 일도 아니다. 그렇게 생각하며 웃는 얼굴로 스와나를 맞이한 유키는 문 앞으로 다가갔다.

뒤를 돌아보니, 미간을 찌푸린 오사코를 향해 뭐라고 귓속말을 하는 와카나가 보였다.

식당 조명이 어둡다고 느끼고 있었지만, 그것은 어디까지나 라운지와 비교했을 때의 얘기고, 회랑의 조명과는 비교도 되지 않았다. 다시 걸어보고 나서야 유키는 회랑이 얼마나 어두운지 다시금 확인했다.

유키와 안도가 나란히 걷고 스와나는 그 뒤를 따라가는 모양새였다. 회랑의 짧은 커브를 돌 때마다 개인실이 보였다. 지금 현재 누가 몇 호실인지는 거의 알 수 없었다. 알고 있는 것은 7호실의 스와나, 6호실의 유키, 5호실의 안도, 이렇게 셋뿐이다.

"이 커브, 기분 나쁘네요."

스와나는 솔직한 감상을 말했다.

안도는 안경 너머로 뚫어지게 바라보고 있다.

"기분 나쁘다기보다…… 악질이군."

그는 라운지에서 자기소개를 했을 때에 비해 상당히 소리를 죽이고 있었다. 그 마음은 유키도 잘 알 것 같았다. 이 회랑에는 소리를 죽이고 싶어지는 분위기가 존재한다.

불길하고 악질적인 느낌의 정체가 분명해졌다.

커브 때문에 회랑의 앞쪽이 전혀 보이지 않는다. 즉, 바로 앞이나 뒤에 누군가 있다고 해도 볼 수 없는 것이다.

"그 비주얼 록이 여기 어딘가에 있을지도 모르는데. 이래서야."

안도는 그렇게 중얼거렸다.

"비주얼 록?"

유키가 그렇게 되묻자 안도는 가볍게 인상을 찌푸렸다.

"이름이 뭐더라. 입을 꾹 다물고 있던 녀석 말이야. 같은 비주얼 계라도 폼 나는 쪽."

물론 유키는 기억하고 있었다.

"마키 말이군."

그렇다는 건 같은 비주얼 록 스타일이라도 폼이 안 나는 쪽은 이와이를 가리키는 건가. 안도 역시 자신과 같은 인상을 받은 듯했다. 유키는 어두운 조명 아래서 빙긋 웃었다.

"그래, 마키. 그런데 네 이름은 뭐랬지?"

"유키 리쿠히코. 그러는 네 이름은 뭔데?"

"안도 요시야."

두 사람의 뒤쪽에서 정중한 목소리가 들렸다.

"전 스와나 쇼코입니다."

"스와나 씨 이름은 듣자마자 외웠죠."

그야 그렇겠지. 유키는 그렇게 생각했다.

커브 앞쪽으로 또다시 문이 나타났다. 'Private Room 1', 이 방이 나타났다는 건 개인실은 이걸로 끝이란 소린가.

"이 앞은?"

유키가 묻자 안도는 고개를 저었다.

"글쎄. 뭐였더라."

걸음을 내디뎠다.

털이 긴 카펫을 밟는 감촉은 더없이 편안했다.

커브 앞쪽으로 보인 문은 개인실 문과는 달랐다. 회색빛의, 한 눈에 봐도 무거워 보이는 문이었다. 손잡이가 없는 대신 카드 리더기의 붉은빛이 회랑을 비추고 있다.

"여긴…… 잠긴 건가?"

유키가 의문을 입 밖으로 내는 사이, 안도는 손을 움직였다. 그는 미끈한 문 표면에 손을 대고 움직이려 했다. 그는 금세 유키를 돌아보며 말했다.

"맞아. 잠겨 있네."

"이 방은."

문 표면에는 'Vault'라고 쓰인 금속판이 붙여져 있었다.

"보, 볼트?"

유키는 숫자뿐 아니라 영어에도 약했다.

안도가 뭐라 할 줄 알았는데 답을 제시한 것은 스와나였다.

"금고실이군요."

"아, 그런 겁니까."

"리더기에 카드 키를 사용하면 열릴지도 몰라요."

요컨대, 해보라는 건가. 유키는 주머니에서 카드를 꺼내 일단 리더기를 통과시켜보았다. 땡 하고 가벼운 소리가 났지만 램프는 여전히 붉은색이었다.

"안 열리는데요."

"아니."

안도는 그렇게 말하더니 리더기에 얼굴을 가져다 댔다.

"12분의 1이라고 표시되어 있어."

유키와 마찬가지로 안도는 카드 키를 꺼내 리더기를 통과시켰다.

"12분의 2로 바뀌었군. 열두 명이 모두 모이면 열 수 있겠는데."

금고 안은 어떨까. 신경 쓰이긴 했지만 지금 모두를 소집할 정도
는 아니었다. 일단 나중으로 미뤄두고 앞으로 나아갔다.

개인실의 문은 나무로 되어 있어서 서양식 건축 분위기에 잘 어
울렸다. 하지만 'Prison'의 문은 아무런 장식도 없는 새하얀 문이었
다. 만져보니 차갑고 딱딱했다.

"철이군. 아니, 철이 아닐지도 모르지만 금속인 건 확실해."

"과연, '감옥'이군."

팔짱을 낀 채 안도는 고개를 끄덕였다. 아무리 유키라 해도 프
리즌의 뜻 정도는 알고 있었다.

스와나는 유키와 안도 사이로 가만히 손을 뻗었다. 희미한 조명
을 받아 새하얀 팔이 드러났다. 문을 만져본 스와나가 운을 뗐다.

"안에 누가 있는 걸까요?"

유키는 정신이 번쩍 드는 것 같았다. 그렇다. 감옥이라면 누군가
가 갇혀 있어도 이상하지 않다. 즉, 열두 명 이외의 누군가가.

감옥의 문 역시 미닫이식인 것 같았다. 금고실과 마찬가지로, 손

잡이도, 손을 댈 만한 팬 곳도 없다. 유일하게 금고실과 다른 점은, 불투명 유리로 만들어진 작은 감시창이 달려 있다는 것뿐이었다. 감시창이 달려 있다고는 해도 감옥 안이 캄캄한지 창문 너머는 아무것도 보이지 않았다. 문이 열리는지 시험해봤지만 역시 굳게 닫혀 있었다.

문득 안도가 중얼거렸다.

"만일 아무도 없는 감옥이라고 한다면…… 이게 존재하는 의미는 뭐지?"

간단한 문제다. 유키는 대답했다.

"앞으로 집어넣기 위해서지."

감옥 다음 방은 'Guard Maintenance Room'이었다.

"감옥 안에서 사람의 기척은 느껴지지 않았지?"

안도는 유키의 말에 고개를 끄덕이더니, 이어서 입을 열었다.

"정비실에도 아무도 없을 거라고 생각해?"

그 물음에 대답할 수 있는 사람은 없었다.

경비정비실의 문 역시, 금고실과 감옥과 마찬가지로 금속으로 만들어져 있었다. 하지만 마감이 저마다 달랐다. 희미한 조명 속에서 봐서 확실하지는 않았지만, 금고실의 문은 회색, 감옥의 문은 하얀색, 그리고 정비실의 문은 세피아였다.

안도는 문에 손을 댔다. 꿈쩍도 하지 않는다.

"그건 그렇고."

안도는 문에 손을 댄 채 어깨 너머로 돌아봤다.

"두 사람 다 방문은 잠기던가?"

유키와 스와나는 무심코 얼굴을 마주 보고 나서 동시에 고개를 저었다. 안도는 씩 웃으며 말했다.

"그렇군."

뭔가 오해한 것 같은 표정이었다.

뭐, 굳이 해명할 것까진 없겠지. 유키는 그렇게 생각했다. 조만간 그도 알게 될 것이다. 스와나는 보고 있는 것만으로도 행복해지며 의지해 오는 모습을 볼 때면 승천할 것 같은 기분이 들게 하는 사람이지만, 나란히 설 수는 없는 존재다.

그나저나 정비실이라니 이상하군. 유키는 그렇게 생각했다. 경비라고 불리는 존재가 있는 게 그리 이상할 건 없다. 그를 위한 방이 있는 것도 이해가 간다. 하지만 정비라니?

문이 열리지 않는 이상, 대답은 나오지 않는다. 안도와 스와나는 먼저 가버렸다. 유키는 황급히 그들의 뒤를 쫓았다.

그리고 다음 방은, 'Recreation Room'. 오락실.

가지고 온 책을 압수당하는 바람에 시간이 남아돌던 유키는 내심 이 방에 큰 기대를 걸고 있었다. 아무리 불온한 공기가 느껴진다 해도, 위기 속에 있다 해도 아무것도 하지 않는 지루함이란 무시무시한 적이 틀림없다. 하다못해 트럼프 한 세트만 있더라도 큰 도움이 될 것이다.

하지만 그 기대는 허무하게 배반당했다.

중후해 보이는 원목 재질에 놋쇠 손잡이가 달린 오락실의 문. 열 수 있을 것 같았지만 그 문 역시 꿈쩍도 하지 않았다.

큰 소리에 놀라는 것은 생물이라면 모두 가지고 있는 당연한 본능이지만, 인간의 비명은 특히 더 간담을 서늘하게 한다.

갑자기 들린 비명 소리에 유키는 온몸이 부들부들 떨리며 마비되고 목구멍에서는 덩달아 비명이 터져 나올 것 같았다. 하지만 그는 가까스로 충동을 억눌렀다. 옆에서는 안도가 이를 악물고 있었고, 뒤에 있는 스와나는 양손으로 입가를 가린 채 눈을 휘둥그레 떴다.

회랑의 커브 너머로 비명을 지른 장본인의 모습이 절반쯤 보였다. 얼어붙은 듯 움직이지 않는 인영은 어둠에 잠겨 누군지 판별이 되지 않았다. 유키 일행과 비명을 지른 사람, 네 명 중 먼저 입을 연 것은 유키였다.

"마키?"

그 말에 상대의 긴장이 한순간에 풀어졌다. 꼬마전구처럼 가냘픈 촛대의 빛 속에서 모습을 드러낸 사람은 마키가 아니었다.

"당신은……."

거기까지 말한 유키는 말하려던 이름을 삼키고 쓱 반발자국 뒤로 물러났다.

유키를 대신해 안도가 입을 열었다.

"이와이지?"

가죽 재킷에 박힌 징이 어둠 속에 희미하게 떠올라 있었다. 쳇. 이름을 불린 이와이는 그렇게 싫은 소리를 내뱉었다. 나름대로 폼을 잡으려던 건지도 모르지만, 조금 전 유키 일행을 본 것만으로 비명을 지르고 난 뒤니 무슨 수를 써도 멋있는 척은 할 수 없다. 이와이 때문에 깜짝 놀랐던 안도는 유독 히죽거리고 있었다.

"아무 짓도 안 해. 그러니까 그렇게 겁먹지 말라고."

이와이의 얼굴에 순식간에 분노한 기색이 나타났다. 이 어둠 속에서도 그의 얼굴이 붉어진 것을 알 수 있었다. 유키는 자신도 모르게 움찔했다. '누가 겁먹었다고 그래!' 하면서 난동을 피울 줄 알았던 것이다.

하지만 이와이는 아무 말 없이 안도를 노려보더니 시선을 떨구었다.

"겁먹었다고? 그럼 너희는 겁 안 나냐?"

이번에는 안도의 말문이 막혔다. 여기서 언쟁을 벌여도 소용없다. 어떻게든 두 사람 사이의 긴장을 풀기 위해 유키는 안도 뒤에서 말했다.

"불안하기도 하고, 무섭긴 하지. 하지만 만나자마자 비명 지를 정도는 아냐."

왁스가 부족했는지, 평상시라면 뾰족하게 거꾸로 서 있어야 할 이와이의 머리카락 끝은 지저분하게 밑으로 늘어져 있다. 이와이는 그 머리카락을 잡더니 마구 쥐어뜯었다. 진정시키려던 건지 놀리려는 건지는 모르겠지만 안도는 태평하게 말했다.

"왜 그렇게 짜증내는 건데? 아무 일도 안 일어났잖아. 편하게 있자고."

하지만 그 말은 역효과를 불러일으켰다. 이와이는 안도를 홱 노려보더니 알아들을 수 없을 정도로 빠르게 말을 쏟아냈다.

"아무 일도 안 일어났다고? 무슨 일이 일어날지 모르는 거냐?"

"모르겠는데."

"그럼 넌!"

이와이는 손을 들더니 손바닥으로 문을 쳤다. 어느 틈엔가 유키 일행은 마지막 방인 'Mortuary' 앞에 와 있었다.

방문은 새카맣게 칠해져 있다. 쿵, 하는 무거운 쇳소리가 울려 퍼졌다.

"이 방이 무얼 위해 존재하는지 모르는 거냐?"

손잡이를 잡더니 이와이는 단숨에 방문을 열었다.

"봐!"

열린 문 건너편은 눈이 부실 정도로 밝은 빛으로 가득 차 있었다. 어두운 회랑에 길들여져 있던 눈이 순간 시력을 잃었다.

숨을 삼키는 짧은 목소리는 눈부신 빛에 놀란 스와나가 무심결에 낸 것일까.

유키와 안도, 그리고 스와나는 자신들도 모르게 눈을 감았다 서서히 눈을 가늘게 뜨며 방 안을 둘러봤다. 그곳은 바닥부터 천장까지 새하얗게 칠해진 텅 빈 공간이었다. 가로세로 10미터 정도 될까. 천장은 높다. 가구라고는 하나도 없는 빈방이었다.

아니.

점점 눈이 실내에 익숙해지자 방 안에 놓인 것이 보이기 시작했다. 하얀 방 안에는 하얀 상자가 나란히 늘어서 있었다. 상자는 무척 가늘고 길었지만 높이가 전혀 느껴지지 않았다. 가늘고 긴 하얀 상자들. 천장 조명을 받아 빛나고 있는 것처럼 보이기까지 한다. 다섯 개씩 두 줄로 가지런히 늘어서 있었다.

그것이 무엇인지 생각할 틈도 없었다. 견디지 못하겠다는 듯, 이와이가 외쳤다.

"관이라고. 열 개의 관!"

유키의 등줄기를 타고 오한이 일었다. 분명히 그 상자는 관처럼 보였다. 흐으, 목구멍 속에서 이상한 소리가 울렸다.

하지만 안도는 유키보다 냉정했다.

"상자야."

그는 이와이가 아니라 유키를 보며 말했다.

"이건 관입니다. 그렇게 적혀 있기라도 해?"

"뭐, 그도 그렇군."

상자는 상자일 수밖에 없다. 시체를 넣으면 관이지만, 귤을 넣으면 귤 상자다. 하지만…….

어찌되었든 유키는 이성을 잃을 뻔했던 자신을 탓했다. 맞아, 단순한 상자다. 그렇게 말하기 위해 유키는 스와나를 뒤돌아봤다.

"적혀 있는데요."

스와나는 두 줄로 늘어선 관을 바라보며 그렇게 말했다.

그녀는 무척이나 차가운 눈빛으로 하얀 방을 바라보고 있었다. 줄곧 온화한 표정을 유지했던 스와나였기에 그 모습은 더욱 보는 사람을 오싹하게 했다.

세 사람의 시선이 스와나에게 고정된다. 그녀는 다시 한번 말했다.

"적혀 있어요."

"……관이라고?"

스와나는 그 물음에는 고개를 저었다.

이와이는 소리 내어 웃었다. 딱딱하게 굳은 불쾌한 웃음소리였다.

"맞아. 적혀 있다고."

그렇게 말하며 그는 문을 닫았다. 빛이 사라진다. 이번에는 눈이 어둠에 적응하지 못했다. 유키 일행의 눈이 어둠으로 덮였다.

어둠 속에서 이와이는 검은 문에 손을 대며 말했다.

"난 어젯밤, 이곳에 들어온 순간 깨달았어. 그 인형의 의미······ 당신들 영어 못하지?"

유키는 아무 말도 할 수 없었다. 실제로 못했기 때문이다.

너무 흥분했기 때문일까. 지금까지 총알처럼 말을 쏟아내던 이와이는 조금 으스스해질 정도로 냉정하게 말했다.

"이 명패에는, 이렇게 적혀 있어. Mortuary ······영안실."

아무도 없는 감옥이 존재하는 의미는?

앞으로 집어넣기 위해서지.

유키는 그렇게 대답했던 것을 후회했다.

8

암귀관은 여전히 조용했다.

아침 식사 후에는 신중했던 오사코도 아무것도 하지 않는 시간을 아무것도 없는 방에서 계속 보내기란 불가능했던 것 같다. 유키 일행이 '산책'에서 돌아오자 교대하듯 오사코, 와카나, 가마세가 라운지에서 나갔다. 그 뒤에는 하나둘 사라졌다. 참가자들은 제각기 흩어졌다.

하다못해 오락실의 문이라도 열렸다면 시간을 때울 방법이 생겼을지도 모른다. 유키는 문득 이상하다는 생각이 들었다. 이 지하 공간은 자신들을 관찰하기 위해 만들어졌다고 한다. 하지만 설마 어렴풋한 불안을 느끼며 지루해하는, 이율배반적인 상황을 기록하고 싶었던 것은 아닐 터다. 그런 건 관찰해봤자 재미없으니까.

그럼 왜 오락실은 계속 닫혀 있고 나는 할 일도 없이 뒹굴고 있어야만 하는 건가?

유키는 자신의 방에서 계속 그 수수께끼에 대해 생각했다. 메모리폼 매트가 깔린 침대에 대자로 누워, 오락실을 닫아두어야만 하는 이유를 열 가지, 스무 가지 생각했다. 생각할 필요는 없었다. 어찌되었든 생각하기에는 자료가 부족했고 생각을 검증할 방법도 없었다. 그것은 유키 나름의 시간 때우기 방법이었다. 적어도 열두 개의 인형에 대해 생각하는 것보다는 나았으니까.

생각하는 것에 질려 함께 놀 상대를 찾으려 했지만, 안도는 어딘지 모르게 마음을 놓을 수 없는 구석이 있다. 이와이는 처음부터 논외였고, 스와나는 상상도 할 수 없었다. 그리고 오락실 이외의 다른 생각을 하면 기분이 가라앉을 뿐이었다.

그렇게 한 시간, 또 한 시간을 허무하게 보낼 때마다 그는 11만 2천 엔을 획득했다.

정체되어 있던 시간이 움직이기 시작한 것은 점심 식사를 마친 후였다.

서로에게 신뢰 같은 것은 전혀 없는 열두 명의 참가자들이 함께 식당에 들어온 것은 스와나 쇼코의 "함께 먹지 않으면 나중에 치우기 귀찮잖아요"라는 한마디 때문이었다.

점심 메뉴는 장어구이였다. 장어덮밥과 장어 장국, 그리고 야채 절임이 딸려 나왔다. 통통하게 살이 오른 장어는 알맞게 구워진데다 막 구워낸 듯 혀를 델 정도로 뜨거웠다. 하지만 유키는 아무래도 납득이 가질 않았다. 식당에 모인 열두 명의 참가자들도 마찬가지였는지, 그들 사이에 존재하던 석연치 않은 감정은 허공에 떠올라 공기와 한데 섞였다. 누군가는 그 말을 해야만 한다. 과연 누가할까, 유키는 신경을 곤두세운 채 때를 기다리고 있었다.

결국 먼저 입을 연 것은 하코시마였다. 그는 고운 얼굴을 찡그리며, 이제부터 자신이 젓가락을 찔러 넣을 상대를 바라보며 중얼거렸다.

"서양식 건물에 웬 장어?"

그래. 누군가가 해야만 했던 말이었다. 하지만 설령 하코시마의 생각이 진리의 구렁텅이를 향해 어디까지나 가라앉고 있다 해도, 암귀관의 식당은 완전한 서양식이었고 그들의 점심 식사는 장어구이였다.

그리고 유키의 배는 가득 찼다.

그는 그저 안락한 의자에 앉아 있기만 하면 됐다. 그릇은 후치가 치워주었다. 그녀는 유키를 비롯해 식사를 마친 참가자들의 그릇을 전부 치워주었을 뿐만 아니라, 장어와 어울리는 녹차까지 내어주는 친절을 발휘했다. 고마운 일이다. 하지만 유키는 혹시 후치가 이 암귀관에서 부엌을 자신의 성으로 삼으려 하는 것이 아닐까 하는 상상을 했다. 자기의 영역이 있다는 것은 마음 편해지는 일이다. 후치의 자리는 마침 유키 건너편이었다. 그녀는 사뭇 편안해 보이는 모습으로 자신이 끓인 차를 후후 불어 식히고 있었다. 그리고 유키와 눈이 마주치자, 모든 것을 용서하는 듯한 따뜻한 미소를 지어 보였다.

유키는 그런 상상을 한 자신이 부끄러워졌다. 그리고 설령 자신의 상상이 맞는다 해도 그것은 딱히 경멸할 일이 아니라는 사실을 눈치채고, 부끄러운 나머지 그 자리에서 도망치고 싶어졌다.

유키가 그 자리에서 도망쳐 자신의 방에서 다시 한번 '오락실에서 시간을 보낼 수 없는 수수께끼'에 도전하지 못했던 데에는 이유가 있었다. 그때까지 암귀관에 존재하지 않았던 것이 갑자기 나타났기 때문이다.

식후의 녹차가 참가자 전원에게 돌아가고 식당의 분위기가 풀어지자, 그때를 기다렸다는 듯 등장한 것이 있었다. 이질적인 소리였다. 귀에 거슬리는 소리가 일순 식당에 울려 퍼졌다.

소리의 정체는 누구나 금세 알 수 있었으리라. 그것은 스피커의 전원을 켤 때에 흔히 발생하는 노이즈였다.

그리고 곧이어 나지막하고 침착한 목소리가 흘러나왔다. 지금껏 간과했지만 난로 위에 있던 스피커는 녹음기와 비슷한 형태였다.

"암귀관에 오신 것을 환영합니다. 지금부터 실험의 목적 및 보너스에 관한 규칙 등에 대해 자세히 설명드리겠습니다."

드디어 올 것이 왔군. 유키는 그렇게 생각했다.

늦든 빠르든, 언젠가는 이러한 순간이 찾아올 것이라고 확신하고 있었다. 큰돈을 주며 무엇을 시키려는 건지. 장난감 상자 안에 든 것으로 무슨 짓을 시키려는 건지. 분명히 무언가 언질이 있을 것임은 예상하고 있었다.

목소리의 주인은 어제 지상에서 규칙을 설명했던 남자가 아니었다. 단순히 마이크와 스피커 탓으로만은 돌릴 수 없는, 감정의 굴곡이 전혀 느껴지지 않는 여자 목소리였다.

"여러분을 초대하고 열두 시간 정도가 지났습니다. 무료하게 해드려서 죄송합니다. 먼저 이 건물과 암귀관에서의 생활에 적응하시도록 하기 위해서였습니다. 이제 건물 구조는 대충 이해하셨나요. 지하에 만들어진 시설이기 때문에 부족한 점도 있겠지만, 그럼에도 나름대로 완성도 있는 시설이라고 저희 일동은 자부합니다."

짧은 침묵이 지나갔다.

목소리는 전혀 변함없는 어조로 다시 이야기를 시작했다.

"그럼 여러분께 실험의 목적을 설명드리겠습니다.

이번 실험은 어느 분께 제작 의뢰를 받아 저희 SHM클럽이 준비했습니다. 목적에 대해서는 호스트께서 직접 메시지를 준비하셨습니다. 그럼, 잠시 경청해주십시오."

띡. 순간 방송이 흐트러졌다.

곧이어 긴장감 넘치는 남자 목소리가 흘러나왔다.

"참가해주셔서 감사합니다. 제가 이번 '실험'을 기획했습니다.

저와 제 친구들이 평생을 연구한 주제는, 인간 행동의 결정을 도출하는 것이었습니다.

인간이란 아름다움과 추함이 한데 뒤섞여 도무지 종잡을 수가 없는 존재입니다. 어제까지는 고결하고 흠잡을 데 없던 사람이 오늘은 비열하게 변하기도 하고, 사랑이 단번에 증오로 바뀌기도 합니다. 타인을 믿는 마음은 때로 보답받지만, 때로는 배반당하기도 하죠. 거기에 명쾌한 논리는 존재하지 않습니다.

흥미로운 점은 한두 가지가 아닙니다만 혼돈스러운 것에는 감상할 만한 가치가 없습니다. 그것이 진리이든 더없는 보물이든 간에, 정리해서 색인을 붙이고 나서야 비로소 그 가치를 발휘할 수 있습니다. 보석은 반드시 세공되어야만 합니다.

행동을 분석하고 그 양상을 분류하려는 시도는 빈번하게 행해져왔고, 그 성과도 확인됐습니다. 하지만 광물학자가 광물 도감을 보며 자신의 연구가 모두 완성되었다고 생각하지는 않겠지요. 저희에게는 저희를 위한 기초적인 자료가 필요합니다.

이번 실험은 자료 수집을 목적으로 이루어집니다. 인간은 어떠한 상황하에서는 오직 한 종류의 행동에만 몸을 맡기게 되는 경우가 있습니다. 저희가 필요로 하는 것은 그런 상태입니다.

사회적인 존재인 여러분을 일단 사회에서 격리시킨 뒤, 단순한 규칙을 던져놓음으로써 순수한 행동을 이끌어내려 합니다. '이기적인 자기방어'나 '불신' 같은 부정적인 샘플을 얻게 되리라고 예상하고 있습니다만······.

가능하다면 더욱 훌륭한 행동 샘플을 제공해주시기를, 모쪼록 부탁드립니다."

남자의 목소리라는 것은 알 수 있었지만, 그 이상은 도무지 판단할 수 없는 신기한 목소리였다. 순진무구한 어린아이의 목소리 같기도 하고 사려 깊은 노인의 목소리 같기도 했다. 속세를 떠난 사람 같은 태평한 느낌도 들었지만, 자신감에 가득 차 있는 것 같기도 했다. 뭐가 되었든, 유키는 생각했다.

뭐가 되었든 미친놈이다. 그럴듯한 말을 늘어놓긴 했지만 속셈은 뻔했다.

목소리는 다시 여자 목소리로 바뀌었다.

"7일 동안, 여러분의 행동은 일 초도 빠짐없이 상세하게 기록됩니다. 기록 방법에 대해서 질문하신 분이 계셨습니다만, 암귀관에는 무수한 기록 장치가 설치되어 있습니다."

식당에 모인 참가자들이 희미하게 동요하기 시작했다.

요컨대, 자신들의 행동은 몰래 카메라 같은 걸로 기록되고 있다는 건가. 그럴 거라 예상하고 유키는 어젯밤 나름대로 주의를 기울여 자신의 방을 조사했다. 하지만 카메라로 보이는 물건은 발견하지 못했다.

일 초도 빠짐없이. 불쾌한 상황이다. 하지만 시급 11만 2천 엔의 실험이며 '관찰'이다. 어쩔 수 없다. 어쩔 수 없는 일이긴 한데…….

유키는 슬쩍 스와나의 표정을 훔쳐봤다. 딱히 신경 쓰는 것 같진 않다.

목소리는 계속 말을 이었다.

"여러분께 주어진 세 가지 권리에 대해 말씀드리겠습니다.

여러분께서는 암귀관에서 부족함 없이 의식주를 공급받으실 수 있습니다. 요구 사항이 있을 경우에는 한 손을 들고 말씀해주십시오. 실험에 악영향을 미치지 않는 범위 내에서라면, 원하시는 바를 이루어드리기 위해 최대한으로 노력하겠습니다.

여러분께서는 가드를 부르실 수 있습니다. 가드의 업무는 세 종류입니다. 혼란을 진압하고, 부상을 당하거나 병에 걸린 사람을 회수하며, 죽은 사람을 매장합니다. 위와 같은 상황이 발생했을 경우, 아무나 한 손을 올려 가드를 부르시면 곧바로 파견하겠습니다. 가드의 최대 속도는 시속 20킬로미터입니다. 충돌 회피 장치는 달려 있지만 주의해주십시오.

여러분께서는 이번 실험의 테마에 따라 더욱 호스트의 의도에 부합한 행동을 취함으로써 보너스를 받으실 수 있습니다."

이번 실험의 주제. 그것은 바로 암귀관의 전체적인 콘셉트라고 할 수 있을 것이다. 유키는 그것이 무엇인지 충분히 이해하고 있었다. 그리고 호스트가 바라는 행동이 무엇인지도 분명히 알고 있었다.

흘러나오는 목소리는 더없이 명료했다.

"구체적으로 말씀드리겠습니다.

다른 사람을 살해했을 경우,

다른 사람에게 살해되었을 경우,

다른 사람을 살해한 사람을 지목했을 경우,

다른 사람을 살해한 사람을 지목한 사람을 도왔을 경우,

여러분은 더욱 많은 보수를 받으실 수 있습니다.

단, 살인을 저지르고 그 사실을 고발당해, 그것이 다수결에 의해 올바른 것으로 판정되었을 경우에는 감옥에 보내지게 됩니다. 신변의 안전은 보장드리겠지만 보수는 현저하게 줄어들게 되므로 주의해주십시오."

식당에 모인 열두 명은 무슨 생각을 했을까.

헛기침 소리 하나 들리지 않았다. 순간 식당을 에워싼 비정상적인 분위기 같은 건 알 바 아니라는 듯 목소리는 유창하게 말을 이었다.

"여러분이 지키셔야 할 의무는 단 하나입니다. 오후 10시부터 다음 날 아침 6시까지 각자에게 배당된 방에 들어가 계실 것. 그것뿐입니다.

그리고 만일의 경우를 대비해 운영상의 주의 사항을 하나 더 말씀드리겠습니다. 관찰을 위해 센서나 카메라 등은 충분히 주의를 기울여 설치했습니다만, 혹시라도 절대 파손하는 일은 없도록 주의해주십시오. 고의적인 행동으로 확인되었을 경우에는 지급되는 보수에서 변상액을 차감하도록 하겠습니다."

사람을 죽이면 보너스를 지급한다고 말하는 목소리와 비품을 파손하면 변상을 요구하겠다고 말하는 목소리에서는 큰 차이를 발견할 수 없었다.

"마지막으로 실험의 종료 조건을 세 가지 말씀드리겠습니다.

먼저, 7일이 경과한 경우. 8일째 되는 날 오전 0시를 기해 실험은 완전히 종료됩니다.

다음으로, 이 암귀관의 입구는 여러분도 아시는 대로 라운지 룸의 천장에 있습니다. 하지만 그 문은 8일째 되는 날 0시가 될 때까지 절대로 열리지 않습니다. 또한 암귀관에 있는 도구로는 파괴할 수 없도록 만들어져 있습니다.

하지만 암귀관에는 유일한 비밀 통로가 존재합니다. 그 통로는 바깥으로 이어져 있습니다. 통로를 발견해 한 사람이라도 바깥으로 나가는 순간, 그 시점에서 실험은 종료됩니다.

마지막으로 생존자가 두 명 이하가 되었을 경우, 그 시점에서 실험은 종료됩니다. 두 명 이하의 참가자로는 이번 실험의 주제에 부합한 행동은 발생하지 않는다는 호스트의 의향에 따른 것입니다."

이상하군. 유키는 그렇게 생각하지 않을 수 없었다. 이야기를 들었을 때 그가 제일 먼저 떠올린 생각은 '아, 그래서 관이 열 개였구나'였다. 참가자가 두 명이 되는 순간 이 아르바이트는 끝난다. 그러니 열 개 이상의 관은 필요 없다. 더욱 인간적인 감정을 느끼기 전에 먼저 그런 생각이 들었다는 사실이 너무 이상해서 견딜 수가 없었다.

"이상으로 설명을 마치도록 하겠습니다.

하나 더, 여러분의 방에 있는 장난감 상자로 룰 북을 보내드렸습니다. 지금 안내해드린 규칙, 또는 그 밖의 상세 규칙에 대해서도 룰 북에 씌어 있습니다. 읽어보시기 바랍니다. 현시점을 기해 오락실을 개방하겠습니다. 자유롭게 이용해주십시오.

그럼, 마지막으로 여러분을 도와드릴 가드를 소개하겠습니다."

그 말이 끝나자 식당과 라운지를 잇는 하얀 문이 스르륵 열렸다. 문은 전혀 소리를 내지 않았다.

그리고 그곳에 기묘한 물체가 나타났다.

유키의 인상은 '하얀 대야'였다. 한 아름은 되어 보이는 낮은 원통 형태에, 높이는 기껏해야 사람의 무릎 정도까지일까. 유연하게 좌우로 빙빙 돌아 보이는 그 물체는…….

"앗, 로봇이다!"

장소에 어울리지 않는 유쾌한 목소리의 주인공은 하코시마였다. 그는 흥미진진하다는 얼굴로 로봇에게 뜨거운 시선을 보냈다.

이동할 때는 타이어를 이용하는 모양인데 옆면에는 센서로 보이는 복수의 카메라가 달려 있었다. 윗부분은 평평했는데 마음만 먹으면 위에 올라탈 수도 있을 것 같았다. 기능적인 면을 최대한 살린

디자인이었지만 동시에 우스꽝스럽기도 했다. 다른 곳에서, 예컨대 어느 빌딩 안에서 목격했다면 귀엽다고 생각했을지도 모른다.

하지만 암귀관에서는…….

웃기지 않은 농담, 단순한 악취미라는 생각밖에 들지 않았다.

"가드는 여러분을 도와드릴 겁니다. 규칙으로 정해진 상황을 제외하고는 가드는 능동적인 행동은 일절 하지 않습니다. 제어는 반자동으로 이루어집니다. 대부분의 상황은 사전에 설치된 프로그램에 의거해 해결하지만, 그것이 어려울 경우에는 클럽에 의한 원격 조작이 이루어집니다.

지금까지 경청해주셔서 감사합니다."

그곳에서 방송은 뚝 끊겼다. 가드 역시 희미한 모터 소리를 남기고 라운지 안으로 사라졌다. 문은 자동으로 닫혔다.

식당에는 참가자 열두 명과 후치가 끓인 차가 남았다.

9

"뭐야, 방금 그건."

그렇게 중얼거린 것은 와카나였다. 얼굴이 딱딱하게 굳어 있다.

"장난해? 역시 그런 거였구나. 그래서 그걸 사용해서……."

말을 이으면서 와카나는 자신의 말에 격앙되는 것 같았다.

"나한테 사람을 죽이라는 거야!"

굳은 표정에서 쥐어짜듯 나온 목소리에 유키는 순간 압도당했다. 죽이라는 거야. 이십 년을 살면서 실제로 들을 기회가 없었던 단어들의 나열에 정신이 아찔해지는 것을 느꼈다. 흥분된 감정은 열두 명 사이에 작은 물결처럼 퍼져 나갔다.

그 가운데 유키는 또다시 자신의 의외의 일면을 발견했다.

물론 유키도 당황하지 않은 것은 아니었다. 설마 했는데 진짜로? 의심하는 마음이 든 것도 사실이다. 하지만 한편으로 안절부절못하는 사람과 침착한 자세를 유지하는 사람을 조용히 확인하는 냉정한 면이 자신에게 있다는 사실을 자각하고 있었다. 와카나, 가마세, 이와이, 세키미즈, 후치, 니시노에게서는 불안과 혼란스러운 기색이 보인다. 한편 오사코와 하코시마는 서로의 안색을 살피고 있다. 마키와 안도는 속으로는 어떻게 생각하는지 모르지만 얼굴 표정만 봐서는 '상황이 복잡하게 돌아가는군' 정도의 감정밖에 읽어낼 수 없었다. 스와나는 방금 전 이야기를 제대로 들었는지 의심스러울 정도로 평정을 유지하고 있어서 오전에 영안실 앞에서 내보인 표정에 더 속마음이 드러났다고 해도 좋을 정도였다.

참가자들을 관찰하던 유키는 가마세의 비정상적인 행동을 포착했다. 책상에 닿을 정도로 등을 구부리고 있던 그는 희미한 조명 속에서도 알 수 있을 정도로 새파랗게 질린 얼굴로 쓱 등을 폈다.

보아하니 소리를 지르겠군. 그렇게 생각한 순간 또 다른 남자가 움직였다. 오사코였다. 그는 와카나의 어깨에 손을 올렸다.

"싫어, 만지지 마!"

오사코는 제 손을 뿌리치려는 와카나의 뺨을 후려쳤다.

짝 하는 소리가 울려 퍼진 뒤, 오사코는 와카나를 바라보며 어린애 달래듯 차근차근 이야기했다.

"아니. 그런 소리 안 했어."

"……뭐?"

"죽이라는 소리는 안 했다고."

오사코는 테이블 건너편에 앉아 있는 하코시마를 바라봤다. 하코시마는 입을 꼭 다물고 오사코를 향해 살짝 고개를 끄덕였다.

그들은 마치 방금 전 일어난 일을 예상하고 있었다는 듯, 당황하는 기색을 보이지 않았다. 오사코는 커다란 덩치에 어울리지 않는 유창한 말투로 이야기를 시작했다.

"여기 있는 사람들은 모두 방에서 장난감 상자를 발견했겠지. 하코시마와 난 상자의 내용물과 동봉된 메시지, 카드 키에 적혀 있던 어이없는 문구를 바탕으로 대체 우리에게 무슨 짓을 시키려는 건지 의논해봤어.

아마도, 살인이나 그 비슷한 짓을 시키려는 건 알고 있었어. 습격당한 사람을 '사망'으로 간주하여 하나하나 실격 처리하는 모의 전 형식인지, 아니면 정말로 사람을 죽이게 할 생각인지. 그게 문제였지. 방금 전 방송을 들어보니 아무래도 정말 사람을 죽이게 할 생각인가 보군."

맞는 말이다. 적어도 유키의 부지깽이는 진짜였다.

"그럼 어떻게 사람을 죽이게 할 생각일까? 적어도 나와 와카나, 하코시마는 이런 곳에 갇혀서 알지도 못하는 사람을 죽일 생각은 없어. 그래도 시킬 생각이라면, 미끼로 유인하든지 협박할 거라고 예상했지. 시키는 대로 하지 않으면 죽이겠다고 협박하면 어떻게 해야 하나, 그 상황을 걱정하고 있었는데…… 미끼로 유인하는군. 차라리 잘됐어.

돈 문제라면 우리 얘기를 좀 들어줘."

오사코는 거기까지 말하고 하코시마에게 눈짓했다.

하코시마는 고개를 끄덕이더니 오사코의 말을 받아 입을 열었다.

"직접 계산해본 사람도 많겠지. 이 아르바이트의 시급은 11만 2천 엔. 하루에 24시간씩 7일 동안 버티면 총 보수는 1800만 엔이 넘어."

단순한 계산이었지만 유키는 멍청하게도 지금 이 순간까지 시급 계산을 하지 않았다. 계산에 약했기 때문이다.

1800만 엔! 유키는 턱이 빠지는 줄 알았다. 그의 목적을 이루는

데는 차고도 넘치는 금액이었다. 정말 그런 거금을 준다고? 그런 생각에 아연실색했지만, 어제 암귀관으로 들어오기 전에 봤던 돈다발이 떠올랐다.

세련된 경차를 살 생각이었는데, 센추리⁺ 같은 고급 승용차를 사는 건 물론, 앞으로 십 년은 주차장까지 빌릴 수 있는 돈이다. 애초에 유키가 센추리를 몰아봤자 돼지 목에 진주 목걸이였다. 그렇다고 스포츠카를 살 생각은 없는데, 이제 어쩌지? 허황된 상상을 하기 시작한 유키 옆에서 스와나가 깜짝 놀란 표정을 지으며 손으로 입을 가렸다.

하코시마는 침착하게 말을 이었다.

"단순히 먹고 자는 것만으로도 그런 큰돈을 벌 수 있는데 일부러 위험을 감수할 필요는 없어. 누군가 먼저 선을 넘어 진짜 서로 죽이는 상황이 벌어지게 된다면, 솔직히 천만, 아니, 1억을 준대도 부족하지. 목숨까지 걸 생각으로 이곳에 온 게 아니거든. 다들 그렇지 않아?"

참가자들을 둘러보며 하코시마는 부드럽게 웃었다.

그렇지 않아도 여성적인 외모인데 웃으니 색기까지 느껴졌다. 유키는 도리어 하코시마의 미소가 으스스하게 느껴졌다.

⁺ 토요타 자동차가 한정으로 생산하는 최고급차.

"조금 전 방송에서는 사람을 죽이면 보너스를 준다고 했지. 하지만 보너스에 홀려 쓸데없이 서로 죽고 죽이는 상황이 벌어지게 된다면, '범인' 역시 생명이 위험해질 가능성이 커지지. 게다가 살인이 들통나면 범인을 고발한 사람만 보너스를 받고, 살인범의 보수는 '현저하게 줄어든'다고 했잖아.

그리고 여기서 살인죄를 저질러도 밖에 나갔을 때 경찰에 체포되지 않는다는 보장이 어디 있지? 그에 대해 방송에서 언급했었나?

깊이 생각할 것도 없어. 처음 선을 넘은 녀석이 제일 손해를 보는 규칙이야. 죄수의 딜레마와 비슷한 상황이지만 딜레마는 성립하지 않지. 아무도 선을 넘지 않으면 모두가 최대의 이익을 얻을 수 있으니까. 조금이라도 생각이 있다면 쓸데없는 짓은 할 수 없을 거야."

머리 좋은 녀석이군. 유키는 그렇게 생각했다.

1800만 엔에 보너스 추가라. 무척 매력적인 제안이다. 하지만 그렇다고 누군가를 죽이면 그때부터는 자신이 살해당할 걱정도 해야 한다.

그뿐만이 아니다. 유키는 아르바이트에 참가하기 위해 이곳으로 올 때부터 어느 정도의 각오는 하고 있었다. 각오는 했지만 사람을 해친다는 생각은 해본 적도 없다. 살해당할 생각도 물론 없었고,

차를 끓여준 후치와 이와이, 괴짜처럼 보이는 안도는 물론, 하물며 스와나에게 부지깽이를 휘두를 각오 같은 건 없었다.

'모두 그러지 않을 거지?' 애초부터 다른 참가자들에게 못을 박아둔 하코시마의 말은 충분히 믿음직스러웠다. 선을 넘으면 손해를 본다고 단언한 상황에서 혼자 이의를 제기할 수도 없는 일이었다.

하지만 와카나가 여기서 더 오사코에게 달라붙는다면 차마 부지깽이는 들지 못해도 하리센* 정도는 머리통에 날려주고 싶어질지도 모른다.

열두 명의 참가자들. 유키는 쓱 다른 멤버들을 둘러봤다.

아까 와카나가 소리친 뒤에 같이 소리 지를 것만 같았던 몇몇도, 지금은 하코시마를 가만히 바라보며 생각에 잠겨 있었다. 아마 머지않아 하코시마의 의견이 타당하다고 생각하게 되겠지.

처음부터 그다지 당황한 모습을 보이지 않았던 사람들은 어떨까. 안도는 떨떠름한 표정을 짓고 있었지만, 아마 오사코와 하코시마의 장광설 자체가 마음에 들지 않은 까닭이겠지. 마키는 변함없이 살짝 인상을 찌푸리고 있을 뿐이었다. 스와나는…… 아까부터 이야기를 듣고 있긴 한 건가? 표정 하나 달라지지 않았다.

---

* 일본의 코미디나 만담에 사용되는 종이부채 모양의 소도구. 머리를 때려 웃음을 유발한다.

또다시 와카나가 식당을 뒤덮은 침묵을 깨뜨렸다.

"알아, 아는데. 너무 무서워……."

오사코는 또다시 그녀의 어깨에 손을 올렸다.

"걱정 마. 아무 일도 없을 거야."

"유우…… 미안해, 나……."

"아무 말도 하지 마."

그들은 서로를 바라보았다.

유키는 생각했다.

역시 하리센을 날려야 하나.

10

그날 밤.

시키는 대로 개인실로 돌아온 유키는 카드 키를 꺼내 장난감 상자를 열었다.

장난감 상자에는 어젯밤과 마찬가지로 부지깽이와 타이프라이터로 친 것 같은 메모랜덤이 들어 있었다. 그리고 방송에서 말한 대로 레스토랑의 메뉴판 같은 갈색 가죽 표지의 책자가 들어 있었다.

유키는 잠이 올 때까지 그 책을 읽기로 했다.

책은 말 그대로 룰 북이었다. 내용은 점심 식사 후에 흘러나온 방송 내용을 정리한 것에 몇 가지 상세 규칙에 대한 설명이 실려 있었다.

밤에 관한 규정

(1) 각 참가자는 오후 10시부터 오전 6시까지 각자에게 할당된 개인실에 있어야만 한다. 이 시간대를 '밤'이라 부르기로 한다.

(1-1) 단, 해결(후술한다)이 선언된 경우, 해당 해결이 종료할 때까지는 위 의무를 해지한다.

(1-2) 밤에 가드는 정해진 루트를 따라 개인실을 제외한 각 방을 순찰한다. 단, 그 개인실 사용자 이외의 인물이 있을 경우, 가드는 그 방을 순찰한다.

(1-3) 밤에 개인실에서 나간 것을 가드가 발견했을 경우, 그 사람은 경고를 받는다.

(1-4) 가드에게 세 번 이상 경고를 받은 상태에서 또다시 밤에 개인실을 나갔다가 가드에게 발견되었을 경우에는 가드에 의해 살해당한다.

도중까지 고개를 끄덕이며 읽어내리던 유키는 마지막 조항을 보고선 정신이 확 들었다. 죽인다고? 말도 안 돼.

하지만 다시 읽어보니 이 규정은 밖에 나가지 말라고 한 시간대에 어슬렁거리며 몇 번쯤 나갔을 경우에만 적용되는 것이었다.

"그냥 하는 소린가?"

유키는 그렇게 중얼거렸다. 오히려 밤에도 세 번까지는 나갈 수 있다고 해석할 수 있는 조항이다. 규정에는 경고 이외에 별다른 페널티에 대한 서술은 없었다.

그다음은 의식주의 보충에 관한 규정이었다. 세면실에 있는 박스에 세탁물을 넣어놓으면 낮 시간에 세탁해 건조시킨 뒤에 잘 개어서 돌려준다고 한다. 겉보기엔 세탁기였지만 모양만 그런 모양이었다. 클리닝 서비스가 완비되어 있다면 스와나의 옷이 아무리 섬세한 소재라도 걱정할 필요는 없겠지.

유키는 대충 훑어보고 다음 규정으로 넘어갔다.

보너스에 관한 규정

(1) 자신이 아닌 타인을 살해한 사람에게는 '범인 보너스'로 한 명당 전체 보수의 2배를 지급한다. 이 보너스는 누적된다.

(2) 다른 참가자에게 살해된 사람은 '피해자 보너스'로 전체 보수의 1.2배를 지급한다. 이 보너스는 누적되지 않는다.

(3) 살해 한 건에 대해 해결(자세한 사항은 후술한다)하는 자리에서 정확한 범인을 지목한 사람은 '탐정 보너스'로 전체 보수의 3배를 지급한다. 이 보너스는 누적된다.

(4) 범인을 지목하려는 사람은 해결(자세한 사항은 후술한다)할 때, 본

인의 동의하에 조사에 도움이 된 사람 한 명을 지명할 수 있다. 지명된 사람에게는 '조수 보너스'로 전체 보수의 1.5배를 지급한다. 이 보너스는 누적되지 않는다.

(5) 범인을 지목할 경우, 증언을 한 사람은 발언 한 건당 '증인 보너스'로 10만 엔을 얻는다.

이상하다! 유키는 침대 위에 정좌하고 생각에 잠겼다.

이것저것 생각해볼 부분도 있었고, 화도 났지만 유키는 그런 것보다, 제2조항이 무슨 뜻인지 신경 쓰여 견딜 수가 없었다.

살해당한 사람에게 보너스가 나온다고 해도 그 돈은 누가 받는 거지? 아니, 그전에 보너스가 누적되지 않는다니 당연한 소리! 살해당한 뒤에 또 살해당한다면 누적되겠지만, 그러려면 다시 살아나야만 한다는 것이 문제다. 유키는 도저히 다시 살아날 자신이 없었다.

돈을 누가 받느냐는 상세 규칙을 명기한 룰 북의 맨 마지막 부분에 적혀 있었다. 참가자가 사망했을 경우, 보수는 자동적으로 제일 가까운 친족에게 가게 된다. 그 규정을 읽고 유키는 자신도 모르게 혼자 중얼거렸다.

"내가 죽으면 아버지가 떼돈 벌겠군……."

가드에 관한 규정

(1) 각 참가자는 아래에 규정된 상황에서 한 손을 들고 '가드'라고 말함으로써 가드를 소환할 수 있다.

(1-1) 참가자 간에 폭력을 수반한 혼란 상황이 발생했을 경우. 소환된 가드는 폭력을 행사해 상황을 진압한다. 사용하는 무기는 사출식 전기충격기에 한정한다.

(1-2) 참가자가 부상을 당하거나 또는 갑작스럽게 병에 걸렸을 경우, 소환된 가드는 해당되는 사람을 경비정비실로 데려가 응급처치를 실시한다. 부상자는 치료를 받은 뒤에 신속히 실험에 복귀하게 되며, 그에 대한 판단은 '클럽'에서 내린다.

(1-3) 참가자가 사망했을 경우, 소환된 가드는 시체를 영안실로 옮겨 입관시킨다. 또한 필요한 경우에는 사망 현장을 청소한다.

(2) 가드는 밤에 순찰을 돈다.

(3) 어떠한 이유로 감옥에 수감되는 것이 결정된 사람이 그에 저항했을 경우, 가드는 폭력을 사용해 강제적으로 수감한다.

(4) 참가자가 가드를 공격했을 경우, 가드는 반격할 수 있다. 이때 사용하는 무기는 사출식 전기충격기에 한정한다.

(5) 만일 가드의 제압이나 반격에 의해 참가자가 사망했을 경우, 클럽은 조의금 3억 엔을 지급한다.

조의금 3억 엔······.

유키는 뒤늦게 깨달았다. 흔히들 인간의 목숨은 돈과 맞바꿀 수 없다고 하지만, 생명과 맞바꿀 수 있는 것은 돈밖에 없다는 것 또한 사실이다. 목숨을 잃었을 때 치러야 할 배상액은 그리 적지 않다. 가드의 과실로 사고사한 경우에 3억 엔을 배상한다고 한들, 배상액이 크다는 생각은 들지 않았다. 교통사고로 사망한 경우에도 1억 엔 넘게 받을 수 있으니까.

별일 없이 평온하게 시간을 때워도 1800만 엔, 남의 피로 제 손을 더럽혀도 돌아오는 건 그 2배인 3600만 엔이니, 어처구니없을 만큼 저렴한 금액이다. 물론 남의 목숨은 파리 목숨으로 여길지라도 제 목숨은 귀한 인간이라면 그렇게 생각하지 않을지도 모르지만, 여기 모인 열두 명 중에 그렇게까지 타고난 살인자가 있을 것 같지는 않았다.

자, 그건 그렇고 저 3억 엔을 받을 수 있는 방법은 없을까.

유키는 머리를 굴려봤지만, 그 돈을 받기 위해서는 죽어야만 한다는 난관에 봉착했기 때문에 결국 방법을 생각해내는 데는 실패했다.

해결에 관한 규정

(1) 각 참가자는 살인을 저지른 범인을 지목할 수 있다고 생각했을 때

언제든 다른 참가자들을 비상소집할 수 있다.

(2) 비상소집이 내려졌을 경우, 각 참가자는 소집한 사람이 있는 곳으로 모이도록 최대한 노력해야 한다.

(3) 상당한 시간이 경과한 뒤에도 소집에 응하지 않는 참가자가 있을 경우, 비상소집을 요청한 사람은 다른 참가자의 동의를 얻어 전원이 참석할 때까지 기다리지 않고 범인을 지목할 수 있다.

(4) 범인 지목에 대해 참석한 참가자들의 절반 이상이 찬성했을 경우, 범인으로 지목된 사람은 감옥에 수감된다. 단, 이 다수결에는 범인을 지목한 사람, 범인으로 지목된 사람, 조수로 지명된 사람은 참가할 수 없다.

페널티에 관한 규정

(1) 감옥에 수감된 사람의 보수는 그 시점부터 한 시간당 780엔이 된다.

(2) 살인을 저지르지 않은 사람을 범인으로 지목한 경우, 지목한 사람의 탐정 보너스는 모두 몰수하고 전체 보수의 0.5배를 지급한다. 이 페널티는 누적된다. 단, 실험 종료 시까지 올바른 범인을 지목한 경우에는 예외로 한다.

(3) 살인을 저지르려던 순간 제삼자에 의해 제지당했는데 그에 따르지 않은 사람은 가드에 의해 제압되고, 모든 보수를 몰수당한 다음 감옥에 수감된다.

살인이 발각되었을 경우에 시급이 줄어든다는 이야기는 들었지만, 780엔이라니……. 먼저 선을 넘은 사람이 손해를 본다는 하코시마의 말에 한층 설득력이 더해졌다.

룰 북에는 그 밖에도 실험 종료에 관한 규정과, 비밀 엄수에 관한 규정, 지불 방법에 관한 규정 등이 있었다.

그리고 특별히 눈길을 끄는 조항이 하나 있었다.

'망설임의 방'에 대해

• 이 암귀관에는 비밀 통로가 단 하나 존재한다.

• 그 통로는 망설임의 방으로 이어져 있으며, 망설임의 방에서 암귀관 밖으로 나갈 수 있다.

• 참가자 전원 또는 일부가 망설임의 방에 있는 동안, 암귀관의 에너지 공급은 모두 정지된다.

아까 방송에서도 말한 바 있고 룰 북에도 적혀 있었지만, 누구 한 사람이라도 암귀관을 탈출하는 데 성공하면 실험은 종료된다.

그리고 탈출로의 끝에는 망설임의 방이 있다고 한다.

심술궂은 이름이다. 유키는 그렇게 생각했다. 그곳에 다다른다는 것은 비밀 통로를 발견해 탈출구를 눈앞에 두고 있다는 말이다. 그곳에서 망설이며 '다시 생각해야 할' 이유는 무엇일까.

그 이유는 '조금 더 암귀관에 머무르면 조금 더 돈을 벌 수 있을지도' 모르기 때문이다.

또 탈출에 가담하지 않고 암귀관에 남은 사람은 에너지 공급이 끊긴 암귀관에서 무슨 생각을 할까. ……이곳은 지하 공간이다. 에너지 공급이 끊긴다는 건 모든 조명이 꺼지고 환기도 되지 않는다는 것을 의미한다.

탈출 그룹은 돌아가려 할 테고 잔류 그룹은 나가려고 하겠지. 망설임이라기보다는 싸움의 불씨다. 유키는 얼굴을 찡그렸다.

'정말 악취미군.'

이윽고 그는 룰 북을 머리맡에 던져놓고 이불 속으로 기어들어 갔다.

잠이 찾아올 때까지 유키는 규칙에 대한 것은 잊었다. 흉기의 존재도 잊었다. 열두 개의 인디언 인형도 잊었다.

그는 잘하지도 못하는 암산을 하며 잠들기를 기다렸다. 24시간. 11만 2천 엔.

아마도 260만쯤 될까. 밖에 나가면, 부자다.

Day 2

1

오사코와 하코시마의 연설이 사람들의 마음을 움직인 것일까.

아니면 굳이 말하지 않아도 분별없는 일 같은 건 그리 쉽게 일어나지 않는다는 것일까. 다음 날은 아침부터 평온했다. 온화한 분위기에서 이루어진 식사와 일상적인 담소. 그리고.

"아무래도 어제보다 오늘이 덜 피곤하네."

그렇게 말하며 방아쇠를 당겼다. 표적 일부가 반짝 빛나더니 6점이라는 표시가 떴다.

유키의 옆에서 순번을 기다리던 안도가 팔짱을 끼며 무뚝뚝하게 한마디 던졌다.

"당연히 그렇겠지."

"왜?"

방아쇠를 당긴다. 이번에는 4점.

개방된 오락실에는 여러 종류의 놀이 기구가 준비되어 있었다. 당구대도 있고 탁구대도 놓여 있었다. 뿐만 아니라 바둑, 장기, 트럼프에 체스까지 있었다. 핀볼 게임기도 있었는데, 유키는 슬쩍 건드렸다가 생각보다 큰 소리에 놀라 제 차례가 돌아오기 전에 포기했다. 고맙게도 책장도 있었는데, 국내서와 외서가 빽빽하게 꽂혀 있었다. 스와나와 니시노는 벌써 한 권씩 뽑아서 읽고 있었다. 구석에는 고풍스러운 타이프라이터와 폴스캡 워터마크가 들어간 종이 다발도 놓여 있었지만 아무도 관심을 보이지 않았다.

유키와 안도는 넓은 오락실 구석의 빔 라이플 사격[*] 게임에 몰두했다. 한동안은 한 발 쏠 때마다 숨을 죽이며 구경하던 사람들이 말도 걸지 못한 정도로 진지하게 게임에 임했지만, 열 발쯤 쏘니 슬슬 질려서 이제는 담소를 나누며 대충 쐈다.

오른쪽, 왼쪽, 위, 아래, 유키가 쏜 총은 두서없이 표적을 비껴나갔다. 안도는 눈을 반쯤 뜬 채 그런 유키를 내려다보았다.

---

[*] 방아쇠를 당기면 가시광선이 나가는 광선총을 이용하는 라이플 사격으로 빛이 닿은 위치로 득점을 정한다. 일본에만 있는 라이플 사격 경기.

"어제 오전은 조금이라도 생각이 있는 녀석이라면 누구라도 이 상하게 여길 만한 상황이었던데다 아무 설명도 없었잖아. 언제나 어중간한 상황이 제일 피곤한 법이지."

이번에는 3점. 쏠 때마다 점수가 내려갔다. 유키는 라이플을 내려놓았다. 세 발 쏜 다음 교대하기로 했기 때문이다. 안도는 사격대 위에 상반신을 기댄 채 총구를 겨누며 중얼거리듯 말을 이었다.

"하지만 그 뒤에 방송이 흘러나왔지. 룰 북도 배포했고."

말이 끊어진다. 표적 정중앙에 가까운 부분이 반짝였다. 8점.

"어처구니없는 일에는 관여 안 하면 돼."

"맞아."

얼마 지나지 않아 두 번째 방아쇠를 당겼다. 9점.

"제법 하는데?"

조금 전부터 두 사람 다 이야기하면서 쏘고 있었지만, 안도는 8점 이하의 점수는 거의 나온 적이 없었다. 세 번째 방아쇠를 당겨 9점을 맞힌 안도는 몸을 일으키며 시시하다는 듯 말했다.

"당연하지. 난 빔 라이플부거든."

"호오."

"유령 부원이나 마찬가지지만."

"난 그런 스포츠가 있는지도 몰랐어."

안도는 라이플을 내려놓고 유키와 교대했다. 무척이나 나른해 보였다. 하지만 그의 입에서 나온 말에 유키는 적잖이 놀랐다.

"내가 빔 라이플부라서 일부러 이걸 준비해놓은 거겠지."

유키가 쏜 광선은 완전히 중앙에서 빗나갔다. 2점. 그는 자신도 모르게 고개를 들었다.

"설마."

"뭐가 설마란 거야?"

"서클까지 조사했다고?"

안도는 질렸다는 듯 고개를 저었다.

"너, 역시 대단한 낙천가로군. 서클이 문제가 아니라고. 클럽은 우리를 철저하게 조사한 뒤에 이곳으로 부른 거야."

유키는 두 번째 방아쇠를 당겼다. 1점. 그 모습을 지켜보던 안도는 말을 이었다.

"이 지하 공간에 보통 있어야 할 것이 없다는 사실을 눈치 못 챘어? 어떤 사람에게는 절대로 필요한 물건인데."

유키는 조금 생각한 다음 대답했다.

"창문?"

"창문이 절대로 필요한 사람이 있어? 창문 요괴도 아니고……. 재떨이 말이야. 아무 데도 없어. 오락실에 있는 줄 알았는데 없더군. 봐."

그렇게 말하며 안도는 방구석을 향해 눈짓했다. 라이플의 조준기를 바라보던 유키가 살짝 시선을 돌리자 테이블이 눈에 들어왔다. 어두운 오락실에서 홀로 스포트라이트를 받고 있는 테이블에서는 스와나와 니시노가 책을 읽고 있었다.

"겉모습만 봐선 니시노 아저씨는 흡연자 같지 않아? 하지만 안 피우잖아."

"하긴."

"클럽은 이 열두 명 가운데 흡연자가 없다는 사실을 알고 있어. 거기까지 조사했으니 본적지부터 신용카드 번호까지 모두 꿰뚫고 있을걸."

세 번째 광선이 날아간다. 10점이 나왔다. 대충 쏘다 보면 가끔 한가운데 명중하기도 한다. 라이플을 내려놓고 유키는 상반신을 일으켰다.

"아하, 화기 엄금이라는 건가?"

"왜 얘기가 거기로 튀는데?"

의아한 표정의 안도를 보며 유키가 나른한 얼굴로 대답했다.

"아냐? 흡연자가 있으면 당연히 불도 가지고 있을 거 아냐. 이성을 잃고 여기에 불을 지르기라도 하면……."

"과연."

안도의 입가에 웃음기가 번졌다.

"중요한 기록도 날아간다는 거군."

"그렇다면 부엌에도 불은 없겠네. 후치 씨와 그 남자 같은 여자만 드나드니까 잘은 모르겠지만."

오늘 아침부터는 후치에게만 배식을 맡겨두지 않고 적극적으로 식사 준비를 돕겠다고 나선 사람이 있었다. 무척 사나운 눈매의 여자였는데 유키는 그녀의 이름을 기억하지 못했다.

"세키미즈였나. 뭐, 그럴지도 모르지."

안도는 그렇게 말하더니 유키를 빤히 바라봤다. 유키는 자신도 모르게 눈을 돌렸다.

"뭐야?"

"아니, 완전히 머리가 안 돌아가는 것도 아닌 것 같네."

무례한 녀석이다.

그다지 맞히지도 못하는 사격에 질려 다른 놀거리를 찾으려던 때였다. 오락실의 문을 열고 한 무리의 사람들이 들어왔다. 그들의 모습을 본 안도는 금세 친근하게 말을 걸었다.

"어때? 찾았어?"

그의 물음에 무리 중 누군가가 날카로운 고음으로 대답했다.

"좀 돕든지!"

안도는 히죽거리며 어깨를 으쓱할 뿐 그 말에는 대답하지 않았다.

안으로 들어온 것은 오사코 일행이었다. 오사코, 하코시마, 와카나, 가마세. 도우라고 소리친 사람은 가마세였다. 의자에 앉으면 등이 절로 구부정해지더니 지금은 어깨에 잔뜩 힘이 들어가 있었다.

벌건 얼굴의 가마세 대신 하코시마가 조용히 입을 열었다.

"아무리 생각해도 이 방이 수상해."

오사코 일행은 빠져나갈 길을 찾고 있었다. 아침 식사를 마치자마자 오사코는 비밀 통로를 찾자고 제안했다. 어제와 마찬가지로 하코시마와 상의해 결정한 일이었다. 그의 이야기는 이러했다.

"지금 당장 무슨 일이 일어나지는 않겠지만 무슨 일이 일어나면 바로 나갈 수 있도록 비밀 통로를 찾아두는 게 좋겠지."

와카나는 애초부터 '유우'가 시키는 대로 움직였고, 가마세도 바로 찬성했다. 유키는 쌍수 들고 찬성하는 가마세의 모습에 그만 꼬리를 흔드는 강아지를 연상하고 말았다.

그렇지만 유키도 딱히 반대하지는 않았고, 이와이는 아무 일도 일어나지 않더라도 한시라도 빨리 암귀관에서 나가고 싶은 눈치였다. 안도와 세키미즈, 니시노는 망설였다. 찾아도 쉽게 눈에 띌 만한 곳에는 없을 것이라는 이유에서였다. 딱히 찾아보는 건 상관없지만, 안도는 그렇게 말문을 떼더니 이렇게 말했다.

"만일 어제 우리 중 누군가가 비밀 통로를 발견했다면 그 시점에서 호스트의 계획은 엉망이 되었겠지. 그리 쉽게 찾을 수 있을 것 같진 않은데."

그 말에 반론을 제기한 것은 하코시마였다.

"어제 오전에는 들어갈 수 없었던 방이 있잖아. 그곳은 아무도 살펴보지 않았어."

그런 연유로 참가자 열두 명은 각자 네 명씩 그룹을 나누어 비밀 통로를 찾기로 했다. 유키의 그룹은 유키, 안도, 스와나, 이와이. 유키는 가급적 이와이를 피하고 싶었지만, 이와이는 신경 쓰지 않는 것 같았기 때문에 자신도 신경 쓰지 않기로 했다.

비밀 통로에 대한 오사코의 생각도 분명히 일리가 있었다. 그렇게 판단한 유키는 진지하게 통로를 찾았다. 하지만 넓은 면적에 비해 가구나 장식품이 적은 암귀관을 둘러보는 데 시간은 그리 오래 걸리지 않았고, 더이상 찾아볼 곳도 없었다. 유키 일행은 비교적 빨리 포기했고, 후치, 세키미즈, 마키, 니시노 그룹도 점심 식사가 끝난 뒤에는 더이상 찾으려 들지 않았다.

찾는 것을 포기한 유키 일행은 오락실과 개인실로 각자 흩어졌다. 오사코 일행은 그후로도 계속 찾았던 모양이다.

어차피 할 일도 없으니 제대로 조준도 하지 않고 빔 라이플을 쏘는 것보다는 비밀 통로를 찾는 것이 더 생산적이긴 하지. 유키도 그 점은 인정했다.

가마세는 아직도 분이 안 풀렸는지 안도를 가리키며 "저 녀석은 불평만 하고 아무것도 안 해"라며 오사코에게 일러바쳤다.

참가자 열두 명 중에는 속내를 알 수 없는 사람이 있었다. 안도는 방심할 수 없는 상대였지만, 가마세는 무척 알기 쉬운 사람이었다. 어제 방송이 나오고 오사코가 일장 연설한 뒤로 가마세는 오사코나 하코시마 뒤에 딱 붙어 떨어지지 않았다. 이런 지하 공간의 작은 집단에서조차 리더십을 발휘하는 사람과 그에 아첨하는 사람이 있는 건가. 유키는 진심으로 조금 감동했다.

오사코는 가마세의 말 같은 건 아랑곳하지 않고 말했다.

"미안하지만 조금 시끄러울 거야."

유키는 손에 들고 있던 라이플을 내려놓고 대답했다.

"노는 것도 질리던 참이야. 라운지에나 가 있지 뭐."

그러자 책을 읽던 스와나도 자리에서 일어났다.

"저도 실례하겠습니다."

그녀를 따르듯 니시노 역시 일어났다.

"저도 가서 차나 마셔야겠군요."

결국 오락실에 있던 네 사람과 바깥에서 들어온 네 사람은 서로 교대했다.

오락실의 조명 역시 환하다고는 할 수 없었지만 회랑의 어둠에 비할 바는 아니었다. 특히 스포트라이트를 받으며 책을 읽고 있던 두 사람은 어두컴컴한 회랑에 적응이 되지 않는지 걸음걸이가 불안정했다.

회랑을 걸으며 니시노는 연신 뒤쪽을 신경 쓰는 모습을 보였다.

"조금 쉬려던 참이라 나온 건데 오사코 군과 다른 사람들이 언짢아하지는 않을는지."

"글쎄요."

안도는 전혀 신경 쓰지 않는 눈치였다. 읽던 책을 품에 안은 스와나는 정신이 딴 곳에 있는 것 같았다. 유키는 그런 그녀를 향해 물었다.

"스와나 씨는 책을 좋아하시나 보죠?"

"저요?"

스와나는 천진난만하게 고개를 갸웃거리더니 책을 내밀었다.

"좋아해요. 평소에 그렇게 많이 읽는 편은 아니지만요. 이 책 재미있네요."

조명을 받아 희미하게 드러난 책제목은 'Tremendous Trifles'였다.

"다 읽으면 보실래요?"

유키는 고개를 저을 수밖에 없었다.

어제 영안실 사건으로 유키가 영어에 약하다는 사실은 알고 있을 텐데. 스와나는 그런 건 까맣게 잊어버린 것 같았다.

개인실에 돌아가겠다는 안도, 스와나와 헤어진 유키와 니시노는 라운지로 돌아왔다.

라운지로 들어서자 원탁에 앉아 인디언 인형에 시선을 고정한 채 넋 나간 사람처럼 멍하니 있는 이와이의 모습이 보였다. 유키와 니시노가 들어왔을 때도 힐끔 쳐다보았을 뿐 별다른 반응을 보이지 않았다.

아무래도 이래서야 마음이 편치 않다. 유키와 니시노는 식당으로 향하는 문을 열었다.

식당 테이블에는 세 사람이 앉아 있었는데, 그 앞에는 저마다 찻잔이 놓여 있다. 통통한 사람, 눈매 사나운 녀석, 잘생긴 남자. 후치와 세키미즈, 마키였다. 유키는 이상한 조합이라고 생각했지만 금세 생각이 바뀌었다. 아침에 비밀 통로를 찾기 위해 그룹을 나누었을 때, 이 세 사람은 같은 그룹이었다.

"오, 좋은 냄새가 나네요."

니시노가 온화하게 말하자 후치는 미소 지으며 대답했다.

"차하고 커피는 좋은 것만 갖다놓았더라고요. 니시노 씨도 한잔하실래요?"

"좋지요. 조금 목이 말랐었거든요."

유키는 자리에서 일어나려는 후치를 막으며 말했다.

"항상 후치 씨만 고생하시잖아요. 제가 할 테니 앉아 계세요."

"어머, 난 괜찮은데……."

"아직 부엌을 못 봐서 겸사겸사 구경이나 하려고요."

"그럼 그래요." 자리에서 일어나려던 후치는 다시 앉았다.

부엌에 들어가자마자 유키는 눈이 부셔 견딜 수 없었다.

암귀관은 전체적으로 어두웠다. 그럴싸한 분위기를 내려는 의도일 수도 있지만, 너무 어두우면 기분까지 침울해진다. 개인실 조명이 그럭저럭 보통 밝기인 것은 다행이었지만, 밝다고 단언할 수 있는 방은 지금까지 본 방들 중에서 하나밖에 없었고, 게다가 그곳이 영안실이라니 악취미도 이런 악취미가 없었다.

부엌은 마치 빛이라도 나듯 밝았다. 아니, 실제로 빛나고 있었다. 반질반질하게 닦인 스테인리스가 천장의 조명을 반사하고 있었던 것이다. 빛나는 부엌 테이블과 냉장고. 선명한 크림색 벽에는 찬장이 몇 개 설치되어 있었다. 안에는 커피 잔과 찻잔, 찻주전자가 있었다. 라운지의 장식장에 놓인 것과 마찬가지로 질은 좋아 보였다.

그리고 유키는 금세 자신의 예상이 빗나가지 않았다는 것을 알게 되었다.

부엌에는 불이라고는 찾아볼 수 없었다. 가스레인지가 없다. 쿠킹 히터도 없고 환풍기도 없었다. 게다가 싱크대가 없다. 포트가 있으니 물을 끓일 수는 있겠지만 이걸로는 도저히 요리를 할 수 있을 것 같지 않았다.

그럼 오늘 아침은? 어제 나온 장어덮밥은?

유키는 고개를 갸웃거리며 냉장고 쪽으로 다가갔다. 그 순간 갑자기 뒤에서 누군가 말을 걸었다.

"움직이지 마. 손바닥 펼쳐봐."

살짝 비음이 섞인, 변성기 소년 같은 목소리였다. 유키는 오른쪽으로 돌아 순순히 얼굴 양옆으로 손을 올려 펼쳐 보였다.

목소리의 주인공은 세키미즈였다. 질렸다는 듯 한숨을 쉬고 있다.

"움직이지 말라고 했잖아. 왜 돌아보는 거야."

"손바닥 봤으니까 이제 됐지?"

"왜 하나만 듣고 다른 건 안 듣는데?"

유키는 얼굴 양쪽에서 펼친 손바닥을 앞뒤로 흔들어 보였다. 세키미즈는 눈을 치켜뜨며 그를 노려봤다.

"날 놀리는 거야?"

"손바닥 펼치고 있잖아."

"됐어, 내려."

유키는 순순히 손을 내렸다.

"무슨 볼일인데? 그보다 당신 이름이 뭐랬지?"

"세키미즈 미야. 당신이 독을 넣지 않는지 감시하는 중이야."

"……진심이야?"

이번에는 유키가 아직도 험악한 시선을 보내는 세키미즈를 질렸다는 듯 바라봤다. 신경 곤두세울 일이 따로 있지. 애초에 독을 가지고 있는 사람은 스와나지 유키가 아니다. 물론 그 사실을 세키미즈가 알 리 없었지만.

어처구니없다는 양 유키는 고개를 저었다.

"내가 끓여서 들고 나온 차를 저 아저씨가 마시고 죽었다. 그럼 누가 봐도 내가 범인인데 그런 짓을 왜 해. 바보야?"

"바보라고 하지 마, 바보야. 나도 알아, 농담이라고. 비품 사용법 알려주려고 온 거야."

이 상황에서 농담이란 소리가 나오냐. 진심을 담아 노려보면서 농담이라고 말할 줄은 유키도 예상하지 못했다. 아니, 아니면 처음부터 노려본 게 아닌가? 세키미즈는 세상을 저주하는 듯한 눈빛으로 찬장을 가리키며 말했다.

"찻잎은 저 통 안에 있어. 실론이니 다즐링이니 씌어 있으니까 무슨 말인지 알면 골라서 쓰든지. 커피는 저쪽. 커피메이커는 이쪽에 있어."

척척 가르쳐주긴 했지만 말이 빨라서 잘 알아들을 수가 없었다. 가르쳐줄 생각이 없는지도 모른다. 가르쳐줄 생각이 정말 없는 거라면, 역시 감시하러 온 건가.

유키는 니시노의 홍차와 자신이 마실 커피를 준비했다. 사이폰에서 물방울이 떨어지는 것을 확인한 유키는 여전히 그 자리에 서 있는 세키미즈를 향해 물었다.

"저기……."

"왜?"

"저 무식하게 큰 냉장고 안에는 대체 뭐가 들어 있지?"

"직접 열어보든가."

지당한 말씀이십니다. 냉장고로 다가가 문을 열자 차가운 냉기가 흘러나왔다. 문득 유키는 이 암귀관이 쾌적한 온도로 유지되고 있다는 사실을 깨달았다. 지하에 자리하고 있는데도 쾌적하지 않은 공간이 없었다. 쉬운 일은 아닐 테지.

올려다봐야 할 정도로 커다란 냉장고 내부는 여러 단으로 나누어져 있었다. 빼곡히 수납된 것은 병, 그것도 술이었다. 맥주, 와인, 일본주까지 골고루 있었다.

"오오."

세키미즈는 무심결에 감탄의 한숨을 내쉬는 유키를 향해 중얼거렸다.

"당신 술 마셔?"

"조금 즐기는 정도지."

냉장고 내부가 여러 단으로 나뉜 것은 여러 종류의 술을 적절한 온도로 보관하기 위해서겠지. 맥주는 차갑게 두는 것이 좋지만 너무 차갑게 돼서는 안 될 와인도 있을 터다. 유키는 거의 탄산주만 마시는 편이었다. 빈곤한 학생이 술의 좋고 나쁨을 알 리도 없고 일단 술이기만 하면 문제는 없었다. 모든 병이 일반적인 크기의 절반 사이즈인 것은 왜일까. 술값 아까워서 그런 건 아닐 테고.

하지만 그보다.

"잠깐. 식재료가 하나도 없잖아."

냉장고는 동양과 서양 술로 가득 차 있었고, 한쪽에는 소스나 마요네즈, 피시 소스 등의 조미료가 구비되어 있었지만 식재료는 없었다.

세키미즈는 뒤돌아 부엌 테이블 옆을 눈짓했다. 반짝거리는 스테인리스 재질의 커다란 상자가 놓여 있었다. 상자. 말 그대로 커다란 상자라고 형용할 수밖에 없는 것이었다.

자세히 들여다보자 구석에 적힌 'Lunch Box'라는 글자가 눈에 들어왔다. 장난감 상자 다음은 도시락 상자인가. 장난감 상자와 달리 카드 리더기 비슷한 것은 달려 있지 않았다. 좌우지간 컸다. 유키가 있는 힘껏 양팔을 뻗어야 겨우 껴안을 수 있을 정도의 크기에, 높이도 허리 부근까지 왔다. 뚜껑도 무겁겠지. 그렇게 생각하며 손을 대자 예상외로 쉽게 들 수 있었다. 안을 들여다보자, 상자 안쪽에 유압잭*이 달려 있었다.

＊ 유압으로 수하물을 들어 올리는 소형 기중기.

상자는 텅 비어 있었다.

유키는 어른 한 명이 너끈히 들어갈 수 있을 만큼 널찍한 상자 안을 멍하니 내려다보았다. 세키미즈는 처음 위치에서 한 발짝도 움직이지 않은 채 말했다.

"정해진 시간에 그 안에서 음식이 나온대. 설거짓거리도 거기 넣어두면 그릇 같은 건 가져가고 컵 종류는 다 씻어서 되돌아오고. 거기 들어가면 그릇과 함께 밖으로 나갈 수 있을지도 모르지."

그건 불가능하겠지만. 과연, 의식주에 불편함이 없게 하겠다는 건 이런 걸 뜻한 건가. 참가자들이 이 부엌에서 할 수 있는 일은 런치 박스에서 식사를 꺼내고, 다 먹은 다음에는 그릇을 넣어두는 일, 커피나 홍차를 끓이는 일, 술을 꺼내는 일로 한정되어 있다는 건가. 준비해준 음식의 맛과 질은 어제와 오늘 식사로 충분히 증명되었다. 시간과 돈을 들인 맛있는 요리였다.

편리하군. 유키는 그렇게 생각했다. 그와 동시에 너무나도 편리한 이 시스템에서 느껴지는 클럽의 편집증적인 집착에 불쾌한 느낌을 떨칠 수 없었다.

2

편리한 런치 박스에서 나온 저녁 식사 메뉴는 솥밥이었다. 어딘가에서 맡아본 적 있는 향기. 그 정체를 맞힌 것은 스와나였다.

"이 향기는 송이버섯밥이네요."

그건 그렇고 어제부터 식사는 대부분 일본 요리였다. 일본 음식만 줄 거면 굳이 식당을 서양식으로 꾸밀 필요가 있나. 그런 의문이 떠올랐지만 계란찜을 나무 수저로 뜬 순간, 유키는 불현듯 생각했다. 자주 나오는 일본 음식. 어쩌면 여기에 어떤 중대한 비밀이 숨겨져 있는 건 아닐까!

하지만 그의 의문은 밥에 섞인 은행을 어떻게 할 것인가, 라는 더욱 중대한 의문 앞에서 흔적도 없이 사라졌다. 그는 암산과 영어와 은행에 약했다.

식사를 마치고 나서 오사코는 다시 통로를 찾아보겠다며 나갔다. 와카나와 가마세가 뒤를 따랐지만 하코시마는 일어나지 않았다. 유키와 후치가 차를 내려 식당에 남은 사람들에게 대접했다. 이번에는 세키미즈도 감시하러 따라오지 않았다.

찻잔을 앞에 내려놓자 니시노는 웃으며 고맙다고 했다. 연상이기는 해도 니시노도 늙었다는 소리를 들을 나이는 아닐 텐데, 눈가의 주름이 눈에 들어왔다.

뜨거운 것에 약한지 안도는 찻잔을 혀로 핥으며 깊게 한숨을 쉬었다.

"오사코는 아직도 비밀 통로를 찾는 건가."

혼잣말처럼 내뱉은 말에 누군가가 대답했다. 하코시마였다.

"오사코가 먼저 얘기를 꺼냈잖아. 적어도 오늘 하루는 계속 찾겠지."

"그래? 난 또 네가 오사코에게 그러자고 한 줄 알았지."

"그럴 리가."

하코시마는 어깨를 살짝 으쓱하는 시늉을 해 보였다.

"아냐. 우린 달리 할 일도 없으니 비밀 통로라도 찾는 게 좋겠다고 의견의 일치를 봤을 뿐이라고."

"호오."

안도는 다시 차를 홀짝거리더니 찻잔 속을 바라보며 물었다.

"넌 안 가도 돼?"

"이제 지쳤어."

"뭐, 그러겠지."

하코시마는 뜨거운 것에 약하지 않은지 주저 없이 들이켰다.

오사코 일행이 나간 문을 바라보며 유키는 별생각 없이 중얼거렸다.

"와카나는 그렇다 처도 가마세인가 하는 사람은 의외로 근성이 있네. 아침부터 계속 저러고 있는 거지?"

말이 끝나자마자 안도와 하코시마가 동시에 웃음을 터뜨렸다. 안도는 음침하게 히죽거렸고, 하코시마 쪽은 쓴웃음을 지었다. 하코시마가 말문을 열었다.

"가마세는 딱히 비밀 통로를 찾는 데 열심인 게 아냐."

그 말을 받아 안도가 말한다.

"오사코 곁에 있고 싶은 거지."

그 말을 듣고, 찻잔을 받아 든 다음부터 계속 후후 불며 식히고 있던 세키미즈가 고개를 들고 말했다.

"……어? 와카나의 라이벌이야?"

웃음소리가 터져 나왔다. 당사자인 세키미즈와 스와나는 대체 뭐가 웃긴지 모르겠다는 듯 좌우를 두리번거렸다.

조금 누그러진 분위기 속에서 갑자기 니시노가 입을 열었다.

"그건 그렇고, 오사코 군은 정말 열심이군. 책임감도 책임감이지만 그 넘치는 에너지가 부러워."

후치가 부드러운 미소를 지으며 물었다.

"에이, 노인네 같은 소리 하시긴. 니시노 씨는 나이가 어떻게 되세요?"

"저 말입니까, 서른여덟입니다."

의외로 젊다. 유키는 그렇게 생각했다. 생기 없는 분위기로 보아 최소한 마흔은 넘은 줄 알았다. 이어서 니시노의 입에서 나온 말은 더욱 의외였다.

"이와이와는 세 살 차이죠."

일동의 시선이 이와이에게 쏠렸다. 당사자인 이와이는 금방이라도 자리를 박차고 일어날 것처럼 버럭 외쳤다.

"니시노 씨! 그 말은 하지 말아달라고……."

"아, 그랬지."

니시노는 웃으며 대답했지만 미안한 기색은 없었다.

이와이는 서른다섯인가. 아니면 마흔하나일지도 모른다. 계속 스무 살인 자신과 별반 차이가 나지 않을 거라고 생각했던 유키는 큰 충격을 받았다. 안도는 이와이에 대해 폼이 안 나는 비주얼 록 스타일이라 표현했지만, 실은 화려한 취향이라기보다는 젊어 보이려고 요란하게 꾸민 것일지도 모른다.

일동을 쓱 둘러보던 니시노의 부드러운 표정에 그림자가 드리웠다. 그의 시선은 결국 유키에게 가서 멈췄다.

"유키 군은 학생이라고 했지?"

"아, 네."

"보아하니 여기 모인 사람들 중에 학생이 많은 것 같군. 앞날이 창창한 학생들이 이런 허황된 아르바이트에 달려드는 게 썩 보기 좋지는 않네."

"네……."

아닌 게 아니라 그 점은 유키도 반성하고 있었다. 깊이 생각도 하지 않고 솔깃한 이야기에 혹해서, 도망갈 기회도 있었는데 반쯤 호기심으로 흘러가는 대로 위험한 수렁에 빠졌다. 그쯤은 자각하고 있다. 유키가 순순히 수긍하자 니시노는 어찌된 영문인지 삐뚜름하게 웃었다.

"그렇다고는 해도 성실하게 일한다고 평탄한 인생을 보낼 수 있는 것도 아니지. 그게 어렵단 말이야. 유키 군, 부엌에 술이 있다고 했지?"

유키가 고개를 끄덕이자 니시노는 자리에서 일어났다.

"한잔해야겠군. 안내해주겠나?"

"아, 제가 가져올게요."

황급히 유키가 자리에서 일어난 순간, 라운지로 이어지는 문이 열리더니 오사코 일행이 들어왔다. 대부분의 사람들이 식당에 모여 있으리라고는 생각하지 못했는지 어스름 속에서도 오사코의 당황한 기색이 눈에 띄었다. 니시노는 그런 오사코를 향해 친근하게 말을 걸었다.

"아, 오사코 군. 마침 잘됐네. 술 한잔 하려던 참이야. 오사코 군도 지쳤을 텐데, 오늘은 이쯤에서 그만하고 함께 마시지 않겠나?"

니시노가 그런 제안을 할 줄은 몰랐는지 오사코는 잠시 망설이는 눈치였지만 이내 고개를 끄덕였다.

"그러시죠."

오사코와 와카나는 근처에 있던 의자에 앉았다. 뒤를 쫓아오던 가마세도 묘하게 반항적인 태도로 자리에 앉았다. 오늘 밤에는 작은 술자리가 벌어지겠군.

맥주 대여섯 병쯤 가져가면 그다음은 각자 알아서 마시겠지. 작은 병밖에 없어서 꺼내기 귀찮지만 양은 부족하지 않을 거다. 그렇게 생각하며 냉장고를 열려던 순간, 유키는 등 뒤에서 기척을 느꼈다.

돌아보자 세키미즈가 서 있었다. 여전히 노려보는 시선에 진저리를 내며 유키는 물었다.

"독을 넣는지 감시하려고?"

세키미즈는 주저 없이 대답했다.

"그래."

"그럼 컵 나르는 거 도와줘."

"내가 왜?"

1

이튿날 아침 식사는 전갱이 구이에 계란말이, 밥과 된장국까지 완벽한 일본식 상차림이었다.

하지만 이번에는 유키도 일본 음식과 서양식 식당의 조합에 대해 생각할 여유가 없었다.

"어제 몇 시까지 마셨어?"

이와이는 떨리는 목소리로 누구를 향해서랄 것도 없이 그렇게 물었다. 유키는 분위기를 깨지 않을 정도로만 마신 뒤에 일찍 자리를 떴기 때문에 입을 다물고 있었다. 유키가 아는 한, 안도와 하코시마, 스와나는 도중에 일어났다.

이와이의 물음에 대답한 사람은 마키였다.

"마지막까지 남은 건 나와 니시노 씨 둘뿐이었어. 벽난로 위의 시계가 9시 45분에 울렸을 때 자리를 파했지."

"아직도 자고 있는 건가?"

이번에는 마키도 대답하지 않았다.

암귀관에 들어온 지 사흘째 아침. 식당에 나타난 것은 모두 열한 명.

니시노 가쿠의 모습은 보이지 않았다.

재빨리 판단을 내린 것은 하코시마였다.

"방에 가볼게. 니시노 씨 방이 몇 호실이지?"

그 말을 듣고, 유키는 자신이 아직 5, 6, 7호실의 사람밖에 모른다는 사실을 깨달았다. 다행히도 마키가 니시노의 방을 알고 있었다.

"어젯밤 같이 방으로 갔어. 니시노 씨 방은 10호실이야."

"같이 가주겠어?"

"그러지."

유키는 이 상황에서 오사코가 어떻게 움직일지 주시하고 있었다. 순간 자리에서 일어나려던 오사코는 하코시마와 눈이 마주치자 다시 자리에 앉았고, 그 뒤로는 계속 진중한 태도를 유지하고 있다.

"나도 갈게."

안도가 나섰다. 젓가락을 내려놓고 자리에서 일어난 그는 벌써 라운지로 이어진 문으로 걸어가고 있었다. 하코시마는 순간 생각에 잠긴 듯했지만 "그럼 가자" 하고 걸음을 옮겼다. 세 사람은 그대로 식당을 나섰다.

"니시노 씨라면 조금 나이 많으신 분이죠?"

옆자리의 스와나가 유키를 향해 그렇게 속삭였다. 유키가 작게 고개를 끄덕이자 스와나는 마치 오늘 맑을까요? 하고 날씨 이야기를 하듯 말했다.

"무사하실까요?"

유키는 분명 숙취로 못 일어나는 거라고 생각했지만 어째서인지 그렇게 대답할 수가 없었다. 니시노는 숙취 때문에 일어나지 못한 것이다. 자신이 정말 그렇게 생각하는 건지 아니면 그렇게 생각하고 싶은 건지, 도무지 알 수가 없었다. 유키가 아무 말도 하지 않자 스와나는 고개를 갸웃거렸다.

"먼저 식사를 시작하는 것도 예의가 아닌 것 같고……."

이와이와 가마세, 와카나, 후치는 모두 불안한 모양새였고, 오사코는 인상을 찌푸린 채 그저 가만히 앉아 있었다. 스와나는 주변을 둘러보고 있었다. 이제까지의 모습과 비교했을 때 다소 초조해 보이는 것 같았지만, 그건 역시 불안해서가 아니라 눈앞의 아침 식사를 어떻게 처리해야 할지 고민하고 있는 것이 아닐까.

멤버들의 얼굴을 훔쳐보던 유키는 세키미즈와 딱 눈이 마주쳤다. 그녀 또한 식당에 남은 일곱 명의 표정을 살피던 것 같았다. 머쓱해진 유키는 먼저 시선을 돌렸다.

된장국이 다 식었을 즈음 니시노를 찾으러 갔던 세 사람이 돌아왔다. 태연한 척했지만, 하코시마가 긴장하고 있다는 건 누가 봐도 확실했다. 그는 간략하게 보고했다.

"없어."

오사코는 말이 끝나기가 무섭게 자리에서 일어났다. 기다리는 동안 생각을 정한 것이리라. 그는 굵은 소리로 말했다.

"어제 정했던 그룹으로 나뉘어서 찾아보자, 식사는 나중에 하고."

아무도 반론을 제기하지 않았다.

그것은 직감이었을까.

니시노가 빠지는 바람에 세 명이 된 후치의 그룹, 즉 후치와 세키미즈와 마키가 부엌을 둘러본다고 해서 유키 일행은 회랑으로 나왔다. 어디서부터 찾아보지? 중얼거린 안도를 향해 곧바로 대답한 사람이 있었다.

"영안실부터 둘러보죠."

스와나였다.

불길하기 짝이 없는 제안이었지만 개인실은 나중으로 미뤄야 하니, 먼저 살펴봐야 할 곳은 오락실과 영안실 둘 중 하나였다. 이와이는 망설이는 기색이 역력했지만, 유키와 안도가 먼저 걸음을 옮기자 스와나의 뒤를 따라왔다.

스와나의 제안은 적중했다. 영안실의 문을 열자 니시노는 분명히 그곳에 있었다.

그리고 유키가 어렴풋이 짐작했던 것처럼⋯⋯.

그는 영안실에 어울리는 모습으로 변해 있었다.

이와이가 짧게 신음을 흘리며 바닥에 무릎을 꿇었다. 안도 역시 눈앞이 캄캄해졌는지 영안실의 검고 차가운 문에 몸을 기댔다. 높은 천장에 가득 찬 하얀빛, 열 개의 하얀 상자가 나란히 늘어선 영안실의 한가운데에, 하얀빛을 받은 피 웅덩이가 고여 있었다. 천장을 올려다본 자세로 쓰러진 남자는 멀리서 보기에도 니시노가 분명했다.

유키는 머리에 피가 몰렸다. 모든 게 혼란스러웠다. 하지만 한편으로 자신이 냉정하게도 평정심을 유지하고 있다는 것을 알아챘다. 그는 생각했다. 방 안으로 들어가야 하는 건가. 니시노는 피 웅덩이에 쓰러져 있었지만 진짜 피가 아닐 수도 있었고, 무엇보다 그가 정말 죽었다고 단정 지을 수도 없었다. 하지만 정말 죽었다면 섣

불리 다가가지 말고 경찰을 부르는 편이 낫지 않을까.

깊이 내뱉은 숨이 두세 번 유키의 입에서 흘러나왔다. 그제야 자신이 전혀 냉정하지 않다는 사실을 깨달았다.

이 지하 공간에 경찰 같은 건 없다.

그는 걸음을 내디뎠다.

한 걸음 내딛자 그때부터는 거리낄 게 없었다. 유키는 니시노를 향해 달려갔다. 제정신이 돌아왔는지 안도가 바로 뒤를 따랐다. 안도는 달리면서 입구에 서 있는 두 사람을 향해 외쳤다.

"다른 사람들을 불러와!"

니시노가 살아 있다면? 분명히 응급처치를 하기 위한 규칙이 있었다. 어떻게 하면, 누가 어떻게 해주기로 되어 있었지? 자세한 내용을 떠올리려고 애쓰며 유키는 니시노 옆에 섰지만, 서두를 필요는 없었던 것 같다.

눈을 부릅뜬 니시노는 유키가 그 옆에서 멍하니 있는데도 한 번도 눈을 깜빡이지 않았다. 문득 니시노의 얼굴에서 눈을 돌리자 그의 몸에 뚫린 구멍이 보였다.

그후에 안도가 정리해서 들려준 상황은 대충 이랬다.

니시노는 총에 맞아 죽었다. 참혹한 시체를 지근거리에서 본 충격을 유키보다 먼저 극복한 안도는 용기를 쥐어짜 시체에 난 구멍의 수를 세어보았다. 모두 여덟 개. 오른쪽 어깨에 두 개, 배에 다섯 개, 그리고 가슴 한가운데에도 하나 뚫려 있었다고 한다.

"인간의 시체에 대해 잘 아는 건 아니지만……."

안도는 제 가슴에 손을 올렸다. 턱 아래, 척추 조금 왼쪽 부근이다.

"아마도 심장이 아니었을까."

다른 참가자들을 부르러 간 건 이와이였다. 실제로 부르러 갔다고는 할 수 없었던 모양이지만.

오사코 일행을 찾아낸 이와이는 대경실색해 제대로 말도 못 전했다고 한다. 심상치 않은 모습을 본 하코시마가 상황을 얼추 파악하지 못했더라면, 아무 정보도 전해지지 않았을 것이라고 했다. "직접 시체를 본 것도 아니면서." 안도는 그렇게 말하며 얼굴을 찌푸렸지만 유키의 생각은 조금 달랐다.

회랑은 무척 어둡다. 눈앞에서 사람이 죽어 있다는 사실과 그를 죽인 살인자가 이 지하 공간에 있다는 사실을 아는 상황에서 홀로 다른 사람들을 부르러 간 것이다. 그건 그 나름대로 용기가 필요한 행동이 아니었을까.

한편 스와나는 내내 영안실의 입구에 서 있었다. 평소에는 다른 세상 사람 같은 스와나였지만, 그런 그녀도 놀라기는 한 것 같았다. 뻣뻣하게 선 채로 가슴 언저리에 기도하듯 손을 올리고 있었다. 하지만 어떻게 보면 딱히 무서워하는 것 같지 않기도 했다. 적어도 유키에게는 그렇게 보였다.

먼저 도착한 오사코 일행에 이어 그 뒤로 후치 일행이 나타났다. 이로써 모두가 니시노가 죽었다는 사실을 확인했다. 와카나와 가마세, 이와이는 시체를 보는 걸 거부했다. 특히 와카나는 영안실을 들여다보는 것조차 완강하게 거부하며 굳게 눈을 감고 있었다.

얼마나 시간이 흘렀을까. 하코시마가 시체 처리 방안이라는 현실적인 문제를 제시했다. 그는 시체를 관에 안치하고 현장을 청소하는 것이 가드의 일임을 알고 있었다.

"이대로 두는 건 너무 못할 짓인데."

그렇게 중얼거리는 하코시마를 향해 창백한 낮의 안도가 가냘픈 목소리로 간신히 말문을 열었다.

"나중에 다시 보러 왔을 때 처리하자. 그때까지는 이대로 놔두고."

결국 시체에 대한 문제는 일단 나중으로 미뤄졌다.

2

열한 명이 라운지에 모였다. 채워진 열한 개의 의자와 한 개의 빈 의자. ……하지만 붉은 얼굴의 인형은 여전히 열두 개였다.

몇몇은 얼굴이 하얗게 질려 있었고, 유키 역시 꿈속을 걷는 것만 같은 기분이었다. 냉정한 척하고는 있었지만 실제로는 생각이 완전히 멈춰 있었다. 시야 한구석에 이야기를 나누는 오사코와 하코시마의 모습이 들어왔지만 그들에게는 신경도 쓰지 않고 그저 눈앞의 인형을 계속 바라보았다.

유키는 평생 시체를 본 적이 없었다. 친척들이 모두 정정한지라 장례를 치러본 경험조차 없었다. 그런데 눈앞에 갑작스레 나타난 타살 시체라니, 역시 충격이 컸다.

별안간 울려 퍼진 오사코의 단호한 목소리에 유키는 정신이 확 들었다. 오사코는 남은 참가자 열 명을 둘러보더니 몇 번씩 연습한 사람처럼 막힘없이 말했다.

"앞으로는 라운지에서 나갈 때에는 세 명이 한 조로 행동한다."

충격에서 헤어 나오지 못한 몇 사람이 입을 떡 벌리고 오사코를 올려다봤다. 라운지에 있는 사람들 중 그 혼자만 자리에서 일어나 있었다.

다시 한번 쐐기를 박듯 오사코는 반복해서 말했다.

"셋이서 한 조로 행동해야 해. 다행히도 화장실은 라운지와 직접 연결되어 있어서 상관없지만 다른 곳에 갈 때에는 두 명 이상 불러 셋이서 행동한다."

노골적으로 분노를 드러낸 목소리가 침착한 오사코의 목소리를 뒤덮었다.

"지금은 그런 것보다 니시노 씨를 쏜 녀석을 찾는 게 먼저잖아!"

안도였다. 원탁 위에서 올려놓은 손을 꼭 쥐고 있었다.

하지만 오사코는 안도를 흘끗 보더니 무거운 목소리로 천천히 말했다.

"아니. 더 이상 아무 일도 일어나지 않도록 하는 게 먼저야."

안도는 금방이라도 이를 갈 것처럼 오사코를 노려보다 다시 입을 다물었다.

누가 들어도 오사코의 의견이 정론이었다. 안도는 시선을 돌리려 하지도 않은 채, 가까스로 목소리를 쥐어짰다.

"그래. 네 말이 맞네. 미안하다."

오사코는 작게 고개를 끄덕였다.

유키의 옆에 있던 스와나가 살짝 손을 들며 말했다.

"저, 질문이 있는데요."

"뭐죠?"

"왜 셋이죠? 둘이 아니라."

세 명이라니 이상하긴 하군. 아직 완전히 이성을 되찾지 못한 유키도 그렇게 생각했다. 하지만.

"단둘이면 불안할 테니까요."

오사코의 간결한 설명을 듣고 진의를 깨달았다.

유키와 스와나 둘이서 회랑을 걷는다고 하자. 만일 스와나가 니시노를 죽인 범인인데다 유키까지 죽이려 들면 유키는 속수무책으로 당할 수밖에 없을 것이다. 하지만 그 자리에 안도가 있다면? 스와나도 섣불리 손을 대지는 못하겠지.

3인 1조는 안전을 보장하는 최소 단위인 것이다.

애초에 유키는 스와나가 범인이 아니라는 걸 알지만.

설명을 듣고 스와나는 납득했을까. 속내는 모르지만 스와나는 이어서 두 번째 질문을 했다.

"그럼 밤에는 어떻게 하실 거죠? 우리는 개인실에 있어야만 하잖아요."

오사코는 처음으로 말끝을 흐렸다.

"그건……."

"네."

"각자 조심할 수밖에 없겠죠."

스와나는 고개를 끄덕였다.

"알겠습니다. 그렇게 하죠."

라운지에 있는 사람 중, 아무도 입을 열지 않았다.

기나긴 침묵을 깬 건 후치의 한마디였다.

"아침 식사를 치워야 되는데……."

맞다, 아침 식사는 아직도 식당 테이블 위에 올려져 있다. 지금 몇 시 정도 되었을까. 정신을 차리고 나니 배가 고픈 것 같기도 했다. 물론 그렇겠지. 살아 있으면 먹어야 하는 건 당연지사니까.

홀쩍 자리에서 일어나 식당으로 통하는 문을 열려던 후치를 오사코가 제지했다.

"잠깐만요."

"네?"

후치의 몸이 움찔 굳는다. 오사코는 손가락을 세 개 펴며 말했다.

"셋입니다."

"아, 그랬죠……."

하코시마는 몸을 움츠리며 겸연쩍어하는 후치를 위로하듯 미소를 지었지만, 중성적인 아름다움이 빛나는 그 얼굴도 딱딱하게 굳어 있었다.

"식당에 들어가려면 여기를 꼭 지나야 하니까 실제로는 라운지에 있는 거나 마찬가지지만요. 일단 습관을 들인다고 생각하세요. 제가 같이 가죠."

후치가 고개를 끄덕이자, "나도" 하고 세키미즈도 자리에서 일어났다.

세 사람이 떠나자 침묵을 지키던 안도가 말문을 열었다.

"유키, 같이 가자."

"어딜?"

"아까 그걸 다시 한번 조사하게."

아까 그게 무엇인지 생각할 것도 없었다. 조금 겁이 났지만 유키는 바로 그러자고 대답했다. 이제 어느 정도 진정이 된 것 같았다.

"셋이 같이 다니랬지. 나머지 한 사람은……."

원탁을 둘러봤다. 가마세와 이와이가 급히 눈을 돌린다.

지금까지 안도는 주로 유키와 이야기를 나눴다. 유키가 자주 이야기하는 사람은 안도와 스와나다. 그다음이 이와이. 하지만 이와이는 도저히 쓸 만할 것 같지가 않았고, 스와나에게 같이 가자고 하기도 좀 그랬다. 와카나와 가마세는 고려 대상도 아니니, 오사코에게 부탁하는 것이 최선인가. 그렇게 생각한 순간 마키가 천천히 자리에서 일어났다.

"내가 가지."

마키와 거의 접촉한 적이 없던 유키는 예상치 못한 그의 행동에 바로 말이 나오지 않았다. 하지만 안도는 바로 고개를 끄덕이며 부탁한다고 말했다.

3

유키와 안도, 그리고 마키. 세 사람은 다시 영안실에서 니시노와 마주했다.

사방에 피비린내가 진동했다. 아까 유키는 속을 뒤집어놓는 이 냄새를 알아채지 못했다. 냄새도 의식하지 못할 정도로 충격을 받았던 걸까. 아니면 시간이 지나며 냄새가 올라온 것일까. 어느 쪽인지 판단을 내릴 수가 없었다.

마키는 아직 죽은 니시노의 얼굴을 제대로 보지 못했다. 그는 피 웅덩이 옆에 무릎을 꿇더니 니시노를 향해 합장한 다음 시체를 향해 손을 뻗었다. 뭘 하는 건가 지켜보았더니 니시노의 얼굴을 쓸어서 망자의 부릅뜬 눈을 감겨주었다.

"예의도 바르시지."

안도는 비아냥거렸지만, 목소리에서는 얼마간 허세도 느껴졌다. 다시 한번 합장을 올린 뒤 마키는 니시노의 얼굴을 바라보며 거의 감정이 느껴지지 않는 침착한 목소리로 말했다.

"어제는 오랜만의 즐거운 술자리였는데 니시노 씨가 너무 안됐어."

눈을 감고 마키는 말을 이었다.

"다른 사람에게 원한 같은 건 사지 않았을 사람인데. 어떻게든 원수를 갚아주고 싶어."

거의 무의식적으로 유키의 입에서 말이 흘러나왔다.

"동감이야. 나도 도울게."

마키는 유키를 올려다보더니 입을 다물고 살짝 고개를 끄덕였다.

"원수를 갚겠다니, 뭔가 알아챈 거라도 있어?"

안도는 회의적인 태도로 말했다.

"그 정도는 아니고."

마키는 천천히 자리에서 일어났다. 일어서자, 유키와 안도보다 머리 절반쯤 컸다.

"일단 넌 아냐."

마키는 그렇게 말하며 안도를 가리켰다. 안도가 당혹스러워했지만 아랑곳하지 않고 말을 이었다.

"그리고 하코시마도 아닐 거야."

"난?"

유키가 무심코 자신을 어필하자 마키는 가는 눈으로 바라보다가 이윽고 천천히 고개를 저었다.

"다른 사람들도 의심할 이유는 전혀 없어. 그것뿐이야."

"왜 내가 범인이 아니라고 생각하는 건데?"

안도는 강한 말투로 그렇게 물었다. 그리고 중요한 사실을 떠올렸다는 듯 이렇게 덧붙였다.

"맞는 말이긴 하지만. 난 모르는 일이야."

"딱히 이유 같은 건 없어."

마키는 주머니에 손을 찔러 넣고 고개를 숙이며 말을 이었다.

"너와 하코시마는 누가 더 똑똑한 소리를 하는지 경쟁하고 있어. 그리고 처음 선을 넘은 녀석이 손해를 본다는 사실도 알고 있지. 너희는 남들이 자기를 바보라고 여기는 건 못 참는 성격들이잖아."

마키는 그쯤에서 말을 끊었다. 안도는 무엇인가 말하려 했지만 정곡을 찔렸는지 결국 아무 말도 하지 못했다.

"너도 하코시마도 자기가 똑똑하다는 걸 자랑하기 위해 사람을 죽일 만큼 똑똑하진 않아. 그래서 둘은 범인이 아니라고 말한 거야."

"요컨대, 그냥 아닌 것 같아서 아니라는 거군. 그건 이유라고 할 수 없잖아."

안도는 조롱 섞인 말투로 말했지만 마키는 상대할 생각도 없는 듯했다.

"그러니까 딱히 이유는 없다고 했잖아. 널 설득할 필요는 없지만, 아무튼 난 의심 안 해. 그보다……."

그렇게 중얼거리며 마키는 다시 시선을 니시노 쪽으로 돌렸다.

"하나 걸리는 게 있는데. 니시노 씨는 뭔가 맞아서 쓰러진 건가?"

유키는 마키가 무슨 말을 하는지 이해할 수 없었다. 니시노가 사살되었다는 사실은 명백했다. 유키의 당혹스러운 속내를 알아챘는지 마키는 설명을 덧붙였다.

"무언가를 맞고 쓰러진 건지, 아니면 쓰러져 있는 상태에서 맞은 건지는 모르겠어. 서 있는 니시노 씨에게 여덟 발이나 쏘았다고 해도 끔찍한데, 만일 범인이 쓰러져 있던 니시노 씨를 쏜 거라면 녀석은 악마야."

그런 뜻이었군.

"어떻게 하면 알아낼 수 있지?"

마키는 입가에 손을 대고 말했다.

"시신 아래 바닥에 구멍이 뚫려 있다면, 쓰러져 있을 때 저격당한 거겠지. 방 안에서 니시노 씨를 관통한 총알이 발견되면 서 있을 때 총에 맞았다는 이야기가 돼. 언제가 되었든, 니시노 씨를 관에 안치하고 싶어. 그때 알 수 있겠지."

"알았어. ……그건 그렇고."

유키는 말하지 않고서는 견딜 수 없었다.

"마키 씨, 당신 참 냉정하군. 난 아직 제대로 보지도 못하겠는데."

마키는 고개를 돌려 유키의 시선을 피했다. 언짢게 들은 건가. 슬금슬금 불안해지기 시작했을 즈음, 마키는 입을 열었다.

"살해당한 시체를 처음 보는 게 아니라서."

그다지 감정을 드러내지 않는 그였지만 이 순간만큼은 진심으로 질린 듯한 표정이 역력했다.

"너는 뭘 조사하고 싶은데?"

마키는 안도를 향해 갑작스레 물었다.

"나?"

"조사하고 싶은 게 있어서 여기 온 거 아냐?"

아, 안도는 나직하게 말했다.

"맞아."

안도는 왠지 모르게 건성으로 대답하더니 영안실의 하얀 바닥을 바라보며 몇 발짝 걸었다. 그리고.

"아, 저기 있군."

잰걸음으로 걸어가 바닥에 주저앉더니 뭔가를 주웠다.

"이거야. 아까 발견하긴 했는데…… 그때는 차분하게 관찰할 기분이 아니라서."

그것은 금속 재질의 작은 통이었다. 탄피다. 그 이상은 생각하지 못했던 유키는 뒤이어 나온 안도의 말에 적잖이 놀랐다.

"9밀리 탄환이군."

"9밀리? 어떻게 그런 걸 알지?"

하지만 안도는 유키가 왜 놀랐는지조차 바로 이해하지 못한 것 같았다. 잠시 어리둥절한 얼굴로 아무 말도 않더니 이내 쓴웃음을 지으며 손짓했다.

"씌어 있거든."

안도가 건넨 탄피를 보자, 분명히 "9mm"라는 문자가 새겨져 있었다. 마키가 옆으로 다가오자 유키는 탄피를 건넸다. 탄피를 주의 깊게 관찰한 끝에 마키는 "그렇군" 하고 중얼거릴 뿐이었다.

"이런 증거품을 왜 남겨뒀지?"

유키의 물음에 안도는 잠시 생각하다 대답했다.

"이게 얼마나 많은 사실을 말해줄지 몰랐겠지."

마키도 의견을 말했다.

"확실하게 처분할 수 없다면 그 자리에 남겨두는 게 안전하지."

마키가 탄피를 돌려주자 안도는 그것을 원래 있던 자리에 살짝 내려놓았다.

"9밀리 세미오토라. 엄청난 차이로군."

유키는 혼잣말처럼 중얼거리는 안도의 말을 듣고 있었다. 엄청난 차이, 그건 아마도 안도에게 주어진 '흉기'와의 차이를 뜻하는 게 아닐까. 유키는 그렇게 추측했다. 아닌 게 아니라 그의 흉기도 고작 금속 막대였다. 권총과는 천지 차이다.

다음 순간 유키는 자신이 어느샌가 흉기의 유효성에 대해 생각해버렸다는 걸 깨달았다. '권총을 든 상대가 습격해 올 경우에 그 막대기 하나로 괜찮을까?'라고 생각하고 만다. '역시 뒤에서 갑자기

후려치는 것이 좋을까' 이런 생각도……

3인 1조로 움직이자는 오사코의 제안은 탁월했다. 니시노의 죽음으로 유키가 받은 충격은 다른 사람들에 비하면 가벼운 편일 것이다. 그런데도 잠시 마음에 빈틈이 생기면 바로 누군가를 죽여야 할 경우에는 어떻게 할지, 그런 살벌한 생각이 들었다. 안도나 마키가 같이 있어주지 않았다면, 이상한 방향으로 생각이 움직이지 않았으리라고 장담할 수 있을까.

안도와 마키가 이야기를 나누는 소리가 들렸다.

"그리고 또?"

"탄피가 모두 몇 개인지 세어보고 싶었는데, 나중에 해도 되겠지. 라운지에 있는 사람들과 상의해서 니시노 씨를 관에 안치하자."

"그래. 이대로 두는 건 너무 가엾어."

그리고 두 남자는 목소리를 낮춰 이야기했다.

"마키 씨. 탁 까놓고 묻겠는데, 밤이 되기 전까지 누가 한 짓인지 밝혀낼 수 있어?"

마키는 고개를 저었다.

"모르겠어."

"그렇군……. 이대로 밤이 되면……."

안도의 힘없는 목소리는 금방이라도 꺼져버릴 것만 같았다. 자신만만해 보였던 얼굴에도 지금은 불안한 기색이 역력했다.

"밤이 되면 뭐? 오늘 안에 해결하기 어려우면 내일 하면 되잖아."

안도와 마키는 나란히 뒤돌아 유키를 보았다. 마키는 무표정했지만 안도는 미간을 찡그리고 어처구니없다는 듯 말했다.

"오늘까지 잠은 잘 잤냐?"

"그럭저럭?"

"그렇군."

안도는 고개를 끄덕이더니 한마디 툭 던졌다.

"오늘 밤부터는 어려울걸."

잠시 후, 라운지에서 오사코가 한 손을 들며 외쳤다.

"가드!"

방송에서 설명했던 대로 낮은 모터 소리와 함께 하얀 물체가 나타났다. 부르고 나서 도착하기까지 채 이 분도 걸리지 않았다. 하코시마는 라운지에 나타난 가드에게 말했다. 영안실에 있는 니시노 가쿠의 시체를 관에 넣고 피를 닦아내라고.

한 시간 뒤, 유키가 상황을 점검하기 위해 다른 일행들과 함께 영안실을 찾았을 즈음에는 니시노의 시체는 정돈되어 있었다. 이 것으로 가드의 성능이 뛰어나다는 것은 증명된 셈이다.

가드의 성능을 목격한 유키의 뇌리에 문득 불길한 예감이 스쳐 지나갔다.

"가드는 괜찮은 걸까? 설마 그랬을 리는 없지만, 혹시 저 녀석이 폭주해서……."

그 자리에 있던 사람은 오사코, 하코시마, 안도, 가마세였다. 안도는 유키의 말을 비웃었다.

"폭주라니. 정비실이 왜 있다고 생각하는 거야?"

"그러니까 정비를 받아서 정상으로 돌아간 건지도 모르잖아."

하지만 오사코 역시 인상을 찌푸렸다.

"그렇게 생각하는 게 제일 마음 편하긴 하군. 나도 그런 거라고 믿고 싶어. 하지만 눈을 피하고 싶은 일이 일어났을 때 사람이 아닌 '괴물' 탓으로 돌리는 건 현실 도피에 지나지 않아."

이어서 하코시마가 웃음 섞인 표정으로 거들었다.

"폭주했을 가능성은 낮을 거야. 하지만 가드는 원래 우리를 죽이기 위해 만들어졌을지도 모르지. 사실 이 암귀관은 강력한 로봇과 싸우기 위한 투기장일지도 모르고."

조금 전까지 니시노의 시체가 놓여 있던 곳에서 아무렇지도 않게 말하는 하코시마를 보고 유키는 순간 그가 두려워졌다. 하코시마는 어깨를 으쓱하며 말을 이었다.

"농담이야. 첫째, 만일 그렇다고 한다면 룰 북과 어제 방송이 전부 이곳이 투기장이라는 목적을 감추기 위한 연막이란 건데, 그건 말이 안 돼.

둘째, 그렇다고 쳐도 어째서 니시노 씨가 여기 영안실에서 죽어야 했는지 이해가 가질 않아. 니시노 씨가 여기서 살해당한 건 확실해. 피를 보면 명백하잖아. 여기가 살해 현장이야. 뭔가 볼일이 있어서 이곳을 찾았겠지. 아니면 누군가에게 끌려왔든지. 귀여운 로봇과의 사투가 목적이었다면 굳이 이 방에 들어올 필요가 있을까?

셋째, 이건 룰 북의 설명이 믿을 만한 것일 때 성립하는 이야기지만, 가드의 무기는 사출식 전기충격기밖에 없어."

마지막으로 가마세가 한마디 덧붙였다.

"바보냐?"

가마세는 제쳐두더라도 하코시마의 논리는 지당했다. 유키는 입을 다물었다.

시체는 사라졌지만 피의 흔적과 냄새는 선명하게 남아 있었다. 가드가 청소를 허술하게 한 건 아니다. 그것을 깨끗하게 없애는 건 누구에게도 불가능한 일이리라.

4

암귀관에 밤이 찾아온다.

낮에 영안실에서 안도가 했던 말.

―오늘 밤부터는 어려울걸.

유키도 바보는 아니었다. 밤이 찾아오기까지 긴 시간 동안, 그 말뜻을 잘 이해했다.

안도, 하코시마, 마키, 그리고 오사코가 밤이 오기 전까지 니시노를 쏘아 죽인 범인을 찾아내려는 것도 이해가 갔다.

하지만 지나간 줄 알았던 죽음의 충격은 여전히 그들의 사고를 사로잡은 채였다. 예컨대 시체를 관에 넣은 다음 바닥을 조사한 결과, 총에 맞았을 때 니시노가 서 있었다는 사실을 알아냈다. 영안실 바닥을 수색한 결과, 아홉 개의 탄피와 인간의 몸을 관통한 여덟 개의 탄환, 그리고 벽에 맞아 찌부러진 탄환 하나를 발견했다. 니시노를 쏜 범인은 모두 아홉 발을 발사했으며, 그중 한 발이 빗나갔다. 하지만 이러한 사실을 알아냈다고 해도 니시노를 쏜 범인이 누구냐는 근본적인 의문에는 전혀 접근할 수 없었다.

참가자 열한 명은 피가 마르는 기분으로 그저 밤이 오기를 기다릴 수밖에 없었다.

벽시계가 9시 45분을 가리키자 땡 하고 종이 한 번 울렸다.

개인실로 향한 몇몇 사람이 어깨를 축 늘어뜨린 채 다리를 질질 끄는 모습은 어딘지 모르게 비통해서 똑바로 바라볼 수 없었다.

이날 밤부터 암귀관은 진정한 모습을 드러냈다.

어두운 회랑을 빠져나와 6호실 안으로 들어왔다.

손을 뒤로 뻗어 문을 닫고 무의식중에 안쪽을 더듬었다.

하지만 달린 건 손잡이뿐이다. 손끝에는 매끈한 감촉만 느껴지지 붙잡을 데라고는 없었다.

암귀관의 각 방에는 잠금장치가 달려 있지 않다. 알고 있는데도 손가락이 잠금장치를 찾는다.

벌써 몇 번씩 열고 닫은 문이지만, 다시 미닫이문을 밀어 닫아봤다. 방에서 흘러나온 한 줄기 빛이 어두운 복도에 드리웠다.

문은 지극히 매끄럽게 움직였다. 소리는 전혀 나지 않았다. 눈을 감고 온 신경을 귀에 집중시킨 다음 다시 문을 열어봤다.

귓속에 아주 희미하게 단단한 것이 마찰하는 소리가 남았다. 정적에 싸인 암귀관이기에 들을 수 있는 맑은 소리가.

'역시 이래선…….'

문에 손을 댄 채 이를 악물었다.

편안한 침대에 대자로 늘어져 곤히 잠들어 있을 때.

어두운 복도를 지나온 누군가가 6호실의 문을 살며시 밀어도.

그 문에는 잠금장치가 없다. 그리고 여는 소리조차 나지 않는다.

이번에는 어슬렁어슬렁 실내를 돌아다녔다.

개인실 바닥에는 기다란 털의 카펫이 깔려 있었다. 크림색 벽지보다 조금 더 흰색에 가까운 색에 무늬는 없다. 한 발짝 걸음을 내디딜 때마다 발밑이 편안했다. 훌륭한 카펫이라고 생각했다. 어젯밤까지는.

얼마나 안이한 생각이었는지.

기다란 털의 카펫. 아무리 걸음을 내디뎌도 발소리는 카펫에 흡수되어 미세하게밖에 들리지 않는다.

유키는 별안간 짜증에 휩싸여 그 자리에서 펄쩍 뛰었다. 발을 치켜들어 카펫을 찼다.

그제야 겨우 발소리라고 할 만한 소리를 들을 수 있었다.

암귀관의 방은 누구든 쉽게 침입해 소리 없이 머리맡에 설 수 있도록 설계되어 있었다.

화장실에도 잠금장치는 없다.

세면실에도 잠금장치는 없다.

방 안에서 유일하게 문을 잠글 수 있는 장소. 실질적으로 암귀관에서 유일하게 임의로 문을 잠글 수 있는 곳이기도 했다.

욕실이다. 넓고 개방적인 샤워 공간, 열두 명이 들어가도 팔다리를 뻗을 수 있지 않을까 생각할 만큼 널찍한 욕조. 그리고 잠글 수 있는 유리문.

하지만 암귀관은 손쉽게 도망칠 수 있을 만한 장소를 참가자에게 제공하지 않았다.

욕실 문은 얇은 유리 한 장이라 맨손으로도 어렵지 않게 깰 수 있을 것 같았다. 잠금장치는 흔하디흔한 크리센트 걸쇠. 암귀관 내부 다른 시설들의 고급스러운 마감과 비교해 보았을 때, 일부러 이런 약한 잠금장치를 택한 게 아닌가 하는 생각이 들었다.

무엇보다 사우나를 방불케 하는 온도.

욕실의 온도가 이렇게 높다니 이상하다는 생각은 했다. 불쾌할 정도의 실내 온도였다. 기계가 고장 난 줄 알았다.

하지만 살인자가 등장한 사흘째 밤 그 의도를 알아챘다.

이곳에서 참가자들이 자는 걸 막기 위해 욕실 안을 고온으로 유지하는 것이다.

아무리 애를 써도 삼십 분도 채 견딜 수 없을 것이다. 만일 욕실에 틀어박혀 하룻밤을 보낸다면, 암귀관의 다른 곳과는 다른 이유로 목숨에 위협이 닥쳐오겠지.

이제 쓸 일이 없을 줄 알았던 카드 키를 리더기에 읽혔다.

장난감 상자의 붉은 램프가 녹색으로 변하더니 뚜껑이 열렸다.

안에는 부지깽이가 들어 있었다. 가운데 부분을 만져봤다. 차갑고 단단하고 묵직한 감촉에 어쩐지 마음이 놓였다.

졸리지는 않았다. 몸도 피곤했고, 점심도 저녁도 대충 먹은 탓에 뒤늦게 배도 고팠다.

부지깽이는 어쩌지. 언제든지 휘두를 수 있게 손에 들고 있는 게 좋을까. 아니면 시트 밑에 숨겨놓아야 할까.

침대에 앉아 문득 고개를 든 순간.

문이 아주 살짝 열려 있는 것을 깨달았다.

몇 센티쯤 열린 문틈으로 회랑의 어둠이 보였다.

저 틈새는 뭐지?

누가 방 안을 들여다본 건가?

아니면…….

누군가 방에 들어온 건가?

설마, 아까.

욕실을 확인하고 있는 사이에?

방금 시트로 둘둘 말아 감춘 부지깽이를 천천히 꺼내 들었다. 단단히 움켜쥐고 소리 없이 조용히 침대에서 일어났다.

그래, 이곳에서 발소리는 나지 않는다. 그러니까 거기엔 신경 쓸 필요는 없다. 대담하게 걸어도 된다. 하지만 그 말은 누가 자신의 뒤쪽에서 몰래 다가와도 아무런 소리도 나지 않는다는 뜻이기도 했다.

화들짝 놀라 뒤를 돌아봤다. 눈앞에는 크림색 벽지가 펼쳐져 있을 뿐이다.

짧은 숨을 내뱉었다. 내가 이렇게 겁이 많았던가?

화장실 문 앞에 섰다. 부지깽이를 움켜쥐고 크게 숨을 들이마시며 단숨에 문을 열었다.

아무도 없다.

논리적으로 유키가 욕실에 있던 사이에 누군가 잠입했다면, 침입자가 세면실이나 욕실에 있을 가능성은 적다. ……하지만 적을 뿐이다. 부지깽이를 너무 단단히 쥐어서인지 오른손이 부지깽이에 달라붙은 것만 같았다. 손에 밴 땀 때문에 놓쳐버릴 것 같다. 다시 고쳐 쥐려 했지만 손가락이 움직이지 않았다. 손바닥을 펼칠 수가 없다.

자유롭게 움직일 수 있는 왼손으로 오른손 손가락을 하나하나 부지깽이에서 떼어냈다.

경직된 손가락으로 허벅지를 쳤다. 짝. 메마른 소리가 생각보다 크게 울려 퍼졌다.

세면실로 들어섰다.

사람의 모습이 시야를 스쳐지나갔다. 기겁하며 펄쩍 물러난 유키는 부지깽이를 다잡았다.

알고 있었다. 그곳에 거울이 있다는 사실은 처음부터 알았다. 크게 숨을 내뱉으며 다시 세면실로 향했다.

거울에 비친 제 모습은 어떤가. 벌겋게 핏발 선 눈은 번뜩였지만 대조적으로 움츠러든 몸이 비굴한 느낌을 주었다. 무의식적으로 눈을 돌려 욕실 안을 들여다봤다.

자욱하게 피어오르는 연기, 물통, 바위 모양을 본뜬 타일, 샤워

기가 보였다. 욕조 안까지는 보이지 않는다.

지독한 열기. 이곳에 누군가가 숨어든다는 건 있을 수 없는 일이다. 그렇게 결론을 내렸다.

침실로 돌아와 다시 크게 한숨을 쉬었다. 침대에 앉으려고 다가간 순간 옛날에 들은 이야기가 귓가에 되살아났다.

도끼를 든 남자가 침대 밑에…….

잠들 때까지 기다렸다 침대 밑에서 기어 나와…….

'있다.'

누군가가 침대 밑에 숨어 있다.

그것은 확신이었다. 분명히 누군가 그곳에 있었다. 남은 건 그것을 어떻게 밝힐지, 상대를 어떻게 처리해야 하는지다.

호흡이 빨라졌다. 정적에 휩싸인 암귀관에서는 심장 소리조차 귀에 거슬렸다. 침대 밑에 있는 자가 볼 수 있는 건 유키의 다리뿐이다. 이리저리 돌아다니면 아무렇지도 않은 것처럼 보일 것이다.

방을 돌아다니는 시늉을 하며 조금씩 침대를 향해 다가갔다.

괜찮아. 상대가 엎드려 있다면 내가 선수를 칠 수 있다. 살금살금 기어 나온 순간, 일어서기 전에 부지깽이로 내려치면 그만이다.

……하지만 상대는 권총을 가지고 있다.

아니면 니시노를 죽인 범인이 아닌 다른 누군가가 숨어들어온 것일까. 그렇다면 놈은 어떤 무기를 들고 있을까? 누구지?

그 누군가가 모습을 드러낸 순간 나는 주저 없이 놈의 머리를 부지깽이로 내려칠 수 있을까?

상대는 내가 부지깽이를 들고 있다는 사실을 아는 건가?

애초에 이 6호실에 누가 있는지 아는 건가?

여기가 누구의 방인지 아는 사람은 분명 두 사람뿐이다. 그중 한 명을 제외한다면, 설마, 침대 밑에 있는 것은……?

온갖 의심이 소용돌이쳤다. 천천히 자세를 낮췄다.

허리를 낮추며 단숨에 침대 밑을 들여다봤다.

그곳에는 하얀 카펫이 펼쳐져 있을 뿐이었다.

아무도 없었다. 6호실에 침입한 자는 없다. 방에 돌아오고 나서 문을 제대로 닫지 않은 것이다. 그뿐이다. 지나친 생각이다. 자신의 실수였다.

침대에 앉아 천장을 올려다보며 문득 시선을 떨궜다.

살짝 열린 문틈으로 회랑의 어둠이 보였다.

암귀관의 밤은 이제 막 시작되었을 뿐이다.

Day 4

1

시계를 본다. 오전 4시.

밤이 끝날 때까지 앞으로 두 시간.

유키는 부지깽이를 껴안은 채 한숨도 자지 못했다. 피로와 공복
감이 절정에 달해서 내내 팽팽하게 긴장했던 신경줄이 금방이라도
툭 끊어질 것만 같았다. 온몸을 파고드는 졸음을 이기지 못하고 앉
아 있던 침대에서 떨어질 뻔했던 적도 한두 번이 아니었다. 그때마
다 정신을 유지하기 위해 안간힘을 쓰며 팔과 허벅지를 꼬집었다.

증오스러운 눈빛으로 닫힌 문을 노려본다.

'저 문만 잠글 수 있었어도…….'

암귀관의 개인실에는 문을 잠글 수 있을 만한 도구는 하나도 없었다. 유키는 유일한 빗장 형태의 도구인 부지깽이를 들고 빗장으로 쓸 수 없을지 오전 2시부터 2시 반까지 사투를 벌였다. 빗장을 어떻게 걸어봐도 문을 잠그는 건 불가능했다.

유키는 거기서 멈추지 않고 침대로 문을 막아 바리케이드처럼 만들 수 없을지 궁리도 해봤다. 하지만 암귀관이 얼마나 주도면밀하게 설계되었는지를 다시금 실감했을 뿐이다. 미닫이문 앞에 바리케이드를 친들 무슨 소용이겠는가. 문을 잠그지 못하게 하려고 서양식 구조에 어울리지 않는 미닫이문을 달아놓은 거겠지.

그뿐이 아니다.

'이 문에도 방음 처리가 되어 있겠지.'

유키는 뒤늦게 그 사실을 깨달았다.

첫날 아침. 유키가 눈을 뜨자 스와나가 서 있었다.

이곳에서 잠들면 누군가 다가와도 알아채지 못한다는 것을 증명하는 사건이었지만, 유키는 뒤이어 일어난 일을 생각했다. 독 캡슐을 건넨 스와나와 그 캡슐을 열어버린 유키. 침대로 떨어진 독을 보고 유키는 얼결에 비명을 질렀다.

그의 입가에 희미한 웃음이 떠오른다. 불과 사흘 전 일이다. 사흘 전의 난 어찌나 천진난만했는지!

좌우지간 비명을 지른 뒤 그와 스와나는 라운지로 향했다. 누가 있었는지는 기억나지 않지만 아무튼 있긴 있었다. 그렇지만 아무도 유키에게 비명 소리에 대해 묻지 않았다. 그의 비명은 닿지 않았다.

아마도.

이 방에서 무슨 일이 일어나도 바깥에는 들리지 않을 것이다…….

5시 48분.

이제 곧 밤이 끝난다.

별안간 유키의 몽롱한 머릿속에 더 일찍 깨달았어야 할 어떤 생각이 떠올랐다.

'난 왜 바보처럼 시키는 대로 방에 틀어박혀 있던 거지?'

답은 간단했다. 룰 북에 그렇게 씌어 있었으니까.

물론 그는 이렇게 생각했다.

'그 규칙은 무슨 일이 있어도 지켜야만 하는 건가?'

방에서 나가도 상관없지 않나?

그래, 틀어박혀 있을 필요 없다. 나가자. 나가면 된다. 왜 지금까지 이런 단순한 사실을 깨닫지 못했던 걸까. 개인실에 틀어박혀 나타날지 안 나타날지 모를 살인범을 기다리다니. 이 판국에 규칙이고 아르바이트고 알게 뭔가.

나가서 누군가 믿을 수 있는 상대와 합류하자. 혼자가 아니라 셋이라면 든든하다. 내친김에 나머지 열한 명이 모두 한 방에 모여 있는 것이 좋겠지.

만일 아무도 믿을 수 없다면, 적어도 어딘가 구석에 몸을 숨기자. 휑하니 넓기만 한 영안실 같은 곳은 제외해야겠지만 오락실에는 사각死角도 많이 존재했다.

한번 그런 생각이 들자 다른 건 생각할 수 없었다. 유키는 단숨에 문으로 달려갔다.

단번에 문을 열어젖혔다. 암귀관의 회랑이 그를 맞이했다.

거기까지였다. 다리가 굳었다.

회랑은 어두컴컴했다. 밝은 개인실에서 나가면 거의 어둠 속을 걷는 것이나 다름없으리라.

그것도 물론 하나의 이유였다.

그뿐이었다면 유키도 용기를 쥐어짜 방 밖으로 달려 나갈 수 있었을지도 모른다.

하지만 암귀관의 회랑은 어두운데다 사방이 미세하게 구부러져 있었다.

유키는 문틈으로 얼굴을 내밀어 좌우를 살폈다. 회랑은 불과 몇 미터 앞에서 커브 저편으로 사라졌다. 그 너머는 아무것도 보이지 않는다.

첫날이었던가. 안도와 스와나와 함께 방을 둘러보러 다녔을 때.

커브 저편에서 갑자기 이와이가 불쑥 나타나 서로 화들짝 놀랐다.

놀라는 걸로 끝나면 그나마 다행이다.

저 커브 너머에서 누군가가 숨을 죽이고 있는 게 아닐까. 유키는 그런 생각에 사로잡혔다.

못 가. 차라리 방 안에 있는 게 낫다. 회랑 바닥에도 펠트 소재의 매트가 깔려 있어 발소리는 거의 나지 않는다. 문을 지키고 있으면 뒤에서 습격당할 염려는 없으니 차라리 방에 있는 게 그나마 안심이 된다…….

그렇게 생각하며 방 안으로 머리를 집어넣으려던 유키의 눈앞에 한 줄기 빛이 스쳐지나갔다.

순간 혼란스러웠지만, 빛은 소리나 어둠에 비해서는 비교적 공포를 유발하기 어렵다. 두근거리던 심장 소리가 잠잠해질 즈음 그것이 손전등 빛이라는 사실을 깨달았다. 누군가가 어두운 복도를 손전등으로 비추고 있었다.

재빨리 방 안으로 몸을 집어넣고 문을 닫았다.

서두르다가 들고 있던 부지깽이가 문에 부딪쳤다. 쾅. 순간 펄쩍 뛰어오를 정도로 요란한 소리가 울려 퍼졌다. 아무리 문이 방음 처리가 되어 있다 해도, 닫지 않았으니 소용없었다. 소리는 암귀관의 구석구석까지 울려 퍼진 것 같았다.

밤에 손전등을 들고 회랑을 걸어 다니는 자가 있다. 규칙을 어기고, 캄캄한 어둠도 앞이 보이지 않는 커브도 두려워하지 않는 자가.

지금 유키는 그에게 제 존재를 알렸다. 녀석은 날 어떻게 할 셈이지. 유키는 자신이 닫힌 문을 혼신의 힘으로 밀고 있다는 사실을 깨달았다.

아까 자신이 낸 소리에 놀라 떨어뜨린 부지깽이는 양탄자 위 2미터 정도 떨어진 곳에 굴러다니고 있다. 손전등을 가진 자가 이곳에 들어오려 한다면…… 과연 그자가 유키가 부지깽이를 집어 들고 태세를 바로잡을 여유를 줄 것인가?

문손잡이에 체중을 싣고 시간이 지나기를 기다렸다.

십 초.

이십 초.

아니, 정확한 시간 같은 건 알 수 없다. 유키의 체감으로는 꽤나 긴 시간이었지만 실제로는 어떨지.

좌우지간 두려움은 점차 사라져 갔다. 대신 유키의 뇌리에 피어오른 건 그와는 다른 감정이었다.

'밖에 누구지?'

유키는 스스로가 신기해서 견딜 수 없었다.

분명 지금 이 순간까지 죽음의 공포에 떨고 있었다. 피 웅덩이 속에 쓰러져 있던 니시노의 얼굴이 반복해서 떠올랐다 사라져서 뜬눈으로 밤을 지새웠고, 규칙을 어기고 회랑을 돌아다니는 자에게서 자신을 방어하기 위해 안간힘을 썼다. 그런데 상대에게 공격할 의사가 없다는 걸 깨닫자마자, 그가 누구인지 알고 싶은 마음을 억누를 수가 없었다. 당장이라도 문을 열고 회랑을 보고 싶다. 하지만 유키는 이 강렬한 욕구에 냉정하게 대처했다. 이대로 문을 열면 회랑에 빛이 새어 나갈 테니 상대는 분명히 눈치챌 것이다.

지금은 알아채지 못하도록 상대의 모습을 봐야 한다. 유키는 그제야 잡고 있던 문손잡이를 놓고 재빨리 움직였다. 먼저 부지깽이를 들었다. 그러고는 방의 불을 껐다. 조명 스위치의 작은 불빛과 장난감 상자에서 나오는 붉은 램프만이 6호실의 어둠 속에서 떠올랐다.

유키는 어둠에 한시라도 빨리 익숙해지기 위해 굳게 눈을 감았다. 흥분과 냉정이 한데 뒤섞여 있었다. 금방이라도 문을 열고 회랑을 내다보고 싶었지만 냉정을 담당하는 뇌가 아직 이르다고 경고했다. 숫자를 세자. 삼십까지. ……아니, 열까지.

'이제 괜찮으려나?'

눈을 떴다.

이어서 문을 열었다.

어두운 회랑. 하지만 지금 6호실은 암흑에 뒤덮여 있었다. 문을 열자 희미하지만 분명한 빛이 6호실 안으로 들어왔다.

나갈까, 관둘까.

마지막 선택의 순간. 하지만 유키는 시간을 낭비하지 않았다. 이미 결심했다. 반드시 상대의 모습을 확인하겠다고.

스스로도 그 행동을 뭐라 설명해야 할지 몰랐다. 순수한 호기심일까. 아니면…… 수상한 인물의 정체를 알아내는 것이 가엾은 니시노 가쿠의 한을 조금이라도 풀어주는 것이라고 믿었기 때문이었을까?

회랑으로 얼굴을 내밀었다. 손전등 불빛은 왼편 커브 너머로 사라지려 하고 있었다.

두려워할 필요는 없다. 들키지만 않으면 된다!

유키는 뛰쳐나갔다. 한 손에 부지깽이를 들고. 조심스럽지만 빠른 걸음으로 빛을 쫓았다. 구부러진 회랑을 방패 삼아 가만히 상대를 따라갔다. 그리고 그는 목격했다.

빛은 손전등이 아니라 기체에 달린 헤드램프 같은 물체에서 나오고 있었다. 정면을 비추는 빛에 하얀 윤곽이 드러났다.

가드다.

밤에 규칙을 깨고 개인실에서 나오는 사람이 없는지 순찰을 돌고 있는 것이다.

이상하다. 한 번 읽었을 뿐인데 순간 유키의 뇌리에는 룰 북의 내용이 뚜렷하게 떠올랐다.

밤에 가드는 정해진 루트를 따라 개인실을 제외한 각 방을 순찰한다. 단, 한 개인실에 두 사람 이상이 있을 경우는 예외로 한다.

저것은 적이 아니며 방에 들어오지도 않는다. 하지만 방에서 나오는 것도, 누군가의 방에 모이는 것도 용서치 않는다. 유키 일행이 절대로 '안심'하지 못하도록 감시하고 있다.

그뿐만이 아니다. 저것은 니시노를 구하려 하지도 않았다!

그 사실을 떠올리고 유키는 잠시 분노에 휩싸였다. 인간이 아닌 가드는 인간의 울분을 받아줘야 한다. 부숴버리겠어. 그런 충동이 유키를 덮친다.

하지만 그길로 뛰쳐나가 부지깽이를 휘두를 만큼 유키가 이성을 잃은 건 아니었다. 그는 발소리를 죽이고 방으로 돌아왔다. 그리고 불을 켜고 침대에 앉아 꿈쩍도 하지 않고 그저 뚫어져라 문을 바라보았다.

2

책상 위의 디지털시계가 6시를 알렸다. 밤이 지나갔다.

혼이 빠져나가듯 깊은 한숨이 나왔다. 얼마나 긴 하룻밤이었던가. 이런 시간을 이미 두 번이나 쿨쿨 자면서 보냈다는 게 믿어지지 않았다. 유키는 결국 한숨도 자지 못했다. 어쩌면 몇십 초나 몇 분쯤 의식이 단절되었던 순간이 존재할지도 모른다. 하지만 수면이 본디 가져와야 할 휴식을 취했다는 기분은 전혀 들지 않았다.

시체 하나. 살인자 하나. 그들은 암귀관의 밤을 그야말로 백팔십 도 바꾸어놓았다. 하지만 그것도 이제 끝이다.

개인실에서 나가자. 라운지에 가야겠다. 혼자보다 둘이 불안할 지도 모르지만 셋이라면 약간은 안심할 수 있다. 그보다 더 많으면 그만큼 마음은 편해질 것이다.

팽팽하게 곤두서 있던 신경이 소리를 내며 늘어지는 것 같은 기 분조차 든다. 피로와 공복감, 졸음이 한데 뒤섞여서 침대에서 몸을 일으키기조차 힘겨웠다. 하지만 이대로 잠들고 싶지는 않았다. 이 방은 이제 진절머리가 난다.

앞으로 열여섯 시간 뒤에 또다시 밤이 온다. 그때까지 니시노를 죽인 녀석을 찾아낼 수 있을까? 실패한다면 또다시 같은 밤을 보내 야 하리라.

웃기지 마. 죽여서라도 살인자를 밝혀내고 싶었다. 라운지에서 안도를 만나면 상의해봐야겠다. 만일 답이 나오지 않는다면 이와 이에게 도움을 요청해야겠다. 그런 생각을 하며, 유키는 침대에서 일어났다.

그 순간 유키는 자신의 오른손이 부지깽이를 움켜쥐고 있는 걸 발견했다. 결국 밤새 쥐고 있었던 것이다.

유키는 당혹스러워했다. 개인실 밖에 살인자가 있다는 건 분명한 사실이다. 밤이든 그 밖의 시간대이든 그 사실은 달라지지 않는다. 그렇다면 자신을 지킬 무기를 가져가는 편이 좋지 않을까?

잠시 손안의 부지깽이를 뚫어지게 바라보았다.

하지만 유키는 이내 쓴웃음을 지으며 작게 고개를 저었다.

'아니, 무슨 바보 같은 생각을……'

흉기를 가지고 라운지에 들어간다는 건 지금부터 깽판을 치겠다고 선언하는 것이나 다름없다. 열 명의 참가자들을 적으로 돌리는 짓이다. 두고 가자.

침대 위에 부지깽이를 던져놓고 유키는 다시 생각에 잠겼다. 가져갈 수는 없지만 밤에 그를 지켜줄 물건이다. 소중히 보관해야지. 카드 키를 꺼내 부지깽이를 장난감 상자 안에 넣었다.

그러고 나서야 유키는 아침에 해야 할 일들을 떠올렸다.

면도도 하지 않았고 세수도 아직이다. 느릿느릿 세면실로 향한다. 거울 속의 제 모습이란, 눈은 퀭하고 입가에는 옅은 웃음이 번져 있었다. 유령이 따로 없군.✛

✛ '유령'의 원문은 유귀(幽鬼)로 유령이나 도깨비란 뜻. 유귀의 일본어 발음은 '유키'로 자신의 이름과 같다는 것을 이용한 말장난이다.

세수를 하던 유키는 도중에 행동을 멈추어야 했다.

암귀관의 개인실에 비치된 건 전기면도기다. 평소에 면도칼을 쓰는 유키에게는 익숙하지 않은 도구였다. 어제도 그저께도 턱밑에 미처 정리하지 못한 수염이 남아 있는 것 같아 마음이 불편했다. 전원을 켠 순간 면도기 소리와 함께 은쟁반에 옥구슬 굴러가는 것 같은 소리가 들렸다.

"유키 씨, 일어나셨나요?"

스와나다.

그 목소리를 들은 순간, 유키는 마음이 둥글어지는 걸 실감했다. 그와 동시에 아차 싶었다. 암귀관의 밤은 실로 무시무시한 시간대였다. 남자인 유키조차 상대와 대치하기에 손색없는 부지깽이라는 무기를 가지고서도 겁에 질려 시간을 보냈을 따름이다.

그랬는데 하물며 스와나는 어땠을까! 그녀의 무기라고는 독이든 캡슐뿐이다!

스와나에게 신경을 썼어야 했다. 왜 제 한 몸 지킬 생각만 했을까. 이래서는 스와나의 기사가 될 수 없다. 깊은 후회와 미처 면도를 마치지 못한 얼굴에 대한 걱정을 안고 유키는 세면실 밖을 내다봤다. 방금 전까지 누가 침입하지는 않을까 신경을 곤두세우고 전전긍긍했었는데 신기하게도 스와나가 자신을 죽이러 온 것이라는 생각은 손톱만큼도 들지 않았다.

스와나는 회랑의 어둠을 뒤로한 채 문 앞에 서 있었다. 언제나 온화한 미소를 잃지 않았던 그녀였지만 지금은 입을 꼭 다문 채 뺨을 약간 붉히고 있었다. 유키를 본 그녀가 운을 뗐다.

"아, 계셨군요. 어젯밤엔 편히 주무셨어요?"

불필요한 질문이었다. 살인자와 한 지붕 아래에 있는데다 문도 잠기지 않는 방에서 누가 편히 잠들 수 있겠는가.

고개를 젓는 유키를 보고 스와나는 살짝 미간을 찌푸렸다.

"저런. 나중에 낮잠이라도 주무시는 게 좋겠네요."

유키는 스와나를 바라봤다.

하얀 피부는 여느 때처럼 투명했고, 가느다란 눈에 충혈의 흔적 같은 것은 찾아볼 수 없었다. 서 있는 자태에서는 아름다움과 기품은 물론 생기가 감도는 것 같았다. 유키가 물었다.

"스와나 씨는 잘 주무셨나요?"

"네, 덕분에요."

"그거 정말……."

유키는 생각했다. 어쩌면 그녀는 자신을 해칠 존재 같은 건 이 세상에는 없다고 생각하는 걸까.

"다행이군요."

한숨과 함께 유키가 말을 마치기가 무섭게 날카로운 비명 소리가 문 너머에서 터져 나왔다. 멀리서 나기는 했지만 틀림없는 비명

소리였다.

유키는 몸이 뻣뻣하게 굳는 걸 느꼈다.

"이 소리는!"

풀어져 있던 경계심과 긴장이 즉시 원위치로 돌아왔다. 여자의 비명 소리였다. 겁먹은 모습보다 뛰쳐나가려는 모습을 보여줘서 스와나 앞에서 간신히 체면은 차렸지만, 피로에 찌든 몸은 유키의 생각대로 움직여주지 않았다. 침실에 깔린 카펫에 발이 걸리는 바람에 크게 헛발을 내디뎠다.

그런 유키를 진정시키듯 스와나는 조용히 말했다.

"서두르지 않으셔도 돼요."

"아니, 그래도……."

스와나는 이 상황에서도 여상한 태도를 보였다. 그녀는 회랑을 쓱 둘러보며 말을 이었다.

"아마 와카나 씨일 거예요. 어찌된 일인지 대충 짐작은 갑니다. 그 가엾은 분을 보고 놀라신 걸 테죠. 걱정하실 필요 없어요."

"그 가엾은 분?"

"네. 전 그 일로 유키 씨를 불러오라는 안도 씨의 부탁을 받고 온 거예요. 방에 있는지 확인해달라고, 있으면 즉시 와달라고 하셨어요."

그 말을 들은 유키는 대충 사정을 알아챘다. 하지만 믿고 싶지 않은 마음이 커서 그만 말투가 격해졌다.

"또 누가 살해된 건가?"

유키의 박력에 스와나는 미간을 찌푸리더니 허무하리만치 순순히 대답했다.

"네, 맞아요."

"누가? 아니, 죽은 사람이 누굽니까?"

"이름이…… 그러니까…….

스와나는 뺨에 손을 대고 고개를 갸웃거렸다. 그 천진난만한 행동은 나흘째를 맞이한 암귀관과는 전혀 어울리지 않았다.

잠시 후 이름을 떠올리고 만족했는지 스와나의 입가에 잔잔한 미소가 번졌다.

"아아, 기억났어요. 마키 씨, 마키 미네오 씨라고 했어요."

3

시야를 차단하는 구부러진 회랑의 구조는 지금처럼 급하게 이동할 때도 큰 장해물이었다. 암귀관의 규모는 결코 작지 않았지만, 그렇다고 광활한 것도 아니었다. 마키가 죽었다는 소식을 듣고 유키는 냅다 뛰었지만, 회랑의 자잘한 커브가 방해하는 탓에 마음껏 달리지도 못해서 속이 바싹바싹 타들어갈 따름이었다.

아까부터 울부짖는 소리가 귓가에 울려 퍼지고 있다. 스와나의 말대로 와카나의 목소리 같았다. 비탄에 젖은 그 목소리에 이끌리듯 유키는 앞으로, 앞으로 걸음을 재촉했다.

이내 유키 앞에 수많은 그림자들이 모습을 드러냈다. 촛대 모양의 전등이 실루엣을 만들어내고 있다. 전등 가까이로 가자, 회랑에 털썩 주저앉은 그림자가 커다란 그림자의 다리에 매달리는 광경이 눈에 들어왔다.

"그래서! 내가 그래서 싫다고 했잖아! 이제 지긋지긋해! 빨리 나가고 싶어! 나가자, 응? 유우!"

쉬지 않고 악을 쓰는 와카나. 상대는 물론 오사코였다. 오사코는 와카나를 위로하려 하지 않았지만 그렇다고 매몰차게 굴지도 않았다. 그녀의 머리에 손을 올린 채 속이 풀릴 때까지 울고불고하게 내버려두겠다는 태도였다. 그 곁을 빙글빙글 도는 통통한 그림자는 가마세였다. 오히려 그가 당황해하며 어설프게 "괜찮아" "걱정 마" 등 연신 부질없는 말을 웅얼거렸다.

그 너머로 넋 나간 사람처럼 벽에 기대 축 늘어진 후치가 보였다. 이제 놀라거나 울부짖을 기력도 없는 것 같았다. 이 자리에 있는 것조차 힘겨운 듯한 모습이었다.

그 옆에 달라붙듯 서 있는 세키미즈의 모습은 후치와는 대조적이었다. 눈을 치켜뜬 그녀는 굳게 쥔 주먹을 떨며 우뚝 서서 회랑

바닥에 쓰러진 그림자를 내려다보고 있다. 그 강렬한 눈빛은 이 광경을 영원히 망막에 새겨 넣으려는 것만 같았다.

그다음으로 바닥에 쓰러진 그림자 옆에 웅크린 하코시마와 안도가 보였다. 발소리를 들었는지, 아니면 거친 숨소리에 알아챘는지는 모르겠지만 안도는 뒤돌아 유키의 모습을 확인하더니 천천히 자리에서 일어났다. 그는 말없이 바닥에 쓰러진 그림자를 손으로 가리켰다.

검은 옷. 엎드린 자세라 얼굴은 보이지 않았다. 유일하게 알 수 있는 건 그의 목에 가늘고 긴 무언가가 박혀 있다는 것뿐이다. 단언할 수는 없었지만 바닥에 쭉 뻗은 훤칠한 몸은 분명 마키의 것이 맞는 것 같았다. 다른 멤버들이 확인했다니 이 시체는 마키가 맞겠지.

그렇지 않아도 희미한 조명인데 바로 앞에 거구의 오사코가 서 있어서, 마키는 더더욱 암흑 속에 쓰러져 있는 것 같았다. 바닥에 깔린 검붉은 펠트와 섞인 걸까? 아니면 조명이 약해서일까? 그것도 아니면 애초부터 피를 흘리지 않은 것일까? 피는 보이지 않았다. 어제 영안실에서 나온 뒤에도 계속 콧속에 남아 있던 피 냄새도 전혀 맡을 수 없었다.

안도는 유키의 옷자락을 잡아끌더니 시체와 조금 떨어진 곳으로 데려갔다. 아직도 울려 퍼지는 와카나의 새된 목소리는 도무지 멎을 것 같지 않다. 그 목소리에 묻히지 않도록 안도는 유키의 귓가에 대고 말했다.

"어떻게 생각해?"

같은 밤을 보냈을 텐데도 안도의 목소리에서 지친 기색은 느껴지지 않았다. 어제처럼 긴장에 찬 목소리다. 그 사실에 경의를 표하며 유키는 대답했다.

"와카나가 시끄럽네."

가볍게 웃음을 터뜨렸는지 안도의 숨결이 살짝 귓가에 닿았다. 오싹한 느낌에 몸을 뒤로 물리자 안도는 가볍게 한 손을 들어 미안하다는 포즈를 취했다.

"나도 동감이야. 그거 말고는?"

유키는 바닥에 쓰러진 그림자를 바라보았다.

"이렇게 말해도 되는지 모르겠지만."

"아아."

"허무하군."

안도는 아무 말 없이 다음 말을 재촉했다.

유키의 눈은 어둠 저편을, 어제 죽은 니시노의 시체를 바라보고 있다.

"니시노 씨 땐 끔찍했어. 완전히 피투성이가 되어서. 이렇게까지 하지 않으면 사람은 죽지 않는 걸까 하는 생각이 들었지. 마키 씨는 달라. 정말 죽은 게 맞아?"

실제로 유키는 제 마음 상태가 신기하게 느껴졌다. 니시노 때는 평형감각을 잃어버릴 정도로 충격을 받아서 생각이 정리되지 않았던데다 식사조차 제대로 할 수 없었다. 그런데 지금은…….

마키의 죽음에 대한 슬픔이나 범인에 대한 분노보다 '졸리다', '배고프다', '시끄럽다', 그런 생리적인 불만이 솟아올라 머릿속 대부분을 차지하고 있는 것 같았다. '정말 죽은 게 맞아?'라는 의문도 그런 불만 중 하나에 불과했다. 그런 자신이 냉혈한 같다고 생각했지만 그렇다고 억지로 슬퍼할 수도 없었다.

안도는 기가 막히다는 양 말했다.

"대단하시군. 참 대단해서. 이 상황에서도 그렇게 느긋하시다니."

설핏 웃음기가 섞인 목소리였다. 하지만 곧 목소리를 낮추더니 지극히 심각한 분위기를 풍기며 말했다.

"네 말이 맞아. 니시노 씨에 비하면 시신이 깨끗한 편이지. 하지만 틀림없이 죽었어. 쇠로 된 화살을 뒷목에 맞았어. 관통하진 않았지만."

시체를 돌아봤다.

"어떤 거리에서 쐈는지는 모르겠지만 실력이 상당해. 목과 머리의 경계 한가운데를 맞혔어. 맞으면 즉사하는 급소잖아. 명사수야."

"그건 아직 모르는 일이죠."

갑자기 옆에서 누군가 끼어드는 바람에 유키와 안도는 흠칫하며 몸을 물렸다.

어느샌가 그들 바로 뒤에 스와나가 서 있었다. 다가오는 발소리도 들리지 않았다. 회랑에서는 발소리가 나지 않는다는 걸 알고 있었지만, 이렇게 가까이 다가올 때까지 둘 다 전혀 눈치채지 못했다. 스와나는 그들이 놀라든 말든 아랑곳하지 않고 말했다.

"실력이 아니라 운이 좋았던 걸 수도 있죠. 사람을 즉사시킬 수 있는 급소가 한두 개도 아닌데 굳이 목처럼 가느다란 부분을 노리다니 이상하지 않나요? 대충 겨냥해 쐈는데 우연히 급소에 맞아서 즉사했는지도 모르죠."

"하아."

안도는 독기가 빠진 듯 그렇게 중얼거렸지만 유키는 그 말도 일리가 있다고 감탄했다. 만일 스와나의 말대로라면 범인은 몰라도 마키에게는 더없이 불행한 우연이었으리라.

"……어제 그 아저씨도 참혹하게 살해당했잖아. 난 죽기 싫어. 집에 갈래. 이제 관두자. 유우, 유우……."

촛대 아래에서는 와카나가 계속 울부짖고 있었다. 죽기 싫어, 집에 갈래, 이제 관둘래. 그녀의 견해에 이론을 제시할 생각은 전혀 없었을뿐더러 유키 역시 쌍수 들고 찬성하고 싶었지만 그렇다 해도 슬슬 짜증이 났다. 어디 안 보이는 데로 사라져줬으면. 그렇게 생각한 유키보다 먼저 인내심의 한계를 드러낸 사람이 있었다.

와카나에게 일갈하는 우렁찬 목소리가 회랑에 울려 퍼졌다.

"시끄러워! 울려면 방에 가서 울어!"

전원이 깜짝 놀라 목소리의 주인을 바라봤다.

세키미즈였다. 어둠 속에서도 번뜩이고 있는 것 같은 착각이 드는 눈동자였다. 그녀는 버럭 소리치더니 입을 다물고 말없이 회랑 안쪽을 가리켰다.

침묵을 지키던 오사코는 와카나의 목소리가 멎은 틈을 타 다정하게 말했다.

"방에 가 있어. 그게 싫으면 라운지에 가 있든지."

"싫어!"

와카나는 신경질적으로 외치며 격하게 고개를 저었다.

"같이 가. 같이 안 가면 절대 안 가!"

"금방 갈게."

"왜? 왜 같이 못 가는데?"

세키미즈의 목소리가 다시 한번 울려 퍼졌다. 하지만 이번 목소리는 낮고 차가웠다.

"그럼 입 다물고 여기 있든지."

와카나는 홱 고개를 들어 세키미즈를 노려봤다.

"네가 뭔데 나한테 명령해! 웃기지 마! 뭘 하든 내 맘……."

"입 닥쳐."

와카나를 바라보던 세키미즈는 시선을 내려 마키를 보았다. 마키의 목에 꽂힌 화살을 보는 것 같았다. 그리고 와카나의 눈을 똑바로 바라보며 소리 죽여 말했다.

"죽여버리기 전에."

조용해졌다.

조용해졌으니 이제 침착하게 이야기할 수 있겠군. 그렇게 생각하자마자 안도가 유키의 귓가에 속삭였다.

"아까 어떻게 생각하느냐고 물었지."

"응. 그래."

"마키는 화살에 맞아 죽었어."

"그래."

자기가 이야기하고 있으면서도, 안도는 아주 살짝 떨고 있는 것 같았다.

"사망자가 두 명으로 늘어난 건 유감이야. 이건 내 추측인데, 아마 살인자도 두 명으로 늘어났을 거야. 이제 슬슬 이 상황에 신물이 나."

와카나가 입을 다문 덕에 이야기하기 쉬워진 사람은 안도뿐만이 아니었다. 와카나가 여전히 다리에 매달려 있었지만 당사자인 오사코는 주변을 둘러볼 여유가 생긴 모양이었다. 고개를 쓱 돌리더니 오사코는 특유의 굵직한 목소리로 진작 나왔어야 할 의문을 내뱉었다.

"이와이는 어디 있지?"

4

"설마, 그 사람도!"

날카롭게 소리치던 후치는 입을 막았다.

하지만 이 순간, 유키의 머릿속에 떠오른 생각은 '설마, 이와이도?'가 아니라, '설마, 이와이가?'였다. 좌우지간 오사코의 지적대로 이와이는 이 자리에 없었다.

"몰랐어. 빨리 찾아보자."

그렇게 제안한 건 지금까지 구석구석 시신을 살피던 하코시마였다. 오사코는 고개를 끄덕이더니 전원을 둘러보며 말했다.

"이와이가 몇 호실인지 아는 사람 있나?"

하지만 아무도 대답하지 않았다. 참가자 열두 명, 현재는 열 명이지만. 그들은 아직까지 자기 방 번호를 서로에게 알려주지 않은 상태였다.

"그럼, 다들……."

하코시마의 말은 끝까지 이어지지 않았다.

유키는 이유를 알 것 같았다. 암귀관에서 밤을 보내본 사람이라면 그가 왜 주저했는지 쉽게 알 수 있을 것이다.

기나긴 밤에 의지할 것이라곤 주어진 흉기뿐이다. 하지만 그뿐만이 아니다. 열두 개의 개인실 중 어디에 누가 있는지 대부분 알지 못한다. 아주 조금이기는 했지만 그 사실이 위로가 된다.

지금 이와이의 방을 알아내기 위해서는 여기 있는 나머지 아홉 명의 방 번호를 밝히는 게 빠를 것이다. 하지만 할 수만 있다면 거기까지 말하고 싶지는 않다. 살인자에게 제 위치를 알리고 싶지 않은 것이다.

하코시마 역시 같은 심정이겠지. 때문에 말을 꺼내다 만 것이다.

달리 방법이 없다면 하는 수 없지만…… 이와이에 대해 내가 아는 게 있나? 그렇게 자문한 순간 유키는 이와이의 방 번호를 알고 있다는 것을 깨달았다.

"아마 12호실일걸."

"어떻게 알지?"

말이 끝나자마자 하코시마가 날카롭게 되물었다. 유키 역시 확신은 없었기에 말을 할지 조금 망설였지만, 일단 아는 건 전부 털어놓기로 했다.

"전에 영안실 앞에서 이와이 씨와 마주친 적이 있어. 그때부터 이상하리만치 겁에 질려 있었지. 이 어두운 회랑을 돌아다닐 것처럼 보이진 않았어.

영안실 옆방은 12호실이고, 12호실부터 그 반대편에 있는 1호실 사이에는 방이 다섯 개 있어. 10호실은 니시노 씨 방이고, 11호실은."

유키는 문득 시선을 떨궈 마키를 보았다. 가엾게도.

"아마 마키 씨 방일 거야."

시신의 머리 위쪽 벽에 달린 'Private Room 11'의 팻말이 날카롭게 빛나고 있다.

"9호실과 영안실 사이에도 방이 세 개 있지. 이와이 씨 방은 아마 12호실일 거야."

그 말을 들은 오사코는 재빨리 판단을 내렸다.

"여기 12호실 사람 있나?"

침묵이 내려앉았다.

"좋아, 가자. 나하고 하코시마, 그리고……."

"나도 갈래."

안도가 나섰다. 유키도 말은 안 했지만 같이 갈 생각이었다.

어느샌가 와카나는 오사코에게서 떨어져 있었다.

12호실은 멀지 않았다.

내달린 건 오사코, 하코시마, 안도, 유키. 그리고 뒤늦게 "나, 나도 갈래!" 하고 가마세가 나섰다. 유키는 그럴 줄 알았다고 생각하며 뒤를 돌아봤다. 세키미즈까지 가마세 뒤를 따라오고 있었다.

그럼. 유키는 생각했다.

마키 옆에 있는 건 스와나와 후치, 와카나 셋뿐이다.

만일 이와이가 마키를 죽였다고 치자…….

12호실에 아무도 없다면.

예를 들어 11호실에 숨어서 시체 주변의 사람 수가 줄어들기를 가만히 기다리고 있다고 한다면.

'그 셋만 있으면 위험해!'

펠트 소재 바닥 위로 급브레이크를 걸었다.

하지만 철야에 지친 몸은 유키의 생각대로 움직여주지 않았다. 쭉 뻗은 무릎이 푹 구부러진다. 허공에 붕 뜨는 기분 나쁜 느낌도 한순간이었다.

"으악!"

"어?"

그는 무참하게 넘어졌다. 바로 뒤를 쫓아오던 가마세가 미처 피하지 못하고 유키의 몸에 부딪쳤다. 유키와 가마세는 공교롭게도 얼싸안은 자세로 바닥에 넘어졌다.

"뭐 하는 거야, 굼뱅아!"

눈앞에서 가마세가 입을 벌려 욕설을 내뱉었다. 그 모습에 미안한 마음도 사라졌다. 유키는 서둘러 스와나 일행의 곁으로 돌아가기 위해 몸을 일으키려 했다. 그때였다.

"엎드려 있어!"

하는 소리와 함께 왼발은 뻗고 오른발은 구부린 화려한 자세로 세키미즈가 두 사람의 머리 위를 뛰어넘었다.

오사코와 하코시마는 벌써 12호실 문에 달라붙어 있었다. 회랑이 구부러져 있다고는 해도 실제로 방과 방 사이의 거리는 고작해야 10미터 정도였다. 달려갈 정도의 거리도 아니다.

하코시마는 날카로운 목소리로 손잡이를 잡으려는 오사코를 제지했다.

"안 돼. 석궁bow gun을 가지고 있어."

하코시마는 그대로 오사코를 밀어내고 문 앞에 섰다. 미닫이문에 몸을 숨긴 채 손잡이를 잡고 단숨에 반 정도 문을 열며 소리쳤다.

"이와이! 있냐!"

대답은 방 안에서 빛과 함께 날아왔다. 쓰러져 있던 유키의 눈에는 무언가가 어두운 회랑을 스쳐지나간 정도로밖에 보이지 않았다. 회랑 벽에 꽂힌 그것을 보고 나서야 방 안에서 날아온 것이 무엇인지 알 수 있었다.

화살이었다.

"미쳤어? 진짜 쏘다니!"

아연실색한 누군가의 목소리.

화살이 날아오자마자 하코시마는 문틈으로 몸을 밀어 넣었다. 이어서 오사코가 반쯤 열린 문을 활짝 열고 실내로 들어섰다. 일이 이렇게 된 이상 돌아갈 이유는 없다. 간신히 몸을 일으킨 유키는 안도와 세키미즈를 따라 12호실로 돌입했다.

유키의 눈에 들어온 건 이와이를 붙잡으려는 오사코와, 바닥에 떨어진 석궁을 방 안 깊숙이 걷어차는 하코시마. 그리고 오사코에게 목덜미를 잡히고도 도망치려고 발버둥 치다 잠옷이 벗겨져 속옷 차림으로 세면실에 나뒹구는 이와이의 모습이었다.

단단히 붙잡고 있던 잠옷이 벗겨지자 오사코는 반동으로 하얀 카펫 위로 나동그라졌다. 안도는 말없이 그 옆을 지나 세면실로 뛰어들었다. 유키도 뒤를 쫓았지만 두 사람 모두 한발 늦었다.

"젠장, 문을 잠갔잖아⋯⋯."

이와이가 욕실로 도망쳐 문을 잠근 것이었다.

"쓸데없는 짓 하지 마, 이와이!"

안도의 외침에 욕실 안에서 대답이 돌아왔다.

"날 죽이려는 거지!"

"바보냐! 거기 있다간 정말 죽어."

이번에는 대답이 없었다.

유키는 유리문을 흔들며 어떻게든 열어보려는 안도를 향해 말했다.

"이 유리문, 마음만 먹으면 깰 수 있지 않아?"

안도 역시 손을 떼고 유리문을 뚫어지게 바라본다.

"보기에는 평범한 유리지만 또 모르지. 이곳저곳 돈을 꽤 들인 시설 같으니까. 평범해 보여도 실제로는 엄청난 유리인지도 모르지."

"공격을 받으면 반격한다든지?"

"농담이 나오냐."

깨려고 해도 아무 준비 없이 맨손으로는 불가능하다. 일단 침실로 돌아가기로 했다.

침실에서는 오사코가 잠옷을, 하코시마가 석궁을 손에 들고 있었고, 가마세와 세키미즈는 방 안을 둘러보고 있었다. 안도는 간략하게 상황을 보고했다.

"욕실로 도망쳐서 문을 잠갔어."

"욕실……?"

세키미즈가 의아하다는 듯 중얼거린다.

"욕실이라니, 달리 도망칠 곳도 없을 텐데."

"거기밖에 안 보였겠지."

석궁을 만지작거리며 하코시마가 말한다.

"경황이 없었던 거지. 이제 어쩌지?"

길이가 족히 1미터는 되는 위풍당당한 석궁은 목재로 만들어진 본체에 날카롭게 빛나는 금속 활이 붙은 십자 형태의 무기였다. 활시위 역시 단순한 끈은 아닌지 방아쇠 옆에 금속 핸들이 달려 있었다. 하코시마는 화살을 메기지 않고 핸들을 돌렸다. 톱니바퀴 작용인지, 핸들이 돌아갈 때마다 점점 활시위가 팽팽해졌다. 저기에 철로 된 화살을 메겨 쏘면 인간의 몸 같은 건 쉽게 꿰뚫을 수 있겠군.

하코시마의 손놀림을 보던 유키는 불현듯 고개를 든 순간 강렬한 시선을 느꼈다. 애당초 온화함과는 거리가 먼 세키미즈였지만 지금은 그야말로 쏘아보듯 석궁을 바라보고 있다.

"이와이도 문제지만…… 하나 물어봐도 돼?"

하코시마는 눈길도 주지 않았다. 활시위를 최대로 팽팽하게 만들더니 천천히 방아쇠에 손을 댔다.

"당신, 처음 이와이가 화살을 쏘고 나서 곧바로 방 안으로 뛰어들어갔지?"

"그런데?"

"어떻게 바로 두 번째 화살이 날아오지 않는다는 걸 알았지?"

"또 뭐라고."

여전히 시선은 손에 들린 석궁에 고정한 채 하코시마는 웃었다.

"석궁은 연속해서 쏠 수 없어. 두 번째 화살을 쏘기 위해서는 십

초에서 삼십 초쯤 걸리지. 그래서 뛰어든 거야. 뭐, 연속해서 쏠 수 있는 석궁도 있긴 하지만. 그런 희귀한 종류는 아닐 거라 생각했지. 대답이 됐나?"

"아니. 그 말을 들으니 더 이상하다는 생각이 드네."

세키미즈는 집게손가락을 뻗어 석궁을 가리켰다.

"애초에 어떻게 방에 들어가기 전에 석궁이라는 걸 안 거지? 평범한 활이었을지도 모르잖아."

과연.

유키, 안도, 가마세의 시선이 하코시마에게 모인다. 다급한 상황이라서 자세하게는 기억나지 않지만 하코시마는 문을 열기 전에 석궁이라고 경고했던 것 같다.

유키가 본 것은 문이 열린 순간, 화살이 날아온 순간, 하코시마가 석궁을 걷어찬 순간이었다. 그 석궁이 이와이의 것이라는…… 즉, 마키를 죽인 범인이 이와이라는 결정적인 순간은 보지 못했다.

흥분이 사라진 자리에 남은 건 정말 자신의 행동이 옳았는가? 라는 의문이었다. 어쩌면 이와이는 그냥 방에 틀어박혀 있던 게 아닐까? 그런 거라면 왜 난 이와이가 마키를 죽였다고 단정 짓고 행동하는 거지?

오사코와 하코시마의 행동도 너무 물 흐르듯 이루어지지 않았나?

머리로는 십중팔구 일어난 일이 단순하다는 사실을 이해하고 있었다. 마키를 해친 이와이가 겁을 먹고 방에 틀어박혔고, 문을 열자마자 화살을 쏜 다음 욕실로 도망친 것이다. 틀림없는 사실이었다.

그런데 왜 아직도 계속 의심해야만 하는 걸까…….

모두의 주목을 받은 하코시마는 나지막이 웃더니 석궁을 들어 벽을 향해 방아쇠를 당겼다. 한계까지 팽팽해져 있던 시위가 해방되며 현악기를 연상케 하는 소리가 12호실에 울려 퍼졌다.

"무슨 생각을 하는 거지, 미야 양?"

누구한테 하는 소리지? 유키는 그렇게 생각했지만, 이 자리에서 미야라는 이름이 붙을 사람은 세키미즈뿐이다. 가마세의 이름이 미야라면? 생각만 해도 기분 나빴다.

이름을 불린 세키미즈의 얼굴이 확 달아올랐다.

"누가 마음대로 이름 부르래!"

"진정해."

가볍게 한숨을 쉬는 하코시마.

"네 심정은 이해해. 밤이 그렇게까지 두려운 시간이 될 줄은 나도 몰랐어. 온몸의 피가 마르며 의심만 깊어지지."

하코시마는 바닥을 향해 석궁을 던졌다. 푹신한 카펫은 묵직한 물건이 떨어지는 소리조차 거의 빨아들였다.

"너희가 충격에 빠져 있는 동안 난 마키 씨의 시신을 조사했어. 목에 꽂힌 화살은 화살깃도 없는 짧은 철화살이었지. 그렇게 짧은 화살은 시위에 메길 수 없어. 내가 그 방면으로 좀 알거든. 그 활은 '쿼렐'이라고 불리는 석궁용 화살이었어."

"화살만 보고도 석궁이라는 걸 안 거야?"

"그다지 이상한 일은 아니지. 저기 있는 안도 군은⋯⋯."

하코시마는 안도를 향해 시선을 돌리더니, 순간 기분 나쁘게 씩 웃었다.

"죽은 니시노 씨의 상처 자국만 보고서도 살인에 사용된 총의 종류까지 맞혔다지?"

니시노를 살해하는 데 쓰인 것이 9밀리 구경의 권총인 것 같다는 이야기가 어제 나오긴 했다. 하지만 정보가 다소 변질되었다. 안도는 상처 자국이 아니라 탄피를 보고 알아맞힌 것이었으니.

하코시마의 당당한 설명을 들은 세키미즈는 입을 다물었다.

"납득한 모양이네."

또다시 씩 웃는 하코미즈에게 세키미즈는 낮은 목소리로 "아는 게 많네" 하고 대꾸했을 뿐이었다.

"쓸데없는 이야기는 다 끝났나?"

그렇게 말한 것은 잠옷 주머니를 조사하던 오사코였다. 어느 틈엔가 그의 손에는 카드 키가 쥐어져 있었다.

"이와이를 욕실에서 끌어낸 다음 이야기를 들어봐야겠어. 이와이도 할 말이 있겠지. 그리고 마키 옆에 남은 세 사람은 불안할 테니 여기로 부르는 게 좋겠어."

"찬성이야."

"아, 내가 불러 올게."

오사코의 말이 끝나자마자 가마세가 몸을 돌려 세 사람을 데리러 달려갔다. 12호실을 나가려던 찰나 가마세는 유키를 찌릿 노려봤다. 뭐야, 저건. 의아해하던 유키는 방금 전 자신이 넘어지면서 가마세와 부딪쳤다는 사실을 떠올렸다.

5

12호실의 침실에 아홉 명이 모였다.

유키, 안도, 스와나.

오사코, 하코시마, 와카나, 가마세.

후치, 세키미즈.

참가자들은 대충 이런 조합으로 삼삼오오 모여 있었다.

오사코는 사정을 모르는 세 사람을 향해 간략하게 설명했다.

"방에 들어가려 했더니 이와이가 화살을 쏘고 그대로 욕실로 도망쳐 문을 잠갔어."

"그 녀석, 그 녀석이 살인자였군……."

와카나는 그렇게 중얼거렸다. 그 목소리에는 소름 끼치는 증오가 배어 있었다. 그런 와카나를 달래듯 오사코는 조용히 말했다.

"그렇게 생각해도 무방할 테지만 일단 이와이의 이야기도 들어보자. 뭔가 사정이 있었을지도 몰라."

"사정이라니! 어떤 사정이 있다 해도, 그런……."

"렌카."

오사코의 한마디에 와카나는 입을 다물었다.

"석궁이 여기 있는 이상, 이와이는 맨손일 거야. 하지만……."

하코시마는 바닥에 떨어진 석궁을 바라보며 말했다.

"만일의 경우란 게 있으니까."

"그게 무슨 소리야?"

가마세는 하코시마에게 바싹 다가서며 물었다. 하코시마는 노골적으로 얼굴을 찌푸리며 그건, 하고 입을 열었다. 안도가 이어지는 말을 가로챘다.

"석궁 화살은 철로 된데다 끝이 뾰족하지. 석궁이 없어도 충분히 무기로 쓸 수 있어. 방심하지 마."

가마세는 이번에는 안도를 노려보았다. 너한테 안 물어봤어. 그렇게 말하고 싶은 모양이었다.

짜증나는군. 유키는 그렇게 생각했다. 분명히 암귀관에 남은 아홉 명은 오사코파와 안도파로 갈렸다. 둘 중 어디에도 속하지 않은 사람은 후치 정도일까. 인간이 여럿 모이면 어쩔 수 없는 일인지도 모른다. 그렇다고는 해도 이 출구 없는 지하 공간에서, 거기다 사람이 둘이나 죽었는데 이 녀석은 왜 영역 다툼에만 신경을 곤두세우는 걸까. 어쩌면 이 중에서 가장 심적으로 여유가 있는 사람은 가마세일지도 모른다.

"나올 때까지 기다리면 되잖아. 얼마 안 걸릴걸. 기운도 없을 테니 붙잡아서 얘기를 듣든 뭘 하든 하면 되겠네."

세키미즈는 그렇게 내뱉었다.

유키에게는 위험성이 적고 타당한 방책처럼 들렸다. 하지만 오사코는 망설이는 기색도 없이 고개를 저었다.

"안 돼."

"왜?"

"안도의 이야기를 들어보니 이와이는 지금 공황 상태에 빠진 것 같아. 그렇지?"

오사코의 물음에 안도는 작게 고개를 끄덕였다.

"자길 죽일 생각이냐고 하더군. 아까도 말을 걸어봤는데 대답도 안 해. 이유는 모르겠지만 처음부터 겁에 질려 있었잖아. 인내심의 한계를 넘은 건지도 모르지."

"그럴 법도 해. 나도 어젯밤은 한숨도 못 잤으니까. 아무튼 그런

상태라면 한계를 넘어서도 나오지 않을 수도 있겠군. 어떻게든 끝
어내지 않으면 위험하겠어."

"상관없잖아, 제 발로 들어갔는데."

와카나의 말에 오사코가 눈을 부라리며 외쳤다.

"바보 같은 소리 마!"

그의 일갈에 한순간 12호실이 전율한 것 같았다.

"벌써 둘이나 죽었다고. 이런 미친 짓에 휘말려 더이상 위험한
상황에 처할 필요는 없어. 그건 너도, 나도, 이와이도 마찬가지야."

호통을 들은 와카나는 몸을 움츠렸다. 눈가에 눈물이 차올랐다.

"미, 미안, 유우……."

"……맞아. 이제 신물이 나." 후치가 조용한 목소리로 말했다.
"이와이 씨도 흥분해서 그런 걸 거예요. 제 이야기라면 들어줄지도
몰라요."

온화한 성격의 후치라면 설득하기에는 적합할지도 모른다. 하지
만…… 유키는 조심스레 말했다.

"세면실은 좁아요. 만일 이와이가 화살을 가지고 튀어나온다면
도울 수 있는 사람이 없습니다. 그리고 공황에 빠진 사람이 이야기
를 들어줄지……."

"유키 말이 맞아요. 후치 씨가 그런 위험을 감수할 필요는 없습
니다."

오사코도 동의했지만 후치는 가만히 고개를 저었다.

"아뇨. 이렇게 말하는 것도 뭣하지만, 이와이 씨가 겁에 질린 상태라면 그나마 말이 통할 만한 사람은 저나 스와나 씨밖에 없어요. 다른 사람이 간들 더욱 겁먹게 할 뿐이겠죠."

더듬더듬 말하는 후치의 모습에서는 어딘지 모르게 종교적인 각오 같은 것조차 느껴졌다. 이와이를 설득하는 것은 그리 쉽지 않아 보였고, 위험성이 없다고도 할 수 없었다. 하지만 누가 뭐라 해도 이 사람은 갈 것이다. 후치의 옆모습을 바라보며 유키는 그렇게 생각했다.

"애초에 우리 모두 이런 말도 안 되는 이야기에 걸려든 게 잘못이에요. 불쌍한 이와이 씨, 돈이 필요했던 것뿐일 텐데…… 괜찮아요. 만일 이와이 씨가 어떻게 할 수 없을 정도로 흥분한 상태라면 바로 돌아올게요."

그렇게 말하고 후치는 재빨리 세면실로 향했다.

모두 그녀를 말리고 싶은 눈치였다. 하지만 말릴 이유가 없다.

이대로 후치를 보내도 괜찮지 않을까. 이와이는 스스로 나올지도 모른다. 하지만 그러지 않을지도 모른다. 암귀관의 욕실, 악의가 느껴지는 내부의 열기. 분명히 인내심과 체력이 바닥난 상태에서 오랫동안 머무른다면 위험하다.

한편, 이와이가 흉기를 가지고 있을 가능성이나 공황에서 빠져

나오지 못한 채 후치에게 달려들 가능성도 아주 없다고는 할 수 없다. 무엇보다 이와이는 이미 한 명을 죽였으니까.

어느 쪽이든 누군가가 위험을 감수해야만 한다. 아마도 니시노가 죽은 그 순간부터, 암귀관에서는 목숨의 위협을 느끼지 않고 행동하기란 불가능해진 것이리라.

후치를 보낼 수밖에 없는 건가? 유키는 자문했다. 적어도 그 자신이 후치를 대신해 갈 생각은 없었다…….

그 순간.

스와나가 살며시 손을 들었다.

"저기."

전원의 시선이 그녀에게 쏠렸다. 어떤 이는 난감하다는 양, 어떤 이는 민폐라는 양. 스와나는 시선들에 아랑곳하지 않고 여상하게 말했다.

"그건 가드가 할 일 아닌가요?"

침묵에 휩싸인다.

아무리 기다려도 아무도 입을 열지 않았기 때문에, 유키는 하는 수 없이 대답했다.

"지당하신 말씀입니다."

가드는 암귀관의 참가자를 제압할 수 있는 기능을 가지고 있다.

그렇지 않으면 진압 임무 같은 건 불가능할 테니.

아마 그 기능으로 욕실에 틀어박힌 이와이를 무력화할 수 있을 것이다. 유키는 그런 기대를 품었고 그 점은 다른 참가자들도 그와 마찬가지인 것 같았다.

하지만 하코시마는 의문을 제기했다.

"하긴 가드를 부르는 게 제일 안전한 방법인지도 몰라. 하지만 과연 올까?"

"오겠지. 오지 않으면 가드가 왜 있는 건데?"

안도는 그렇게 말했지만 하코시마는 무언가 생각이 있는 것 같았다. 작게 고개를 끄덕이며 뜸을 들이더니 말을 이었다.

"그야 나도 그렇게 생각해. 하지만 룰 북에는 똑똑히 적혀 있어. 가드가 출동하는 상황은 폭력을 수반한 혼란 상황의 진압, 부상자 치료, 죽은 사람의 수용, 이 세 경우. 이번 경우는 단순히 이와이가 틀어박혀 있을 뿐이잖아."

"그런……."

그대로 말을 잇지 못할 줄 알았는데 후치는 바락바락 하코시마에게 반박했다.

"사람의 목숨이 관련된 일인데 규칙이 뭐가 중요하죠!"

하지만 하코시마는 들은 체도 하지 않고 말했다.

"저한테 그러서도 소용없어요. 가드는 규칙대로 엄밀하게 움직일 겁니다. 아마 우리 목숨보다 규칙을 우선할걸요. 항의할 거라면 '클럽'에다 하시죠."

"그런 소리가 나와요? 당신한테는 인간다운 마음이 없나요?"

"저는 있죠. 하지만 가드에겐 있을 리 없죠. 왜 저한테 뭐라고 하시는 거죠?"

유키가 보기에는 두 사람이 하는 말은 거기서 거기였다.

니시노와 마키, 두 사람의 죽음으로 암귀관이 사람의 목숨을 가볍게 여기는 공간이라는 점은 명백해졌다. 하코시마의 말대로 아마 이곳에서 규칙은 목숨보다 우선될 것이다.

하지만 후치의 감성도 말할 것도 없이 당연한 것이었다. 이와이의 목숨을 걱정하는 후치를 '암귀관에서만 통하는 정론'으로 설득하려 한들 납득하겠는가.

두 사람의 이야기가 평행선을 달릴 것이라 생각했는지 오사코가 억지로 둘 사이에 끼어들었다.

"하코시마, 그럼 가드를 부를 방법은 없는 거냐?"

"있어."

하코시마는 씩 웃었다. 불온한 미소였다. 유키는 그렇게 생각했다. 동시에 하코시마에게 분노를 느낀 후치의 심정도 이해가 갔다. 고작 사흘 동안이긴 하지만 같이 지내던 사람이 살해된 직후인데, 자신이 규칙을 파악하고 있다는 이유로 웃을 수 있는 하코시마의 감각도 역시 정상은 아니다.

애초에…….

유키는 생각했다. 그에게도 하코시마를 비난할 자격은 없었다.

기분 탓인지 하코시마는 가슴을 펴고 당당한 태도로 입을 열었다.

"룰 북에는 참가자가 가드를 부를 수 있는 세 가지 경우 외에도 가드의 임무가 적혀 있어. 해결, 즉 사람을 죽인 범인을 지목해 참가자 중 다수가 찬성하면 범인으로 지목된 녀석은 감옥에 수감되게 되고, 그 경우 가드가 돕게 되어 있어.

이와이를 끌어내는 데 가드의 도움을 받고 싶으면 해결을 신청해서 과반수가 이와이가 범인이라고 찬성하면 돼. 규칙이 그러니까. 내 해석이 옳다면 가드가 오겠지."

"그런 걸 열심히 읽은 거야?"

야유하듯, 또는 진저리가 난다는 듯 말한 이는 세키미즈였다. 하코시마는 짐짓 어깨를 으쓱했다.

"활자가 보이면 읽어버리는 성격이라."

오사코의 시선이 침실에 딸린 책상 위로 향했다. 시선의 끝은 디지털시계에 고정되어 있었다.

"빨리 실행해보자."

아무래도 그는 이와이가 욕실에 틀어박힌 뒤로 얼마나 시간이 흘렀는지가 신경 쓰이는 것 같다. 그로부터 얼마나 시간이 지났을까. 그의 말대로 리스크를 최소화해 이와이를 구하려면 더이상 시간을 허비해선 안 된다.

"마키를 죽인 범인은 이와이다. 찬성하는 사람은……."

하지만 그 말은 마지막까지 이어지지 못했다. 칙. 마이크 전원이 들어오는 소리가 들리더니 여자의 차가운 목소리가 암귀관에 울려 퍼졌다.

"마키 미네오 살해에 관해 오사코 유다이가 사건을 해결하려 합니다. 각 참가자들은 오사코 유다이 곁으로 모여주십시오. 또한, 오사코 유다이는 필요한 경우 조수 한 사람을 지명해주십시오."

클럽 측에서 내보낸 방송이라는 건 금방 알아챘다. 피해자가 나왔으니 탐정이 '범인'을 지목할 순간이 온 것이다.

지명된 오사코는 눈을 부라리며 12호실을 구석구석 살폈다. 아마 숨겨진 카메라를 찾는 것이겠지만 눈으로 봐서 찾을 수 있는 데 설치하지는 않았을 것이다. 오사코는 허공을 올려다보며 혼신의 힘을 담아 외쳤다.

"나가기만 해! 맹세코 다 죽여버릴 테니까!"

귀기 어린 외침에 유키와 다른 참가자들은 적잖이 기가 죽었다.

오사코는 여기 있는 누구보다 신체 조건이 뛰어난 사내였다. 그런 그가 감정을 드러내자 주체할 수 없는 위압감이 느껴졌다. 지금까지 오사코가 비교적 냉정하게 행동했던 까닭에 더욱더 유키는 그 모습에 희미한 공포를 느꼈다.

와카나가 그 팔에 매달려 외쳤다.

"유우!"

"살아 있었다고! 둘이나 죽는 걸 구경하다니, 사람 목숨을 뭐라고……."

"유우, 이제 그만해!"

"듣고 있지? 빌어먹을, 너희 마음대로 움직여줄 줄 알고!"

오사코의 오갈 곳 없는 분노는 방송을, 클럽을 향해 분출됐다. 그의 분노는 당연한 것이다. 니시노의 죽음도, 마키의 죽음도, 소름끼치게 기나긴 밤도, 모두 '클럽'과 '호스트'가 초래한 일이다. 화내는 것도 지극히 당연하다.

유키는 문득 생각했다.

그럼 난 화를 내고 있는 걸까.

오사코가 외치는 것처럼 살인 충동을 느낄 정도로 그들을 원망하고 있는 걸까.

아니, 아니다. 유키가 클럽이나 호스트에게 품은 감정은 분노가 아니었다.

그 감정은 경멸이었다. 유키는 암귀관과 7일간의 이 실험에 한없는 경멸을 느끼는 제 모습을 눈치챘다.

와카나의 호소가 통했는지, 아니면 당혹스러워하며 "오사코, 지금은……"이라고 말한 하코시마의 말을 들었는지는 알 수 없지만, 이내 오사코는 침착함을 되찾았다. 천장을 바라보던 시선을 바닥의 카펫으로 떨구더니 가슴 깊숙한 곳에서부터 끌어올린 깊은 숨을 내뱉고 다시 들이마셨다. 젠장. 그렇게 중얼거리더니 오사코는 살짝 고개를 숙였다.

"미안합니다."

"괜찮아요. 모두 같은 심정이니까요."

후치의 그 말에 유키는 저도 모르게 얼굴이 화끈거렸다.

오사코는 순식간에 침착한 모습으로 돌아왔다.

"시간이 없어. 빨리 해치우자. 이와이가 마키를 죽인 범인이다. 다른 의견 없지?"

분명히 그는 침묵에 의한 동의를 기대하고 있었다. 하지만 상황은 그의 예상대로 전개되지 않았다. 스와나가 살며시 손을 든 것이다. 그녀는 주눅든 기색도 없이 담담하게 말했다.

"저기…… 반대하는 건 아닌데요."

"뭡니까?"

오사코는 딱 봐도 짜증이 난 기색이 역력했지만 스와나는 조금도 겁먹는 기색을 보이지 않았다.

"이와이 씨가 화살을 쏘았다고 하셨는데……."

회랑 벽에 박혀 있던 화살을 말하는 것이리라. 그것은 어둠에 잠겨 눈으로는 거의 확인할 수 없었다.

"저희는 그 자리에 없었으니, 이와이 씨가 쏘셨다고 여러분이 확실하게 말씀해주시지 않으시면, 저기……."

살짝 말끝을 흐리더니, 살인자를 고발하는 자리에는 어울리지 않는 기품 있는 미소를 지으며 말했다.

"살인자라고 단언하기 조금 꺼려지는데요."

스와나는 그러고 나서 힐끗 후치를 바라봤다. 그에 이끌리듯 전원의 시선이 후치에게 쏠린다. 후치는 진지하게 스와나의 말을 곱씹는 것 같았다. 후치는 얼마 지나지 않아 입을 열었다.

"맞아요. 스와나 씨의 말이 맞아요."

후치는 오사코를 향해 못을 박듯 물었다.

"그래도 직접 보긴 하셨죠?"

오사코는 하코시마와 얼굴을 마주 봤다. 유키 역시 안도와 시선을 교환했다.

그 물음에 대답한 것은 가마세였다.

"난 못 봤어. 저 녀석이 방해해서."

유키를 가리켰다. 너무 나대지 마라. 유키의 마음에서 분노가 스멀스멀 올라왔지만, 아직 입 밖으로 낼 정도는 아니었다.

아닌 게 아니라 넘어지는 바람에 유키와 가마세는 이와이가 화살을 쏘는 모습은 보지 못했다. 그렇다고는 해도 의심의 여지가 없었다. 화살은 벽에 깊숙이 박혀 있었고, 암귀관에서 그만한 위력을 가진 무기는 아마도 석궁뿐일 것이다. 그리고 석궁은 아까 하코시마가 바닥에 내던졌다. 그 석궁이 이 12호실에 있던 건 유키도 분명히 봤다. 이 방은 이와이의 방이다…….

사실 그런 걸 일일이 설명할 필요는 없었다. 하코시마가 말했다.

"오사코, 조수 말고는 조언해서는 안 되는 모양이니까 날 조수로 삼아. 방금 생각난 게 있어."

"어? 그래."

곧바로 이해하지 못했는지 오사코는 애매하게 고개를 끄덕였다.

"알았어."

하코시마는 흡족한 미소를 지었다.

"그럼, ……아까 이와이의 잠옷 주머니에서 카드 키를 발견했지?"

그 카드 키라면 유키도 똑똑히 봤다. 분명히 오사코가 이와이에게서 벗겨낸 잠옷에서 나온 물건이었다.

카드 키는 지금도 오사코의 손 안에 있다.

"이거?"

"응, 그거. 그 카드 키가 이와이의 주머니 안에서 나온 건 다들

봤지?"

그렇게 말하더니 하코시마는 차례로 가마세, 안도, 유키를 보았다. 모두 주저 없이 고개를 끄덕였다. 이어서 하코시마는 침대 머리맡으로 시선을 돌렸다. 그 시선이 머문 곳은 장난감 상자였다.

"저걸로 석궁의 주인이 이와이라는 사실을 밝혀낼 수 있지 않을까?"

유키는 하코시마가 무슨 말을 하려는지 알아챘다. 과연. 고개를 끄덕이면서 오사코는 걸음을 옮겼다.

"그렇군, 이걸⋯⋯."

오사코는 카드를 들고 장난감 상자 앞에 섰다. 모두가 잠김을 나타내는 붉은 램프를 눈에 담았다.

"연다."

오사코가 망설임 없이 카드 키를 통과시키자 램프가 녹색으로 변했다. 그대로 뚜껑을 열려는 오사코를 하코시마가 제지했다.

"잠깐. 스와나 씨가 직접 보는 게 더 낫지 않을까?"

"그것도 그렇군."

오사코는 고개를 끄덕이더니 한 걸음 물러나 스와나에게 자리를 양보했다. 스와나는 얌전히 장난감 상자 앞에 서더니, '커피에 설탕 넣으세요?'라고 묻는 양 여상하게 후치에게 말을 건넸다.

"후치 씨도 보실래요?"

스와나의 물음으로 잠깐의 침묵이 발생했다. 유키는 물 흐르듯 진행된 지금 상황에서 싸늘한 그늘을 느꼈다. 이와이는 아마도 살인자일 것이다. 그리고 그 장난감 상자는 그밖에 열 수 없는 공간이었겠지.

뭐가 들어 있을지 모른다.

후치는 세차게 고개를 저었다. 위험하지 않을까요? 유키는 참견하려 했지만, 스와나는 시원스레 "그러시군요. 그럼" 하고는 떡하니 입을 벌린 이와이의 장난감 상자 안을 들여다보더니 말없이 손을 뻗었다. 적어도 위험한 함정이나 보기만 해도 비명이 터져나올 만한 건 들어 있지 않은 모양이었다. 유키는 내심 자신의 과한 억측을 부끄러워했다. 스와나가 상자 속에서 집어 올린 건 검게 빛나는 철제 화살이었다.

"세 개 있네요."

이걸로 확실해졌다. 그런 분위기가 형성되어간다.

오사코는 뜸을 들이지 않았다.

"이걸로 납득하셨겠죠. 활을 가지고 있던 사람은 이와이였다는 걸."

화살을 손에 든 채 스와나는 싱긋 웃으며 고개를 숙였다.

"번거롭게 해드렸네요."

"화살은 제자리에 놓아주세요. 그런 걸 가지고 있으면 위험하니다."

오사코는 하코시마를 향해서도 말했다.

"그것도 같이 치워버리자."

그것이란 카펫에 떨어진 석궁이었다. 하코시마는 순간 불만스러운 듯한 표정을 지었지만 반론은 제기하지 않았다.

석궁과 화살을 품은 상자의 뚜껑이 닫혔다. 램프가 붉게 변하는 것을 보고 나서 오사코는 다시 한번 말했다.

"마키를 죽인 범인은 이와이였다. 찬성하는 사람은 손을 들어줘."

제일 먼저 가마세가 손을 들었다. 이어서 와카나. 스와나, 세키미즈, 후치. 안도는 다소 못마땅하다는 표정이었지만 결국 손을 들었다.

마지막으로 유키가 남겨졌다.

그것은 누구도 예상치 못한 결과였으리라. 유키는 다른 참가자들이 자신을 '안도와 함께 있는 녀석', '스와나와 친한 척 대화를 나누는 녀석' 정도로만 인식하고 있다는 점을 자각하고 있었다. 그런 자신이 혼자 손을 들지 않았다. 솔직히 유키 자신도 내심 놀랐다.

무엇보다 그를 놀라게 한 건 자신이 손을 들지 않은 게 아니라 주변 사람들이 전부 손을 들었다는 사실이었다. 그는 당혹스러웠다. 왜 손을 들었는지 신기할 따름이었다.

오사코는 적잖이 초조해하는 목소리로 말했다.

"왜 그래, 음……."

"유키."

이름을 댄 유키는 아니…… 하고 애매한 대답을 흘렸다. 하지만 도저히 얼버무릴 분위기가 아니었다. 유키는 마지못해 입을 열었다.

"아니, 이와이 씨가 범인이 틀림없는 것 같긴 한데…… 하지만, 다른 녀석이 살인을 저지르고 이와이 씨에게 죄를 뒤집어씌울 방법이 있을 것도 같고……."

"있을 것도 같고?"

오사코의 눈매가 사나워졌다. 하코시마는 어처구니가 없다는 표정이었다. 안도조차 이 녀석이 무슨 소리를 하는 건지 모르겠다는 표정을 짓고 있었다. 뭐가 잘못된 건지는 모르겠지만, 아무튼 잘못한 것 같군. 그런 생각이 든 순간에는 이미 늦었다. 내뱉은 말은 주워 담을 수 없다.

"이봐, 유키. 지금 무슨 짓을 하는지 알고 있는 거냐?"

오사코는 뭔가를 참듯 목소리를 쥐어짰다.

물론 유키는 자신이 무엇을 하려는지 알고 있었다. 마키를 죽인 살인자가 누군지 지목하려고 한다. '해결'을 시도한 것이다. 하지만 오사코의 박력에 주눅이 들어 그 말을 입 밖으로 낼 수 없었다.

오사코는 조금 전 방송을 들었을 때처럼 거친 말투를 사용하지는 않았다. 하지만 조용한 목소리로 그가 내뱉은 한마디는 결정적이었다.

"가드를 부르려는 건 이와이를 구출하기 위해서야. 이와이를 안전하게 데리고 나오기 위해 필요하다고 하니까 어쩔 수 없이 이 거추장스러운 짓거리를 하는 거라고. 알아듣겠냐."

그는 한번 숨을 들이마시더니 말을 이었다. "이와이가 살인자가 아니라도 상관없어."

"……."

오사코는 다시 시계를 보았다.

"이렇게 이야기하는 동안에도 벌써 십 분이나 지났어. 더 있으면 위험해. 일단 지금은 찬성해. 아니면 다른 방법을 말해보든지."

그렇구나. 유키는 새삼 자신의 감각이 정상이 아니라는 걸 깨달았다. 오사코가 최우선으로 하는 건 더는 아무도 다치지 않는 것이다. 살인자가 누구인지 밝히는 건 그다음 일이다.

유키가 반박할 여지라고는 없는 현실적인 판단이었다. 내가 제정신인가. 오사코 말이 맞다. 유키는 그렇게 생각했다. 종이처럼 얄팍한 '가능성' 운운할 때가 아니다. 무엇보다 저 욕실의 온도는 살인적이다. 이와이를 도우려면 서둘러야만 한다.

다른 사람들은 말문이 막힌 유키를 기다려주지 않았다. 하코시마가 입을 열었다.

"룰 북에는 다수결로 정할 수 있다고 했어. 범인은 이와이, 그렇게 결정되었어."

좋았어. 오사코가 힘차게 고개를 끄덕인다. 그는 천장을 올려다보며, 어디에 있는지도 모를 카메라와 마이크를 향해 으르렁댔다.

"장난은 이제 됐지! 가드를 불러!"

대답은 없었다.

하지만 가드가 나타날 때까지 채 일 분도 걸리지 않았다.

6

해결을 위한 것이 아닌 해결.

아무도 그 내용을 검토하려 하지 않았다.

이것이 정말 호스트가 보고 싶던 것일까?

유키는 문득 그런 생각을 했다. 하지만 금세 호스트의 의도에 맞춰줄 필요는 없다는 사실을 깨달았다.

하얀 로봇이 부름에 응해 나타났다. 자동으로 조종되는 것일까, 아니면 원격으로 조종되는 것일까. 개인실로 들어온 로봇은 직각으로 커브를 틀어 침실로 들어섰다. 예상은 했지만, 가드 앞에서 문은 전부 자동으로 열렸다. 암귀관의 시스템에 빈틈은 없었다.

그건 그렇고, 아무 설명도 하지 않았는데도 가드는 임무를 완전히 파악한 것처럼 움직였다. 그렇다는 건 처음에 들었던 대로 현재 상황은 모두 정확히 모니터되고 있다는 건가. 유키 말고도 비슷한 생각을 한 참가자들이 있는 듯했다. 참가자들이 가드를 바라보는 눈초리에서 심상치 않은 빛이 번뜩였다.

오직 스와나만이 가드가 일하는 모습을 당연하다는 듯 바라보고 있었다.

얼마 지나지 않아 유리 깨지는 소리가 들렸다. 날카로운 소리가 아니라 둔탁한 소리였다. 욕실 문은 가드의 권한으로도 자동으로 열리지 않는 걸까. 아니면 이와이가 저항하는 바람에 유리가 깨진 걸까.

오사코에게 매달리는 와카나의 모습이 보였다.

이내 이와이가 욕실에서 끌려 나왔다.

"윽……."

누군가가 신음성을 흘렸다.

이와이는 속옷만 걸친 모양새로 그물에 걸려 있었다. 가드의 평평한 윗부분이 뻐끔 열리더니 거기서 그물이 발사됐다. 이와이는 반항조차 못 하고 무기력하게 끌려 나오고 있었다. 흉한 꼬락서니였다.

온몸의 힘이 빠져나간 듯 축 늘어진 이와이는 고개를 들 기력조차 없는 것 같았다. 혹시 탈수 증상일까. 유키는 곧 아닐 거라고 생각했다. 하코시마만큼은 아니지만 유키도 룰 북을 읽었다. 가드가 참가자를 제압할 때에는 사출식 전기충격기를 사용한다고 했다. 이와이는 전기충격기에 당한 것일까.

가엾은 모습이었지만 가드를 부른 건 분명 올바른 판단이었다. 축 늘어진 이와이의 손은 누군가 예상했던 대로 철제 화살을 굳게 쥐고 있었다. 의식조차 몽롱한 상태에서도 흉기만은 결코 놓지 않았던 것이다.

얼마 없는 왁스로 간신히 세웠던 머리카락은 축 처져 있었다. 어중간한 길이의 머리카락이 목과 뺨에 달라붙어 있다. 앞머리는 눈에 들어갈 정도로 길었다.

이와이는 천천히 고개를 들더니 자신을 내려다보는 아홉 명을 눈부신 듯 둘러봤다.

그리고 별안간 소리쳤다.

"알겠냐, 마키야. 니시노를 죽인 건 분명 마키라고! 난 너희를 지켜준 거야!"

그 한마디가 참가자들을 순식간에 납득시켰다. 반드시 정답이 아니었어도 상관없었을 해결이었지만, 결과적으로는 정답이었다. 어쩌면 이와이는 누명을 쓴 게 아닐까 생각했던 유키의 의심은 기우에 지나지 않았다.

"나야, 나라고, 내가 지켜준 거라고!"

이와이의 절규는 이윽고 회랑 너머로 사라졌다.

"이와이 씨는 어떻게 되는 걸까요."

불안한 듯 중얼거리는 후치를 향해 하코시마가 대답했다.

"룰 북에는 감옥에 수감된다고 적혀 있었어요."

"그리고?"

"그뿐입니다."

유키는 다시 생각했다. 이와이는 마키를 사살했다. 그리고 그것을 숨기려고도 하지 않았다.

깊은 생각 없이 충동적으로 저지른 살인.

호스트는 이런 게 보고 싶었던 걸까?

7

아홉 명.

유키, 안도, 스와나, 오사코, 하코시마, 와카나, 가마세, 세키미즈, 후치.

그들은 라운지로 돌아왔다. 정도의 차는 있었지만 모두 피폐한 기색이 역력했다. 길고 조용한 밤과 그 직후에 밝혀진 마키의 죽음, 그리고 해결. 팽팽했던 실이 끊어진 듯 털썩 의자에 주저앉은 이는 하코시마였다.

"……아, 정말, 한계야. 죽겠네."

하코시마를 따라 의자에 앉은 유키는 말없이 천장을 바라봤다. 라운지 룸의 천장. 우리는 저곳을 통해 내려왔다. 그로부터 얼마나 지났을까. 속으로 세어보니 겨우 나흘 전 일이라는 사실을 깨닫고 경악했다. 지금은 나흘째고, 사흘이나 더 남았다.

내 정신과 체력이 버틸 수 있을까?

뭐, 정신은 괜찮을 것 같군. 유키는 그렇게 생각했다. 밤은 분명 힘들지만, 정신은 생각보다 무뎠다. 지금 상태로 봐선 아직 버틸 수 있을 것 같았다. 체력은 잘 모르겠다.

"아침부터 큰일을 치렀네요."

그렇게 말하는 스와나는 다시 봐도 아름다웠다. 네 명의 여성 중에서 스와나만 빛이 나는 것 같았다.

하지만 그건 외모 이전의 문제였던 것 같다. 세키미즈는 문득 스와나의 얼굴을 바라보더니 놀란 듯 꽥 소리쳤다.

"스와나 씨, 화장하신 거예요?"

스와나는 눈을 깜빡거리더니 금방 미소 지으며 말했다.

"네. 간단하게요."

"아, 너무해요. 전 세수도 못 했는데."

와카나도 화들짝 놀라며 오사코에게서 얼굴을 돌렸다.

"맞아, 나도."

그러고 보니 유키 역시 면도도 하지 않았다. 자세히 보니 오사코와 가마세도 유키와 마찬가지로 수염이 삐죽삐죽했다.

조금 전까지 살인 사건에 대해 이야기하고 있었는데, 지금은 아홉 명 모두가 자연스레 세안에 대한 이야기를 하고 있다.

잠깐 웃긴 했지만 모두가 그 이면에 존재하는 것을 감지하고 있었다. 둔감한 유키도 똑똑히 알 수 있었다. 지금 침묵이 들이닥치면 분명 그것을 없앨 수 있는 방법은 없으리라.

"나, 화장하고 올게!"

와카나가 몸을 돌린다.

하지만 그 말이 끝나기가 무섭게 날카로운 목소리가 날아들었다.

"안 돼!"

오사코였다.

"어, 왜? 뭐가?"

와카나는 쾌활함과 응석이 섞인 목소리로 되물었다. 암귀관에서는 도저히 볼 수 없을 줄 알았던 장면이었다. 연인을 향해 토라진 척하는 와카나의 모습은 보는 사람을 즐겁게 했다.

하지만 오사코는 긴장을 늦추지 않았다.

"셋이야."

"뭐?"

"행동할 때는 셋 이상이 함께여야 한다고."

그랬다. 오사코와 하코시마가 제안한 안전보장책.

뜻밖에도 싫은 티를 낸 이는 후치였다. 미간을 찌푸리고 기분 나쁜 표정에다 목소리까지 힘이 없었다.

"저기…… 잠깐 혼자 있고 싶은데요……. 누구하고 같이 있으면 어쩐지 마음이 불편해서."

"그 때문에 셋이 같이 행동하라고 하는 겁니다."

그렇게 말한 이는 하코시마였다.

"마음이 편해지기 위해서예요. 지금 후치 씨가 혼자 있어도 절대로 마음 편하지 않으실걸요."

"아니, 그래도……."

"그뿐만이 아닙니다. 후치 씨가 눈에 안 보이면 저희 여덟 명도 마음을 놓을 수가 없어요. 싫으셔도 어쨌든 세 명 이상이 함께 행동해주셨으면 합니다."

부드러운 표정이었지만 내뱉는 말은 가차 없었다.

하코시마의 말이 맞다. 이 아홉 명 중에 누구 하나라도 자취를 감추는 건 새로운 피해자가 나올 가능성을 높일 뿐 아니라 새로운 살인자가 나올 가능성을 높이는 행위다.

후치는 구태여 반박하지 않았다.

"알았어요."

상황을 수습하듯 둘 사이에 세키미즈가 끼어들었다.

"여자 넷이서 차례로 방을 돌면서 각자 씻을 시간을 갖는 건 어때? 나도 화장하고 싶어."

역시 유키는 지쳐 있었다. 그는 자신이 생각보다 지쳐 있다는 사실을 눈치채지 못했다. 때문에 입단속에 실패했다.

"너 화장했었냐?"

"뭐?"

무시무시한 얼굴로 노려보는 세키미즈를 보고 유키는 목을 움츠렸다. 지극히 냉정한 태도로 안도가 지적했다.

"네가 잘못했어."

결국 세키미즈의 제안대로 여자 넷은 다 같이 세수와 화장을 하러 출발했다.

여성진의 모습이 사라지자 유키는 중얼거렸다.

"나도 면도하고 싶어."

"여자들하고 함께 가지 그랬어."

오사코의 그 발언으로 유키는 그가 어떤 남자인지 이해할 수 있을 것 같았다. 와카나는 오사코에게 불만은 없는 걸까.

"면도기를 가져오면 되잖아. 같이 가자."

안도는 그렇게 말했다. 하지만 유키와 안도는 둘이다. 면도기만 가지고 바로 돌아오면 되니까 상관없지 않을까 생각했지만, 유키도 3인 1조로 행동하는 게 효과적인 방법이라고 생각했다. 누구 한 명

같이 갈 사람 없느냐고 말하려는데 생각나는 게 있었다.

"둘이라도 상관없지?"

일단 말을 해봤지만 예상대로 오사코는 고개를 저었다.

"다 같이 가자. 잠깐인데 귀찮게 해서 미안하다."

여자들이 다 같이 가버려서, 유키 포함 셋이서 행동하게 되면 라운지에는 두 사람만 남게 된다. 그 사실을 이해하지 못했는지 가마세는 왜 나까지 가야 하느냐며 불평을 쏟아냈지만, 오사코가 자리에서 일어나자 순순히 따라왔다.

어느 방문이 열려 있는 것일까.

회랑에서 여자 목소리가 흘러나왔다. 안도는 귀를 기울이더니 어깨를 으쓱했다.

"웃음소리 같은데."

하코시마가 곧바로 말을 받았다.

"무리하는 거겠지."

아마 그건 우리에게도 해당되는 이야기다. 유키는 그렇게 생각했다.

유키는 제 방에서 면도를 했다. 6호실에 들어온 오사코, 하코시마, 그리고 안도도 묘한 눈길로 빤히 방 안을 둘러보는 게 느껴졌다. 딱히 그들도 유키의 방에 뭔가 있을 것이라고 생각하지는 않을 것이다. 그저 확인할 수 있는 건 확인해두려는 것뿐이다.

딱히 수상한 물건은 놓아두지 않았고, 무엇보다 수상한 짓 같은 건 한 적 없다. ……부지깽이는 장난감 상자에 넣어두었다.

방을 둘러보는 그들의 심리는 유키도 이해할 수 있었다. 유키가 세수를 마친 뒤, 가마세, 오사코 순으로 각자의 방에서 세수를 했는데, 그때 유키도 그들의 방을 유심히 둘러봤기 때문이다. 가마세는 4호실, 오사코는 8호실이다. 방 안 구조는 그다지 차이가 없었다. 굳이 다른 점을 들자면 침대 시트 정도일까. 가마세의 침대 위는 일부러 저런 건가 싶을 정도로 엉망진창으로 흐트러져 있었다.

세 사람이 모두 세수를 마치자 다섯 남자들 사이에 토론이 벌어졌다. 가마세는 당장이라도 라운지로 돌아가고 싶어 했지만, 하코시마와 안도는 신경 쓰이는 일이 있다고 했다.

"어쨌든 아침 먹을 기분은 아니잖아?"

처음 그렇게 말을 꺼낸 것은 안도였다.

"하긴 식욕은 없지. 이제 어쩌려고?"

하코시마의 목소리에는 사람을 시험하는 듯한 뉘앙스가 섞여 있었지만, 안도는 상대하지 않았다.

"이와이의 방을 보러 가고 싶은데."

"그런 거면 나도 갈래."

일행은 회랑으로 나왔다.

12호실로 향하기 전 신중하게 방향을 확인했다.

시계 방향, 반시계 방향 어느 쪽으로 가도 목적지에는 도착할 수 있었다. 하지만 감옥이나 영안실 앞을 지나고 싶지는 않았다. 유키는 죽은 마키, 갇혀 있는 이와이, 그리고 니시노와 그를 살해한 범인에 대해 아직 생각하고 싶지 않았다.

언제부터인가 여자들의 목소리는 들리지 않았다. 입을 다문 것일까, 아니면 단순히 문을 닫은 것뿐일까. 정적에 휩싸인 복도에 조용한 발소리가 희미하게 울려 퍼졌다.

"나중에……."

오사코는 그렇게 중얼거렸다.

"이와이를 들여다보러 가지 않을래?"

"그래. 정말 감옥에 갇힌 건지 신경 쓰이긴 해."

"그게 아니라……."

"무슨 말을 하려는진 알겠어. 하지만 나중에 하자, 나중에."

이야기를 나누며 일행은 11호실 앞을 스쳐지나갔다.

다른 네 명도 알아챘을까. 유키는 생각했다. 10호실이 니시노, 11호실은 아마 마키의 방일 것이다.

그리고 12호실도 주인을 잃었다. 정적에 휩싸인 12호실. 조금 전의 해결이 악몽처럼 느껴졌다.

각자 무슨 생각을 하고 있는 것일까. 다섯 남자는 12호실에서 한동안 꿈쩍도 하지 않았다.

"계속 이러고 있을 거야?"

마음을 정한 듯 운을 뗀 건 안도였다.

"좀 도와줄래? 있는지 없는지 찾아보고 싶은 게 있어."

"있는지 없는지?"

그렇게 묻는 유키를 향해 안도는 굳은 웃음으로 답했다.

"확인하고 싶어……. 화살 말이야. 상자 밖에 화살은 이제 없는지, 알고 싶어."

하코시마가 끼어든다.

"그걸 알아서 어쩌려고?"

"아니, 뭐."

머리를 긁적인다. 안도는 분명치 않게 말을 끊었다.

"좀 이해가 안 가는 점이 있는데 기분 탓일지도 몰라. 흉기가 될 수 있는 물건이 있을지도 모르는데 그냥 놔두는 것도 기분 나쁘잖아."

"하긴……."

아직도 석연치 않은 구석이 있었지만 오사코도 안도의 말에 일리가 있다고 생각하는 것 같았다.

"위험한 물건의 소재는 분명히 해두는 편이 좋지. 찾아보자."

하코시마는 반대하지 않았지만 협력할 생각은 없는 것 같았다.

그는 모두에게 들리도록 "그럼 난 내가 신경 쓰이는 일을 처리해야 겠네" 하고 중얼거렸다.

애초에 안도에 비해 하코시마의 볼일은 순식간에 끝났다. 하코시마는 가슴에 달린 주머니에서 카드 키를 꺼내더니 장난감 상자 앞에 섰다. 장난감 상자에는 유키도 은근히 관심이 있었다. 안도와 오사코가 침대, 책상, 화장실을 뒤지기 시작했고, 가마세도 고분고분하게 그들을 따라 화살을 찾았지만, 유키는 하코시마의 행동을 지켜보았다.

하코시마는 먼저 장난감 상자의 뚜껑에 손을 올렸다. 힘을 줘봤지만 열리지는 않았다. 여전히 램프는 붉은색이었다.

다음으로 그는 자기 카드 키를 리더기에 통과시켰다.

그 행동을 보고 유키는 하코시마가 뭘 확인하려는지 깨달았다. 가드에게 끌려가던 순간의 이와이의 태도를 제쳐둔다면, 이와이가 마키를 살해한 증거는 '석궁을 가지고 있던 사람은 이와이'라는 사실뿐이다. 그 전제로 '12호실의 장난감 상자에는 석궁이 들어 있었고, 그걸 열 수 있는 사람은 이와이밖에 없다'는 사실이 존재한다. ……사건을 해결하는 자리에서 유키가 마음에 걸렸던 건 바로 그 점이었다.

유키는 방금 전, 자신이 무엇을 수상쩍게 여기는지 제대로 설명할 수 없었다. 하지만 지금 하코시마의 행동을 보고 알았다. 유키는 다른 사람이 장난감 상자를 열 수 있는지 궁금했던 것이다.

각 참가자에게 주어진 카드 키는 '12호실의 장난감 상자는 12호실의 주인이 가진 카드 키가 아니면 열 수 없다'란 결론으로 유도했다. 하지만 그건 딱히 증명된 사실이 아니다.

의문은 두 가지였다. 첫째, 램프가 붉은색일 때 장난감 상자를 힘으로 열 수 없나? 둘째, 장난감 상자는 그에 대응하는 카드 키가 아니면 열 수 없나?

실험 결과 둘 다 대답은 예스라는 사실을 알 수 있었다. 하코시마의 카드 키로는 12호실의 장난감 상자를 열 수 없었다. 결과를 지켜본 하코시마는 유키를 돌아보며 웃었다.

"안 열리네."

그 웃는 얼굴을 본 순간, 유키는 자신의 마음을 들킨 듯한, 뭐라 형언할 수 없는 기분을 느꼈다. 동시에 살인 사건이 일어난 직후에 냉정하게 옳고 그름을 검증하는 게 가능한 정신 상태의 소유자라는 점에서 자신과 하코시마에게는 공통점이 있다는 걸 깨달았다.

하코시마의 미소로부터 도망치고 싶어서 유키는 어중간한 대답을 남기고 세면실로 들어간 안도의 뒤를 쫓았다.

안도는 세면실 안쪽 탈의실에 있었다. 쪼그리고 있던 그는 유키를 보고 손짓했다.

"이것 좀 봐."

"뭔가 찾아냈어?"

"찾아내고 말고 할 것도 없이 바로 눈에 들어왔어."

안도가 보던 건 반투명 유리로 만들어진 유리문의 파편이었다. 가드가 진입할 때 깨진 것이다. 파편은 작은 블록 모양으로 깨져 있었다.

"강화유리군."

"그래."

"강화유리는 단단해."

"그래."

"정말 단단하지."

"그럴지도."

"하지만 뾰족한 것으로 두들기면 금방 부서지는 성질을 가졌지."

"들어본 적 있어."

안도는 잠시 말을 끊었다.

"……그럼 가드는 뾰족한 뭔가로 유리를 깼나? 그 로봇에 그런 장비까지 붙어 있는 건가?"

유키는 처음으로 말문이 막혔다. 분명히 그렇다고 볼 수 있었다. 하지만 그게 어쨌다는 건가.

안도는 스스로도 그 말의 의미를 잘 파악하지 못하는 것 같았다. 그는 고개를 갸웃거리며 말했다.

"만일 그게 아니라면…… 이 유리문은 강화유리를 썼지만 비교적 쉽게 깰 수 있도록 무르게 만들어졌다는 건데. 처음부터 얇게 만들면 못 할 것도 없겠지."

그리고 블록 모양의 파편을 손바닥에 올려놓고 혼잣말처럼 덧붙였다.

"뭐가 뭔지 모르겠군. 난 계속 흉기에 대해 생각했어. 하지만 난 암귀관을 모르겠어. 이래선 마치……."

그다음 말도 하려고 했으면 이어 말할 수 있었을 것이다. 하지만 안도는 지금은 그 이상 말하려 하지 않았다.

오사코가 세면실로 얼굴을 들이밀며 말했다.

"다른 화살은 없는 것 같아."

안도는 말없이 고개를 끄덕였다.

8

그들에게는 해야 할 일이 하나 더 있었다.

이와이가 마키를 죽이는 데 사용한 석궁과 화살.

이것들을 처리해야 한다. 사람을 해쳤다는 점에서 기분 나쁘기도 했지만, 주인이 없기 때문에 해로운 물건이었다. 만일 이걸, 예컨대 오사코가 관리하게 된다면, 앞으로 피해자가 나올 때마다 오사코 혼자 다양한 '수단'을 손에 넣게 된다. 그건 문제의 씨앗이 될 것이다.

"부수어버릴까."

안도의 말에 하코시마가 고개를 갸웃거렸다.

"부순다고? 어떻게? 활시위는 벗겨낼 수도 있겠지만 끝이 뾰족한 철제 화살은 어쩔 건데? 부러뜨리는 것도 꽤나 힘들 것 같은데."

"그럼 어쩌자는 건데?"

오사코는 낮은 목소리로 말했다. 하코시마는 아무 생각 없이 반대한 것이 아니었는지 살짝 고개를 끄덕이며 말했다.

"'금고실'에 넣어야 해. 열두 장의 카드가 있으면 금고실 문을 열 수 있을 거야. 아마도 그걸 위해 만들어진 곳이겠지."

그렇군. 유키는 납득했다. 그게 가능하다면 그러는 게 제일 좋다.

"그럼 다른 사람들도 부르자."

말을 꺼낸 순간 안도가 손을 들어 제지했다.

"잠깐."

"무슨 불만이라도?"

안도의 표정에 불만스런 기색이 아예 없는 것은 아니었지만, 그는 고개를 저었다.

"아니. 금고실에 넣자는 건 문제없어. 하지만 그럴 거면 넣어야 하는 건 이와이의 석궁만이 아니잖아?"

설마 부지깽이를 내놓으라는 건 아니겠지. 유키는 순간 흠칫했다. 하지만 하코시마는 재빨리 그의 의도를 파악했다.

"아, 마키의 흉기 말이군."

"니시노 씨 것도."

석궁이 주인을 잃은 것처럼 마키와 니시노에게 지급된 흉기 역시 주인을 잃었다. 경황이 없어서 미처 거기까지 신경을 쓰지 못했다.

오사코가 판단을 내렸다.

"좋아. 다 함께 마키와 니시노의 방에서 흉기를 회수하자. 그러고 나서 다 함께 금고실에 넣도록 하지."

하지만 그 계획은 순조롭게 진행되지 않았다.

마키의 카드 키를 회수하는 게 먼저였다. 카드 키는 방 안에 없었다. 그렇다면 짐작 가는 곳은 하나밖에 없다. 마키 본인이 몸에 지니고 있을 가능성. 시체의 옷 주머니를 뒤져야만 했다.

관 역시 고성능을 자랑했다. 부패를 막기 위해서인지 냉장 장치까지 달려 있었다. 마키가 들어 있는 관을 열자 차가운 공기가 스르륵 흘러나왔다. 광택 있는 검은 가죽옷과 납을 연상시키는 낯빛. 어쩐지 사망 직후보다 더 사람을 두렵게 만드는 빛깔의 대비였다.

시체의 주머니를 뒤지는 역할은 오사코가 맡았다. 그토록 담대했던 오사코도 꺼림칙했는지 미간을 찡그린 채 필사적으로 꾹 참는 표정이었다.

그렇게 손에 넣은 카드 키를 들고 11호실로 돌아가 연 장난감 상자에는 손도끼와 메모랜덤이 들어 있었다. 마키의 방에서 손도끼가 나왔다는 사실은 그의 흉기가 권총이 아니었다는 결론으로 이어졌다. 유키는 그 의미를 올바르게 파악하고 있었다. 니시노를 죽인 범인은 마키가 아니다. 이와이가 정말 마키가 범인이라고 생각해서 그를 쏜 거라면, 그는 상대를 잘못 짚은 것이다. 그리고 니시노를 죽인 진짜 범인은 아직 누구라고 단정 지을 수 없다……

하지만 유키는 그 사실을 지적하지 않았다. 굳이 입 밖으로 내지 않아도 다섯 명 모두가 단번에 이해했을 것이기 때문이다. 말하지 않아도 되는 건 말하지 않는 편이 좋다. 그것이 나쁜 이야기라면 더욱더.

오사코는 손도끼를 집어 들었다. 하코시마는 메모랜덤을 훑어봤다.

"흠……『이누가미 일족』이라."

그렇게 중얼거리는 하코시마의 목소리를 듣고 유키는 의외라고 생각했다. 일본인 작가의 작품도 등장할 줄은 몰랐기 때문이다.

억센 오사코의 손에 들린 흉악한 손도끼. 오사코를 믿지 않는 건 아니었지만 믿을 이유도 없었다. 팽팽한 긴장감 속에서 유키는 나머지 네 사람을 따라 니시노의 방에 들어갔다.

하지만 여기서 차질이 생겼다. 재빨리 카드 키로 장난감 상자의 뚜껑을 연 안도는 험악한 얼굴로 돌아보며 말했다.

"비었어."

텅 빈 상자 속에는 더 찾아볼 만한 공간도 없었다. 한눈에 봐도 상자 안은 비어 있었다.

오사코, 하코시마, 가마세, 안도, 유키. 일행은 얼굴을 마주 봤다.

흉기가 없다.

'그렇다는 건 니시노 씨를 죽인 녀석이 가져갔다는 건가.'

명백한 결론이었지만 아무도 그것을 입 밖으로 내지 않았다.

의심의 시선이 세차게 교차한다.

하지만 몇 초 후에 침묵은 휴전과 암묵의 동의를 의미하는 것으로 바뀌어 있었다. 일행은 누가 먼저랄 것도 없이 고개를 끄덕였다. 먼저 입을 연 사람은 오사코였다.

"이 일은 다른 사람들에게는 비밀로 하자."

유키 역시 납득했다.

어찌할 도리가 없는 상황에서 새로운 불신의 씨를 뿌리는 건 누구에게나 바람직한 일이 아니었다.

이윽고 금고실 앞에 참가자 아홉 명이 모였다. 열두 장의 카드가 리더기를 통과했다.

붉은 램프가 녹색으로 바뀌자 컴컴한 작은 방이 모습을 드러냈다. 유키는 열두 장의 카드가 없으면 열 수 없는 방에 은근한 호기심을 가지고 있었다. 하지만 안에는 딱히 볼만한 건 없었다. 암귀관을 짓고 남은 재료로 지었는지 공기조절 시설조차 없는 콘크리트 일색의 습한 공간이었다.

손도끼와 석궁을 방 안으로 던졌다.

'어, 하나가 비는데?' 다행히도 그런 말을 꺼낸 사람은 없었다.

문이 닫히고 램프가 붉은색으로 변했다. 밀어도 당겨도 문이 열리지 않는 것을 확인한 일행은 라운지로 돌아왔다.

9

"무리하는 거겠지."

하코시마는 그렇게 말했다.

아닌 게 아니라 아홉 명의 참가자들은 무리에 무리를 거듭했다. 사건을 해결하고 난 뒤에 한동안은 억지로 괜찮은 척했던 참가자들도 차례로 말수가 없어졌다. 살인이라는 행위에 충격을 받기도 했지만, 그뿐만이 아니었다. 그들의 피로는 한계에 이르러 있었다.

정신이 긴장감을 잃은 건 아니라 아직 몸을 움직일 수는 있었다. 하지만 한번 잠에 빠져들면 깨어나지 못할 정도로 곯아떨어질 것이다. 자신이 얼마나 깊이, 또는 얼마나 길게 잠들지 유키는 짐작도 가지 않았다.

그리고 유키는 물론, 다른 참가자들도 잠드는 것을 두려워하고 있었다. 그들은 남겨진 본질적인 문제와 마주하는 것을 신중하게 회피하며, 자신이 무방비 상태에 놓이게 되는 걸 필사적으로 거부하고 있던 것이다.

라운지 룸의 벽시계 바늘이 12시를 지나 1시를 가리켰다. 그것이 2시에 이르려던 순간 누군가가 소리쳤다.

"이래선 몸이 버티지 못해요! 다들 조금이라도 먹어요."

후치였다. 눈밑이 퀭한 상태에서도 그녀는 사람들에게 식사를 권했다.

"어떤 상황에서라도 식사만은 거르면 안 돼요, 절대로."

"좋은 말이네요. 맞아요. 안 먹으면 죽을지도 몰라요."

세키미즈는 그렇게 중얼거리며 자리에서 일어나 느릿느릿 식당 안으로 들어갔다. 뒤를 따르듯 다른 참가자들도 차례차례 식당으로 이동했다.

"이 암귀관은 여러 의미로 편한 곳은 아니지만," 어두운 식당 의자에 앉으며 스와나는 말했다. "식사는 매번 훌륭하군요."

다른 사람도 아니고 스와나의 의견이니 유키는 진심으로 동의하고 싶었다. '맞아요, 매번 훌륭하죠!'라고 말하도록 스스로를 채찍질했다. 하지만 말할 기력조차 남아 있지 않았다. 한편 그는 알고 있었다. 아무리 맛있는 식사가 나와도 이 점심 식사에서 맛을 느낄 수는 없을 것이다.

식사 준비는 후치, 세키미즈, 유키 세 명이 맡았다. 메뉴는 메밀국수. 장어와 가을 야채로 만든 튀김을 곁들였다. 햇메밀이 나오는 좋은 계절이다. 흰빛을 띤 사라시나 국수*에 고명은 고추냉이뿐이었다. 후치의 갑작스런 제안으로 시작된 점심 식사인데도 튀김은 막 튀겨내 바삭했다.

맛으로만 따지면 스와나의 말대로 훌륭한 식사였는지도 모른다.

하지만 예상대로 식당에는 무거운 침묵이 내려앉아 있었다.

위에 부담이 가는 식사가 아니라 그나마 다행이었다. 같은 튀김이라도 만일 덮밥이 나왔다면 반도 비우지 못했을 것이다. 후룩. 후루룩. 누군가가 후루룩 소리를 내며 국수를 넘기고 있었다. 유키는 느릿느릿 식사를 계속했다.

애당초 음식을 넘길 수 있었던 것만으로도 유키는 나은 편이었다.

음식을 입에 넣은 순간, 욱 하고 입을 막고 라운지로 달려가는 가마세. 희미한 조명 아래에서도 한눈에 알아볼 정도로 새파랗게 질린 얼굴로 한 가락씩 간신히 면발을 넘기는 와카나. 식사를 권했

＊ 메밀의 속살로만 만들어서 흰빛을 띠는 메밀국수.

던 후치도 나무젓가락을 쪼갠 뒤로는 그릇에 담긴 국수를 빤히 바라보기만 할 뿐 움직이지 않았다. 오사코도 마치 쓴 약을 삼키는 표정이었고, 안도는 아무렇지도 않게 먹고 있는 듯했지만 튀김에는 손도 대지 않았다.

이곳에서 7일 정도 보내게 되면 이런 상황에도 익숙해져버리는 걸까.

비교적 차분하게 식사를 하는 사람은 하코시마, 스와나, 유키 세 사람이었다. 유키는 면발 넘기는 소리에 무언가 이질적인 소리가 섞인 것을 깨닫고 퍼뜩 고개를 들었다.

테이블 맞은편에서 세키미즈가 신음하고 있었다. 윽, 윽, 눌러 죽인 목소리가 목구멍 안쪽에 걸려 있었다.

어둠 속이라 유키는 처음에는 세키미즈가 괴로워하는 줄 알았다. 순간 설마 하는 생각이 들며 등골이 오싹해졌지만 금세 그건 아닐 거라고 생각했다. 그녀는 이번 식사 역시 전부 자기 손으로 날랐다. "당신이 독을 넣지 않는지 감시하는 중이야." 전에도 세키미즈는 그렇게 말했다. 지금 상황에서 그 말은 농담처럼 들리지 않는다. 그녀는 자신의 입에 들어가는 것에 필요 이상으로 신경을 곤두세우고 있었다.

괴로워하는 것이 아니었다. 그 표정을 훔쳐본 유키는 세키미즈가 무엇을 하고 있는지 비로소 알았다.

얼굴을 파묻고 소리를 죽여…… 세키미즈는 울고 있었다.

한 사람, 또 한 사람, 그녀의 흐느낌을 알아채고 젓가락질을 멈췄다. 유키는 와카나의 눈에도 점점 눈물이 고이는 것을 보았다. 하코시마가 말했던 '무리'가 꼬리에 꼬리를 물고 벗겨져 떨어졌다. 유키 역시 울고 싶었다. 이제 진저리가 난다. 죽은 사람이 나온 것은 그렇다 쳐도 태양이 보고 싶었다. 억누르지 못하는 감정으로 얼굴을 잔뜩 찡그리고 있던 세키미즈가 낮은 목소리로 스스로에게 최면을 거는 게 들렸다.

"난 절대로 안 죽어. 절대로……."

그렇게 두세 번 중얼거리더니 그녀는 억지로 국수를 목구멍으로 넘겼다.

마키를 죽인 이와이는 사라졌다. 그런데 왜 이렇게 엉망인 기분으로 식사를 해야 하는 걸까. 모두가 그 이유를 알고 있었다. 이와이가 정말 갇혀 있는지에 대한 불안. 누군가가 다음 살인을 저지를지도 모른다는 의혹.

하지만 그보다 본질적인 문제는 따로 있었다.

몇 사람이 국수를 남겼다. 튀김에는 거의 손대지 않은 사람도 있었다. 그릇이 치워지고, 허탈감이 식당을 지배하기 전에 안도가 말을 쥐어짰다.

"잠깐 내 말 좀 들어봐. 언제까지 눈 돌리고 있을 건데?"

졸음에 시달리고 있었는지 흐리멍덩한 눈으로 하코시마가 입을 열었다.

"뭔가 할 생각이야?"

"그래."

"쓸데없는 짓은 안 하는 게 좋을 것 같은데."

발끈할 줄 알았는데 안도는 예상외로 냉정했다. 순순히 고개를 끄덕였다.

"그럴지도 모르지만 이래선 도저히 몸이 못 버텨. 결판을 낼 수 있다면 빨리 해치우고 싶어. 너도 그렇잖아?"

"그런 생각이 안 드는 건 아니지만."

하코시마는 크게 하품을 했다.

"단서가 없잖아."

옆에서 스와나가 끼어든다.

"눈을 돌리다니 무슨 말씀이죠?"

안도는 꿀꺽 말을 삼켰다. 그렇게 직설적으로 물어보면 대답도 직설적일 수밖에 없다. 하지만 그 말을 입 밖으로 내면 다시 주워 담을 수 없다는 건 유키도 알 수 있었다.

잠시 시간은 걸렸지만 안도는 똑똑히 대답했다. 참가자들 사이에 응어리진 근본적인 문제의 정체를.

"누가 니시노를 죽였느냐는 것."

낮은 웅성거림이 식당 안을 가득 채웠다.

유키는 오늘 아침 안도가 했던 말을 기억했다. 니시노를 죽인 것과 마키를 죽인 건 서로 다른 인물이다. 즉, 이와이 말고도 또 한 명, 니시노를 죽인 살인자가 있는 것이다. 그건 마키가 아니다. 마키의 흉기는 손도끼였다.

지금까지 아무도 그 사실을 주장하지 않았던 것은, 위태로운 균형 위에 성립되어 있는 참가자들 간의 협력 관계를 무너뜨리고 싶지 않아서였기 때문이다. '누가 니시노를 죽였나?' 안도의 발언은 긁어 부스럼이었다. 눈 밑이 퀭한 안도의 얼굴을 유키는 빤히 바라봤다. 그에게 승산이 있기를 빌 수밖에 없다.

"어째서죠?"

미소를 지은 채 스와나는 고개를 갸웃거렸다.

"열두 명 중에 살인자가 둘 있다고 생각하는 것보다 두 분 모두 이와이가 죽였다고 생각하는 게 낫잖아요."

여상한 말투였지만 유키는 스와나가 이와이에게 '씨'를 붙이지 않은 걸 놓치지 않았다. 이미 스와나에게 이와이는 존대할 가치도 없는 남자가 되었다는 건가.

한편, 스와나가 어디까지 진심인지도 알 수 없었다. 정말 니시노를 죽인 것도 이와이라고 생각하고 있는 걸까, 아니면 일종의 견제일까……. 그렇게 에둘러 말하는 건 스와나에게 어울리지 않았다.

하지만 그녀가 그저 순진하고 단순하다고 믿을 이유 또한, 유키에게는 없었다.

먼저 말을 꺼낸 만큼 안도는 각오를 굳히고 있는 것 같았다.

"간단한 이유죠. 흉기가 달라요."

안도는 살짝 혀를 내밀어 입술을 핥았다.

"개인실 침대밑에 장난감 상자가 있었죠. 모든 참가자들이 흉기를 지급받았을 거예요. 십중팔구 한 명당 하나씩 받았을 겁니다. 니시노 씨를 살해한 흉기는 권총이었고, 마키 씨는 석궁이었죠. 서로 다른 살인자가 있다는 말입니다."

안도는 전원을 노려보았다.

"지금 와서 모른다고 발뺌할 녀석은 없겠지. 벌써 나흘째인데 그냥 지나가는 말로라도 카드 키의 사용법에 대해 말한 사람은 없잖아. 이 지하 공간에서 사람을 죽일 수 있는 도구를 손에 넣었다는 사실을 덮어두고 싶은 마음은 알겠어. 나 역시 아무에게도 말하지 않았으니까."

안도의 말마따나 흉기가 화제에 오른 적은 한 번도 없었다. 유키 역시 자신이 부지깽이를 받았다는 사실을 입 밖으로 내지 않았다. 가만히 있어도 무슨 일이 일어날지 모르는 암귀관에서 '난 흉기를 가지고 있다'고, 도저히 말할 수 없었던 것이다. 누군가가 서로 공개하자고 말을 꺼내면 굳이 감출 생각은 없었다. 없었지만…… 아무도 말을 꺼내지 않았기 때문에 입을 다문 채로 나흘째를 맞이한 것이다.

돌이켜보면 스와나의 방법이 옳았을지도 모른다. 스와나는 제일 먼저 유키에게 흉기를 보여주었다. 그로 인해 그녀는 그후에 일어난 범행과는 상관없이 결백하다는 것을, 유키에게만은 증명할 수 있었다. 그녀의 흉기는 '독'이다. 녹색 캡슐.

그 사실을 눈치챈 유키는 안도가 무엇을 하려는지 똑똑히 알 수 있었다. 깨닫고 나자 왜 좀더 빨리 그렇게 하지 않았는지 자신의 멍청함을 절절하게 느꼈다.

그런 사람은 유키뿐만이 아닌 것 같았다.

"아, 그렇군!"

그야말로 원통하다는 듯 하코시마는 그렇게 내뱉었다.

"맞아, 당연히 그렇게 했어야 했어. 모두의 흉기를 조사하면 누가 권총을 가지고 있는지 알 수 있잖아!"

"조, 조사하다니, 어떻게?"

쭈뼛거리며 묻는 가마세를 향해 하코시마는 빠르게 일축했다.

"뭘 물어. 남은 사람들의 방을 차례대로 돌며 모두가 보는 앞에서 장난감 상자를 여는 거지. 권총이 들어 있는 녀석이 살인자일 테고! 아, 왜 난 생각해서 범인을 찾아내려고 한 거지!"

하코시마는 머리를 감싸 안았다.

유키는 하코시마의 심정을 알 것 같았다.

하코시마는 니시노가 살해된 현장에서 단서를 찾으려 했다. 하지만 그곳에는 시체와 탄피, 그리고 총알이 남아 있을 뿐이었다. 과학적인 조사를 할 수 없는 하코시마에게는, 생각하는 것밖에 방법이 없었다. 아니, 생각하는 것밖에 할 수 없다고 굳게 믿고 있었던 것이다.

그건 분명 암귀관 때문이다.

카드 키에 새겨진 '십계'나 룰 북의 '탐정'이라는 단어가 행동이 아닌 생각으로 살인자를 찾아낼 것을 암묵리에 요구하고 있었다. 상황이 '추리해라'라고 요구하고 있던 것이다. 하코시마는 그 상황에 휘말린 것이다. 생각해보면 유키 역시 오늘 아침의 해결에서 생각이 필요치 않다는 말을 듣고 그만 망연자실했었다. 그 역시 어느새 '생각해서 범인을 찾아내는' 걸 의식하고 있었던 것이다.

오사코는 분한 듯 신음했다.

"그렇군, 젠장. 다음 피해자가 나오는 걸 방지해야 한다는 생각만 했어……."

"그럼……."

기분 탓인지 안도는 가벼워진 목소리로 말했다.

"여기 있는 모두의 방을 돌아보자. 동의하지?"

하지만 그 말을 꺼낼 타이밍은 지났다. 이 제안이 어제 나왔다면 유키는 당장 찬성했을 것이다. 아마도, 아무도 반대하지 않았을 것이다.

하지만 오늘은 무리였다. 늦었다.

"싫어!"

와카나의 목소리가 신경질적으로 울려 퍼졌다. 새된 목소리에 깜짝 놀라기도 했지만, 유키 역시 그렇게 외치고 싶은 기분이었다.

와카나는 자리에서 일어나 안도에게 삿대질하며 말했다.

"그렇게 말해도 결국 당신도 다른 사람들이 뭘 가지고 있는지 알고 싶은 것뿐 아냐? 싫어, 당신 같은 사람한테 누가 보여준대!"

"렌카, 하지만……."

"죽어도 싫어. 유우가 아무리 설득해도 양보 못 해! 누가 무슨 생각을 하고 있는지도 모르는데, 내……."

단숨에 말을 쏟아내던 와카나는 갑자기 말을 삼켰다.

유키는 그녀가 하려던 말이 무엇인지 알 것 같았다. 하나밖에 없는 호신 도구를 공개할 순 없어.

어제였으면 좋았을걸……. 오늘은 모두 밤을 경험한 뒤라 아무도 그 말을 입에 담지 않았다. 내색도 않았다. 그저 내리깐 눈으로부터 살며시 새어 나오는 시선만이 속내를 드러냈다.

누가 날 노릴지 모른다. 다음은 내 차례일지도 모른다.

그 마음이 분출하지 않았던 건 단순히 이와라는 공통의 적이

어른거리고 있었기 때문이다.

스와나에게라면 밝혀도 좋다. 차라리 스와나가 녹색 캡슐을 보여주었던 그날 아침, 훨씬 이전에 밝혔어야 했다. 하지만 다른 사람에게는 보이고 싶지 않다.

특히 무엇이 마음에 안 드는 건지 지금도 힐끔힐끔 이쪽을 노려보는 가마세. 시체 앞에서는 냉정하게 웃을 수 있으면서도 아이디어에서 추월당하면 머리를 싸안는 하코시마. 이 둘에게는 보여주고 싶지 않았다. 감정이 격해지면 무슨 짓을 할지 알 수 없는 와카나와 신경질적인 모습이 오히려 위태롭게 느껴지는 세키미즈에게도 가능하면 보여주고 싶지 않았다.

세키미즈가 단호하게 말했다.

"나도 싫어."

"저기, 전 딱히 상관없어요."

그렇게 말한 스와나의 목소리는, 안도와 유키를 가리키는 가마세의 외침에 묻혀 사라졌다.

"나도 싫어! 저, 저 녀석들에게는 절대로 보여주지 않을 거야!"

유키는 한숨을 쉬며 설레설레 고개를 저었다. 이제 진저리가 난다.

"그럼 보여주지 마."

혼잣말처럼 중얼거린 한마디는 뜻밖에도 식당에서 일어난 소동을 단번에 진정시켰다.

"어?"

왜 이 말에 조용해진 건지 궁금해서 유키는 다급히 좌우를 둘러봤다. 오사코, 하코시마, 안도가 유키에게 시선을 보내고 있었다.

안도가 물었다.

"안 보여주면 어쩔 건데?"

"아……."

우선 어설픈 대답으로 시간을 벌어놓고 유키는 둔해진 머리를 굴렸다. 불신감을 품은 상대에게는 보여줄 수 없다. 난 스와나에게는 얼마든지 보여줄 수 있지만…….

뭐야, 간단한 일이잖아. 그 순간 유키는 깨달았다. 무릎을 탁 치며 말했다.

"가마세와 와카나 씨는 오사코한테는 보여줘도 상관없는 거지?"

와카나는 불안한 듯 오사코를 올려다봤다. 오사코는 힐끔 그녀를 보더니 짧게 물었다.

"어때?"

"유우는 봐도 돼."

단순하군.

가마세까지 '유우는 봐도 돼'라고 지껄이면 한 방 날릴 생각이었지만 다행히도 그는 작게 고개를 끄덕였을 뿐이었다.

유키는 말을 이었다.

"요컨대, 다른 사람이 권총이 아닌 걸 확인하면 되는 거잖아. 모든 사람에게 공개하기 싫으면 조금이라도 믿을 수 있는 녀석에게만 보여주면 돼. 가마세가 나한테 공개하기 싫으면 오사코에게 보여주고, 나중에 오사코가 가마세가 아니라는 걸 확인해주면 돼."

"아, 그거 좋군."

안도는 즉각 찬성했지만 신중한 자세를 잃지 않았다.

"하지만 한 사람한테만 공개하는 건 안 돼. 둘이 공범일 가능성도 있으니까. 최소 두 사람에게 보여주고, 권총이 아니라는 게 확인되면 녀석은 무죄야."

달리 찬성을 표한 사람이 있었던 것은 아니지만 유키는 분위기가 달라진 걸 피부로 느꼈다. 그런 거라면 상관없지, 꼭 하자, 모두가 그렇게 마음을 굳히고 있었다. 이런 상황에서 누가 불평을 토한다면, 정세는 '그렇게까지 보여주고 싶지 않다니 왠지 수상하다'로 바뀔 것이다.

유일하게 마지막까지 불만스런 표정을 짓고 있었던 사람은 와카나였다. 하지만 오사코가 "괜찮아, 네가 범인이 아니라는 건 내가 알아"라고 하자 뺨을 붉히며 더는 아무 말도 하지 않았다.

10

아홉 명을 셋 이상으로 나눈다.

세 명씩 세 조를 이루면 간단하게 해결되는 일이었지만, 얽히고 설킨 의혹은 간단한 계산조차 허락해주지 않았다.

'이 사람에겐 밝혀도 돼'와 '이 사람에게는 밝히고 싶지 않아'가 한데 섞였다. 말이나 태도로 분명히 내보이지는 않았지만, 후치는 안도를 약간 경계하는지 하코시마나 오사코에게라면 보여줘도 좋다고 했다. 와카나와 가마세는 물론 오사코를 상대로 선택하겠지. 그렇게 되면 오사코의 그룹은 네 명이 된다. 그 시점에서 계산이 복잡해져서 아무래도 시간이 걸릴 것 같았기 때문에, 유키는 재빨리 결론을 내렸다.

"우리라도 먼저 상대를 정하자."

흉기를 보여주자고 이야기가 마무리되었을 때, 유키가 아무 말도 하지 않았는데도 스와나가 먼저 다가왔다. 유키에게는 전에 한번 보여줬으니 당연한 선택이리라. 그리고 안도도 유키를 상대로 골랐다.

"부탁할게."

안도는 그렇게 말했지만, 유키의 마음에는 어느샌가 스스로도 알아채지 못한 희미한 의심이 싹트고 있었다. 그것은 정말 조그만,

변덕스러운 의혹이었지만 지워지지 않았다. 나는 안도란 남자의 뭘 알고 있지? 아는 것이라고는 빔 라이플부의 유령 부원이라는 사실밖에 없잖아······.

하지만 가마세 같은 녀석에 비하면 심정적으로는 믿을 수 있을 것 같은 느낌이 들었다. 느낌이 든다는 이유만으로 속내를 내보이기란 두려웠지만, 그렇다고 계속 망설이면 일이 진척되지 않는다. 유키는 말없이 고개를 끄덕였다.

안도, 유키, 스와나. 어떤 의미로 당연한 조합이었다.

"제 방이 제일 가깝네요."

스와나는 그렇게 말하며 먼저 걸음을 옮겼다.

7호실은 지척이었다. 스와나는 문손잡이를 잡은 채 두 사람을 바라보며 미소를 지었다.

"이런 상황에서 남성분들을 방에 들이게 될 줄은 몰랐네요."

그렇다, 스와나의 방에 들어가는 것이다. 그 사실을 알아챈 순간, 이 비정상적인 상황에서도 유키는 평소처럼 긴장했다. 마음의 준비가 필요할까. 그런 생각을 하는 사이에도 스와나는 태연스럽게 문을 열었다.

실내는 물론 다른 방과 다를 바 없었다. 유일하게 눈길을 끄는 건 침대 시트였다. 사실 유키도 일부러 보려던 건 아니었다. 하지만 어색하게 정리된 시트의 주름이 신경을 건드렸다. 침대 정리를 할 때는 나름의 경험과 솜씨, 그리고 섬세함이 필요했다. 아마 스와나에게는 그중 몇 가지가 결여되어 있는 것이다.

"제 걸 보여드릴게요."

아무 망설임 없이, 그녀는 침대 머리맡에 놓인 장난감 상자로 다가갔다. 왜 그녀는 아홉 명 중에서 유일하게 흉기를 공개하는 데 집착하지 않은 것일까. 스와나의 동작은 긴장한 기색도 없이 평소와 다름없었다.

그녀가 카드 키를 꺼내 리더기를 통과시키려던 순간, 뜻밖의 일이 일어났다. 일행의 뒤에서 누군가 말을 건 것이다.

"나도 이쪽에 끼워주지 않을래?"

화들짝 놀란 유키와 안도는 황급히 뒤를 돌아봤다.

문을 열고 그곳에 서 있던 건 남자로도 여자로도 보이는 중성적인 외모의 세키미즈였다.

"놀랐어? 미안. 이 문은 정말 아무 소리도 안 난다니까, 소름 끼치게."

열린 문에 몸을 기댄 채 그녀는 아무렇지도 않은 척 행동하려 애썼다. 하지만 그 모습이 허세라는 건 빤히 보였다. 안도는 세키미즈를 향해 물었다.

"왜 이쪽으로 왔는데?"

"음, 왜라고 물어도……."

"저쪽은 여섯 명이니까 하코시마나 다른 사람들에게 보여주면 되잖아."

세키미즈는 입가에 굳은 미소를 지으며 말했다.

"그게 싫으니까 이쪽으로 온 거지."

카펫을 밟으며 두세 걸음 방 안으로 들어온 세키미즈는 손을 돌려 문을 닫았다.

"확실히 오사코는 믿어도 될 것 같아. 하지만 그 비굴한 남자하고 와카나가 오사코한테 붙었잖아. 그렇게 되면 난 하코시마와 후치 씨에게 보여줘야 해."

유키는 지금 세키미즈가 한 말을 검토했다. 오사코, 와카나, 가마세. 안도, 유키, 스와나. 그리고 남은 세 명, 하코시마, 세키미즈, 후치. 과연, 이렇게 나누는 게 분명히 제일 자연스럽긴 하다.

하지만,

"하코시마라."

중얼거리는 안도를 향해 세키미즈는 살짝 고개를 끄덕였다.

옆에서 듣고 있던 유키는 그 이상의 설명은 필요치 않다고 생각했다. 그도 같은 생각이었기 때문이다. 가마세에게 흉기를 보여주는 건 내키지 않았다. 하지만 하코시마에게 보여주고 싶지 않은 이유는 그게 아니었다. 어딘지 모르게 이 상황을 즐기고 있는 것 같은 생각마저 드는 하코시마에게 속내를 드러내면 위험할 것 같았기 때문이다.

유키는 세키미즈의 심리를 이해할 수 있었기에 아무 말도 하지 않았다. 하지만 세키미즈는 침묵의 의미를 착각한 것 같았다. 뻣뻣하던 태도가 서서히 무너지더니 발밑으로 시선을 떨궜다.

"의심만 해선 안 된다는 건 알지만…… 다른 선택지가 있다면."

"하지만 그러면 저쪽은 다섯 명이잖아."

안도는 그렇게 말하며 얼굴을 찌푸렸지만, 그 말을 들은 스와나는 고개를 갸웃거렸다.

"문제 있나요?"

"네?"

"자신의 흉기를 '두 사람 이상에게 보여주기'로 한 거잖아요. 그럼 네 명하고 다섯 명으로 나뉘어도 상관없죠."

스와나의 말이 맞다.

방금 전에 생각했던 것처럼 유키는 세키미즈가 달갑지 않았다. 하지만 무슨 일이 있어도 싫다고 우길 정도는 아니었다.

안도가 "그러네. 그럼 그렇게 하죠"라고 하며 받아들여서 딱히 반론은 제기할 수 없었다.

"그럼 계속하죠."

스와나는 카드 키를 리더기에 통과시켰다.

11

독살毒殺

세상에 얼마나 많은 독이 있는지 아는 순간, 인간은 탄식을 금치 못하리라. —지금껏 용케도 살아남았군!

무수한 독에 에워싸인 인류가 동족을 죽이는 데 독을 사용한 것은 당연한 일이라 할 수 있을 것이다. 독은 살인 현장을 직접 찾지 않아도 슬며시 죽음을 불러들일 수 있다. 그 특성 때문에 독살은 특별한 매력을 지닌다. 독살에 관련된 이미지는 다양하다. 흔히들 독살은 버릇이 되며, 여성적이라고 일컬어진다. 자, 이 흉기를 손에 넣은 당신은 여성일까?

미스터리 역사상 제일 유명한 '독'은, 아마도 바늘 끝에 묻은 니코틴일 것이다. 하지만 이번에는 『초록 캡슐의 수수께끼』에 경의를 표한다. 안에 든 것은 니트로벤젠. 캡슐 하나를 완전히 넣으면 아마도 살아날 가망은 없다. 두 개라면 더욱 확실하겠지.

하지만 주의하시길. 이 캡슐은 위에서는 녹지 않는다.

책상에 놓인 작은 병. 내용물은 유키가 예전에 보았던 녹색 캡슐이었다.

"독이라."

안도는 한숨 섞인 목소리를 내뱉었다. 그 시선은 에메랄드빛 캡슐에 매료된 듯했다.

한편 세키미즈의 반응은 조금 달랐다.

"역시 독을 가진 사람도 있었구나."

납득한 것 같기도 하고, 발끈한 것 같기도 한, 복잡한 표정이었다. 유키는 그 심정을 이해할 수 있을 것 같았다. 세키미즈는 첫날부터 독을 경계했다. 하지만 소유자가 스와나임을 알았으니 괜한 걱정을 했다는 생각도 들 법했다.

"캡슐은 돌려서 여는 식이에요. 열면 내용물이 쏟아져 나오죠. 냄새가 꽤 나더군요. 달콤한 느낌이지만 좋은 냄새는 아니었어요. 그렇게 싫은 냄새도 아니었지만요."

"냄새가 난다고……."

뭔가 짚이는 게 있는지 안도는 조용히 중얼거렸다. 그리고 갑자기 유키를 돌아보며 말했다.

"니트로벤젠이 뭔지 알아?"

유키는 조금 망설이다 대답했다.

"이름은."

"그렇군."

"복숭아 냄새가 난다고 하더군."

스와나는 고개를 갸웃거렸다.

"듣고 보니. 비슷했던 것 같기도 하네요. 하지만 청량한 느낌이 들지는 않았던 것 같아요."

한편, 세키미즈는 의심에 찬 표정으로 물었다.

"그쪽은 어떻게 그런 걸 아는 거지?"

유키는 입을 다물었다. 다행히도, 세키미즈는 깊이 추궁할 생각은 없는 것 같았다.

안도는 천천히 약병을 향해 손을 뻗었다. 그는 병을 집어 들고 가볍게 흔들었다.

"얼마 없군."

병 속에서 캡슐이 달그락달그락 가벼운 소리를 내고 있다. 안도의 말대로, 손바닥에 쏙 들어갈 정도의 작은 병인데도, 캡슐은 3분의 1 정도도 들어 있지 않았다. 열 개나 열두 개쯤 되려나. 밖에서 몇 개인지 세는 것은 어려웠다.

"저도 처음에는 충분한 양은 아니라고 생각했어요."

스와나는 태연스레 말했다. 안도는 병을 흔들던 손을 멈췄고, 세키미즈도 뒤를 돌아봤다. 유키 역시 무심코 스와나의 얼굴을 바라보고 말았다.

세 사람의 시선을 받은 스와나는 미소 지었다.

"혹시 필요하시면 한두 개 정도는 드릴게요."

안도는 병을 책상 위에 올려놓았다.

"필요없습니다."

구살殴殺

인류가 폭력을 행사하기 시작했을 무렵, 최초의 무기는 자신의 몸이었을 것이다.

아마도 그다음 무기는 이 막대기였으리라.

지극히 소박하고, 세련됨이라고는 찾아볼 수 없는 원시적인 무기.

그래서 격렬한 감정이 발단이 된 살인에는 자주 막대기가 등장한다.

그중에서도 제일 인상 깊은 건, 뭐니 뭐니 해도 역시 부지깽이다.

다수의, 혹은 모든 방에 벽난로가 설치된 서양식 저택을 무대로 삼았기에, 부지깽이는 항상 그곳에 존재하며 살인자의 손에 들려 많은 생명을 빼앗아왔다.

미스터리 역사상 제일 유명한 '부지깽이'는 아마도 「얼룩 띠」에 등장하는 물건이리라.

자, 이 부지깽이를 손에 든 당신은 이것을 구부린 다음 다시 원래대로 되돌릴 수 있을까?

할 수 없다 해도 상관없다. 구부려졌든 구부려지지 않았든 그 일격은 사람을 때려 죽이기에 충분할 테니.

6호실.

유키는 부지깽이를 카펫 위에 내던졌다. 구살에 대한 설명이 적힌 메모랜덤을 읽은 세키미즈는 흥 하고 콧방귀를 꼈다.

"아까 스와나 씨 방에서 봤을 때도 느낀 건데. 이 메시지, 아주 자연스럽게 사람을 짜증나게 하지 않아?"

"맞아."

유키는 고개를 끄덕였다. 그도 지난밤에 몇 번이나 메모랜덤에 짜증을 느꼈다. 한마디 덧붙였다.

"찢어버리고 싶어."

세키미즈에게 메모랜덤을 건네받은 안도는 설명을 대충 훑어보았다.

"마음은 알겠어. 이걸 쓴 녀석은 자기가 재치 있다고 생각하며 썼을 테지. 하지만 이걸 받은 우리가 보기엔 하나도 재미없어. 그 메시지는 위화감만 들 뿐이야. 짜증나는 것도 당연하지."

위화감이 드는 건 메모랜덤만이 아니다. 카드 키 뒤쪽에 적힌 십계나 룰 북, 라운지에 있는 열두 개의 인형 등, 상당히 신경 쓴 것 같은 설정은 죄다 유키의 심기를 불편하게 할 뿐이었다. 그걸 보고 기뻐하는 건…… 아마 이와이 정도일까.

"문제는……."

스와나는 고개를 갸웃거리며 말했다.

"이 암귀관에는 벽난로가 없다는 거죠."

유키는 잠시 생각에 잠겼다가 반박했다.

"아뇨. 식당에 있었어요."

"그랬나요?"

유키는 확신을 가지고 고개를 끄덕였다. 불이 지펴져 있지 않았기 때문에 인상은 흐렸지만 틀림없이 있었다.

"하지만 문제는……."

안도가 끼어든다.

"여기에는 불을 붙일 만한 게 없다는 거지. 성냥도 라이터도 없어. 벽난로도 단순한 장식에 불과해."

"찾아봤어?"

"아니, 전에 흡연자가 없다는 이야기가 나왔잖아. 그 뒤에 주의 깊게 찾아봤지."

세키미즈도 끼어들었다.

"그 벽난로는 장식이야. 비밀 통로일지도 모른다고 오사코가 살펴봤는데 굴뚝이 없다고 했어." 그녀는 작게 한숨을 쉬며 말을 이었다. "하지만 그런 게 뭐 큰 문제겠어."

맞는 말이다.

안도는 카펫 위에 떨어진 부지깽이를 집어 눈높이까지 들어 올렸다. 흉기와 대치한 세키미즈는 조금 뒤로 물러났다. 유키 역시 무의식중에 몸에 힘이 들어갔다. 두 사람의 긴장을 알아챈 안도는 어깨를 으쓱하며 손을 내렸다.

"제법 묵직하군."

"그렇지?"

"든든하네."

유키는 말없이 고개를 끄덕이며 한마디 덧붙였다.

"들고 있으면 상대를 위협할 수는 있을 거야."

"맞아, 남자가 쇠막대기를 들고 있으면 무섭긴 하지."

세키미즈는 그렇게 대꾸했지만, 안도는 역시 유키의 의도를 정확하게 짚어냈다. 그는 다시 부지깽이를 카펫 위로 던지며 말했다.

"확실히 위협적이긴 하군. 하지만 몰래 습격하기에는 적합하지 않아."

부지깽이는 너무 크다. 숨겨서 가지고 다닐 수 없다. 뒤에서 습격한다면 몰라도 빈틈을 노려 공격하기는 어렵다.

유키는 말을 이었다.

"게다가, 손잡이 부분은 무거운데 끝부분은 가늘어서 별 도움이 안 돼."

"하긴."

네 사람은 하얀 카펫 위에 놓인 검은 막대기를 내려다봤다.

"그리고……."

안도는 쓴웃음을 지으며 계속 말을 이으려는 유키를 제지했다.

"유키, 네가 하고 싶은 말이 뭔지는 알겠어. 부지깽이는 그렇게 위험하지 않아. 그러니까 나는 안전한 사람이다. 그 말이 하고 싶은 거지?"

"……."

"안타깝지만, 그렇게 주장한들 쇠막대기는 쇠막대기야. 위험한 물건임엔 변함없지. 상자에 잘 넣어둬."

"뭐, 내가 보기엔 당신은 위험하지 않지만."

세키미즈가 한마디 거들었다.

교살絞殺

인류는 기도를 통해 공기를 빨아들여 폐로 호흡하며 살아간다.

수십 년에 걸쳐 계속되는 호흡이지만, 불과 몇 분만 끊어져도 인간은 즉시 사망한다. (……) '숨통이 끊어지는' 것이다. 진정 생명이란 찰나의 연속으로 유지되고 있다.

목적의 명쾌함 때문인지 교살은 종종 맨손으로 행해진다. 상대의 목에 일단 손을 댈 수만 있다면, 힘없는 자라도 손쉽게 힘센 상대를 해치울 수 있다. 그만큼 목은 인간의 아니, 폐호흡을 하는 생물의 급소이다.

하지만 계획적으로 교살을 꾀하는 이는 끈을 준비해야 한다.

미스터리 역사상 특이한 지위를 차지한 '끈'은 역시 『구석의 노인

사건집』에 등장하는 끈이 아닐까.

또한 끈은 사람을 살해하는 것 말고도 갖가지 용도로 쓰인다. 이것을 손에 넣은 당신은 이 만능 도구를 제대로 사용할 수 있을까? 이것을 흉기로만 간주할 경우에는 조심하길 바란다. 상대의 목에 끈을 걸 수 있는 거리는 상대의 손이 당신의 목에 닿을 수 있는 거리이기도 하니까.

5호실.

메모랜덤에는 '끈'이라고 적혀 있었지만, 그것은 한눈에 봐도 밧줄이라 불러야 할 물건이었다. 길이는 50센티 정도. 안도는 끈 한가운데를 집어 좌우로 흔들었다.

"사용할 수 있겠느냐고 적혀 있기는 한데, 이런 어중간한 길이로 어떻게 하라는 건지. 처음 발견했을 때는 이상한 매듭이 단단하게 지어져 있었다고."

생각에 잠긴 듯했던 스와나가 갑자기 밝은 표정으로 말했다.

"다음에 살인범을 붙잡으면 손목을 결박하는 데 쓸 수 있겠네요."

"뭐, 그거 좋은 생각이네요."

안도는 살짝 얼굴을 찌푸리며 건성으로 대답하더니, 끈 끝부분을 들어 휘두르기 시작했다.

"알고는 있었지만, 역시 난 운이 없군. 유키는 부지깽이, 난 끈, 둘이 정면에서 대결하면 승부고 뭐고 결과는 뻔하잖아."

"그런 말도 안 되는 상황을 상정하고 실망하지 마."

유키는 웃으며 말했지만 안도의 얼굴은 변함없이 부루퉁했다.

"아니, 하지만 말야. 스와나 씨의 독도, 네 부지깽이도, 그리 쉽게 다른 물건으로 대체할 수 없는 거잖아. 하지만 난 끈이라고. 정말 사람을 목 졸라 죽이려 한다면, 옷소매로도, 손으로도, 뭐든지 가능하다고. 이런 건……."

"그러니까."

세키미즈가 미간을 구기며 끼어들었다.

"왜 정말 사람을 해치는 경우를 생각하는 거야? 그러고 싶어? 그럴 생각이 없으면 실 쪼가리든 칼이든 마찬가지잖아."

안도는 반박하려다 말을 삼켰다. 끈을 휘두르던 손을 멈추더니 이윽고 말문을 열었다.

"그래. 내가 잘못 생각했어."

세키미즈는 여전히 달려들 것 같은 표정이었다. 유키가 중재하려던 순간 그녀는 작게 한숨을 쉬었다.

"그래도 조금 마음이 놓였어."

무슨 뜻인지 이해하지 못한 안도와 유키가 입을 다물고 있자, 옆에서 스와나가 동의를 표했다.

"맞아요."

스와나는 안도의 손에 들린 끈을 빤히 바라봤다.

"무슨 말이죠?"

유키가 그렇게 묻자 스와나는 미소 지으며 대답했다.

"그 끈은 쉽게 숨길 수 있잖아요. 즉, 안도 씨는 그걸 언제든 몸에 지닐 수 있었지만 계속 상자에 넣어두고 계셨죠. 그것을 사용할 생각이 없었다는 거죠."

"그렇지. 뭐, 낮 동안만이긴 하지만."

과연. 유키는 납득할 수 있었다.

동시에 그 논리를 스와나에게도 적용할 수 있다는 것을 깨달았다. 스와나 또한 몰래 가지고 다닐 수 있는 흉기를 받았으면서도 그것을 장난감 상자 안에 계속 넣어두고 있었다······.

아니, 단정 짓긴 이르다.

유키는 금세 그 논리의 오류를 깨달았다. 그들이 본 건 스와나의 장난감 상자에서 캡슐이 든 작은 병이 나온 장면뿐이다. 스와나가 지금 자신의 몸에 캡슐 몇 알을 숨기지 않았다는 확증은 없다.

그렇더라도 유키는 스와나가 캡슐을 몸에 숨기고 있을 거란 생각은 털끝만큼도 하지 않았다.

오히려 안도의 손에 끈이 들려져 있는 모습이 왠지 기분 나빴다. 안도 본인의 말처럼, 숨겨 가지고 다닐 수 있는 길이의 끈이 쓸모없다는 생각은 들지 않았다. 그를 믿고 등을 돌린 순간, 목을 꾹 졸릴 수도 있으니…….

"저기."

유키는 얼결에 안도를 불렀다.

"왜?"

안도가 대답했지만 유키는 말을 잇지 못하고 말끝을 흐렸다.

"아니, 아무것도 아냐."

안도는 의아하다는 표정을 짓고 있었다.

약살藥殺

독과 약의 차이점은 무엇일까.

그 답은 아마도 이것일 것이다—도움이 되는 것이 약, 해가 되는 것이 독.

때문에 화학 물질을 이용해 인간에게 해로운 동물을 죽이는 행위는 약살이라 불린다.

그렇다면 인간을 죽이는 경우는 약살이라고 부르지 않는가? 그렇지 않다. 사형수를 죽이는 경우에는 독살이 아니라 약살이라 부른다.

인간을 약살할 경우 효과는 빠르고, 고통은 적어야만 한다. 예를 들어 니코틴은 그 조건에 적합하다.

미스터리에서 '니코틴'의 지위는 말할 것도 없이 『X의 비극』에 의해 견고해졌다.

당신에게 바늘은 주어지지 않았다. 하지만 조금만 섭취해도 효과는 충분히 발휘될 것이다.

세키미즈의 방은 1호실이었다. 안도의 5호실에서 나와 어두운 회랑을 꽤 오래 걸어가야 했다.

투명한 액체가 들어 있는 유리병을 꺼내더니 세키미즈는 빠르게 말했다.

"나도 총 아냐."

유키는 병 안에 든 액체를 빤히 바라봤다. 이게 그 유명한 니코틴인가. 이 눈으로 보는 날이 올 줄은 몰랐다.

청산가리에 필적하는 독성은 익히 알고 있었지만, 니코틴은 권총이 아니다. 결국 이 네 명 중에 흉기가 권총인 사람은 없었다. 그 말인즉슨 이 안에 니시노를 죽인 범인은 없다는 말이다. 세키미즈를 살인범이라 생각했던 건 아니지만, 그래도 유키는 한결 마음이 놓였다.

"제법 많은 사실을 알아냈군."

안도가 그렇게 말했다.

"이 안에 니시노를 죽인 범인이 없다는 사실. 그리고 스와나 씨와 세키미즈가 끓인 차는 조심해야 한다는 사실도."

그리 재밌는 농담은 아니었지만 유키는 스스로도 뜻밖일 만큼 밝게 웃었다. 역시 긴장이 풀린 것이리라.

"무슨 말……."

꼬투리를 잡으려던 세키미즈도 유키가 너무 유쾌하게 웃어서인지 표정을 누그러뜨렸다. 어딘지 모르게 긴장이 풀린 분위기 속에서 스와나가 웃으며 말했다.

"아, 세키미즈 씨가 그래서 역시, 라고 하신 거군요."

"어? 내가 그랬나?"

"네. 제 방에서 역시 독을 가진 사람도 있구나, 하고."

세키미즈의 그 말은 유키도 기억하고 있었다. 그때는 다른 의미가 있을 것이라는 생각은 하지 않았지만, 그녀 자신도 또한 독을 가지고 있었던 것을 안 지금에는 조금 뉘앙스가 다르게 느껴졌다. 자신이 했던 말을 떠올린 듯, 세키미즈는 "아아" 하고 건성으로 대답했다.

"응. 약살이란 말을 인간에게 사용하는 건 역시 이상했으니까. 독살을 받은 사람도 있겠구나, 하고 생각했어."

"약살에 독살이라."

안도가 조소 섞인 목소리로 중얼거렸다.

"오사코 정도는 아니지만, 나도 이 연극에는 짜증이 나기 시작했어. 내가 교살, 유키가 구살, 니시노는 사살당했지. 마키는……."

문득 안도는 말을 끊었다. 세 사람의 시선이 안도를 향한다. 그는 시선을 알아채지 못한 듯 아무것도 없는 정면을 노려보더니 이내 중얼거렸다.

"마키도 사살당했어."

안도의 말대로 마키는 석궁으로 사살당했다. 이와이의 장난감 상자를 조사한 건 스와나와 하코시마. 아마 메모랜덤도 들어 있었을 테지. 장광설의 서두에 사살이 명시되어 있었을 터다.

니시노는 9밀리 구경의 총으로 살해당했다. 이 역시 사살이다.

안도의 생각을 방해할까 걱정됐지만 유키는 말하지 않고는 견딜 수 없었다.

"호스트는 살해 방법이 겹치는 게 싫은 거야. 그게 아니면 스와나 씨와 세키미즈에게 모두 독살을 주었을걸."

"그럼…… 이게 어떻게 된 일이지?"

1호실이 침묵으로 뒤덮인다.

지금까지 유키는 니시노를 죽인 범인이 누군지 제대로 생각하지 않았다. 혼란스럽기도 했고, 공포스럽기도 했으며, 바빴기도 했지만, 그 밖에도 생각할 요소가 없었던 것도 이유 중 하나였다.

하지만 그도 위험인물을 한시라도 빨리 제거하고 싶었다. 이 모순을 계기로 뭔가 건설적인 생각을 할 순 없을까?

시야 한구석으로 괴로운 표정을 짓는 세키미즈가 보였다. 스와나는 어떨까. 스와나는…….

"저기, 그런데 말이죠."

살며시 손을 들었다.

"네? 뭐죠?"

생각을 방해받은 안도는 당혹스러운 듯 대꾸했다. 유키는 기시감이 들었다. 오늘 아침에도 분명히 이런 식의 대화가 이루어졌다.

"마키 씨는 사살, 니시노 씨는 총살이라고 하면 안 되나요?"

"아."

얼빠진 소리를 흘리고서 안도는 입을 꾹 다물었다.

"그건 좀…… 총살은 처형 방법이란 인상이 강하니까요."

"하지만 그건 약살도 마찬가지잖아요."

안도도, 유키도, 고개를 끄덕일 뿐이었다.

12

"독살毒殺, 구살毆殺, 교살絞殺, 약살藥殺. 사살射殺에 총살銃殺, 그리고 참살斬殺."

라운지로 향하는 길. 어둠 속에서 안도는 그런 말을 꺼냈다.

"또 뭐가 있지?"

실은 유키 역시 조금 전부터 그 생각을 하고 있었다. 그래서 매끄럽게 말을 받았다.

"박살撲殺이라는 것도 있지."

"구살하고 비슷하네. 그리고?"

"자살刺殺, 액살縊殺."

"또?"

"그리고 역살轢殺."

"치어 죽이는 건가. 하핫."

웃어넘겼지만, 유키는 가능성이 아주 없는 것도 아니라고 생각했다. 그 무거워 보이는 가드가 시속 20킬로미터 정도로 달려든다면 죽을 수도 있다.

"열두 가지나 준비하려면 다소 무리했을걸. 아직도 남았지? 장쭤린*은."

"아아, 폭살爆殺이 있군."

"암살暗殺, 주살誅殺, 천중살天中殺. 소살笑殺에 묵살黙殺도 있지."

안도는 유키의 얼굴을 빤히 들여다봤다.

"어휘력이 뛰어난데?"

"고마워."

어휘력에는 조금 자신이 있던 유키는 그만 우쭐해졌다.

✦ 중화민국 군벌. 관동군의 열차 폭발로 암살되었다.

"이게 끝이 아냐. 초살秒殺, 순살瞬殺, 초필살超必殺……"

"잠깐!"

두 사람의 등 뒤에서 험악한 목소리가 들렸다. 세키미즈다.

"그만 좀 해. ……부탁이야. 우울해진단 말야."

맞는 말이다. 두 사람은 입을 다물었다.

다행히, 침묵은 그렇게 고통스럽지 않았다. 각자의 흉기를 공개하고 나니 왠지 사태가 진전된 것 같은 기분이 들었기 때문이다. 내용이 어떻든 진전은 마음을 가볍게 한다.

실상은 겉으로만 그렇게 보였을 뿐이지만.

"없다고? 없다니, 그게 무슨 말이야!"

원형의 라운지 룸. 참가자 아홉 명은 자리에 앉지도 않고 서 있었다. 그 가운데에서 안도가 조금 전과는 달리 거친 목소리로 외쳤다. 그 시선은 오사코의 무뚝뚝한 얼굴에 붙박혀 있었다.

"없으니까 없다고 하지. 이 다섯 명 중에 니시노를 죽인 범인은 없어."

아무리 봐도 석연치 않은 대답이었다. 기분 탓인지 오사코는 시선을 피하는 것 같았다. 관대하게 봐도 당당하게 가슴을 펴고 이야기하고 있지는 않았다. 대답을 들은 안도가 의심에 차 납득하지 못하는 것도 무리는 아니었다.

"난 분명히 말할 수 있어. 이 네 명 중에 권총을 가지고 있던 녀석은 없었어."

"그러니 분명히 말했잖아. 우리 중에도 니시노를 죽인 녀석은 없다고."

안도는 말을 끊고 정면에서 오사코를 응시했다. 그리고 차례로 와카나, 가마세, 후치에게 시선을 주었다. 그들 역시 눈을 내리깔거나 딴청을 피우며 안도와 눈을 맞추려 하지 않았다.

단순히 안도의 서슬에 주눅 든 것처럼 보이기도 했다. 하지만 유키도 그들이 뭔가 좋지 않은 일을 감추고 있는 건 아닌가 하는 의구심을 버릴 수가 없었다. 좋지 않은 일? 이 좁은 공간에서 대체 뭘 숨겨야 하는 거지?

안도는 눈을 가늘게 뜨며 말했다.

"아무래도 이상하군. 오사코, 다시 말해봐. 이렇게. '이 다섯 명 중에 권총을 가진 녀석은 없다'고."

"끈질기군."

"됐으니까 말하기나 해."

"이 다섯 명 중에 니시노를 죽인 범인은 없어."

라운지가 정적에 휩싸였다.

유키는 오사코가 안쓰러웠다. 거짓말 못 하는 성격은 늘 손해만 본다. 안도는 또박또박 힘주어 결정적인 대사를 날렸다.

"그 말인즉슨 권총을 가지고 있던 녀석은 있다는 거군."

"……"

"그 녀석이 니시노를 죽였다는 말은 하지 않겠어. 하지만 우리 중에 권총을 가진 녀석이 없는 이상, 그쪽 다섯 명 중 누군가가 총을 가지고 있지 않으면 앞뒤가 안 맞아. 그렇지?"

"일방적이군."

그렇게 말하며 끼어든 사람은 하코시마였다. 그는 왠지 곤경에 처한 오사코의 모습을 즐기는 것 같았다. 그는 수염 자국 같은 건 찾아볼 수도 없는 매끈한 얼굴에 조소를 지으며 말했다.

"유감스럽게도 그 말은 틀렸어. 우리 다섯 명 중에도 권총을 가진 사람은 없었어."

얄미울 정도로 여유 넘치는 말투였다.

"웃기지……"

"우리 다섯 명 중에 없으니, 내 입장에서는 당연히 그쪽 네 명 중에 권총을 가진 녀석이 있을 거라 봐야 할 것 같은데? 네 말만 듣고 아, 그쪽에는 권총을 가진 녀석이 없구나 하고 곧이곧대로 믿을 수는 없잖아."

안도는 손사래를 쳤다.

"말장난은 그만둬! 서로를 믿는 걸 최소한의 전제로 두 사람 이상에게 보여주기로 한 거잖아."

"세 명이 공범일 수도 있지."

"이봐, 하코시마. 자기가 말해놓고도 어이없지 않아? 그리고 우린 서로의 흉기를 다 함께 확인했다고. 우리 넷이 공범이라고 할 작정이냐? 나도 묻겠는데, 분명히 오사코와 와카나, 가마세, 후치의 흉기를 직접 봤어?"

"하하. 날카로운 질문이군."

하코시마는 기분 나쁘게 웃었다.

"아니, 못 봤어. 왠지 후치 씨가 나한테 보여주고 싶지 않은 것 같아서. 그 정도 눈치는 있거든."

갑자기 거명된 후치는 낭패한 듯 입을 열었다.

"아니, 전 그런 게 아니라……."

"아? 아니었어요? 죄송해요. 내 착각이었나 봐요. 하지만 내가 후치 씨의 흉기를 못 본 건 사실이야."

후치는 웃음을 머금은 채 끊임없이 말을 쏟아내는 하코시마를 말없이 노려볼 뿐이었다. 한편, 안도도 더는 추궁하지 않았다. 하코시마는 후치의 흉기를 보지 못했다는 말로 다른 세 사람의 흉기는 보았음을 강력하게 주장한 것이다.

하지만 그렇다고 해서 믿을 수 있을까. 믿음이 없으면 백 마디 말도 소용없다. 하코시마가 무슨 말을 해도, 유키의 마음속에서는 저 다섯 명 중에 권총을 가진 사람이 있을 거라는 믿음이 자라나고 있었다. 오사코가 미적지근한 태도를 보이는 이유는 그것밖에 없었다.

그렇다면 하코시마는 왜 감싸는 거지? 살인자를 밝혀내는 것보다 권총에 관한 정보를 은폐하는 것이 더 중요하다고 판단한 건가?

아니면, 각자 뭔가 다른 이유가 있어서 그러는 건가.

안도는 슥 몸의 힘을 뺐다.

그제야 긴장감이 감돌던 분위기가 풀어졌다. 그는 입을 열었다.

"……이렇게 서로를 의심하는 상황에서 논의한들 아무 의미도 없지."

하코시마는 어깨를 으쓱했다.

"결과론이지만 '쓸데없는 짓은 안 하는 게 좋다'는 게 정답이었군."

두 사람의 의견이 그렇게 매듭지어졌고, 오사코가 입을 다문 이상, 흉기에 대한 이야기를 더 해도 소용없었다. 결국 흉기 조사로 불신의 씨앗이 더욱 흩뿌려진 셈이었다. 유키는 허무감에 휩싸였다.

순간 시야가 일그러졌다. 정신을 차려보니 무릎이 꺾이고 있었다. 유키는 서 있던 자리에서 크게 헛걸음질했다.

"왜 그래?"

다급한 안도의 목소리에 유키는 손을 흔들어 답했다.

"아, 미안, 괜찮아. 잠깐 현기증이 나서."

"현기증이라니. 정신 차려. 앞으로 갈 길이 멀다고."

무릎을 짚으며 유키는 생각했다. 안도의 말대로 앞으로 갈 길이 멀다. 흉기 조사로 아무 단서도 얻지 못한 이상, 오늘 밤 역시 긴장에 찬 시간이 될 것이다. 그 사실을 깨달은 유키는 전부터 은밀하게 결심했던 것을 실행에 옮기기로 작정했다.

그는 고개를 들고 결의를 담아 말했다.

"안도."

"왜?"

"좀 잘게."

여덟 명의 시선이 유키에게 쏠렸다. 시선을 느끼며 그는 애매한 미소를 지었다.

"계속 긴장의 연속이라 더는 못 버티겠어. 한계야. 밤에 잘 바에야 지금 자겠어."

벽시계를 바라봤다. 4시 조금 전이다.

"밤이 시작되는 10시까지 아직 여섯 시간이나 남았어. 난 잘래."

유키는 확고한 결의를 담아 주장했다. 그는 어젯밤 한숨도 자지 못했다. 그리고 오늘 아침부터는 소동의 연속이다. 어떻게 해서든 휴식을 취할 작정이다.

안도는 한숨을 쉬었다.

"근성 없는 놈."

"중요한 순간에 근성을 발휘해야 하니까 잘래."

"태평하긴. 이런 상황에서 잠이 오냐?"

"근성으로 잘 거야."

"하, 근성 없는 놈이란 말은 취소하지."

안도는 쓰게 웃더니 중얼거렸다.

"그래도 뭐…… 나중에 비틀거리는 것보단 그러는 게 낫겠군. 역시 그렇게 바보는 아니야."

"땡큐."

"알았어, 세 시간쯤 자. 그후엔 내가 잘 테니."

"기다려."

오사코는 입을 열었다.

"단독 행동은……."

"내 방에서 자겠다는 게 아냐."

자겠다고 결심한 순간 의식이 몽롱해지기 시작했다. 어쩐지 혀가 잘 돌아가지 않는다. 말을 잇기도 힘겨워서 유키는 바닥을 가리켰다.

"여기서 잘 거야."

그리고 그대로 의자에 앉아 원탁에 엎드렸다.

"그렇군. 서로가 서로를 감시할 수 있다면 딱히 깨어 있을 필요는 없지. 최소한 세 명 이상 깨어 있으면 나머지는 잠들어도 상관없어."

어딘가 비웃음이 섞인 목소리의 주인은 하코시마였다. 하지만 목소리와 달리 그는 "그럼 나도 눈 좀 붙여야겠군"이라고 하더니 의자를 빼서 털썩 주저앉았다.

이어서 세키미즈가 말했다.

"나도 지금 자둘래."

"유우……."

유키는 눈을 감고 있었지만, 응석 섞인 그 목소리가 와카나라는 걸 알 수 있었다. 오사코는 다정스레 말했다.

"너도 좀 쉬어. 내가 깨어 있을 테니."

유키, 하코시마, 세키미즈, 와카나가 수면을 취하기로 정해졌다. 어쩌면 나중에 몇 명쯤 추가로 잠들고, 그리고 몇 명쯤 일찍 눈을 뜰 테지.

유키는 생각했다. 내가 꺼낸 이야기지만 다들 간이 배 밖으로 나왔군. 살인자가 있을지도 모르는 방에서 잠을 자기로 하다니. 와카나의 경우에는 오사코를 믿고 있으니까 쉴 수 있겠지만. 자, 여기서 몇 사람이나 제대로 눈을 붙일 수 있을까. 그런 심술궂은 생각을 하면서도 그의 의식은 멀어져갔다. 유키는 자신이 있었다. 어디서든 눈만 감으면 잠드는 데는 조금 자신이 있었다.

물론. 그는 생각했다. 물론 한 방에 모두 모여 있는 게 '다음' 사건을 막는 제일 좋은 방법이다. 살인자는 이 안에 있을 것이다. 그러니까 이곳에서 자는 것이다.

의식이 끊어지기 직전 유키는 기도했다.

눈을 떠보니 죽어 있었다. 그런 일은 일어나지 않기를.

13

안도 요시야에게 자비라는 단어는 존재하지 않았다.

그는 기절한 듯 잠들어 있던 유키의 머리를 두드려 깨우더니 멱살을 잡고 들어 올렸다. 유키는 자신이 지금 어디에 있는지 잊고 있었다. 그렇지만 무의식적으로 생명의 위협을 느꼈다.

"일어나. 세 시간 지났어."

배려라고는 느껴지지 않는 낮은 목소리. 주변을 둘러보니 원형의 방 안에서 인디언 인형이 지켜보는 가운데, 원탁에 몇몇 사람이 엎드려 자고 있었다. 불편한 자세로 자서 목과 팔꿈치가 살짝 아팠다. 유키는 떠올렸다. 맞아, 여기는 암귀관이다.

"난폭하긴."

유키는 멱살을 잡은 안도의 손을 뿌리치며 그렇게 말했다.

"평범하게 깨워도 일어난다고."

"평범하게 깨워도 안 일어났다고. 너 일어났으니 난 잔다."

세 시간 동안에 무슨 일이 있었나? 그렇게 생각할 정도로 안도의 눈은 풀어져 있었고 얼굴에도 피곤이 배어 있었다. 그도 한계였나 보다.

유키는 재빨리 의자를 빼는 안도를 향해 물었다.

"나 자는 동안에 무슨 일 있었어?"

"어. 새로 결정된 사항이 하나 있어. 오사코에게 물어보든지. 그럼."

거기까지 말하고 그는 힘이 다한 듯 원탁에 얼굴을 파묻었다. 그리고 곧이어 새근새근 숨소리를 내며 잠들었다.

정신을 차려보니 옆에서 오사코가 웃고 있었다.

"그 녀석, 마지막 삼십 분 동안 계속 '이 녀석이 일어나면 내가 잘 수 있어'란 소리만 하더라고."

"일찍 일어날걸 그랬나."

"저녁 식사가 나왔어. 먹을래?"

유키는 자신의 배에 손을 댔다. 이제는 식욕도 수면욕도 존재하는지 알 수 없었다. 어쩌면 속이 받아들이지 않을지도 모르지만 일단 고개를 끄덕였다.

"그래, 식당에 차려놨어."

주변을 둘러보자, 원탁에서 자고 있는 사람은 하코시마, 가마세, 세키미즈, 와카나, 후치, 그리고 안도였다. 드르렁 코를 고는 사람은 가마세. 말없이 잠든 하코시마의 옆모습에서 남자라고는 생각할 수 없는 색기를 살짝 느낀 유키는 저도 모르게 고개를 돌렸다. 벽시계 바늘은 7시 조금 전을 가리키고 있었다.

라운지에 없던 사람은 스와나뿐이었는데, 식당에서 혼자 차를 마시고 있었다. 유키를 보자 미소를 지었다.

"좋은 아침이에요. 편히 주무셨나요?"

유키는 콧등을 긁으며 말했다.

"잤는지 어쨌는지 구분이 안 갈 정도로요."

"그 말씀은?"

"푹 잤습니다."

"다행이네요."

문득 신경이 쓰인다.

"스와나 씨는 좀 주무셨나요?"

"저요?"

찻잔을 받침 위에 올려놓고,

"전 어젯밤에 쉬었거든요. 그리고……."

스와나의 얼굴에 쓴웃음 같은 표정이 떠오른다.

"다른 분들께 자는 얼굴을 보이는 건 좀."

그녀의 말대로, 남에게 자는 모습을 보이는 건 숙녀로서 거부감이 들 테지. 유키는 그 사실을 미리 알아채지 못한 자신의 둔함이 부끄러웠다. 하지만 와카나나 세키미즈, 후치는 당당하게 자고 있었다. 이 상황에서는 몸가짐에 신경 쓰는 쪽이 더 이상한 것인지도 모른다.

오사코가 의자를 뺐다. 그러고 보니…… 유키는 그를 향해서도 질문을 던졌다.

"그쪽은 좀 잤어?"

오사코는 털썩 의자에 앉더니 목을 돌리며 대답했다.

"하루이틀 밤 새운다고 어떻게 되진 않아."

"믿음직스럽군."

"밤샘은 대학생의 필수 아냐?"

유키는 어깨를 으쓱했다. 유키 역시 평소였다면 하룻밤쯤 못 자도 아무렇지도 않다. 기진맥진했던 건 어디까지나 암귀관이라는 상황 속에서 정신이 너덜너덜해졌기 때문이다. 오사코는 유키와 같은 밤을 보내고서도 다른 사람을 배려했으며, 와카나에게 다정하게 대했고, 클럽에 분노했으면서도, 지금은 태연한 표정이었다. 그 강인함에 유키는 경의를 넘어 어처구니가 없었다.

런치 박스로 배달된 오늘 저녁 식사는 여러 단의 도시락에 든 가이세키 요리였다. 같이 나온 계란찜은 무심코 떨어뜨릴 뻔했을 만큼 뜨거웠다. 아무리 오사코라 해도 도시락을 가지러 갈 때까지 '세 명이서' 행동하라고 하지는 않았다. 하지만 스와나도 오사코도 유

키의 뒤를 쫓듯 부엌에 들어왔기 때문에 결국 그게 그거였다. 유키
는 두 사람을 돌아보며 말했다.

"뭐야. 두 사람 다 아직 안 먹었던 거야?"

"아아. 하코시마와 가마세, 안도만 먼저 먹었어."

어라. 안도와 가마세는 그렇다 쳐도 하코시마는 유키와 같은 시
간에 잠들었는데. 그러면 도중에 깬 건가? 잠이 안 왔나 보군.

결국 셋이서 식사를 시작했다.

칠기 젓가락을 들고, 누군가가 언젠가 중얼거렸던 말을 떠올렸
다. "서양식 건물에 웬 장어?"

하지만 지금 유키는 그 이유를 어렴풋이 알 것 같았다. 계란찜용
으로 나무 수저까지 준비되어 있었다. 바닥 쪽에 있던 은행은 안
먹고 남겼다.

담담하게 젓가락을 움직이는 가운데에서도 희미한 변화를 느꼈
다. 유키는 오늘 점심보다는 저녁 쪽이 더 마음이 편하단 사실을
알아챘다. 망설임 없이 식사를 할 수 있었다. 어쩌면 그건 독을 지
니고 있는 사람이 스와나와 세키미즈라는 것을 분명히 인지하고
있기 때문인지도 모른다. 경계해야 할 상대를 알고 있다는 건, 경계
해야 하는지 아닌지 알 수 없는 상황보다는 훨씬 마음이 편하다.

지금 독살의 스와나는 유키에게서 두 자리 떨어진 자리에서 다
카노 두부*를 집고 있었고, 약살의 세키미즈는 자고 있다. 그러니

까 개연성으로 봐서는 먹어도 괜찮을 것이다.

도시락을 치우고 나자 조용한 시간이 찾아왔다. 자신이 끓인 커피를 마셨다. 안정을 찾은 유키는 이야기를 꺼냈다.

"오사코, 아까 안도가 새로 결정된 사항이 있다고 하던데."

오사코는 현미차를 찻잔 가득히 따르고 있었다. 식히는 것인지 입을 대지 않았다. 유키의 말을 듣고 고개를 들더니 무뚝뚝하게 대꾸했다.

"그래. 하지만 정해진 건 아냐. 사람들이 모두 일어나면 다시 이야기하기로 했어."

라운지와 이어진 문은 완전히 열려 있었다. 유키의 등 뒤라서 보이지는 않았지만, 오사코의 자리에서는 여섯 명이 잠들어 있는 라운지의 모습이 보일 터였다. 스와나는 조금 떨어진 자리에서 가죽 표지의 무거워 보이는 책을 읽고 있었다. 오락실에 있던 책이겠지. 그러고 보니 이틀째 이후로는 오락실에 가지 않았다. 갈 마음도 들지 않았지만······.

흠. 무거운 헛기침 소리가 났다. 오사코는 서툴게 이야기를 꺼냈다.

✣ 두부를 동결, 저온숙성 후 건조시킨 식품.

"그러고 보니 하나 묻고 싶은 게 있어. 기분 나쁘게 듣지는 마."

"뭔데. 밑도 끝도 없이."

오사코는 다시 헛기침을 했다. 말하기 어려운지 유키에게서 살짝 시선을 돌린다.

"아니, 그러니까."

순간, 오사코의 시선이 스와나에게 쏠렸다.

"너하고 스와나 씨, 어떤 사이인가 해서."

드디어 올 것이 왔군. 유키는 그렇게 생각했다. 그리고 동시에 뜻밖이라 생각했다. 언젠가 누군가가 스와나와의 관계를 물을 거란 생각은 했지만 그 사람이 오사코일 줄이야. 유키가 예상한 사람은 하코시마나 후치, 아니면 세키미즈였다.

물론 숨길 일은 아니었다. 빨리 물어보는 게 마음이 편하다. 유키는 사실 그대로 이야기했다.

"별 사이 아냐. 편의점에서 아르바이트 정보지를 보다가 알게 되었을 뿐이야. 정말 응모할 줄은 몰랐어. 여기서 보고 나도 놀랐다고."

"그뿐이야?"

유키는 고개를 끄덕였다.

과연 오사코가 그 말을 믿었는지 유키는 가늠할 수 없었다. 오사코는 다시 스와나를 봤지만, 스와나는 책을 읽느라 그들의 대화를 듣지 못한 것 같았다. 오사코는 짧은 한숨을 내뱉더니 다시 물었다.

"그러면 니시노 씨와는?"

"니시노?"

유키는 앵무새처럼 되물었다.

니시노. 총을 맞고 피투성이가 되어 죽은 그 남자가, 자신과 무슨 관계가 있다는 것인가.

나쁘게 듣지 말라던 오사코의 진의를 깨달았다. 그가 정말 알고 싶었던 건 이쪽이었다.

유키는 고개를 저었다.

"몰라. 여기 올 때까지 본 적도 없는 사람이었어."

오사코의 시선이 유키를 꿰뚫었다. 스와나와의 관계를 물었을 때와는 전혀 다른, 흔들리지 않는 시선이었다.

"정말이야?"

"그래."

"그렇군."

오사코는 천천히 찻잔을 들어 한 모금, 차를 마셨다.

그의 말투는 유창하지는 않았지만 당황해하는 구석은 전혀 없었다. 오사코는 한 마디씩 신중하게 이야기했다.

"보면 알겠지만, 나와 와카나는 사귀는 사이야. 그리고 난 와카나를 제외한 사람들과는 모르는 사이고. 하지만 와카나는 아니라고 하더군. 와카나는 후치 씨를 알고 있었어. 대학 근처에 있는 도시락 가게 사람이라고 하더군. 후치 씨도 그 말을 듣더니 기억해냈고.

하코시마는 안도를 알고 있었어. 안도는 빔 라이플 경기의 도대회 개인전에서 꽤 상위까지 올라갔던 선수라고 했어. 안도는 하코시마를 몰랐고, 하코시마도 빔 라이플을 하지만 안도만큼 실력이 좋지는 않다나. 그런데 안도는 가마세를 알고 있었어. 같은 고등학교였다고 했지만, 가마세는 안도에 대해 몰랐어.

처음에 난 이곳에 온 열두 명이 무작위로 뽑힌 줄만 알았어. 하지만 그게 아냐. 아주 사소한 연결고리가 있는 것 같아."

차례차례로 밝혀진 참가자들 사이의 관계를 듣고 유키는 입이 떡 벌어졌다.

그는 분명히 열두 명 중 아는 사람이 있었다. 하지만 다른 참가자들 사이에 그런 연결고리가 있을 줄은 전혀 몰랐다. 제일 먼저 의심해보았어야 했는지도 모른다. 자기 말고도 숨겨진 연결고리를 가진 사람이 있을 것이라고. 유키는 머리를 긁적였다.

그것이 사실이라면 오사코는 이렇게 말하고 싶은 것이리라.

"누군가 니시노 씨를 죽일 이유를 가지고 있었다는 건가?"

오사코는 무겁게 고개를 끄덕였다.

"그렇게 생각할 수밖에 없잖아. 첫날에 내가 한 말 기억해? 이곳에서 조용히 7일 동안 있으면 큰돈이 손에 들어온다고. 하지만 누군가가 먼저 선을 넘으면 녀석 역시 위험해지지. 실제로 이와이가 마키 씨를 쏜 건, 니시노 씨가 그렇게 됐기 때문이고.

그런데도 니시노 씨는 살해당했어. 난 아무래도 니시노 씨를 아는 사람이 이 안에 있는 게 아닐까 하는 생각이 들어. 이곳에 와서부터가 아니라 전부터 니시노 씨를 노리고 있었던 게 아닐까.

유키. 넌 어때? 눈앞에 나타난 보너스에 혹해서 초면이나 다름없는 사람에게 총을 쏠 수 있을 것 같아?"

유키는 알 수 없었다.

그는 지금까지 보너스의 존재를 잊고 있었다. 애당초 유키의 목적은 차를 사는 것이다. 사치만 부리지 않는다면, 20만 엔 정도면 충분했기 때문이다.

만일 그랬다면 보너스를 위해 처음 본 니시노를 죽일 수 있을까? 유키는 단언할 수 없었다.

하지만 입을 다물고 있을 수만은 없었다. 유키는 희미한 어둠 너머로 보이는 오사코의 얼굴을 바라보며 말했다.

"모르겠어. 난 차가 가지고 싶을 뿐이었어. 큰돈이 들어오면 그만큼 좋은 차를 살 수 있겠지. 하지만 7일 동안 여기 머무는 것만으로도 2천만을 받는다면, 7일 동안 잠이라도 자는 편이 나을 거라고 생각해. 그렇게 말하는 넌 어떤데? 여기 왜 왔어?"

"난……."

오사코는 팔짱을 끼더니 진지하게 유키의 물음에 답했다.

"난 대학을 졸업하면 와카나와 결혼할 거야. 그래서 돈이 필요했지. 하지만 아직 이 년 뒤 일이야. 지금 당장 절실하게 큰돈이 필요한 건 아니었어.

너도 그렇지? 아르바이트 정보지를 보고 왔다고 했지. 나랑 와카나도 마찬가지야. 하지만 정말 돈이 필요한 녀석이 그런 말도 안 되는 구인 광고에 걸려들까?"

오사코의 말이 맞다. 정말 돈이 필요한 사람이 '시급 11만 2천엔'이란 말도 안 되는 광고에 걸려들까. 그런 이야기를 덥석 무는 건, 꽤 공들인 장난이라고 생각하면서도, 본인 역시 장난으로 응모하는 사람이 아닐까. ……나처럼. 하지만 장난으로 니시노는 죽일 수 없다.

아마 그는 은연중에 이렇게 말하고 있는 것이다. 오히려 무언가 다른 이유로 살의를 가진 사람을 불러들인 것이 아닐까?

그럴지도 모른다. 암귀관에 들어온 시점에서 누구에게도 살의를 가지고 있지 않았다고 분명히 단언할 수 있는 사람은 자기 자신뿐이었다. 그런 유키조차 오사코에게 숨기는 사실이 있었다. 그가 알고 있던 것은 스와나만이 아니었다.

"무슨 이야기를 하고 계시는 거죠?"

갑자기 뒤에서 목소리가 들렸다. 온화하지만 피곤이 배어 있는 목소리. 뒤돌아보자, 후치가 막 식당 안으로 들어오고 있었다. 그 뒤를 따라 세키미즈가 식당 안으로 들어왔다.

오사코는 목소리를 낮췄다.

"아, 죄송합니다. 깨셨군요."

"신경 쓰지 마세요. 애초에 잠이 안 와서요."

후치는 예의상 웃어 보였다.

"저녁 준비가 되어 있는데, 어떻게 하실래요?"

"전…… 나중에 먹을게요."

"네. 무리하게 권하진 않겠습니다만, 조금이라도 드시는 편이 좋아요."

세키미즈는 대화를 나누는 오사코와 후치를 곁눈질로 보며 부엌으로 들어갔다. 그녀는 말없이 자신의 도시락과 계란찜을 들고 와, 의자에 앉아 아무 말 없이 먹기 시작했다. 마치 의무를 다하려는 듯이.

후치는 오사코 근처에 자리를 잡았다.

"어째서 여기에 왔느냐고요?"

"네. 전 결혼 자금을 벌 생각으로, 유키는 차가 필요했던 모양이에요. 애당초 전 별로 진지하게 생각하지 않았지만요."

"와카나 씨가 응모한 건가요?"

"네, 뭐…… 그런 거죠. 정말 이 시급을 주는 일이면 횡재한 거라고 난리를 치길래."

오사코는 쓴웃음을 지었다. 후치는 작게 두세 번 고개를 끄덕였다.

"그렇죠. 분명히 진지하게 생각하기에는 어처구니없는 이야기였어요."

후치는 그렇게 웃으며 자신의 손 쪽으로 시선을 떨구었다.

"하지만 전 그런 의미에서는 꽤 진지했는지도 몰라요."

묵묵히 젓가락을 움직이던 세키미즈의 손이 멈춘다. 후치는 왠지 모르게 자조적으로 운을 뗐다.

"와카나 씨는 알고 계셨던 것 같지만, 전 도시락 가게를 하고 있어요. 작은 가게지만 학생들 덕에 어떻게든 운영할 수 있었죠.

하지만 최근에 남편이 사고를 내서 사람을 다치게 한데다 자기도 입원해버려서…… 가게를 계속할 수가 없었어요. 입원비는 늘어가고, 월말에 나갈 돈도 있어서, 막노동이라도 해서 돈을 벌어야겠다고 생각하던 참에……. 설마 정말로 그 시급을 줄 거라고는 생각 안 했지만, 이런 말도 안 되는 일에 말려들다니. 정말 마음이 급해서 눈에 뵈는 게 없었나 봐요."

딱한 사정이 있었군. 동정심이 들지 않는 건 아니었지만 유키는 그 이상으로 뭔가 실망했다.

애당초 구인 단계부터 정상은 아니었고, 끌려온 암귀관이 이렇게 정신 나간 곳인데, 참가 동기가 생활고라는 것은 아무리 생각해도 불순했다. 예컨대 꿈과 희망의 디즈니랜드에서 물건의 원가를 묻는 것 같은 느낌이랄까. 마음이 급했다고 하지만, 그보다는 오히려 이상하게 느껴졌다. 분명 후치는 그다지 똑똑해 보이지는 않지만……

오사코는 후치를 배려하듯 물었다.

"그거 큰일이군요. 월말까지 얼마나 필요하신데요?"

"20만 엔 정도요."

암귀관의 두 시간 시급으로 충분히 벌 수 있는 돈이잖아.

그렇게 생각하긴 했지만, 생각해보면 20만 엔은 학생인 유키 리쿠히코의 반년 치 식비에 해당했으며, 그 정도 돈이 있으면 차를 살 수 있다. 아무래도 금전 감각이 이상해졌나 보다. 치매인가? 제 머리를 툭툭 치는 유키를 무시하고, 후치는 말을 이었다.

"하지만 확실히 이상하긴 해요. 스와나 씨만 해도 그렇죠. 행동거지도 우아하고, 입고 계신 옷도 저렴한 물건은 아니죠. 돈이 궁하신 분 같지는 않은데 왜 이런 곳에 오신 거죠?"

말투는 부드럽지만 가시 돋친 질문이었다. 하지만 유키는 별세계 사람 같은 스와나의 고아한 말투보다 후치의 비아냥거리는 말투 쪽이 친숙했다. 독서에 몰두하고 있던 스와나는 지금까지 이야기를 듣고 있던 것인지조차 알 수 없었지만, 자기 이름이 나오자 고개를 들었다.

"네? 무슨 말씀이시죠?"

"그러니까 왜 스와나 씨 같은 분이 이런 곳에 오셨는지 모르겠다는 말이에요."

후치의 물음에 스와나는 눈을 깜빡거리더니 생긋 미소 지었다.

"가정 형편에 대해 이야기하는 건 부끄러운 짓이죠."

그 말을 들은 후치는 발끈했다. 가정 형편을 털어놓자마자 이런 말을 들었으니 화내는 것도 당연하다. 눈에는 눈 이에는 이라고 비아냥거림에 비아냥거림으로 응수한 셈이었지만, 스와나는 후치의 분노에는 아랑곳하지 않고 시선을 돌려 유키를 보았다.

"하지만…… 유키 씨에게는 말씀드린 바 있으니 남 말 할 처지는 아니죠. 부끄럽지만."

그녀는 들고 있던 가죽 표지의 책에서 오른손을 떼더니 하얀 집게손가락을 꼿꼿이 세워 허공을 가리켰다. 그리고 희미한 조명 속에서도 알 수 있을 정도로 뺨을 붉히며 가냘픈 목소리로 말했다.

"빚이 있어서요. 이만큼?"

"네에……."

독기가 빠진 듯, 후치는 한숨 섞인 대답을 뱉어냈다. 오사코가 자신을 향해 눈짓하는 게 보였지만 사정을 모르는 유키는 어깨를 으쓱해 보이는 게 고작이었다. 대체 그 손가락 하나가 얼마를 말하는 건데?

이어서 세키미즈가 입을 열었다. 폭신폭신한 계란말이를 입안에 쏙 넣고 단번에 삼키더니 젓가락을 든 손의 집게손가락을 세우며 말했다.

"우연의 일치네. 나도 이만큼 빚이 있어."

"그렇군요. 서로 고생이 많네요."

"고생이 많지."

세키미즈는 그렇게 대답하더니 손가락을 빤히 바라보며 말했다.

"한 장이라……."

그렇게 중얼거리더니 세키미즈는 계란찜에 젓가락을 넣어 은행을 골라냈다. 유키는 처음으로 그녀에게 공감했다.

14

유키가 세 시간 동안 잘 수 있게 해준 사람은 안도였지만, 막상 그 자신은 세 시간 동안 자지 못했다. 세 시간에서 십오 분 정도 모자랐다. 밤이 다가오기 직전, 9시 45분에 울려 퍼진 벽시계의 종소리가 잠들어 있던 사람들을 모두 깨웠다. 하코시마는 기지개를 펴며 말했다.

"자다 깨다 하긴 했지만 대충 휴식은 취했어. 오사코, 혼자만 쉬어서 미안해."

가마세는 점심에 먹은 메밀국수 이외에는 아무것도 들어 있지 않은 배를 잡고 불만스러운 표정을 지었다. 지금 와서 음식을 먹기에는 시간이 부족했다.

아홉 명이 모두 모인 라운지. 오사코는 모든 참가자가 눈을 뜬 걸 확인하듯 라운지를 노려보며 천천히 말문을 열었다.

"지금부터 밤이야. 그전에 하나 제안하고 싶은 게 있어. 교대로 순찰을 도는 게 어때?"

지극히 자연스러운 발상에서 나온 제안이었지만 라운지에 모인 사람들 사이에 당혹감에 찬 기류가 흘렀다. 그게 가능하다면 지금까지 이렇게 고생하지 않았을 것이다. 모두 이제 와서 무슨 말이냐며 당혹스러워하는 눈치였다.

말을 꺼내는 역할은 오사코에게 맡겨두고, 구체적인 내용을 이야기한 사람은 역시 하코시마였다. 그는 정중하게 자리에서 일어나 말했다.

"애초에 우리는 왜 밤새 방에 틀어박혀 있어야만 할까. 딱히 룰북에 그래야 한다고 명시되어 있어서가 아니야. 아니, 방에서 나오면 안 된다고 적혀 있긴 하지만, 문제는 밤에 돌아다니다 가드에게 들키면 경고를 받는다는 거지.

반대로 생각하면 가드에게 들키지만 않으면 밤 동안에도 돌아다닐 수 있다는 뜻이지. 룰 북에는 이렇게 적혀 있었어…… 밤에 가드는 정해진 루트를 따라 개인실을 제외한 각 방을 순찰한다. 어젯밤에 딱히 할 일도 없어서 문을 열고 가드의 순찰 주기를 재어봤어. 가드가 내 방 앞을 지나갔다가 다시 나타날 때까지 걸린 시간은 십 분. 역시 기계는 정확해. 오차는 채 삼십 초도 안 됐어."

유키는 하코시마가 방문을 열고 밤을 보냈다는 사실에 놀랐다. 그날 밤, 죽은 니시노의 모습이 뇌리에서 사라진 것도 아닐 텐데, 아무리 잠기지 않는다고 해도 문을 열고 있을 줄이야. 자신은 정말 미세한 틈새에까지 신경이 곤두서 있었고, 문손잡이가 조금이라도 움직이지 않았는지 전전긍긍하고 있었는데.

지독한 강심장이다. 유키는 기가 막힐 뿐이었다.

그 말인즉슨, 하코시마는 유창하게 말을 이었다.

"조심해서 이동하면 가드에게 들키지 않도록 밤에 순찰을 도는 것도 충분히 가능해. 순찰 간격에 맞추면 가드가 지나간 오 분 뒤에 우리가 지나가고, 오 분 뒤에 또다시 가드가 지나는 식이지. 가드가 순찰을 도는 게 우리가 지나가고 오 분 뒤라면 어느 정도는 안심할 수 있지.

게다가 가드와 달리 우리는 순찰 간격을 자유자재로 바꿀 수 있어. 사실상 회랑은 언제나 누군가에게 감시당하는 상태에 놓이게 되지."

말을 마친 그는 자신감에 찬 눈빛으로 참가자 전원을 둘러봤다. 유키는 알 수 있었다. 그의 마지막 한마디는 제안을 위해 꺼낸 말이 아니었다. 이 제안이 받아들여지면 우리 중의 누군가는 살인을 실행에 옮기는 게 어려워진다고 말하고 싶은 것이다. 즉, 있을지도 모를 살의를 견제하려는 것이다.

유키는 말할 것도 없이 찬성이었다. 밤에는 순찰을 돌고 낮에는 라운지에서 모두 함께 모인다. 그리고 실험이 종료될 때까지 아무 일도 일어나지 않는다면 그보다 더 좋은 일이 없다. 그것이야말로 악취미로 점철된 클럽과 호스트를 최대한 괴롭힐 수 있는 방법이리라.

아무도 반대하지 않았다. 그렇다면, 남은 문제는 실행에 옮기는 것뿐이다.

하코시마는 살짝 고개를 끄덕이더니 운을 뗐다.

"밤은 여덟 시간. 3인 1조로 두 시간 사십 분마다 교대하는 것이 좋겠지."

아마 그것이 제일 타당한 방법일 것이다. 하지만 문제가 있다. 오늘 오후, 서로 자신의 흉기를 밝힐 때에도 3인 1조로 나눌 수 있을 것이라고 생각했다. 하지만 실제로는 불신감으로 인해 네 명과 다섯 명으로 나뉘어버렸다. 참가자 아홉 명을 모두가 납득할 수 있게 셋으로 나눌 수 있을까.

낮은 목소리로 말을 이은 사람은 오사코였다.

"첫 번째 조는 나, 와카나, 후치 씨.

두 번째 조는 하코시마, 가마세, 세키미즈.

세 번째 조는 안도, 유키, 스와나. 이렇게 나누는 게 어때?"

아홉 명 사이에 시선이 교차했다.

세 조로 나눌 경우, 각각의 팀 리더는 오사코, 하코시마, 안도, 이렇게 세 사람이다. 현재 암귀관에서 주도권을 가지고 있는 사람이 누구인지 생각한다면 지극히 자연스러운 흐름이리라. 그리고 와카나는 오사코로부터 떨어지려 하지 않을 것이고, 후치가 하코시마를 꺼려한다는 게 사실이라면 서로 다른 팀에 넣는 것이 좋겠지. 안도와 유키가 자주 함께 행동하고 있는 것은 사실이며, 스와나와 유키는 서로 아는 사이다.

그렇다면 분명히 이 조합이 제일 좋을 것이다. 바로 말을 꺼낸 걸 보면, 오사코는 다른 사람들이 차례로 자고 있는 동안, 여러 가지로 생각을 다듬었던 것이리라.

문제는 두 개.

하나는 가마세도 오사코와 떨어지기 싫어한다는 점이다. 실제로 가마세는 금방이라도 울음을 터뜨릴 것 같은 표정이었다. 말하고 싶은 게 있는 듯 위를 올려다보는 그의 모습에서 유키는 버려진 강아지를 떠올렸다. 버려진 강아지와 다른 점은 가마세에게는 항의할 수 있는 능력이 있다는 것이지만.

"난…… 두 번째 조야?"

오사코는 고개를 한 번 끄덕임으로써 그 유약한 의문을 잠재웠다. 유키는 사사건건 저한테 시비를 거는 가마세가 당연히 곱게 보이지 않았다. 하지만 그의 두려움은 당연하다고 생각했고 그걸 겁쟁이라고 비난할 생각도 없었다. 의지하던 사람과 다른 그룹에 들어가면 불안한 것도 당연하지. 약간의 동정심도 들었다.

하지만 나서서 해결해줄 생각은 없었다. 가마세는 고개를 숙이더니 더는 아무 말도 하지 않았다.

두 번째 문제는 후치와 마찬가지로 세키미즈 역시 하코시마를 꺼려한다는 점이다. 하코시마에게 흉기를 보여주는 걸 거부하고 유키 일행에게 왔을 정도다. 애초에 경계심도 강한 것 같고, 어쩌면 후치보다 세키미즈를 첫 번째 조에 넣는 게 좋을지도 모른다.

그런 생각을 하며 유키는 세키미즈의 표정을 훔쳐봤지만 그녀의 얼굴에는 거의 표정이 드러나지 않아서 아무것도 읽어낼 수 없었다. 조 편성을 환영하는 것 같지는 않았지만, 그렇다고 딱히 싫어하는 것 같지도 않다. 아니면 단순히 지쳐서 머리가 돌아가지 않는 것일까.

"저는 오전 3시 20분에 일어나면 되는 건가요?"

스와나는 그렇게 말했다. 사실 확인을 위해 말했을 뿐 딱히 불만이 있는 것 같지는 않았다.

스와나가 속한 3조는 오전 3시 20분부터 6시까지 순찰을 담당하게 된다. 그것은 즉, 유키도 그녀와 마찬가지로 3시 20분부터 6시까지 순찰을 돌게 된다는 것을 의미한다.

못 자겠군. 만일 잠들면 일어날 수 있을까? 유키는 갑자기 불안해졌지만, 뭐, 그때는 누가 깨워주겠지.

"문제가 있다면 지금 말해줘."

오사코는 쐐기를 박듯 말했다. 침묵이 대답을 대신했다. 유키는 안도가 뭐라 하지 않는지 살폈지만 그는 눈을 게슴츠레 뜬 채 꿈쩍도 하지 않았다. 조금 전 유키가 자는 동안 하고 싶은 말은 다 한 것이리라.

"좋아. 그럼 와카나와 후치 씨는 이대로 남아주세요."

그렇게 말하는 오사코를 향해 하코시마가 가볍게 말을 건넨다.

"또 이런 말 하긴 미안하지만, 오사코, 내가 자고 있으면 깨워줘."

"그래. 알았어."

"조심하고."

"그래."

오사코와 하코시마는 서로 주먹을 가볍게 부딪쳤다.

15

밤.

문을 열면 가드와 오사코 일행이 간격을 두고 회랑을 순찰하고 있을 것이다.

6호실. 정적 속에서 유키는 홀로 긴 하루를 반추했다.

마키의 죽음으로 시작된 하루. 그러고 보니 이와이는 그로부터 어떻게 됐을까.

순찰은 무사히 진행되고 있는 걸까.

니시노를 죽인 것은 누구일까.

그리고 유키는 어쩌면 난 살인자가 누구인지 아는 게 아닐까, 하고 생각했다.

Day 5

1

밤은 길고 두려웠지만, 유키는 잠시 눈을 붙일 수 있었다.

암귀관에 익숙해져서 그런 걸까, 아니면 다른 사람들이 순찰을 돌고 있어서 마음이 놓였기 때문일까. 실제로 잠기지 않는 문을 누군가 두드렸을 때 그는 분명히 잠들어 있었다. 그래도 노크 한 번으로 잠에서 깨서 재빨리 부지깽이를 집어 들었으니, 완전히 마음을 놓고 있지는 않았다는 것일까.

노크 소리만 나고 문은 열리지 않았다. 유키는 침을 삼키며 낮은 소리로 대답했다.

"네."

하지만 역시 대답은 없었다. 부지깽이를 고쳐 든다.

문에 방음 처리가 되어 있다는 것을 떠올릴 때까지는 다소 시간이 필요했다.

방음 처리가 되어 있어도 노크 소리는 안에까지 들리게 되어 있군. 그는 감탄하며 문을 열었다. 낮에 보았을 때보다 생기가 사라져 핼쑥해진 낮의 안도가 서 있었다. 그는 짤막하게 말했다.

"가자."

"그래."

대답하고 나서 유키는 자신의 손에 들린 물건을 보았다. 안도에게 슬쩍 부지깽이를 보여주며 물었다.

"가져가는 게 좋을까?"

안도는 고개를 갸웃거렸다.

판단하기 쉽지 않은 일이었다. 맨손이라면 무용담으로 끝날 일이라도, 흉기가 손에 들린 상태에서는 자칫 유혈 사태가 벌어지고 만다. 흔한 이야기다. 평화롭게 일을 진행하고 싶다면 이런 건 가져가지 않는 편이 좋다.

하지만 순찰을 도는 중에 만일 수상한 짓을 하려는 녀석이 있다면. 그 녀석이 만일 참살용 도끼라도 들고 있다면. 안도가 흉기를 가져왔다 해도 끝이다. 스와나는 독. 막대기 하나 정도는 있는 편이 든든하지 않을까.

하지만 안도는 고개를 저었다.

"아니, 필요 없을걸."

어째서? 유키는 그렇게 생각했지만, 서서히 열리는 문에 몸을 반쯤 감춘 안도를 보고 그 이유를 짐작했다. 부지깽이를 들고 있으면 안심된다는 건 유키의 논리다. 안도 입장에서는 앞으로 두 시간 동안 흉기를 가진 유키와 함께 행동하는 것이 꺼림칙할 것이다. 유키는 안도를 진심으로 믿지 않았다. 그 반대의 경우도 성립한다는 건가.

두 사람은 회랑으로 나갔다.

"소리를 잘 들어."

안도는 그렇게 말했다. 가드는 모터 소리를 내기 때문에, 펠트가 깔린 바닥이라 해도 귀를 기울이고 있으면 못 들을 것도 없었다. 유키는 고개를 끄덕인 다음 이렇게 덧붙였다.

"그리고 빛도."

"빛?"

"가드는 헤드라이트를 비추고 있어."

빛과 소리에 충분히 주의를 기울이면 구부러진 이 회랑에서 서로 마주칠 일은 없을 것이다.

목표는 옆방, 7호실. 문 앞에 선 안도는 무기력하게 손목을 움직여 방문을 노크했다. 대답은 없었다. 그는 유키를 돌아보며 힘없이 웃었다.

"너도 그렇고 스와나 씨도 그렇고, 대답이라도 해야 되는 거 아냐?"

"해도 안 들려. 눈치 못 챘어? 방음 처리가 되어 있다고."

"그랬지."

이 분 정도 지났을까. 안도는 안절부절못하기 시작했고, 유키 역시 시간이 신경 쓰이기 시작했다. 하코시마의 말을 믿는다면 가드의 순찰 간격은 십 분. 기다려줄 수 있는 시간은 그다지 없다. 안도는 다시 한번 세게 노크했다.

그러자 손잡이가 돌아가며 문이 열렸다. 두 사람은 동시에 안도의 한숨을 내쉬었다. 안에서 나타난 스와나는 두 사람의 얼굴을 보며 속삭였다.

"좋은 아침이에요."

세 사람 중에서는 유키가 제일 긴장하는 것 같았다.

안도는 나른한지 움직임이 빠릿빠릿하지 않았다. 스와나는 걷고는 있었지만 당장이라도 잠들어버릴 것 같았다. 본인은 똑바로 서 있으려 하는 것 같았지만 머리가 전후좌우로 흔들리고 있다. 걸음도 위태위태했다. 편의점 잡지 코너 앞에서 만난 뒤로 유키는 절도와 품격을 지키는 스와나의 모습밖에 본 적이 없다. 눈이 마주치면 온화한 미소를 지어 보이는 건 과연 대단했지만, 몸에 밴 습관에 몸이 따라오지 못하는 것 같았다.

스와나는 갑자기 비틀거리더니 팔로 회랑 벽을 쳤다. 정적에 익숙한 귀가 쿵 하는 소리에 놀랐다. 유키는 저도 모르게 스와나에게 달려갔다.

"괘, 괜찮아요?"

눈은 어딘지 모르게 공허했지만 스와나는 또렷하게 대답했다.

"네. 죄송합니다. 제가 일찍 일어나는 편이긴 하지만, 이렇게 일찍 일어난 것은 처음인지라."

스와나는 가볍게 한숨을 쉬며 말을 이었다.

"돈을 번다는 건 정말 힘든 일이군요."

이 암귀관에서 처음으로 스와나를 괴롭힌 건 일찍 일어나는 일이었다.

유키는 안도를 향해 말했다.

"부엌에서 커피 한잔 마시지 않을래? 모두 정신이 확 들지도 모르잖아."

"아, 전 홍차요."

안도는 스와나의 말을 가볍게 무시했다.

"어려울걸. 부엌은 식당을 통해서밖에 들어갈 수 없고, 식당으로 들어가려면 라운지에 들어가는 수밖에 없어. 가드가 오면 도망칠 곳이 없다고."

"십 분 여유가 있잖아. 물은 포트에 있고."

"차를 끓일 시간은 있지만 마실 시간이 없어."

확실히 그렇긴 하다. 유키는 단념할 수밖에 없었다. 자신은 커피 잔을 한 손에 들고 걸으며 마셔도 상관없지만, 스와나는 그렇게까지 하지는 않을 것이다. 그리고 생명의 위협을 무릅쓰면서까지 새벽 4시의 모닝커피를 마시고 싶은 것은 아니었다.

구부러진 회랑을 아무 말 없이 걷는 동안 안도와 스와나는 조금씩 잠이 깬 모양이었다. 세 바퀴를 돌고 나서 네 바퀴째로 진입했다. 그쯤 되자 조금도 달라지지 않는 순찰이 질리기 시작했다.

얼마나 시간이 지났을까. 6시가 되려면 아직 멀었다. 그렇게 의식을 다른 곳으로 돌리고 있던 유키의 시야를 빛이 휙 가로질렀다.

"우왓."

무심결에 소리가 나왔다. 안도 역시 굳은 얼굴로 뒤로 물러났다. 스와나는 당황하지 않은 것 같았지만 그녀 또한 걸음을 멈췄다.

빛은 이쪽을 향해 오는 것은 아니었다. 귀를 기울이자 희미한 모터 소리가 들렸다. 잘 모르겠지만 적어도 가까이 오는 것은 아닌가 보다.

몇십 초 동안 유키와 안도는 그대로 굳어 있었다. 겨우 안전하다는 것을 확인하고, 누가 먼저랄 것도 없이 한숨을 크게 내뱉었다.

작은 소리로 먼저 말을 꺼낸 것은 유키였다.

"따라잡은 건가?"

안도 역시 작은 소리로 대답했다.

"아마도."

"우리 속도가 너무 빨랐나?"

"아니…… 그런 문제가 아냐."

그리고 안도는 어둠에 휩싸인 회랑 건너편을 바라봤다.

"분명히 이 앞에는……."

걸음을 옮기는 안도를 유키와 스와나도 따라갔다. 이윽고 모습을 드러낸 것은 새카만 문이었다. 문에는 'Mortuary'라고 씌어 있었다. 영안실이다.

안도는 손가락을 뻗어 손톱으로 가볍게 문을 두드렸다.

"우리는 방 안에까지 들어가지는 않았어. 라운지에도. 하지만 녀석은 들어갈 수 있는 방은 모두 들어갔어. 아마 지금은 다음 방인 오락실 안에 있을 거야. 단순히 걷기만 하는 우리가 이대로 그냥 앞으로 나아가다간, 녀석을 따라잡게 되지."

"그럼……."

스와나는 고개를 갸웃거렸다.

"저희도 방에 들어갈까요?"

세 사람의 시선이 'Mortuary'란 글자를 향했다.

지금 이 문 너머에는 두 사람이 잠들어 있다. 니시노와 마키.

기분 탓인지 피 냄새가 유키의 코를 찌르는 것 같았다.

"천천히 걸으면 괜찮겠죠."

그렇게 결론짓는 안도의 말을 듣고 유키는 내심 가슴을 쓸어내렸다.

"방에 들어가는 거 말인데."

다섯 바퀴째. 유키는 별안간 말을 꺼냈다.

"만전을 기하려면 개인실은 들여다보는 게 좋지 않을까? 모두 방에 있는지 확인할 수 있잖아."

"그렇긴 하지."

안도는 턱을 문지르며 말했다.

"거기까지 하면 완벽하겠군. 하지만 앞선 두 조는 그렇게 안 했어. 적어도 내 방은 아무도 들여다보지 않았다고."

"우리라도 그러는 게 어때?"

안도는 입을 다물었다. 가드와 거리가 벌어져 있는 듯 회랑은 완전한 침묵에 감싸여 있었다. 귀가 아플 정도의 정적이 수십 초간 이어졌다. 안도는 천천히 고개를 저었다.

"문제가 두 개 있어. 첫째, 개중에는 신경이 곤두서 있는 녀석도 있을 거야. 괜히 들여다봤다간 긁어 부스럼 만드는 꼴이라고. 둘째로, 문에서 들여다봐도 보이는 건 거실뿐이야. 만일 모습이 보이지 않는다고 해도 침실이나 욕실까지 찾으러 가도 될까."

"사전에 서로 신호를 정해놓을걸 그랬군. 순찰조는 개인실 앞을 지날 때마다 문을 노크한다. 무사하다면 노크로 대꾸하는 식으로."

유키는 진지하게 이야기했지만 안도는 웃어넘겼다.

"그 녀석이 침실에서 자거나 욕실에 들어가 있으면 마찬가지 아냐."

"아, 그렇군."

"하지만……."

안도는 고개를 갸웃거렸다.

"개인실에 있는지 확인하는 방법은 뭔가 하나 만들어두는 편이 좋을지도 몰라. 밤이 지나면 다른 사람들과 상의해봐야겠군."

유키는 비록 자신이 꺼낸 이야기이긴 하지만 그것이 정말 쓸모가 있는지 의심했다. 만일 순찰을 도는 동안 누군가가 방에 없다는 것을 알았다 해도…… 어찌할 도리가 없다. 모두를 깨워 사라진 녀석을 찾아야 하나? 찾아내면 무언가 좋은 일이라도 있나?

밤새 개인실에서 참가자가 모습을 감춘다. 그것은 무엇을 의미할까. 살해하기 위해서이거나 살해당했기 때문이겠지. 그렇다면 만일 방에 없다는 것을 확인하더라도 그 시점에서 때는 이미 늦은 것이 아닐까.

입 밖으로는 내지 않았다. 그렇지 않아도 불안한 상황에서 그런 이야기는 하고 싶지 않았다.

벌써 몇 번이나 이 앞을 지나쳤는지 모른다. 그때마다 유키는 신경이 쓰였다. 기분 탓인지, 안도 역시 걷는 속도를 늦추는 것 같았다. 속도를 늦추지 않은 스와나 혼자 두 사람을 지나쳐 갔다.

스와나가 뒤를 돌아보며 물었다.

"무슨 일이죠?"

안도는 엄지손가락으로 지금 막 지나치려던 문을 가리켰다.

"스와나 씨는 신경 쓰이지 않나요?"

그가 가리키는 곳은 Prison. 조금도 표정을 바꾸지 않은 채, 스와나는 대답했다.

"이와이 말인가요. 그 사람 일은 이미 끝난 거 아닌가요⋯⋯."

"그야 그렇지만."

안도가 슬쩍 시선을 보냈다. 유키는 그 눈빛에서 자신과 마찬가지로 불안을 읽어낸 것 같았다. 스와나의 말대로 이와이 일은 이미 끝났다. 마키가 니시노를 죽였다고 착각하고, 석궁으로 마키를 죽이고 방에 틀어박혔다가 가드에게 끌려나와 감옥으로 보내졌다. 그는 암귀관에서 배제되었다.

하지만 유키는 그렇게 딱 잘라 생각할 수는 없었다.

이와이는 이 안에서 어떤 대접을 받고 있을까. 단순히 갇혀 있는 것뿐일까. 아니면 뭔가 처벌을, 어쩌면 고문을 받고 있는 건 아닐까.

애초에 그는 아직 살아 있을까?

반대의 발상도 할 수 있다. 이 감옥의 설비는 믿을 수 있는 걸까. 손쉽게 구할 수 있는 작은 도구 하나로 쉽게 열리는 빈약한 잠금장치를 사용하고 있는 건 아닐까. 혹은 문이 잠겨 있지 않을 가능성도……. 살인이 발각된 자는 감옥에 들어가게 된다. 그런 규정이 있었던 것 같긴 하다. 하지만 감옥에 들어간 사람이 나오지 못한다는 보장은 없었다.

암귀관에서 유일하게 사람을 죽인 것이 확실시되는 남자, 이와이. 그의 동향이 신경 쓰이는 것도 당연했다.

두 사람이 계속 느리게 움직이자 스와나는 문을 바라보며 말했다.

"문제없죠?"

그 눈매를 본 유키는 자신도 모르게 오싹해졌다. 서 있는 자태는 평소와 다름없이 아름다웠지만, 감옥을, 혹은 그 안에 있는 이와이를 보는 눈빛은 오만하고 차가웠다. 스와나는 힐끔 한번 눈길을 주었을 뿐, 곧바로 시선을 돌렸다. 유키는 그 순간에 '경멸하는 데에 익숙한'이라고 표현해도 좋을 스와나의 일면을 살짝 엿본 것 같은 기분이 들었다.

그녀는 다시 두 사람을 바라보며 미소 지었다.

"만일 두 분이 그렇게 신경 쓰이신다면……."

안도와 유키는 이구동성으로 말했다.

"아니, 그다지."

"이제 됐습니다."

두 시간 사십 분 동안 어두운 회랑을 그저 빙글빙글 계속 돌기만 했다.

지루했는지도 모른다. 자극이라고 해봤자 때때로 타이밍이 어긋나 앞뒤로 나타나는 가드의 빛 정도였다.

하지만 이 두 시간 사십 분 동안은 확실히 마음이 편했다. 이제부터 낮이 시작된다. 정해진 7일이 끝날 때까지 오늘을 포함해 사흘 남았다. 앞으로도 갈 길이 멀지도 모르지만, 어제 오후처럼 참가자 아홉 명이 라운지에 모여 있으면 더는 아무 일도 일어나지 않겠지.

손목시계는 곧 6시를 가리키려 하고 있었다. 밤의 끝이 온다.

무사히 순찰이 끝났다. 풀어진 마음이 호기심을 자극해 공포심을 이긴 것이리라. 끝에서 걷던 유키는 별생각 없이 문 하나를 열어보기로 결심했다. 조금 전에는 열지 못했던 방. Mortuary.

하얀빛이 눈을 찌른다. 극한까지 조명을 어둡게 한 회랑에서 영
안실의 문을 열 때면 흘러넘치는 빛으로 매번 눈이 따가웠다.

하지만 유키의 오감은 넘쳐흐르는 빛과는 별개로, 또 다른 자극
을 느끼고 있었다.

냄새.

쇠 냄새 같기도 하고 비린내 같기도 한 이 냄새. 똑똑히 기억에
남아 있다.

"뭐 하는 거야, 유키."

유키가 문을 연 걸 눈치챈 안도가 다시 돌아왔다. 영안실에서
쏟아지는 눈부신 빛에 얼굴을 찌푸리며.

그는 중얼거렸다.

"이봐."

유키는 넋이 나가 있었다. 뭐라 해야 할지 아무말도 떠오르지 않
았다.

관이 늘어선 하얀 방, 영안실 한가운데.

검붉은 피가 흥건히 퍼져 있었다.

기시감을 느꼈다. 아니, 이 광경은 분명히 니시노 때도 봤다. 하
얀 바닥에 번지는 붉은 피 웅덩이.

그 안에 쓰러져 있는 것은 물론, 니시노가 아니었다.

"죽었어?"

유키는 안도의 물음에 대답할 수 없었다.

아니, 누가 봐도 대답은 뻔했다. 물을 것도 없었다. ……죽었다.

스와나가 말했다.

"저건…… 두 사람처럼 보이는데요."

그녀의 말대로였다.

피 웅덩이 안에서 허우적거리는 것 같은 시체는 두 구. 조금 전까지 살아 숨 쉬던 두 사람이었다.

2

가슴 찢어지는 슬픔과 분노가 영안실을 가득 채웠다.

유키는 가슴이 찢어지기 전에 고막이 먼저 찢어지는 게 아닐까 생각했다.

"아아아, 유우! 유우!"

시체에 달라붙어 떨어질 생각을 않는데다 주변은 전혀 신경 쓰지 않고 시체를 만지고 흔들다 보니, 와카나의 옷은 점점 붉게 변해 갔다. 저래서는 암귀관의 세탁 서비스도 핏자국을 지우지 못할 것이다. 아직 닷새째인데 저렇게 더러워져도 괜찮을까? 그런 생각만 떠오를 뿐이었다.

사망자는 오사코 유다이와 하코시마 유키토.

아마도.

두개골이 반쯤 부서져서 인상이 바뀐 까닭에 얼굴만 봐서는 알수 없었지만, 복장과 체격, 그리고 무엇보다 이 자리에 그 두 사람이 없다는 사실이 모든 걸 말해주었다.

이 자리에 없는 건 오사코와 하코시마만이 아니었다. 유키 일행은 시체를 발견하고 곧바로 모든 참가자들을 깨웠다. 두 사람 말고 사망자는 없었지만, 가마세는 현장을 보자마자 졸도했기 때문에 지금 여기에는 없다. 열두 명으로 시작한 7일의 실험 기간. 참가자는 오늘부로 일곱 명으로 줄었다.

시체를 슬쩍 살펴보니 두부 외에 눈에 띄는 외상은 없는 것 같았다. 독이라도 마신 것이 아니라면 머리에 입은 상처가 사인이라고 생각하는 것이 타당하리라.

독살의 스와나와 약살의 세키미즈는 이곳에 있다. 두 사람 모두 미간을 찡그리고 입을 꼭 다문, 비슷한 표정이었다. 하지만 본래의 분위기가 다르기 때문에, 스와나는 수심에 찬 얼굴로 보였지만 세키미즈는 짜증내는 얼굴로 보였다. 아마 무서워하는 것도, 슬퍼하는 것도 아니리라. 유키는 그렇게 생각했다. 그 자신도 그랬기 때문이다. 지금 유키가 느끼는 감정은…….

"유키."

안도가 말을 걸었다.

"……해."

들리지 않았다. 그의 목소리가 작기도 했지만 무엇보다 와카나가 큰 소리로 통곡하고 있기 때문이었다.

자그마한 몸을 부들부들 떨며 어딘가에 확성기라도 감추고 있던 것이 아닐까 하는 생각이 들 정도로 대성통곡하고 있다. 소리치는 동안 격앙된 감정을 주체할 수 없는지 때때로 목소리가 뒤집어지며 불쾌한 쇳소리로 변했다. 꺄아, 아앗, 그런 소리만 낼 뿐 더는 알아들을 수 있는 말이 아니었다.

안도는 고개를 저으며 유키의 귀에 대고 말했다.

"어떻게 생각하느냐고 했어."

유키는 딱 잘라 대답했다.

"시끄러워."

"아, 그렇지."

유키와 안도 둘 다 시선은 와카나에게 고정되어 있었다. 고개를 흔들며 목이 찢어져라 외치는 와카나. 아무리 기다려도 그칠 줄을 몰랐다. 시끄럽다.

안도는 한숨을 쉬었다.

"인간으로서 실격된 것 같은 느낌이군. 아무리 그래도 아는 사람이 죽었는데 아무렇지도 않다니, 대체 뭐야."

유키는 말없이 고개를 끄덕였다.

슬프다거나 슬프지 않다고 하기 이전에, 와카나의 모습이 너무도 섬뜩하게 느껴져서 완전히 진이 빠져버렸다. 저렇게 혼자서 난리를 치는데 다른 사람들이 슬퍼할 마음이 들겠는가. 주변을 둘러보았다. 후치는 두 손을 꼭 쥐고 안됐다는 표정을 짓고 있었지만, 그런 그녀조차 질렸다는 눈빛이었다. 아무도 와카나를 위로하지 않았다. 위로는커녕 멀찍이 둘러싼 채 바라볼 뿐이었다.

"흉기가 뭔지 알겠어?"

안도 역시 꺼림칙하리만치 동요하지 않았다. 하코시마도 마키가 죽었을 때 냉정하게 행동하긴 했지만, 동시에 왠지 의기양양해 보이기도 했다. 지금 안도의 태도는 그때의 하코시마와는 다르다. 아무런 감정도 담겨 있지 않았다. 덤덤하다. 그건 유키 역시 마찬가지였다. 사물을 순수하게, 객관적으로 볼 수 있을 것 같은 기분이다. 유키는 이 서늘한 느낌을 알고 있었다. 날마다 계속되는 시험 공부에 머리가 완전히 마비되어, 피로가 한계를 돌파했을 때 이런 기묘한 냉정함이 찾아오는 일이 있다. 와카나의 품에서 흔들리는 오사코를, 그리고 그 옆에 방치된 하코시마를 보았다. 보고, 생각했다. 얼굴까지 변형시킬 정도로 강한 타격을 주려면 어떻게 해야 하는 것일까.

"뭔가…… 엄청나게 큰 망치 같은 건가?"

자신이 없다. 얼마나 세게 내리쳐야 두개골을 나뭇조각처럼 박살 낼 수 있단 말인가.

하지만 안도는 아무렇지도 않게 말했다.

"그래. 눈치 못 챈 거야?"

"뭘?"

그는 대답 대신 손가락 하나를 들었다.

1? 그게 어쨌다는 거지? 유키는 그렇게 생각했지만, 그의 시선이 희미하게 위쪽으로 움직이는 것을 보고 따라서 올려다봤다.

오싹해졌다.

하얀 바닥, 하얀 벽, 하얀 관, 그리고 하얀 천장. 온통 하얀 그곳에 눈에 확 띄는 붉은 자국이 찍혀 있었다. 핏자국이다. 천장의 핏자국. 피는 그다지 튀지 않았는지 붉은 원 두 개가 나란히 찍혀 있었다. 그것은 악취미적인 유머를 연상시키는 광경이었다.

서로 포개어 쓰러져 있던 두 사람, 박살이 난 머리, 그리고 천장의 핏자국.

어째서 피가 천장에 묻어 있는 걸까. 이상하다고 생각한 것도 찰나에 지나지 않았다. 유키는 금세 그 자국의 의미를 깨달았다.

"떨어졌군."

"그랬겠지."

함정이다. 이 영안실 천장은 떨어지게 설계된 것이다. 오사코와 하코시마는 떨어진 천장에 머리가 깨져 죽은 것이다.

참가자 열두 명은 아마도 각자 다른 흉기를 지급받았다. 유키는 부지깽이, 안도는 끈. 그중에 함정을 지급받은 사람이 있었던 것이다. 흉기는 영안실의 천장. 그 함정으로 두 사람이 죽었다.

그것이 무엇을 의미하는지 파악하기 위해서는 십 초 이상의 시간이 필요했다. 바닥에서부터 냉랭한 기운이 다리를 타고 올라왔다. 몸 중심에서 혀끝까지 짜릿한 긴장이 전달됐다. 이 천장은 떨어진다. 떨어지면, 오사코와 하코시마처럼 죽는다. 유키는 뒷걸음질 쳤다.

"여기서 나가지 않으면 위험한 거 아냐?"

안도는 어색한 미소를 지었다.

"걱정 마. 다들 여기 있잖아."

모두가 이 방에 있다면, 함정을 움직일 수 있는 사람도 그것을 사용할 수는 없을 것이다. 자신까지 휘말리게 되기 때문이다.

아니, 아니다. 안도는 착각하고 있다. 유키는 좌우를 둘러보며 제 기억이 틀림없다는 것을 확인하고 소리 죽여 말했다.

"아니, 가마세가 없어. 아까 나갔잖아."

안도의 낯빛이 확 변했다.

"……그랬지."

두 사람이 얼굴을 마주 본 것도 잠시. 안도는 뭐라고 소리치기 위해 입을 열었다.

하지만 안도가 소리치기 직전, 울부짖고 있던 와카나가 휙 고개를 돌렸다. 첫날, 공들인 화장으로 화사했던 얼굴은 눈물인지 땀인지 콧물인지 모를 것으로 젖어 있었다. 잘못해서 묻은 것인지, 뺨한쪽이 피로 더럽혀져 있다. 급하게 일어나 빗질할 시간도 없었는지, 풀어헤친 머리에 눈가는 젖어 있었고, 핏발 선 눈은 흉흉했다. 그녀는 소리쳤다.

"누구야! 누구 짓이야! 유우를, 우리 유우를…… 반드시, 반드시 죽여버릴 거야, 내가!"

정신이 나갔군. 안도는 그렇게 중얼거렸다. 정신이 나가도 이상하지 않은 상황이긴 하지. 유키는 생각했다. 하지만 안도는 불행하게도 와카나와 눈이 마주쳤다.

와카나는 품에 안고 있던 오사코를 바닥에 내려놓고, 그대로 손바닥으로 바닥을 짚으며 튀어 오르듯 단번에 안도에게 다가왔다. 두 사람 사이에 서 있던 세키미즈가 새파랗게 질린 얼굴로 몸을 피했다. 세키미즈에게는 눈길조차 주지 않은 채, 눈 깜짝할 사이에 와카나는 손을 뻗었다. 피로 물든 손이 안도의 목으로 향했다.

하지만 아무리 허점을 찔렸다 해도 그렇게 쉽게 붙잡힐 안도가 아니었다. 그는 X 자로 두 팔을 교차시켜 와카나의 손을 막았다. 하지만 와카나는 그대로 안도에게 달려들어 그를 넘어뜨렸다.

"너지! 너, 유우를 싫어했잖아, 네가 그랬지!"

"말이 되는 소리를 해!"

"죽여버리겠어!"

지켜보고 있던 후치가 달려와 뒤에서 와카나를 말렸다.

"와카나 씨, 제발 진정해요!"

"시끄러워!"

와카나가 팔을 한 번 휘두르자, 그다지 체중이 가벼운 편이라고 할 수 없는 후치가 단번에 튕겨나갔다.

"아, 앗."

세키미즈는 무슨 말인지 알아들을 수 없는 소리를 내며 와카나에게 달려갔다. 어떻게든 와카나를 떼어내려 했지만, 반항하던 와카나의 무릎에 눈을 맞고 뒤로 나가떨어졌다. 위험하군. 그렇게 생각한 유키가 달려가려는데 와카나 밑에 깔린 안도가 버럭 소리쳤다.

"여긴 됐으니까 넌 빨리 가마세를 붙잡아. 만일 그 녀석이라면 전부 죽는다고!"

유키는 순간 망설였다. 와카나의 얼굴은 도저히 정상이 아니었다. 밑에 깔아뭉갠 안도에게 세차게 팔을 뻗어 목을 조르는 데 여념이 없었다. 스와나는? 유키는 시선을 돌렸지만, 그녀는 그저 지켜볼 뿐이었다.

유키는 바로 마음을 정했다. 안도의 말대로 함정을 작동시킨 범인이 가마세라면 이 상황은 더없이 위험하다. 유키는 검은 문을 향해 달려갔다.

사실 그는 이 방에서 일 초라도 빨리 나가고 싶었다.

가마세를 찾으려던 걸까, 아니면 함정이 있는 방에서 도망치려한 걸까. 아마도 반반일 것이다.

찾을 필요는 없었다. 구르듯 영안실에서 뛰쳐나오자 바로 그곳에 가마세가 서 있었다. 그는 살짝 열린 문틈을 통해 방 안의 상황을 살피고 있었다.

수그리고 있던 가마세는 유키의 시선으로부터 도망치듯 엉거주춤 뒷걸음질 치더니, 펠트가 깔린 바닥에 발이 걸려 넘어지며 엉덩방아를 찧었다. 그러고는 눈을 돌리고 불필요할 정도의 큰 소리로외쳤다.

"뭐야, 불만 있어?"

딱히 불만은 없었다. 없었을 터였다.

하지만 그는 회랑의 희미한 조명 속에서, 분명히 보았다. 바닥에놓인 가마세의 오른손 안에 든 것을. 짙은 녹색을 띤, 플라스틱 질감의 둥글고 납작한 물건이었다. 유키는 그것이 무엇인지 직감했다. 험악해지는 목소리를 억누를 수 없었다.

"그거 뭐야?"

유키의 말에 반응한 가마세는 오른손을 등 뒤로 감췄다. 유키는 가마세의 오른손과 몸 사이에 발을 집어넣어, 발등으로 가마세의 오른손을 걷어찼다. 어두운 복도에 녹색 물체가 미끄러졌다.

유키는 그 물체를 향해 달려들었지만 가마세는 그것을 되찾을 생각은 없는 것 같았다. 뒤를 돌아보자 그는 주저앉아 울상을 짓고 있었다.

가마세에게서 빼앗은 녹색 물체. 그것은 마치 장난감 같은 스위치였다. 둥근 몸통 한가운데에 붉은 버튼이 달려 있었다. 앞면에도 뒷면에도 글자는 씌어 있지 않다. 녹색 몸통에 적외선 발신에 쓰이는 검은 유리로 된 부분이 있을 뿐이다. 왠지 눌러보고 싶은걸.

하지만 누를 수는 없었다. 유키는 혹시라도 실수해서 누르지 않도록 신중하게 버튼을 다시 쥐고 가마세를 노려봤다.

"뭐 하던 거야?"

"뭐, 뭐야, 아무 짓도 안 했어……."

"이거 뭐야?"

"몰라, 내 거 아냐!"

"지금 장난해?"

유키는 가마세의 멱살을 잡았다. 이런 완력이 있었나 하고 스스로도 놀랄 정도의 힘으로 가마세를 들어 올렸다. 억지로 일으켜 세워 허공에 들어 올릴 정도는 아니었지만, 멱살을 잡고 회랑 벽에 밀어붙였다.

"오사코와 하코시마를 죽인 게 너야?"

가마세는 대답하지 않았다. 고개를 돌리고 입을 다물고 있다.

"우리도 죽일 생각이었어?"

그 얼굴 앞에 '스위치'를 들이댔다. 가마세는 그것이 마치 불길한 물건이라도 되는 양 고개를 좌우로 저었다.

"뭐라고 말 좀 해, 이 바보 자식아!"

침을 튀기며 소리치자, 가마세는 금방이라도 꺼질 것 같은 눈물 섞인 목소리로 대답했다.

"……몰라, 아무것도 몰라. 모른다고. 숨 막혀, 놓아줘……."

비참한 몰골이었다.

순간 동정심이 뇌리를 스쳐지나갔다. 유키는 멱살을 잡고 있던 손에서 힘을 뺐다. 가마세는 그 틈을 놓치지 않고 양손으로 유키를 뿌리치더니 "사, 살인자, 살인자!" 하고 비명을 지르며 복도 저편으로 도망쳤다.

쫓아갈까. 그냥 내버려둘까. 이 스위치는 분명 영안실 천장을 작동시키는 데 사용되는 것이리라. 그 밖의 용도는 떠오르지 않았다. 이것을 빼앗았으니 가마세는 이제 무력하다. 하지만 아무래도 마음이 진정되질 않았다. 하마터면 죽을 뻔했다!

역시 쫓아가자. 잡아서 다른 사람들 앞으로 데려가자. 그렇게 정하고 달려가려던 순간, 살짝 열린 문틈으로 힘찬 목소리가 흘러나왔다.

"가드! 와카나 씨를 제압하세요!"

스와나의 목소리였다.

영안실과 경비정비실은 서로 가까웠다. 울려 퍼진 스와나의 목소리가 아직 남아 있는 것 같은데, 구부러진 복도 저편에서 육중한 문이 열리는 소리가 똑똑히 들렸다. 움직이는 소리가 평소보다 컸다.

여기로 오는 건가. 뻣뻣하게 굳은 유키의 눈앞으로 하얀 기체가 나타났다. 타이어가 달린 가드는 상당히 빠른 속도로 이동해서 유키는 치이기 전에 다급히 벽에 달라붙었다. 가드는 유키를 쳐다도 보지 않고 영안실로 뛰어들었다.

그 뒤를 쫓은 유키는 가드에게서 와이어 형태의 물체가 발사되려는 장면을 목격했다. 피융. 맥 빠지는 소리가 나더니 와이어 두 개가 허공을 갈랐다. 안도 위에 올라탄 와카나의 몸에 정확히 달라붙었다고 생각한 순간,

"꺄!"

"으악!"

두 사람의 비명이 울려 퍼졌다.

가드의 무기는 전기충격기. 전기를 흘려보내 상대의 동작을 멈

추게 한다. 와카나에게는 확실히 통한 듯했지만, 불행하게도 그녀와 접촉한 안도도 전류의 희생양이 되었다.

"아악! 그만해, 이 멍청아!"

소리치며 버둥대더니 안도는 와카나를 밀쳐냈다. 와카나는 더이상 저항하지 않았다. 조금 전까지 앞뒤가 맞지 않는 말들을 늘어놓으며 안도를 욕하던 와카나였지만 지금은 바닥에 쓰러져 말도 제대로 하지 못했다.

안도는 목을 문지르며 천천히 일어섰다. 숨통이 으스러진 것이 아닌지 확인하듯 아, 아아, 하고 소리를 낸다. 괜찮은 것을 확인하고 나서 제일 먼저 스와나를 보았다.

"덕분에 살았어, 스와나 씨. 고마워요."

그 말을 들은 스와나는 싱긋 의례적인 미소를 지어 보였다. 하지만 순간에 지나지 않았다. 스와나는 와카나를 향해 성큼성큼 다가가더니, 괴로운 듯 위를 바라보는 그녀를 향해 날카롭게 말했다.

"앞뒤 분간도 못 하고 달려들어서 어쩌겠다는 거죠."

와카나는 분한 듯 얼굴을 찡그렸다. 목소리는 나오지 않는 모양이었다.

스와나는 턱을 들고 조금 다리를 벌리고 선 자체로 의연하게 와카나를 내려다봤다.

"현명하게 처신하라는 말은 않겠어요. 하지만 지나치게 멍청한 행동은 자제해주셨으면 좋겠네요. 폐가 되니까."

허둥대고 있던 후치가 작은 목소리로 끼어들었다.

"스와나 씨, 너무 심한 거 아닌가요……. 와카나 씨가 불쌍하잖아요."

"그냥 보고 있었으면 이 사람은 안도 씨를 죽였을 거예요. 그런 일이 벌어진 후에도 말이 심하다고 하실 건가요?"

스와나의 단호한 어조에 후치는 입을 다물 수밖에 없었다. 그녀가 살짝 화난 모습을 보인 것만으로도 머리를 억지로 조아리게 만드는 위력이 발생했다. 와카나의 뒤로는 세키미즈가 한쪽 눈을 누르며 주저앉아 있었다. 조금 전 와카나의 무릎에 맞은 부분이었는데, 꽤나 아파 보였다.

스와나가 완전히 와카나를 제압한 까닭에 안도는 나설 자리가 없었다. 짐짓 헛기침을 하며 와카나를 향해 두세 걸음 다가가더니 안도는 주머니에서 뭔가를 꺼냈다. 손에 들린 그것은 한 줄의 끈이었다.

안도는 말했다.

"의심하는 것도 이해는 가지만, 내 흉기는 이거야. 끈. 스와나와 유키, 세키미즈도 확인했어. 이걸로 저런 짓이 가능할 것 같아? 나도 두 사람이 저렇게 되어서 분통이 터져. 네가 복수하고 싶다면 협력할게."

이성을 앗아 갔던 분노가 사라졌는지 와카나는 작게 흐느끼기 시작했다. 안도의 목소리는 낮고 무거웠다.

"누가 한 짓인지는 모르겠지만, 두 사람을 죽인 흉기는 알아냈어. 낙하식 천장이야. 두 사람은 함정에 걸려 살해된 거야……."

거기까지 말하고 나서 안도는 생각났다는 듯 유키를 돌아보며 물었다.

"유키, 가마세는 어떻게 됐지?"

"도망쳤어."

유키는 손에 든 스위치를 내밀었다.

"이걸 가지고 이 안을 훔쳐보고 있었어."

"그건……."

안도는 말을 잃었다. 한쪽 눈을 누르고 있던 세키미즈, 거북하다는 듯 서 있던 후치의 시선이 순식간에 유키에게로 쏠렸다. 동그랗고 납작한 녹색 판과 마찬가지로 동그란 붉은 버튼. 싸구려 장난감 같은 느낌은 악취미적인 우스꽝스러움을 느끼게 할 뿐이었다.

유키는 고개를 끄덕였다.

"아마 이 방 천장의 스위치겠지."

착란 증세를 보이다 지금은 허탈에 빠진 와카나에게 그 말이 어떻게 들렸을까. 몸도 제대로 가누지 못하는 상태에서도 그녀는 계속해서 악을 썼다.

"그랬군! 가마세, 그 녀석이! 쓰레기 같은 놈, 민폐만 끼치더니 유우를! 유우를……."

와카나는 또다시 통곡하기 시작했다.

싸늘한 눈으로 그 모습을 보던 스와나가 별안간 안도를 불렀다.

"안도 씨."

설마 자신을 부를 줄은 예상하지 못했던 듯, 안도는 당황한 표정으로 대꾸했다.

"네? 뭡니까?"

"그 끈, 사용할 수 있나요?"

입을 떡 벌리고 손에 들린 끈을 바라보던 안도였지만 역시 그렇게까지 둔하지는 않았다. 그렇군, 하고 중얼거리더니, 끈을 양손에 둘둘 말아 들고 와카나의 눈앞에 주저앉았다.

"아무래도 한동안은 가만히 있을 것 같지 않군. 미안하지만 제정신 아닌 사람을 상대하고 있을 상황이 아냐."

"잠깐, 뭐 하려는 거야?"

안도는 와카나의 눈을 바라보지 않으려는 것 같았다.

"아니……."

그렇게 와카나는 결박당했다.

양손을 뒤로 묶인 채 그녀는 울부짖었다. 하지만 아무도, 심지어 후치조차 풀어주라는 말은 하지 않았다. 모두 안도의 결정에 동의한 것이다. 더이상 제정신이 아닌 사람을 상대할 기력은 없었다.

안도의 손놀림은 현란했다. 슬쩍 손목에 끈을 감는가 싶더니 바로 복잡하게 묶어버렸다. 와카나가 아무리 버둥대도 끈은 헐거워지지 않았고, 그렇다고 손에 피가 통하지 않는 것도 아니었다. 하지만 안도 본인은 불퉁한 표정이었다.

"역시 길이가 모자라네."

"이런 재주도 있었어?"

안도는 웃었다.

"등산도 취미거든."

자일*을 다루는 데 익숙하다고 말하고 싶은 것이리라.

와카나가 얌전해졌으니 가드의 필요성도 사라졌다. 스와나는 신속하게 지시를 내렸다.

"나중에 두 사람을 치워주세요. 지금은 일단 제자리로."

가드는 와이어를 회수하더니 순순히 스와나의 말에 따라 영안실에서 나갔다. 머니퓰레이터 부분이 그다지 정교한 것 같지는 않았지만, 이전 두 사람, 니시노와 마키의 시체 모두 가드는 깨끗하게 처리한 바 있었다. 스와나는 멀어지는 가드의 모습을 지켜보더니 입을 열었다.

---

* 등산용 로프.

"디자인적으로 뛰어나다고는 할 수 없지만, 성능은 좋은 기계군요. 고려해봐야겠어요."

"가지고 싶으신 겁니까?"

유키의 물음에 스와나는 미소 지으며 고개를 끄덕였다.

"저기……."

신음성을 흘린 사람은 후치였다. 어느샌가 얼굴이 백지장처럼 하얗게 변해 있었다. 유키는 그 얼굴을 보고 적잖이 놀랐다.

후치는 말했다.

"일단 이 방에서 나가죠. 부탁이에요, 저, 더는 못 견디겠어요……."

유키, 안도, 후치, 그리고 세키미즈. 모두 문 쪽을 보고 있었다. 의식적인지 무의식적인지는 모르겠지만, 두 사람의 시체로부터 눈을 돌리고 있었던 것이리라.

시체 쪽을 바라보고 있는 건 둘뿐이었다.

와카나는 더이상 소리 지르지 않았다. 그저, 근육이 이상해진 것이 아닌가 하는 생각이 들 정도로 얼굴을 일그러뜨리며 잡아먹을 듯 시체를 노려보고 있었다.

각도를 고려할 때 스와나 역시 시야에 시체가 들어가 있을 것이다. 하지만 그녀는 이미 평소의 다소곳한 모습으로 돌아와 있었다.

3

누를 때마다 깊숙이 들어가는 자판. 한 글자 칠 때마다 탁탁 시끄러운 소리를 낸다. 처음에는 치기 어려워서 어찌할 바를 몰랐지만, 익숙해진 지금은 그 소리가 묘하게 편안하게 들렸다. 손가락을 능숙하게 움직이면 타타타타탁 하고 영화에 나오는 기관총 같은 소리가 울려 퍼졌다. 그 쾌감에 그만 쓸데없는 말까지 치고 있던 유키는 배후로 숨어드는 기척을 알아채지 못했다.

"유키."

이름을 불리고 나서야 유키는 천천히 뒤를 돌아봤다.

안도였다. 그는 완전히 지친 표정으로 시니컬한 웃음을 지었다.

"완전히 방심하고 있었네. 유키, 내가 살인자라면 넌 진작 죽었어."

유키는 쓴웃음으로 답했다.

"왠지 맥이 풀려서."

"심정은 알겠어. 하지만 계속 그러고 있으면 곤란해."

"알아."

오락실. 유키는 홀로 그곳에 있었다.

그 뒤, 기절한 것처럼 온몸에서 기운이 빠져나간 와카나는 자신의 방에서 잠들었다. 가마세는 어딘가로 도망쳤다. 세키미즈와 후치, 스와나는 어쩌고 있는지 모르겠다. 유키는 불쑥 오락실로 들어와 방구석에 있는 타이프라이터 앞에 앉았다. 남은 참가자들이 개인 행동을 하는 걸 아무도 막지 않았다. 모든 일에 무관심해진 듯 방심 상태가 만연한 걸 유키는 느끼고 있었다.

안도는 유키의 손을 들여다보며 말했다.

"여기서 뭐 해?"

"아니, 좀 정리하고 싶은 게 있어서. 여긴 뭐든지 있는 것 같으면서도 펜 하나도 없다니까."

유키는 종이와 펜이 필요했다. 하지만 종이는 있어도 펜은 찾을 수 없었다. 필기도구라고는 오락실의 타이프라이터뿐이다. 아니, 그것은 타이프라이터가 아니었다. 유키는 기계를 툭 치며 말했다.

"이거, 워드프로세서야."

"호오."

타이프라이터가 키보드 부분이었다. 엔터 키나 스페이스 키가 달려 있는 걸로 보아 이것이 타이프라이터가 아니라는 것은 명백했다. 고풍스런 겉모습에 감추어져 있지만, 모니터도 달려 있다. 모니터 화면에는 유키가 입력한 문자가 표시되어 있었다.

유키 구살殴殺 부지깽이
스와나 독살毒殺 니트로벤젠

안도 교살絞殺 끈

세키미즈 약살藥殺 니코틴

이와이 사살射殺 석궁

마키 참살斬殺 손도끼

가마세?

와카나?

후치?

이다음부터는 조사할 수 있겠지.

오사코?

하코시마?

니시노?

범인1 9mm 권총

범인2 낙하식 천장 (←가마세에게 빼앗음)

??? 어떻게 하지???

어떻게하지어떻게하지어떻게하지???

안도는 입력 내용 자체에는 크게 관심을 보이지 않았다. 타이프라이터로 위장한 워드프로세서를 툭 치며 말했다.

"정성이군."

"그러게 말이야. '워드프로세서입니다' 하는 물건은 전체적인 분위기와 어울리지 않을 테니까. 잘 만들었어, 이거."

"쓸데없는 짓 하긴."

안도는 그렇게 내뱉었다. 그도 슬슬 암귀관에 신물이 나기 시작한 것 같았다. 유키는 한없이 동의하며 고개를 끄덕인 다음 물었다.

"넌 뭐 하고 있었는데?"

안도는 근처에 있던 의자를 빼더니 털썩 앉았다. 담담한 대답이 돌아왔다.

"감옥을 보고 왔어. 아무래도 이와이가 정말 그 안에 있는지 신경이 쓰여서. 안에 있더라고. 문 앞에 가니까 감시창 너머로 얼굴을 내밀더군. 불투명 유리라 백 퍼센트 이와이 본인이 맞다고 장담할 수는 없지만 틀림없을 거야. 말을 걸어봤는데 대답을 안 하더라고. 분명 그 문도 방음 처리가 되어 있겠지. 문은 어떻게 해봐도 안 열리더군."

유키 역시 이와이의 동향은 조금 신경 쓰이던 차였다. 정말로 갇혀 있다면 이와이는 적어도 오사코와 하코시마 살해와는 무관할 것이다. 하지만 엄밀하게 따져보면 안도는 '밖에서' 문이 열리지 않는다는 것을 확인했을 뿐이다. '안에서' 열리는지 아닌지는 확인할 길이 없다.

하지만 유키는 이와이가 감옥에서 나와 몰래 오사코와 하코시마를 죽였으리라고는 전혀 생각하지 않았다. 아마 그는 그 안에서 홀로 가슴을 쓸어내리고 있을 것이다.

"생각해보면 그 녀석이 제일 안전하군, 지금으로서는."

"그러게."

기묘하게도 그 사실이 지극히 자연스럽게 느껴졌다. 누구보다 암귀관을 두려워하던 이와이가 제일 먼저 안전권에 도달했다. 생각해보면 당연한 일이 아닐까.

"다른 사람들은?"

"와카나는 아직 자기 방에 있어."

안도는 그렇게 말하며 손가락을 접었다. 기억을 더듬듯 이름을 말하며 손가락을 접는다.

"후치 씨는 내가 봤을 땐 와카나 옆에서 간병하고 있었어. 스와나 씨는 라운지에서 책을 읽고 있었고. 세키미즈는 못 봤어. 남은 건……."

손가락이 세 개 접혔을 뿐인데 남은 건 한 사람뿐이다. 사람이 많이 줄긴 줄었다.

"남은 건 가마세군. 어딘가에 숨어 있겠지. 사실은 녀석을 찾아 여기 온 거야."

"녀석이 돌아다니고 있다고? 무서워서 살겠나."

농담조로 그렇게 말하고 나서 유키는 문득 그걸 떠올렸다.

"그러고 보니 그 스위치는?"

"아, 나한테 있어."

안도는 곧바로 장난감 같은 스위치를 주머니에서 꺼냈다. 유키는 한숨을 쉬었다.

"그건 나중에 금고실에 넣기로 하고. 가마세는 뭐, 언제까지 그냥 둘 수는 없잖아."

솔직히 말하자면, 유키는 가마세가 천장을 떨어뜨린 범인이라고는 생각하지 않았다. 함정을 자유자재로 사용할 만큼 가마세는 교활하지 못하다고 생각했다. 하지만 '생각한다'는 말로 그냥 넘길 수도 없었다. 일단 이야기를 들어야 한다.

오사코와 하코시마가 죽은 지금, 그게 가능한 사람은 아마도 안도와 유키뿐이다. 유키는 크게 기지개를 폈다.

"이거 인쇄할 때까지만 기다려."

종이는 워드프로세서 옆에 한가득 준비되어 있었다. 풀스캡 위터마크가 들어간 A4 용지. 종이를 넣는 방법도 그다지 어렵지 않아서, 프린트 키를 쓱 누르자 곧이어 인쇄가 시작되었다.

인쇄 속도는 느렸다. 오래된 느낌을 내기 위해 일부러 그렇게 만든 것일까. 천천히 워드프로세서 안으로 빨려 들어가는 용지를 보며 유키는 느긋하게 중얼거렸다.

"이거, 내가 처음 사용한 게 아냐."

"호오. 그걸 어떻게 알아?"

"내가 만졌을 때 먼지가 묻어 있는 자판하고 그렇지 않은 자판이 있었어."

"과연."

안도는 잠시 생각에 잠겼다 입을 열었다.

"이런 물건에 관심이 있을 만한 녀석은…… 하코시마인가?"

"그럴지도 모르지."

하코시마도 이 워드프로세서로 자신의 생각을 정리한 적이 있었을까. 안도의 말을 듣고 어떤 가능성을 깨달았다. 인쇄가 끝나자, 유키는 누를 때마다 깊숙이 들어가는 자판을 조작하기 시작했다.

"입력 기록이 남아 있을지도 몰라."

모니터에서 '최근 작업 문서' 항목을 찾았다. 탁탁 자판을 조작해 항목을 열었다.

'day 5 01'이라는 문서. 유키가 방금 작성한 문서다. 그와 별도로 'day 1 01'이란 문서가 존재했다. 그것을 본 안도가 중얼거렸다.

"첫날에? 빨리도 만졌군."

분명 이 기계 자체에 관심이 있던 게 아닐까. 유키는 왠지 그런 느낌이 들었다.

하지만 그 문서에는 내용이 없었다. 'day 1 01'은 백지였다.

"아무것도 안 쓴 건가."

유키가 그렇게 말하자, 안도는 어깨를 으쓱해 보였다. 진실은 이제 아무도 알 도리가 없었다.

4

암귀관에는 사각지대가 거의 없다. 찾아야 할 장소는 많지 않았다. 가마세의 통통한 몸을 찾아내는 데 시간은 그리 오래 걸리지 않았다.

마키의 방, 침대 위. 시트가 불룩 솟아 있다. 아무리 봐도 사람이 있었다. 유키와 안도는 눈빛을 교환했다.

누가 말할래?

유키는 턱을 까닥하며 안도를 재촉했다. 안도는 딱히 꺼려하는 기색도 없이 한숨 섞인 목소리로 말했다.

"가마세."

둥그런 이불은 꿈쩍도 하지 않았다.

"이봐요, 가마세 씨?"

역시 반응이 없다.

어쩌면 죽었을지도 모른다. 유키의 뇌리에 그런 생각이 떠올랐다. 이불을 치우면 안에는 가마세의 피투성이 시체가!

안도는 그런 생각은 하지 않은 것 같았다. 성큼성큼 다가가 거칠게 이불을 젖혔다.

안에서 나타난 건 시체가 아니라 눈물과 콧물 자국으로 엉망이 된 얼굴의 가마세였다. 이렇게까지 겁에 질린 모습을 마주하니 어쩐지 이쪽의 감정이 결여된 느낌이다. 그건 그렇고, 하필이면 죽은 마키의 방에 숨을 줄이야. 가마세의 심리는 종잡을 수가 없다.

히익. 한심한 소리를 내며 머리를 감싸는 가마세를 보고 안도는 짜증이 솟구친 것 같았다. 무자비하게 멱살을 잡아 머리를 들어 올리더니 위협적인 목소리로 말했다.

"야, 가마세. 숨바꼭질하는 거야? 너 유키보다 태평하구나."

목구멍에 걸려서 목소리가 나오지 않는 듯, 가마세는 입을 뻐끔거릴 뿐이었다. 눈가에는 눈물까지 맺혀 있는 것 같았다.

그런 그가 가까스로 말을 뱉어냈다.

"사……."

"어?"

"살려줘……."

안도는 가마세를 밀쳤다. 일부러 위협하는 것조차 바보 같다는 듯. 시선을 돌리고 조금 전과는 달리 담담한 목소리로 말했다.

"아무 짓도 안 해. 오히려 우리가 살려달라고 하고 싶다."

"나, 난 아무것도……."

"이거에 대해 이야기 좀 해봐."

안도는 반론은 허락하지 않겠다는 듯 가마세의 코앞에 스위치를 들이댔다. 유키는 안도의 뒤에서 팔짱을 끼고 일이 어떻게 되는지 지켜볼 뿐이었다. 안도의 신문은 계속됐다.

"이거 네 거야?"

가마세는 세차게 고개를 저었다. 무언가 튈 것 같아 걱정됐는지 안도는 인상을 쓰며 거리를 두었다.

"그럼 누구 건데?"

가마세는 또다시 고개를 저을 뿐이었다.

"그러니까 말을 하라고."

"내 거 아냐."

"그 말은 들었어. 하지만 유키는 너한테 빼앗은 거라고 했다고."

"그럼 그 녀석 거 아냐?"

유키는 그저 바라보고만 있었지만, 아무리 그래도 이런 말을 듣고서 가만있을 순 없었다. 참지 못하고 한마디했다.

"얘기가 왜 그렇게 되는데……."

"그치만 내 게 아니라고!"

가마세는 유키를 향해서는 갑자기 큰 소리로 대들었다. 하지만 유키가 천천히 팔짱을 풀자 몸을 한껏 굳히는 게 떨어진 곳에서도 느껴졌다. 재밌네. 유키는 그렇게 생각했다. 이와이도 소심한 모습을 보이긴 했지만 이렇게까지 꼴사납지는 않았다. 가마세를 보고 있으면 자신이 굉장한 호걸이 된 기분이 든다. 물론 지금까지 가마세가 지나치게 오사코를 의지하고 있었기 때문에 그 반동으로 그렇게 느끼는 것이겠지만…… 유키는 지나치게 격앙된 감정은 때로 유쾌한 볼거리가 된다는 사실을 깨달았다.

애초에 괴롭힐 생각은 없었다. 안도가 겁을 주는 역할이라면, 자신은 토닥이는 역할을 맡자. 유키는 그렇게 결심하고 최대한 부드러운 목소리로 말했다.

"이봐, 가마세. 그게 네 물건이 아니라는 건 알아. 한 가지 묻고 싶은 게 있는데, 너 그게 뭔지 알고 있냐?"

"내, 내……."

가마세는 경련을 일으키듯 부들부들 떨더니 무의미하게 절규했다.

"내가 어떻게 알아!"

그 순간, 안도의 주먹이 날아갔다.

"시끄러."

뒤통수를 맞은 가마세는 즉시 얌전해졌다. 울부짖지도 않고 얌전히 있는 모양새가 말을 아주 잘 듣는 것 같았다.

유키는 머릿속에서 떠오른 생각을 입 밖으로 냈다.

"그거 작동 실험, 해봤어?"

안도는 손에 들린 스위치를 가볍게 흔들었다.

"이거? 아니."

"뭔지 모른다니 보여주자고."

가마세는 불안한 낯으로 안도와 유키의 안색을 살폈다.

조금 생각한 끝에 안도는 심술궂게 씩 웃었다.

"그거 좋군. 해보자."

안도는 집게손가락을 세우며 명령했다.

"가마세, 일어나."

가마세는 일어났다.

"좋아, 따라와."

가마세는 아무 불평 없이 안도의 뒤를 따랐다.

유키는 그 모습에서 일말의 연민을 느꼈다.

세 사람은 영안실의 검은 문 앞에 섰다.

지금부터 죽음의 함정을 작동시키려 하는 안도의 표정은 역시 긴장되어 있었다. 유키 또한 막연한 불안을 떨쳐낼 수가 없었다. 하지만 가마세는 혼자 멍한 표정을 짓고 있었다. 지성이란 것이 사라진 걸까? 아니면 정말 앞으로 무슨 일이 일어날지 짐작하지 못하는 것일까.

"그럼 시작한다."

유키는 곧바로 스위치를 꺼내는 안도를 아슬아슬하게 제지했다.

"잠깐 기다려!"

"뭐야?"

행동을 제지당한 안도는 발끈한 것 같았지만 유키는 아랑곳하지 않고 반박했다.

"뭐긴 뭐야. 안에 확인했어?"

"……아."

안도는 대답 없이 쯧 혀를 찼다. 유키가 아니라 조심성 없이 행동했던 자기 자신을 탓하는 것 같았다. 만일 방 안에 누가 있었고, 스위치를 누르는 순간 함정이 작동하는 게 맞다면 안도는 지금쯤 살인자가 되었을 것이다.

"작동시키지 마."

그렇게 말하고, 유키는 문을 열었다.

다음 순간 그는 자신의 냉정함에 감사했다. 뒤를 돌아보며 안도를 향해 군은 미소를 지었다.

"위험했어."

영안실에는 사람이 있었다. 살아 움직이는 사람이. 안도는 눈을 부릅뜨며 얼어붙더니 간신히 입을 열었다.

"미안, 유키. 덕분에 살았어."

안에 있던 사람은 문이 열린 걸 눈치채고 굉장히 당황한 눈치였다.

"앗, 거기 누구죠!"

후치였다. 관을 열고 안을 들여다보고 있었던 걸까. 하지만 관은 텅 비어 있었다.

확인해보길 잘했다고 생각하며 마음을 놓고 나니 후치의 행동이 신경 쓰이기 시작했다. 자연스럽게 물을 작정이었는데, 저도 모르게 목소리가 굳어져서 신문하는 모양새가 되어버렸다.

"여기서 뭐 하고 계신 거죠, 후치 씨."

"아, 아뇨, 전……."

"그 관에 무슨 문제라도?"

"그래요, 조금 신경이 쓰여서요. 하지만 이제 됐어요. 죄송합니다, 와카나 씨가 걱정되네요. 전 이만……."

후치는 말끝을 흐리며 노골적으로 도망치려 했다.

신기하게도 유키는 수상쩍다는 생각은 들지 않았다. 후치의 태도는 무언가 좋지 않은 일을 감추려 하는 것이 아니라, 자신들을 경계하고 있는 것이 분명했기 때문이다.

후치는 죄송하다는 말을 연거푸하며 고개를 숙이고 재빨리 영안실을 나갔다. 강제로 붙들어둘 수도 있지만 유키는 못 본 체했다. 안도와 가마세도 후치를 비난하지는 않았다.

그녀의 모습이 회랑 저편으로 사라졌다. 유키는 중얼거렸다.

"대체 뭐지?"

안도는 그다지 신경 쓰지 않는 것 같았다.

"뭐, 대충 짐작은 가. 그보다 빨리 끝내자. 이제 아무도 없잖아."

그 짐작이란 게 무엇인지 유키는 알 수 없었다. 다시 한번 만일에 대비해 영안실 안을 둘러봤지만, 사람의 모습은 보이지 않았다. 열 개의 관이 늘어선 방은 정적에 휩싸여 있었다.

하지만 그것도 이상했다. 후치는 그렇다 쳐도 이 영안실에는 사람이 존재해야만 했다. 오사코와 하코시마가.

"시신은……."

안도는 유키 쪽은 보지도 않은 채 대답했다.

"네가 워드프로세서 가지고 놀고 있을 때 스와나 씨가 가드를 불러서 처리하게 했어."

이 방에 시체가 놓여 있을 가능성은 지금껏 생각도 못 한 듯, 가마세는 헉 하고 비명을 질렀다. 유키는 만일에 대비해 다시 한번 영안실 안을 둘러봤다. 붉은 핏자국과 비릿한 냄새. 하지만 사람의 모습은 보이지 않았다.

"괜찮아."

"좋아. 문을 닫아."

금속으로 만들어진 문을 닫는 무거운 소리가 회랑에 울려 퍼졌다.

"저기…… 뭘……."

아직도 상황을 파악하지 못한 가마세는 쭈뼛거리며 그렇게 물었다.

유키의 눈에 그 모습은 연기처럼 보이지 않았다. 가마세는 아무것도 모르는 것이다. ……아마도. 단정은 할 수 없다. 사실 가마세는 천재적인 재능의 소유자라 일반인들은 도저히 간파할 수 없는 뛰어난 연기를 하고 있는 것일지도 모른다.

숨길 필요는 없다. 유키는 입을 열었다.

"낙하식 천장을 실험해보는 거야."

"낙하식 천장?"

앵무새같이 그렇게 묻는 목소리도 어딘가 얼이 빠져 있다. 고의적으로 그러는 게 아닌지 의심될 정도다.

"오사코와 하코시마는 낙하식 천장으로 살해됐어. 몰랐어? 우리는 네가 갖고 있던 이 스위치가 천장을 조작하는 리모컨이라고 생각하고."

으윽. 가마세의 목구멍에서 괴로운 숨소리가 흘러나오더니 애원하는 목소리가 터져 나왔다.

"내가 아니라니까! 내, 내가."

"시끄럽다니까."

내뱉듯 말하고 안도는 거칠게 버튼을 눌렀다.

반응은 즉시 나타났다. 희미하지만 명확한 모터 소리가 들렸다. 날개 달린 벌레 무리가 윙윙대는 듯한 낮은 소리.

그리고.

발밑으로 느껴지는 무거운 진동. 배 속까지 울리는 쿵 하는 소리.

평형감각이 흔들리는 바람에 유키는 순간 발을 헛디뎠다.

안도는 재빨리 문에 달라붙어 문을 열었다.

세 사람의 눈앞에서 하얀 물체가 올라가고 있었다. 천장이다. 분명히 천장이 떨어진 것이다. 넓은 영안실의 높이는 지금 유키의 배높이 정도까지밖에 오지 않았다. 떨어진 천장은 신속하게 원래 높이로 돌아가게 설계됐는지, 지켜보는 사이 천장은 움직임을 멈췄다. 그리고 아무 일도 없었다는 듯 다시 정적이 돌아왔다.

암귀관에서 처음으로 본 역동적인 물리적 작용. 이런 큰 물체가 떨어지면 인간 따위는 배겨낼 재간이 없다. 그 거대한 에너지에 유키는 무심결에 전율했다.

"생각보다 박력 있네."

안도가 툭 내뱉었다.

아마 허세일 테지. 박력이라는 말로는 표현할 수 없는 광경이었다. 간담이 서늘해지는 느낌이었다.

무슨 일이 일어날지 예상하고 있었던 유키와 안도조차 이 꼴이다. 가마세는 회랑 바닥에 주저앉아 있었다. 그는 울음과 웃음이 뒤섞인 얼굴로 안도를 올려다보았다.

"난 아냐."

"그 말밖에 할 줄 모르냐?"

안도는 한숨을 쉬며 말했다. 혐오감을 넘어서 이제는 완전히 질려버린 것이리라.

유키는 생각했다. 협박은 할 만큼 했다. 이제 이야기를 들으려면 회유책을 써야 하나, 강경책을 써야 하나?

'……이 녀석에게는 무서운 경험을 하게 만들었으니.'

만일 혼자였다면 강경책으로 나갔겠지만, 지금은 다행히도 두 사람이었다. 안도는 아직도 일어나지 못하는 가마세 앞에 무릎을 꿇고 물었다.

"좋아, 가마세. 정직하고 간결하게 대답해. 이 스위치가 네 것이 아니라면 어디서 손에 넣은 거지?"

"내⋯⋯."

가마세의 자지러지는 목소리는 바싹 말라붙어서 잘 들리지 않았다. 어떻게든 귀를 기울여 뭐라고 하는지 들으려 애썼다.

"⋯⋯내 게 아냐."

이 상태로 이야기를 듣는 건 불가능하다. 유키는 단념했지만 안도는 끈질기게 말을 걸었다.

"너 뇌가 있긴 한 거냐? 유치원생이냐고. 잘 들어, 유키는 이걸 너한테 빼앗았다고 했어. 그 말을 들은 와카나는 네가 오사코를 죽인 줄 착각하고 있고. 너, 이대로 있다간 와카나에게 죽어."

"하지만⋯⋯."

"말도 제대로 못 하는 녀석은 내가 처리해줄까? 여기 들어갈래? 저 천장의 세 번째 제물이 되고 싶어?"

방금 전처럼 역할을 분담해 대응하는 게 효과적이겠군. 달래려면 지금이다. 유키는 대화에 끼어들었다.

"언제 어디서 발견한 건지, 그것만 말해줘. 간단하지?"

스스로도 소름 끼칠 정도로 나긋나긋한 목소리였다.

하지만 효과는 즉시 나타났다. 가마세는 유키를 보며 연신 고개를 끄덕였다.

"오, 오사코와 하코시마가 그렇게 되고, 라운지에 갔더니, 둥근 테이블 위에 그게 있어서, 뭘까 하고 집었는데, 아무도 오지 않아서, 어떻게 된 건가 하고 되돌아가봤더니, 너, 너랑 부딪쳐서. 애, 애초에 난 오사코와 하코시마가 싫었어. 왠지 잘난 척하는 것 같아서, 사람을 바보 취급하고. 그래서, 그래서……."

"그래서 죽였어?"

상냥하게 웃으며 그렇게 말하자 가마세는 힉 하고 숨을 삼켰다. 유키는 가마세의 다음 대사를 정확하게 예상할 수 있었다.

목소리가 폭발하듯 회랑에 울려 퍼졌다.

"내가 안 그랬단 말이야!"

5

가마세는 이번에는 안도를 따르기로 한 것 같았다. 울음을 그친 그는 비굴한 웃음을 지으며 졸졸 뒤따라오려 했다.

유키는 생각했다. 오사코는 위대했다. 이런 녀석이 따라다니는 걸 잘도 허락했군. 다른 사람들이 안 보는 데서 얼마나 고생했을까. 새삼 오사코가 그리워졌다.

그런 점에서 오사코와는 달리 안도는 참지 않았다.

"따라오지 마. 죽여버린다."

가마세는 재빨리 회랑의 어둠 속으로 도망쳤다.

영안실의 검은 문 앞에서 유키와 안도는 서로 마주 봤다. 안도는 손에 든 스위치를 만지작거리며 말했다.

"어떻게 생각해?"

유키는 잠시 생각하다 입을 열었다.

"만일 거짓말이라면, 저 태도도 전부 연기라는 건데."

"그렇군. 하지만 녀석의 말이 사실이라면."

"범인은 흉기를 버렸다는 건가."

스위치가 놓인 라운지에 가마세가 혼자 들어간 건 우연에 지나지 않는다. 오사코가 그렇게 고집했던 '3인 1조'가 그가 죽은 뒤에 지켜졌다면, 스위치는 복수의 인물에 의해 동시에 발견되었을 것이다.

그것은 흉기를 버리는 것이나 마찬가지이다.

"어떻게 된 일이지……?"

안도는 그렇게 중얼거렸다.

유키는 구부러진 회랑 앞뒤를 둘러봤다.

"뭐, 일단 이동하자고."

역시 이 회랑은 심장에 해롭다.

오락실이냐, 라운지냐. 두 사람의 의견은 갈라졌다. 하지만,

"라운지 쪽이 밝아."

안도의 의견을 유키가 받아들여 결국 라운지로 향했다.

둥그런 방 한가운데, 열두 개의 의자가 놓인 원탁과 열두 개의 인디언 인형. 유키는 누가 죽을 때마다 이 인형이 없어지거나 부서질 거라고 예상했다. 하지만 그런 장치는 없었다. 처음 보았을 때와 마찬가지로 둥글게 놓여 있었다. 볼 때마다 배 속에 혐오감이 응어리처럼 쌓여갔다. 유키는 고개를 돌리고 가급적 인형을 보지 않으려 했다.

지금 라운지에 있는 사람은 한 사람뿐이었다. 그는 읽고 있던 책을 덮더니 두 사람을 향해 어떤 상황에서도 변함없는 미소를 지어 보였다.

"돌아오셨나요, 유키 씨, 안도 씨."

스와나가 읽고 있던 것은 가죽 표지의 책이었는데 어제부터 들고 있던 책이었다. 갑자기 그 책이 신경 쓰인 유키는 스와나를 향해 물었다.

"그 책은 뭡니까?"

"이 책 말인가요?"

스와나는 슬쩍 표지를 바라보며, 유창한 발음으로 답했다.

"『The Problem of the Green Capsule』이란 책이에요."

"영어책인가요?"

"영어로 씌어 있긴 하지만 영어책은 아니죠."

"하아…… 그거참……."

유키는 웅얼거리며 말끝을 흐렸다. 그는 영어에 약했다. 스와나는 다시 책을 읽으려다 뭔가 생각난 듯 입을 열었다.

"그러고 보니 유키 씨, 조금 이상한 점이 있는데요."

"네? 뭐죠?"

스와나가 자신을 의지하려 한다. 유키는 꼿꼿이 허리를 세웠다.

하지만 스와나는 조금 생각에 잠기더니 말을 끊었다.

"역시 마지막까지 읽은 다음으로 미뤄야겠어요."

순간, 유키는 지금 이 자리에서 스와나가 무슨 생각을 하는지 물어야만 한다는 강한 충동에 휩싸였다. 책을 빼앗아 그녀가 떠올린 '이상한 점'이 대체 무엇인지 이 자리에서 확실히 물어야 하는 것이 아닐까. 그런 기분이 강하게 들었다.

하지만 주눅이 들었다. 대화의 흐름으로 생각했을 때, 스와나의 의문은 그 책에 관한 것일 테지. 만일 영어에 관한 것이라면 물어본들 창피를 당할 뿐이다. 주저하던 유키는 타이밍을 놓쳤다.

유키는 원탁 위에 놓인 몇몇 인형의 손에 은색 카드가 들려 있다는 사실을 알아챘다. 카드 키다. 자세히 들여다봤다. 인형이 가지고 있는 카드는 10호실, 11호실, 12호실의 카드 키였다. 기억을 더듬었다. 분명히 니시노와 마키, 이와이의 카드였다.

"이 카드는……."

유키는 그렇게 중얼거렸다. 죽은 사람과 감옥에 있는 참가자의 카드. 분명히 어디 두어도 상관없는 것이긴 하지만, 어느새 누가 처음 놓여 있던 카드 홀더에 돌려놓은 것일까.

안도가 아무렇지도 않게 범인을 가르쳐주었다.

"어젯밤에 하코시마가 그렇게 해놨더라. 눈치 못 챘어?"

그다지 기분 좋은 광경은 아니라 그냥 못 본 척 넘겼나 보다.

어젯밤, 그 단계에서 누구든 죽은 사람들의 카드 키에 손댈 수 있었다. 그리고 그날 밤, 사망자 명단에 두 사람이 추가되었다. 이 사실들 사이에 관련성은 있는 걸까. 생각에 잠겼다.

아마 없겠지. 그들의 흉기는 금고실 안에 있다. 그 문은 열두 명의 카드가 없으면 열리지 않는다. 카드만으로는 아무것도 할 수 없다.

안도는 라운지를 둘러봤다.

"여기 있는 사람은 스와나 씨 혼자인가요?"

"네. 식당에 세키미즈 씨가 계실 거예요."

"세키미즈가?"

안도의 목소리가 다소 험악해졌다. 유키가 무슨 일인가 생각하고 있으려니, 그는 귓속말로 이렇게 말했다.

"위험한 거 아냐?"

"뭐가?"

"세키미즈가 혼자 부엌에 있는 거."

"부엌이 아니라 식당이라잖아."

"어차피 이어져 있잖아. 그보다 태평하게 구는 것도 작작해. 그 녀석, 독을 가지고 있다고."

그랬지.

안도는 살짝 속도를 내며 식당으로 달려갔다. 유키도 그 뒤를 쫓았다.

라운지에 비하면 약한 조명 속에서, 세키미즈는 혼자 긴 테이블 앞에 앉아 찻잔을 들고 꿈쩍도 하지 않았다. 식당 안으로 들어온 유키 일행에게는 눈길조차 주지 않았다.

세키미즈를 부르려 했지만 어쩐지 그조차 망설여졌다. 그만큼 분위기가 심상치 않았다. 촛대에 밝혀진 불빛이 희미한 탓도 있겠지만, 어깨를 축 늘어뜨리고 있는 그 모습은 퀭하니 핼쑥했다. 세키미즈는 유키처럼 대학생이었지만, 그 순간 그녀는 인생에 지친 중년처럼 보였다.

만일 저 찻잔 안에 독이 들어 있고, 이제 인생에 종지부를 찍을 거란 소리를 해도 납득했을지 모른다.

먼저 입을 연 것은 안도였다. 그는 괴로운 목소리로 중얼거렸다.

"이놈이나 저놈이나 모두 얼빠진 얼굴 하고 있긴."

그 말을 듣고서야 두 사람의 존재를 눈치챘는지 세키미즈는 천천히 고개를 들었다. 그 표정에서도 생기는 느껴지지 않았다.

"무슨 일이야?"

안도는 결심을 굳히듯 잠시 뜸을 들였다. 그래서인지 그의 입에서 나온 말에서는 배려 같은 것은 전혀 느껴지지 않았다.

"여기서 축 처져 있지 마. 걱정되잖아."

"걱정? 내가?"

"누가 널 걱정한대. 네가 가진 독이 걱정된다고."

단도직입적으로 말하는 안도를 보고 세키미즈는 살짝 미소 짓는 것 같기도 했다. 그녀는 찻잔 옆에 자연스레 놓인 유리병을 가리키며 말했다.

"독이라니, 이거 말하는 거야?"

자세히 보니 어디서 본 기억이 있었다. 어제 보았던 약살용 니코틴이 든 병이다.

어제는 가득 차 있었던 병 안은 지금 텅 비어 있었다. 공허한 웃음을 지으며 세키미즈는 병을 들고 좌우로 흔들었다. 텅 비었다는 사실을 강조하듯.

"너, 너!"

빈 병의 의미를 어떻게 해석한 것인지, 안도는 날카롭게 소리쳤다. 아마도 독을 사용했다고 생각한 것이리라.

한편, 유키는 그 병의 의미를 다르게 해석했다.

"혹시…… 버렸어?"

세키미즈는 신기한 것을 보듯 유키를 바라봤다.

잘못 짚었나. 식은땀이 흐르는 순간, 세키미즈는 병을 탁 소리 나게 놓았다.

"응. 좀더 일찍 그럴걸 그랬어. 그쪽도 그렇게 생각하지?"

두 사람은 뭐라 대답할 수 없었다. 그렇다고 순순히 말할 수는 없었다. 무언가 이유가 있을 것 같다. 하지만 두 사람은 그 이유를 곧바로 떠올릴 수 없었다.

세키미즈는 잠시 아무 말도 하지 않았지만 곧 단념한 듯 자리에서 일어났다.

"알았어. 라운지로 갈게."

유키 옆을 스쳐지나가며 그녀는 이렇게 말했다.

"독이 들었는지 안 들었는지 확인하고 싶으면 언제든 불러. 뭐든 마셔줄 테니."

지금이라면 세키미즈는 정말 독이 들어 있어도 마시지 않을까. 유키는 문득 그런 생각을 했다.

유키, 안도, 그리고 스와나. 세 사람은 원탁을 둘러싸고 있었다.

스와나는 여전히 책을 읽고 있었다. 남은 페이지 수를 보니 이야기도 마침 점입가경에 들어간 모양이다. 주로 이야기를 나누는 사람은 유키와 안도였다.

기분 탓인지 안도는 곤혹스런 표정으로 말했다.

"유키. 세키미즈가 했던 말, 어떻게 생각해?"

유키는 이미 생각을 정리한 상태였다. 그는 즉시 대답했다.

"그건 세키미즈의 흉기가 독이니까 가능한 일이잖아. 생각해봐, 언제 와카나가 미쳐서 일본도 같은 걸 휘두르며 나올지도 모르는데 내가 부지깽이를 버릴 수 있겠어?"

안도의 끈과 스와나의 독은 호신용으로는 쓸모가 없었다. 그래서 사용하지 않겠다는 의사를 표시하기 위해 버려도 소유자의 신변을 위험하게 만들지는 않는다. 하지만 유키는 부지깽이를 버릴 생각은 전혀 없었다. 그것은 중요한 호신 도구다.

모두의 안전을 위해 모두가 흉기를 버린다. 그런 선택지도 충분히 있을 수 있겠지만, 유키에게는 불리했다. 찬성은 할 수 없었다.

안도는 떫은 표정을 지으며 말했다.

"뭐, 이론적으로는 그렇지. 그럼 와카나와 가마세, 그리고 후치 씨가 모두 흉기를 내놓으면서 '이걸로 우리는 비무장 상태예요. 유키 군도 무기를 버리세요'라고 하면 어쩔 건데?"

"상대가 먼저 무기를 버린다면 당연히 나도 버리겠어. 진짜 버린다는 게 아니라 금고실에 봉인해도 상관없다는 뜻이지만."

딱 잘라 말한 유키는 잠시 생각에 잠긴 뒤 이렇게 덧붙였다.

"그런데 말이야, 난 남자고 나름대로 체력도 있으니까 와카나가 무기를 버린다면 나도 버려도 상관없어. 하지만 와카나 입장에서는 어떻겠어. 누가 살인자인지도 모르는데 시커먼 남자들에게 둘러싸인 상황에서 무기를 버리고 싶겠어? 아니면 교섭의 여지가 있다고 생각해?"

안도는 쓴웃음을 지으며 가볍게 고개를 저었다.

"아니. 실제로 무장을 해제하자는 소리가 아냐."

그의 진심을 가늠할 수 없어서, 유키는 의아스레 안도를 바라봤다. 안도는 원탁 위에 낙하식 천장을 조작하는 스위치를 올려놓았다.

"내가 생각하고 있는 건 이거야."

"그런 거였군."

천장의 스위치는 물론 누군가의 흉기였을 것이다. 그 누군가는 오사코와 하코시마를 죽인 살인자다.

가마세의 말을 믿는다면, 살인자는 살인을 저지른 뒤 흉기인 스위치를 이 라운지에 방치했다. 그것도 바로 눈에 띄는 원탁 위에 놓은 것이다.

즉, 살인자는 흉기를 버렸다. 안도는 그 이유가 무엇인지 생각하고 있는 것이다.

"왜 버렸지? 아직 잘 쓸 수 있는데."

아무렇지도 않은 투였지만 곰곰이 생각하면 위험한 발언이었다. 하지만 일일이 걸고넘어질 생각은 없었다. 유키는 아무렇지도 않게 말했다.

"이제 필요 없어졌으니까 그랬겠지."

"즉?"

"그 두 사람을 죽이고 싶었지만, 더이상은 사람을 죽일 생각이 없었다든지."

"그건 답이 안 돼."

탁탁. 안도는 손가락으로 테이블을 두드렸다.

"알 수 없는 건, 어째서 여봐란듯 버렸느냐는 거야.

세키미즈가 독을 버린 이유는 알겠어. 사람을 죽일 생각이 없기 때문이야. 그걸 내보이기 위해서 버린 거지. 네가 부지깽이를 버리지 못하는 이유도 알아. 자기를 지키는 데 쓰려는 거지. 천장을 작동시킨 녀석은 죽일 생각이 있었어. 그리고 실제로 죽였지. 두 사람을 죽였으니 흉기로써의 필요성은 사라졌는지도 몰라. 그래도 모두가 보라는 듯 내던져버릴 필요는 없지."

유키는 팔짱을 꼈다. 듣고 보니 그렇다.

"그럼에도 라운지에 두었다면 생각해볼 수 있는 가능성은 뭐가 있을까."

그렇게 말하더니 안도는 주먹 쥔 손에서 손가락을 하나 폈다.

"첫째, 이제 다시는 쓰지 않겠다고 결심하며 스스로 버렸다."

"설득력 있는데."

"둘째, 가마세의 말은 거짓말이다."

두 번째 손가락을 뻗었다. 유키는 자신도 모르게 고개를 끄덕였다.

"더욱 설득력 있어."

진지한 표정을 짓고 있던 안도는 순간 긴장을 풀었다. 하지만 금세 원래 표정으로 돌아가더니 세 번째 손가락을 세웠다.

잠시 생각을 정리하는 듯 뜸을 들인 뒤 안도는 신중하게 말을 꺼냈다.

"셋째, 범인은 오사코와 하코시마를 죽일 생각이 없었다. 어쩌다 실수로 두 사람을 죽이고 말았다. 그리고 무서워서 흉기를 버렸다."

유키는 고개를 갸웃거리며 말했다.

"그건 이상한데."

"그래?"

"무서워서 그런 거라면 누가 주울지도 모르는 곳에 버리겠어?"

"무섭다는 건 그런 뜻이 아냐."

안도는 원탁 위의 스위치를 두 손가락으로 집어 들었다. 그리고 연기하듯 말했다.

"앗, 오사코와 하코시마가 저렇게 되다니. 이것 때문일까. 그럴 생각은 아니었는데!"

스위치를 원탁에 던진다. 생각보다 큰 소리가 나는 바람에 책을 읽고 있던 스와나가 힐끔 시선을 보냈다. 안도도 머쓱했는지 가볍게 고개를 숙여 사과했다. 그는 마음을 다잡고 말을 이었다.

"내 탓이 아냐."

그렇군. 유키는 생각했다. 그럴 가능성도 분명히 있었다. 실수로 무서운 함정을 작동시켜버렸다면 나 몰라라 집어 던져버리고 싶어지는 것도 당연하다.

그렇지만.

"역시 그건 이상해."

유키의 목소리도 안도를 따라 무거워졌다.

"상식적으로 실수로 두 명이나 죽이나? 한 명이라면 이해가 가. 하지만 두 명은 너무 의도적이잖아."

"무슨 소리야. 한 명씩 두 번 살해당한 게 아니라 한 번에 두 명이 살해당한 거잖아. 한 번의 실수로 두 명이 죽어서 덜컥 겁을 먹은 거지. 이상할 거 없잖아?"

"아니."

그렇게 대답하는 유키에게는 확신이 있었다. 그는 똑똑히 보았다.

"하코시마 위에 오사코가 포개어져 있었어. 먼저 하코시마가 죽고, 그러고 나서 오사코가 죽은 거야. 하코시마는 실수로 죽였는지도 모르지만, 오사코는 고의로 죽인 거야."

침묵이 흘렀다.

안도는 눈을 가늘게 떴다. 무언가 말하려다 목구멍 너머로 삼키더니, 잠시 후에 입을 열었다.

"확실해?"

유키는 고개를 끄덕였다. 절대적으로 자신이 있었다.

그리고 이렇게 덧붙였다.

"그 천장은 한 번에 여러 명씩 죽일 수 있도록 만들어져 있지는 않을 거야."

안도는 의아하다는 표정을 지었다.

"왜 그런 생각을 한 거지?"

지금부터 할 이야기에는 아무 근거도 없다. 어디까지나 유키 혼자만의 추측이다. 하지만 그래도 말해볼 가치는 있을 것이라 생각했다. 무의식적으로 입술을 핥았다.

"천장은 너무 강력해."

"……."

"열두 명이 영안실에 들어간 순간 스위치를 누르면, 단번에 모두 죽어버리지. 방법에 따라서는 첫날에 나머지 열한 명을 죽이고 혼자 살아남는 것도 충분히 가능해.

생각해봐. 이 암귀관이 그런 상황이 가능하도록 만들어졌을 것 같아? 짜증나긴 하지만 이 건물도, 시스템도, 구석구석 신경을 썼다는 건 인정하지? '쿵' '이걸로 끝', 이런 상황이 가능하도록 만들어 졌을 것 같지는 않아.

그러니까 먼저 하코시마, 그다음에 오사코가 살해된 거야. 내 생각인데, 그 천장, 두 명 이상을 동시에 살해하는 건 불가능하게 만들어져 있지 않을까."

영안실에서 두 사람의 시체가 포개어져 있는 것을 본 뒤로, 유키는 계속 그 이유에 대해 생각했다. 만일 그 두 사람을 죽이고 싶다면, 살인자와 오사코, 하코시마, 이렇게 셋이서 방에 들어가 스위치를 누르면 간단하게 끝난다. 천장은 바닥까지 완전히 떨어지지는 않을 것이다. 수십 센티, 아마도 사람 무릎 정도의 높이에서 멈출 것이다. 그렇지 않으면 영안실에 놓인 관까지 부서져버릴 테니까. 그렇다면 함정을 두 사람 위로 떨어뜨리고, 살인자는 엎드려 있으면 된다.

그런데 두 사람이 차례로 살해된 것은 왜일까.

유키는 그렇게 하지 않으면 함정이 작동하지 않기 때문이라고 생각했다. 그것이 암귀관의 이념에 부합한다고 생각한 것이다.

안도는 잠시 신음을 흘리더니 말문을 열었다.

"일리 있어. 아니, 그건 생각도 못 했어. 넌 그렇게 둔한 녀석이 아냐. 그건 알지만…… 납득할 수 없어. 반증이 있어."

그는 휙 고개를 들었다.

"요컨대 '참가자를 모두 죽일 수 있을 만한 흉기가 있는 건 이상하다' '지급된 흉기의 파괴력은 적절하게 조절되어 있다'고 말하고 싶은 거지?"

"맞아."

"네 말대로, 내 끈이나 네 부지깽이라면 그렇게 생각할 수도 있어. 하지만 그건 어떻게 되는데."

안도가 말한 그것. 유키도 짐작하지 못하는 것은 아니었다. 안도는 순간 망설이다 말문을 열었다.

"니시노를 죽인 권총."

"……"

"니시노는 9mm 구경 권총에 여덟 발이나 맞았어. 현장에 떨어져 있던 탄피는 모두 아홉 개. 최저 9연발이 가능한 권총을 가지고 있는 녀석이 있어. 그것도 단순한 9mm가 아냐. 탄피를 보니 9×19mm, 9mm 패러벨럼이란 녀석이야.

9mm 패러벨럼을 사용하는 권총은 일반적으로 장전할 수 있는 탄환 수가 많아. '9mm 패러벨럼을 사용하는 것치고는 장전할 수 있는 탄환 수가 적다'고 일컬어지는 총의 최대 장전 탄환 수가 9연발이지. 니시노를 죽인 녀석은 자기 총에 장전된 탄환을 전부 쏜 것이 아냐. 니시노가 쓰러질 때까지 쏜 거겠지.

게다가 9mm 패러벨럼은 상당히 강력한 부류에 속하는 탄환이야. 같은 9mm라도 9×17, 18mm 같은 것도 있어. 일부러 살상 능력이 높은 탄환이 지급된 거야.

그러면 이렇게 생각할 수 있지. 일반적으로 생각했을 때 최저 9연발 이하일 리 없는 강력한 권총을 가진 녀석이 이 안에 있다고. '흉기의 파괴력을 적절하게 조절하겠다'는 의도가 있었을 거라는 생각은 안 들지."

유키는 안도의 얼굴을 빤히 바라봤다. 그리고 진심 섞인 한마디를 던졌다.

"총기 마니아였어?"

안도는 노골적으로 발끈했다.

"진지하게 들어."

"네가 마니아가 아니라면 진지하게 들어봤자 신빙성이 떨어지잖아."

순간 안도의 말문이 막혔다.

"이 정도는 마니아가 아니라도 아는 사실이야."

"그래?"

"그래. 빔 라이플부잖아."

빔 라이플부의 부원은 이런 정보에도 정통해야 하는 건가. 유키는 도무지 가늠할 수 없었다. 하지만 안도의 말에는 어느 정도 납득할 만한 부분이 있다. 강력한 권총을 지급받은 사람이 있다면,

강력한 함정을 지급받은 사람이 있어도 이상할 건 없다. 그 말을 하고 싶은 것이리라.

시신의 상태로 보았을 때, 먼저 하코시마가, 그다음에 오사코가 살해당한 것은 틀림없었다. 하지만 안도의 말이 옳다면 그 의미에 대해 다시 해석해야 한다.

"그렇군……."

유키는 신음성을 흘렸다. 안도도 입을 꾹 다물고 침묵을 지켰다.

그때, 독서 삼매경인 줄 알았던 스와나가 고개를 들었다.

"저어……."

"아, 네, 시끄럽게 해서 죄송합니다."

유키는 머리를 꾸벅 숙이며 사과했지만 스와나는 미소로 입을 다물게 한 뒤 침착한 목소리로 물었다.

"두 분 이야기는 잘 들었어요. 여러 가지 경위가 있을지도 모르죠. 유키 씨의 의견, 안도 씨의 의견, 어느 쪽이 옳은지는 모르겠습니다. 하지만, 결국…….

누가 오사코 씨와 하코시마 씨를 죽였다고 생각하시는 거죠?"

유키는 안도를 보았다. 안도 역시 유키에게 시선을 보낸다.

그에 대해 아예 생각이 없던 것은 아니다. 아니, 오히려 시체를 발견한 이후로 계속 그 생각을 했다고 해도 과언이 아니다.

하지만 그것을 입 밖으로 내어 검토하는 건 영 내키지 않았다.

될 수 있으면 피하고 싶었다. 계속 주변 사정만을 이러쿵저러쿵 논하고 싶었다.

유키는 한숨을 내쉬었다. 심정은 변함없었지만 이제 슬슬 본론으로 들어가야 할 때다.

이제 슬슬 물어야만 한다.

누가 두 사람을 죽였나?

유키도, 안도도, 스와나의 물음에 즉각 대답할 수 없었다. '아직 모르겠습니다'라는 대답밖에 나오지 않았다.

"그게 이상하다니까."

안도는 그렇게 말했다.

"어제 서로 흉기를 확인했잖아. 난 유키와 세키미즈, 스와나 씨의 흉기를 봤어. 그중에 스위치는 없었고."

유키 역시 고개를 끄덕이며,

"맞아. 그러면 가마세와 와카나, 후치 씨 중에 있던 건가?"

대답은 돌아오지 않았다. 물론 아니기 때문이다.

어제 이야기에서 추론해보자면, 오사코 그룹은 모두가 각자의 흉기를 확인한 건 아닌 듯했다. 적어도 후치는 하코시마에게 흉기를 보여주지 않았다.

그렇지만 모두가 최소 두 사람에게 흉기를 보여주기는 했을 것이다. 그런데 왜 후치, 와카나, 가마세, 이 세 사람 중 아무도, '천장 스

위치를 가지고 있던 건 그 녀석이다. 그러니까 그 녀석이 범인이야!'
라고 하지 않는 걸까?

유키는 생각했다.

누가 스위치를 가지고 있는지 아는 사람이 죽으면 그 사실을 지
적할 사람은 사라진다. 그 경우, 살인자는 자신의 흉기를 공개할 상
대로 오사코와 하코시마를 선택했고, 나중에 두 사람을 제거했다
고 봐야 한다.

하지만 그런 어처구니없는 일이 가능할까? 혹은 살인자가 스위
치의 기능을 설명하지 않았다면, 오사코와 하코시마를 함정에 빠
뜨리는 것도 가능하리라. 하지만 그 경우, 살인자가 흉기를 보여주
지 않았던 두 사람이 진작 반론을 제기했을 것이다.

아니다. 어제, 참가자들이 서로 흉기를 공개했을 때, 낙하식 천장
의 스위치를 내놓은 사람은 없었던 것이다.

"스위치는 누구 것이었을까……?"

유키는 그렇게 중얼거렸다.

그의 혼잣말을 안도가 적절하게 해석했다.

"오사코? 하코시마?"

"아니, 아냐."

즉각 부정하고 나서 유키는 이유를 설명했다.

"살인자가 모종의 방법을 써서 오사코나 하코시마에게서 스위치

를 훔쳤다고 가정해도, 소유자는 천장의 구조를 알고 있어. 그걸 아는 상황에서, 게다가 스위치를 도둑맞았는데 겁도 없이 영안실에 들어갔다는 건 말도 안 돼."

"그럼?"

"이와이나 마키, 아니면 니시노."

"설마!"

안도의 낯빛이 변한다.

"마키는 아냐. 녀석의 흉기는 손도끼, 참살이었어."

"범인이 자기 흉기와 바꿔치기했다면? 원래 낙하식 천장은 마키의 흉기였어. 마키가 죽은 뒤, 범인이 그걸 자기 손도끼와 바꿔치기했을 가능성도 있지 않을까?"

딱히 깊이 생각하고 한 말은 아니었다. 말이 끝나자마자 안도는 허점을 찔렀다.

"말이 돼? 그렇다면 어제 흉기를 공개한 시점에서 범인에게는 스위치밖에 없었다는 결론이 나오는데?"

"그래, 그렇지."

그럼 이와이는 어떨까. 이번에는 말을 꺼내기 전에 먼저 생각했다.

이와이는 나흘째 아침에 마키를 석궁으로 죽였다. 이건 틀림없는 사실이다. 이와이의 원래 흉기가 천장이었다고 치자.

그러면 이와이는 그날 아침까지 어딘가에서 석궁을 조달해야만 했을 것이다.

이번에는 석궁의 원래 주인이 누구인지를 생각해야만 한다. 이건 간단하게 답이 나온다. 후보는 한 명밖에 없다. 니시노다.

하지만 니시노는 천장이 아닌 권총으로 살해됐다. 그렇다는 건 이와이는 어떻게 해도 니시노를 죽일 수 없다는 결론이 나온다.

이와이가 스위치의 소유자라고 가정했을 경우 상황은 이렇다.

'이와이는 니시노를 죽이지 않았지만, 그가 죽고 나서 니시노의 방에서 석궁을 훔쳐, 그것을 사용해 마키를 죽였다. 그리고 이와이가 감옥에 갇히고 난 뒤, 누군가가 이와이의 스위치를 훔쳐 오사코와 하코시마를 죽였다.'

이론적으로는 불가능하지 않다. 하지만 이런 일이 있을 수 있을까? 니시노의 죽음을 보고 이성을 잃고, 착란 상태에 빠져 마키까지 죽인 이와이가 석궁을 훔치고, 천장 스위치를 숨기고 있었다는 건가?

불가능하지 않을 뿐이다. 상식적으로는 생각하기 어려운 일이다. 유키는 이 가설은 머릿속에서 폐기했다.

그렇다면······.

"니시노인가."

남은 건 니시노뿐이다.

"범인은 먼저 니시노를 사살했어. 그리고 니시노의 장난감 상자에서 천장 스위치를 입수했지. 그리고 어젯밤 그것을 사용해 오사코와 하코시마를 살해했지."

안도는 잠시 유키의 가설을 검토했다. 이윽고 그는 입을 열었다.

"그거야. 전혀 모순이 없어."

하지만 유키는 재차 신중하게 말했다.

"아니면, 니시노를 죽인 사람은 따로 있거나. 오사코와 하코시마를 죽인 녀석은 니시노의 시체에서 카드 키를 훔쳐 스위치를 입수했을 뿐이다. 이건 어때?"

"왜 군이 사태를 복잡하게 만들어."

안도는 진저리를 내며 말했다.

그 말에 답한 건 지금까지 말없이 두 사람의 이야기를 듣고 있던 스와나였다.

"아니요. 그편이 모순은 더 적죠. 왜냐면 니시노 씨를 살해한 인물과 오사코 씨와 하코시마 씨를 살해한 사람이 동일 인물이라고 하면, 살인자는 어제 검문에서 권총이나 스위치, 둘 중 하나를 공개했을 테니까요.

스위치를 공개했을 가능성은 앞서 말씀하셨듯이 부정되었죠. 그렇다면 살인자는 니시노 씨를 살해한 흉기인 권총을 공개했지만, 다른 사람들은 그걸 못 보고 넘어갔다는 건데, 이 역시 복잡하죠."

"스와나 씨."

안도는 스와나를 향해 한숨을 내쉬었다. 유키는 커다란 충격에 휩싸였다. 스와나를 향해 한숨을 내쉴 수 있는 남자가 있다니, 지금껏 상상도 하지 못했다. 용감한 안도는 봇물이 터져 나오듯 단번에 말을 쏟아냈다.

"어느 쪽이든…… 어느 쪽이든, 오사코를 포함한 다섯 명 중에, 권총을 가진 녀석이 있던 건 분명합니다. 저, 유키, 세키미즈, 스와나 씨, 이 네 명 중에 권총을 가진 사람이 없었던 이상, 니시노를 죽인 건 나머지 다섯 명 중 누군가일 테니까요.

어제 오사코와 다른 사람들은 니시노를 죽인 범인을 보고도 눈감아준 겁니다."

스와나는 반론을 제기하지 않았다.

"제 말은 어느 쪽이든 일이 복잡해진다는 거예요."

그렇게 딱 잘라 말하더니 더이상 대화를 계속할 마음은 없는 듯 다시 책을 읽기 시작한다.

안도는 유키를 향해 물었다.

"오사코가 니시노를 죽인 범인을 감쌌다고 치자. 그럼 그렇게 해야만 했던 상대는 대체 누구일까?"

오사코 자신이든지, 아니면…….

대답 없는 유키를 향해 안도는 계속 말을 이었다.

"그 녀석이 니시노를 죽인 죄를 영원히 은폐할 작정으로 몰래 손에 넣었던 스위치를 사용한 거 아닐까?"

살인자는 오사코와, 아마도 하코시마에게 권총을 보여주었을 것이다. 오사코와 하코시마는 그 권총을 보고 니시노를 죽인 범인을 알았지만, 그들은 그 사실을 은폐했다. 하지만 살인자는 오사코와 하코시마를 믿지 못하고 어젯밤 그들을 죽였다. ……안도의 주장은 이랬다.

이번에는 유키가 '그럴 리가'라고 말할 차례였다. 안도의 가설은 '오사코를 죽인 것은 오사코가 감싸주고 싶은 인물이다'라는 뜻이기 때문이다. 그에 해당하는 건 물론 한 사람뿐이었다.

"말도 안 돼!"

안도는 쓴웃음을 지었다.

"그야 모르지. 세상에는 자기가 저질러놓고 아닌 척 울 수 있는 녀석도 있다고."

유키는 도저히 믿을 수가 없었다.

6

내키지 않는 이야기를 다음 단계로 진행시키기 위해서는, 내키지 않는 사전 작업이 필요했다.

모두에게 이야기를 듣지 않고서는 결론을 낼 수가 없다. 하지만 울부짖는 와카나, 넋이 나간 듯한 세키미즈, 안도에게 의존함으로써 가까스로 정신의 평형 상태를 유지하고 있는 가마세를 라운지로 데리고 오는 건 분명히 내키지 않는 일이었다. 상대적으로 신경이 덜 쓰일 줄 알았던 후치조차 묘하게 안절부절못하는 것 같아서 왠지 불안했다.

내키지 않는 사전 작업에는 시간도 필요했다. 가까스로 라운지에 모두가 모였을 무렵에는 시간은 거의 밤에 가까워져 있었다.

이들 중 대부분은 아침부터 아무것도 먹지 않았을 것이다. 하지만 아무도 배가 고프니까 식사를 하자는 말은 꺼내지 않았다.

일곱 좌석이 채워진 원탁. 즉, 다섯 좌석이 빈 원탁. 그 위로 교차하는 시선은 차갑고 의심으로 가득 차 있었다. 때문에 모두 정면에서 얽히는 것을 조심스레 피했다. 안도 역시 노골적으로 신경이 곤두선 건 마찬가지라 유키는 시작하기 전부터 진이 빠져 있었다. 기분 나쁜 분위기다. 건드리고 싶지 않은 것을 건드리는 것은 정말 기분 나쁜 일이다.

유키, 안도, 스와나, 세키미즈, 와카나, 가마세, 후치.

누구나 알고 있다. 이 일곱 명 중에 오사코와 하코시마를 죽인 범인이 있다.

"일단 어젯밤 일을 짚고 넘어가자는 취지야."

안도는 은근히 변명처럼 그렇게 말을 꺼냈다.

두 사람은 밤에 살해됐다.

그리고 어젯밤은 새로운 피해자가 나오지 않도록 3인 1조로 야간 순찰을 돌기로 했었다.

"조 편성은 어떻게 됐었지?"

안도는 유키를 향해 물었다. 몰라서 묻는 게 아니라 사람들 앞에서 다시 확인하려는 것이리라. 물론 유키는 아침부터 계속 조 편성에 대해 머릿속으로 반추하고 있었기에 대답은 막힘없이 술술 나왔다.

"첫 번째 조가 오사코, 와카나, 후치 씨.

두 번째 조가 하코시마, 세키미즈, 가마세.

세 번째 조가 나, 너, 스와나 씨."

"그랬지."

고개를 끄덕이며 안도는 못을 박듯 또 하나 질문을 던졌다.

"오사코와 하코시마를 발견한 건?"

"3조. 6시 직전이었지."

말을 입 밖으로 낸 순간, 콧속에서 그 순간 맡았던 비릿한 냄새가 되살아나는 것 같아서 유키는 저도 모르게 얼굴을 찡그렸다. 안도는 아랑곳하지 않고 말을 이었다.

"오사코 조가 10시부터 12시 40분까지. 하코시마 조가 12시 40분부터 3시 20분까지. 우리 조가 3시 20분부터 6시까지.

우리는 분명히 3시 20분부터 6시까지 3인 1조로 움직였어. 딱히 이상한 점은 없었어. 그렇죠?"

이번에는 스와나에게 동의를 구했다. 스와나는 아까 계속 읽던 책을 다 읽었다. 그 뒤로는 어찌된 영문인지 줄곧 생각에 잠긴 표정이었다. 지금도 그다지 내키지 않는 얼굴로 듣고 있긴 했지만, 이야기의 화살이 자신에게로 향하자 금세 고개를 끄덕였다.

"네. 이렇다 할 건."

"감사합니다. 요컨대 묻고 싶은 건, 우리 말고 다른 조들도 분명히 순찰을 돌았느냐는 거야."

"잠깐."

벌겋게 핏발 선 눈 아래에 다크서클까지 생긴 와카나가 땅속에서 울려 퍼지는 것 같은 목소리로 따지고 들었다.

"왜 네가 나서서 난리야?"

하지만 안도는 꿈쩍도 하지 않았다.

"그럼 네가 할래? 난 그래도 상관없어."

"……"

"오사코를 죽인 녀석을 찾고 싶지? 나도 마찬가지야. 협조할 생각으로 여기 온 거 아냐?"

와카나는 아무 말도 하지 않았다. 안도의 말에 꼼짝 못 했다기보다는 또다시 제 고치 안에 틀어박힌 느낌이었다.

유키는 그런 와카나의 옆자리였다. 질식할 것 같은 분위기가 여기까지 전염되는 것 같다.

"그런 거라면…… 저희 때도 딱히 이상한 점은 없었어요. 오사코 씨와 와카나 씨, 저, 이렇게 셋이서 여러분이 방에 들어가신 10시부터 약속한 12시 40분까지 틀림없이 순찰을 돌았어요."

"누군가 이상한 낌새를 보이지는 않았습니까?"

안도는 뚜렷한 목적을 가지고 그렇게 물었다. 그가 묻고 싶은 건 와카나에 대한 것이다. 하지만 후치는 지극히 당연한 대답을 했다. 기억을 더듬듯 생각에 잠기더니 말했다.

"잘 기억이 안 나네요. 어제는 잠을 못 자서 정신이 없었거든 요……."

납득이 가는 이야기였다. 하지만 안도는 포기하지 않고 계속 물고 늘어졌다.

"그럼……."

"또 있어요?"

후치는 질렸다는 표정을 지으며 자신이 지쳤다는 것을 숨기려 하지 않았다.

애당초 평범한 주부인 후치는 이런 황당무계한 곳에 있을 사람이 아니다. 상황이 더욱 황당해질수록 후치는 점점 지쳐갈 것이다. 유키는 불현듯 학생들이 일으킨 소동에 옆집 사람을 끌어들인 듯한 불편한 감정을 느꼈다.

안도는 전혀 아닌 것 같았다.

"순찰중에는 아무 일도 없었던 거죠?"

"지금 말한 대로예요."

"아니, 제가 묻고 싶은 건 순찰이 끝났을 때의 일입니다."

후치는 순간 의아한 표정을 지었다.

"끝났을 때?"

"네."

안도는 조금 숨을 들이마시더니 말했다.

"순찰이 끝났을 때, 후치 씨가 방에 돌아갔을 때 어땠는지 가르쳐주세요."

"돌아갔을 때……? 방에는 아무도 없었어요. 그 밖에는…….."

"아뇨, 그게 아니라."

안도는 손사래를 치며 답답함을 나타냈다.

"첫 번째 조 순찰이 끝났습니다. 그러면 두 번째 조가 순찰을 시작할 차례죠. 제가 묻고 싶은 건, 그러니까 이런 겁니다. 후치 씨가 자신의 방으로 돌아갔을 때, 혼자였는지 아니면 둘이었는지, 셋이었는지. 그리고 두 번째 조가 순찰을 시작하기 전에 누가 하코시마와 다른 사람들을 깨우러 가려 했느냐는 것."

유키는 안도가 무엇을 알고 싶어 하는지 깨달았다. 그는 후치가 자신의 방으로 돌아간 뒤 오사코와 와카나가 단둘이었던 순간이 있었을 것이라고 생각하는 것이다. 곤혹스러운 표정을 짓긴 했지만 그래도 후치는 묻는 말에 순순히 대답했다.

"아, 잘 기억이 나질 않네요. 하지만 방 앞까지 오사코 씨가 데려다준 건 확실해요. ……맞아요, 와카나 씨도 있었어요. 하코시마 씨와 다른 사람들을 깨워야 하는지 저도 신경이 쓰였어요. 그래서…… 맞아요. 가야 되는 거 아니냐고 물었어요."

기억이 또렷해진 듯, 후치는 마지막 부분에서는 딱 잘라 말했다.

"오사코 씨는 자기가 깨우러 갈 테니까 괜찮다고 했어요."

안도는 유키를 보고 히죽 웃었다. '거 봐라'는 양.

분명히 와카나와 오사코가 단둘이 있었던 순간이 있었을 것이다. 하지만 먼저 죽은 건 하코시마다. 이건 틀림없는 사실이다. 안도는 살해된 순서는 중요시하지 않는 걸까? 아니면 유키의 말 같은 건 믿을 수 없다고 생각하는 걸까?

유키는 살짝 와카나의 옆모습을 훔쳐봤다. 그녀는 지금 이뤄진 대화가 자신의 혐의를 확인하는 과정이라고는 꿈에도 생각하지 않는 것 같았다. 하지만 무언가를 억지로 참는 표정으로 조용히 고개를 숙이고 있다.

"그럼 두 번째 조는⋯⋯."

안도의 시선이 차례로 가마세와 세키미즈를 훑었다.

순간 명백한 반응이 나타났다. 가마세와 세키미즈 두 사람의 얼굴에 겁먹은 기색이 스쳐지나간 것이다. 그 일에 대해서 말하고 싶지 않다. 그런 의사를 명확하게 읽어낼 수 있을 정도로 두 사람의 태도는 노골적이었다.

유키에게는 상당히 뜻밖의 사태였다. 안도 역시 미간을 찌푸리며 답을 채근했다.

"왜 그래?"

말하기 곤란한 듯 머뭇거리며 먼저 말문을 연 건 세키미즈 쪽이었다.

"⋯⋯난 어제 순찰 안 돌았어."

"뭐라고?"

안도의 말문이 막힌다. 가만히 듣고만 있던 유키도 무심결에 물었다.

"왜!"

"아, 응."

세키미즈는 슬쩍 가마세를 바라봤다. 가마세는 당황한 듯 세키미즈에게서 얼굴을 돌렸다. 그 순간 결심이 섰는지 세키미즈는 단숨에 말했다.

"어젯밤에 시간이 되자 하코시마가 깨우러 왔어. 하지만 가마세는 없었어. 가마세는 어디 있느냐고 했더니 순찰 돌기 싫다고 방에서 안 나왔다고 하더라고.

나도 싫었어. 죽은 사람을 나쁘게 말하기도 뭣하지만, 하코시마는 다른 사람들을 모두 자기 밑으로 보는 것 같은 느낌이라 무슨 짓을 당해도 이상할 거 없다고 생각했거든. 그 녀석하고 단둘이 순찰이라니 당치도 않지.

나도 3인 1조라면 순순히 따르려고 했어. 하지만 하코시마와 단둘이서 순찰이라니 말도 안 돼. 가마세가 없으면 나도 절대 안 간다고 했더니 하코시마는 '다시 설득하겠다'고 했어."

"그리고?"

유키가 다음을 재촉하자 세키미즈는 고개를 숙이고 기어들어가는 소리로 말했다.

"그러고는 돌아오지 않았어. 나도 어느샌가 잠들어서, 일어나 보니⋯⋯."

멀리 떨어진 곳에서도 그녀가 이를 악물고 있는 걸 알 수 있었다.

세키미즈의 주장도 일리가 있다. 유키 역시 하코시마와 단둘이 순찰을 돌라고 하면 분명히 망설였을 것이다. 하코시마에게는 다른 사람에게 불신감을 주는 구석이 있었다.

하물며 세키미즈는 여자다. 거부하는 것도 이해가 갔다.

그렇다면.

모두의 시선이 가마세를 향했다.

가마세는 조금 전 유키에게 보인 것 같은 한심한 태도를 보이지는 않았다. 그는 자기 차례라는 걸 알아채자마자 거만한 태도로 이렇게 내뱉었다.

"뭐야. 내가 무슨 짓을 했다는 거야?"

그 모습을 보며 유키는 생각했다. 가마세는 집단 속에서라면 강한 척할 수 있는 건가. 설마 그렇진 않겠지. 혹시 안도가 뒤를 봐줄 거라고 생각하는 걸까? 그렇게 생각하는 거라면 엄청난 오산이다. 벌써 안도는 가마세를 추궁하고 있었다.

"네가 무슨 짓을 했는지는 나중에 판단하겠어. 지금은 어젯밤에 순찰을 돌았는지 안 돌았는지, 그것부터 말해봐."

고압적인 말투였다. 짜증이 난 상태여서일까, 아니면 가마세 상대로는 이런 말투가 효과적이라고 생각해서일까. 가마세는 아첨하듯 웃었다.

"아, 그래, 어젯밤 말이지. 응, 안 갔어."

"밤 순찰에 참가하지 않았다는 거지?"

"응, 그래, 왜냐면……."

"그렇다는 건 세키미즈의 말이 맞다는 거지?"

"그걸……."

가마세는 가슴을 펴고 자신에 가득 차 말했다.

"내가 어떻게 알아. 세키미즈의 방에서 하코시마가 뭐라고 했는지."

"쓸데없는 소리 하지 마. 네 방에 하코시마가 왔고 넌 순찰을 도는 걸 거부했어. 상황이 그렇게 흘러간 게 맞느냐고 묻는 거야."

안도는 눈을 가늘게 뜨며 위협적인 목소리로 물었다. 가마세도 이 상황에서 계속 허세를 부릴 수는 없었다.

"아, 응. 그건 틀림없어."

"그후에 하코시마는 세키미즈의 방에 갔어. 그러고는 세키미즈에게도 거절당하고 다시 널 설득하러 갔다는데. 그건 사실이야?"

대답하기 전 잠깐의 공백이 있었다.

그 짧은 순간, 라운지의 공기가 싸늘해졌다. 유키는 왜 그렇게 느꼈던 것일까.

원인은 그의 옆에 있었다. 와카나는 오싹해질 정도로 어두운 눈동자로 가마세를 노려보고 있다.

가마세는 대답했다.

"아니. 내 방에도 한 번밖에 안 왔어."

이제 됐지? 마치 그렇게 말하는 듯.

혐오스런 표정을 지은 안도가 뭐라 말하기도 전에 와카나가 입을 열었다. 감정이 실려 있지 않은 낮은 목소리였다.

"중요한 거니까 대답해줘. 왜 순찰 돌러 안 간 거야?"

"아, 아아, 그건……."

갑자기 끼어든 와카나의 말에 당혹스러워하면서도 가마세는 건 방진 태도를 굽히지 않았다. 유키는 살짝 의자에서 엉덩이를 뗐다.

"별거 아니었어. 졸렸거든."

가마세가 그렇게 말한 순간이었다.

와카나는 자리를 박차고 일어났다.

"거짓말쟁이! 역시 넌 거짓말쟁이야. 그런 이유를 누구더러 믿으 라고! 다 들었어, 네가 스위치를 가지고 있었다며? 왜 다들 이 녀석 을 살려두는 거지? 이 녀석이 유우와 하코시마를 죽이고, 너희까 지 죽이려고 스위치를 들고 어슬렁거리고 있던 거잖아. 그게 아니 면 뭐야?"

"난……."

"닥치고 죽어."

와카나는 변명을 들으려 하지 않고 옷 속으로 손을 넣었다. 사 라졌던 손이 다시 밖으로 나온 순간, 거기엔 검게 빛나는 권총 한 자루가 들려 있었다.

총성은 생각보다 가벼웠다. 푸슉. 파열음이 라운지에 울려 퍼지 더니 이어서 의자가 쓰러지는 소리가 났다.

가마세는 눈을 부릅떴다. 커다랗게 뜬 그 눈이 유키의 뇌리에 강렬하게 각인되었다.

두 손을 든 채 그 자리에서 빙글 한 바퀴 도는 가마세의 모습은 무척이나 얼빠져 보였다. 가마세는 한 바퀴 돌더니 손을 내리지도 못한 채 그 자리에 쓰러졌다.

와카나는 두 번째 탄환을 쏘지 못했다. 유키가 와카나의 팔을 붙잡았기 때문이다.

이런 일이 벌어질지도 모른다고 예상했다. 안도와 유키 둘 다 와카나가 무슨 짓을 저지를지도 모른다는 데 동의했다. 하지만 그 이유는 서로 달랐다. 안도는 와카나를 수상쩍게 여기고 주시하고 있었다. 유키는 연인을 잃은 와카나가 착란 상태에 빠졌다고 생각했다.

라운지에 남은 참가자들을 모두 모이게 했을 때, 안도는 사회를 보고 유키는 와카나를 감시하기로 했다. 그 역할 분담이 상황에 도움이 되지는 않았다. 설마 와카나가 총을 가졌으며 갑자기 발포할 줄은 몰랐다. 경계했던 유키조차 그녀를 막지 못했다. 그래봤자 또다시 달려드는 정도일 거라고 생각했기 때문이다.

"손대지 마!"

외마디 소리치며 와카나는 유키의 손을 뿌리쳤다.

무시무시한 힘이었다. 유키는 다부진 편은 아니었지만 허약하지도 않다. 하지만 와카나를 전혀 제압할 수 없었다. 지금 와카나의 손가락은 방아쇠에 걸려 있지 않다. 총목을 쥔 와카나의 오른손을 유키의 양손이 감싸고 있었다. 적어도 와카나가 방아쇠를 당기는 건 불가능하다.

쓰러진 가마세를 향해 세키미즈가 달려갔다. 상황이 상황이어서 인지 스와나는 다소 긴장이 섞인 목소리로 말했다.

"부상자는 가드가 응급처치를 하게 되어 있어요. 부를까요?"

세키미즈는 대답하지 않았다.

이렇게 허무할 줄은 몰랐다. 불과 몇십 초 사이에 모든 것이 끝났다.

세키미즈는 엎어진 가마세의 머리를 돌렸다.

그의 이마 한가운데에 생긴 붉은 점.

고작 한 발의 총탄이 장난처럼 선명하게 가마세의 미간을 꿰뚫은 것이다.

놀란 듯 부릅뜬 두 눈은, 아무리 시간이 흘러도 깜빡이지 않았다.

"거짓말이지?"

안도는 망연자실해서 중얼거렸다. 손에는 끈이 들려 있다. 와카나가 난리를 치면 다시 결박하기 위해 준비한 것이다.

와카나도 지금은 온몸에서 힘이 빠진 것 같았다. 유키 또한 그녀를 제압하는 것을 잊고 있었다.

세키미즈는 울음과 웃음이 뒤섞인 얼굴로 말했다.

"안 불러도 돼. 죽었어. ……이렇게 허무하게."

자기 차례를 놓친 듯 때늦은 비명이 울려 퍼졌다. 후치였다.

물론 유키는 가마세를 좋아하지 않았다.

하지만, 설마……. 와카나에게서 가마세를 지키는 건 그의 역할이었는데.

방심했다. 그렇게 생각했다. 와카나는 왜 이 자리에 나타난 걸까. 왜 계속 얌전히 있었던 것일까. 그녀는 범인을, 가마세를 일격에 죽일 작정이었던 것이다. 그걸 간파하지 못하다니!

"정말 죽었어?"

저도 모르게 물음이 튀어나왔다. 세키미즈는 굳은 표정으로 천천히 고개를 저었다. 그 동작이 무엇을 의미하는지는 알 수 없었다. 직접 확인하라는 건가. 이성을 잃은 유키의 귀에 찰칵 소리가 울려 퍼졌다.

"아직 늦지 않았을지도 몰라. 가드!"

안도가 손을 들며 외친다. 후치는 털썩 카펫 위에 주저앉았다. 유키는 한 발짝도 움직일 수 없었다. 그의 귀에 또다시 어떤 쇳소리가 들렸다.

"마, 맞아. 심장 마사지 같은 건?"

일단 뭐라도 말해야겠다고 생각하고 내뱉은 그 말은, 스스로 듣기에도 황당할 만큼 어처구니없는 말이었다. 스와나는 고개를 저었다.

"아뇨, 응급처치는 역시 가드에게 맡기죠."

세키미즈는 견디지 못하겠다는 듯 소리쳤다.

"헛수고라니까, 이제 완전히!"

"와카나, 너!"

퍼뜩 제정신으로 돌아온 안도가 유키 옆에 있던 와카나를 노려 봤다. 그 목소리에 주박이 풀린 듯 유키는 와카나를 바라봤다.

와카나는 손에 들린 총을, 그리고 그 총에 달린 레버를 움직이고 있었다. 찰칵. 찰칵.

"무슨 짓을……."

유키가 물을 새도 없었다. 와카나는 자신의 관자놀이에 총구를 가져다 댔다.

"이제 지겨워, 이런 거. 최악이야."

그것이 와카나의 마지막 말이었다. 열두 명의 참가자는 다섯 명이 되었다.

7

가마세, 와카나.

두 구의 시신은 가드가 깨끗이 처리했다. 가드는 내장되어 있던 삽 형태의 머니퓰레이터와 사람을 누일 수 있을 만한 평평한 윗부분을 이용해 능숙하게 시신을 처리한 다음 핏자국을 청소했다. 영안실과 달리 라운지 바닥에는 카펫이 깔려 있다. 얼룩은 거의 지워지지 않았다.

하지만 모든 '사후 처리'를 맡겨둘 수만은 없었다. 어제 오사코가 '서로를 신뢰하는 증표'로 정한 의식, 주인을 잃은 흉기의 봉인 의식은 오늘도 거행됐다. 이것만큼은 남의 손에 맡길 수 없다.

그것은 말하자면 매장 의식의 패러디였다.

땅속이 아닌 금고실에 묻히는 건 다섯 개의 흉기.

하나는 '낙하식 천장의 스위치'.

하나는 '권총'. 유키는 와카나의 손에서 빼앗은 그것이 '22구경 공기 피스톨'이란 사실을 알아챘다. 이 사실은 누군가에게 알려야만 한다. 좌우를 둘러봤지만, 후치도, 세키미즈도, 그리고 안도마저 권총에는 조금도 관심을 가지지 않았다. 유키 또한 자신의 발견을 소리 높여 외칠 기분은 아니었다.

그리고 나머지 참가자들은 오사코와 하코시마, 가마세의 시체에서 카드 키를 회수해 세 사람의 장난감 상자를 열었다. 그 안에서는 각각의 흉기와 메모랜덤이 들어 있었다.

오사코의 흉기는 '만돌린'이었다. 사용 방법은 '박살撲殺'.

하코시마의 흉기는 '슬링샷'이었다. 사용 방법은 '격살擊殺'.

가마세의 흉기는 '물통에 든 얼음 나이프'였다. 사용 방법은 '자살刺殺'이라고 한다.

너무나 역겨운 기분에 유키는 토할 것만 같았다. 지식과 취향을
여봐란듯 드러내는 게 얼마나 추한 짓인지 몸서리치게 통감했다.

의식은 침묵 속에서 조용히 거행되었다.

누군가가, 아마 세키미즈나 안도가 '이제 모두가 흉기를 버리자'
고 제안하지 않을까. 유키는 그렇게 생각했다. 조금 전 안도와 이야
기한 시점에는 그 의견에 찬성할 수 없었다. 하지만 지금은…….

이제 충분하다. 유키는 그렇게 생각했다. '버릴까?' 누가 그렇게
말하면 '그래' 하고 대답할 것이다.

하지만 그렇게 제안한 사람은 아무도 없었다.

열두 장의 카드 키가 리더기를 통과했다. 그때마다 삑, 삑, 울리
는 전자음. 붉은색에서 녹색으로 변하는 램프.

금고실의 차가운 바닥에 던져진 다섯 개의 흉기가 쨍그랑, 요란
한 소리를 냈다.

그리고 문은 닫혔다. 램프는 녹색에서 붉은색으로 변했다.

처음부터 끝까지 아무도 입을 열지 않았다.

8

그리고 밤.

유키는 방에서 빠져나왔다.

그는 10호실에 숨어들었다. 원래 니시노가 쓰던 방이다.

손에는 무기가 들려 있다. 부지깽이. 불을 켰기 때문에 찾는 데 어려움은 없었다.

사실 유키는 이 방에서 무언가 발견할 수 있을 것이라고는 생각하지 않았다. 확인할 수 있는 건 확인해두자, 그 정도 마음가짐이었다. 중요한 증거 중 하나는 밤이 되기 전 사람들의 눈을 피해 손에 넣었다. 지금 여기서 조사하고 싶은 건 따로 있었다.

하지만 그는 아주 잠깐의 수색으로 생각지도 못한 성과를 거뒀다.

베개 밑.

무언가를 감추기에는 너무나도 허술한 그곳에서, 유키는 한 알의 알약을 발견했다. 빨갛고 작은 알약이었다. 손에 들고 자세히 살펴봤지만 겉에는 아무것도 씌어 있지 않았다.

"이건……."

혼자서 중얼거린다.

중요한 증거다. 하긴 이런 것도 당연히 준비되어 있었을 것이다. 지금 유키는 이 알약이 결국 사용되지 않은 이유도 알 것 같았다.

유키는 알약을 살며시 주머니에 넣었다.

바로 그 순간이었다.

"유키 리쿠히코. 야간 외출. 경고 1회."

활짝 열린 문 앞에 하얀 그림자가 우뚝 서 있었다. 낭랑한 여자 목소리, 결코 위압적이지는 않았지만 유키는 말 그대로 자리에서 펄쩍 뛰어올랐다. 비명이 나오지 않은 건 거의 기적이었다.

가드다. ……들켰다!

아니, 당황해하면 안 된다. 쿵쾅거리는 심장 고동 소리를 의식하며, 유키는 깊이 숨을 들이마셨다.

"죄송합니다. 바로 돌아갈게요."

기계를 향해 꾸벅 머리를 숙였다. 가드의 헤드램프는 똑바로 유키를 비췄다.

이윽고, 또다시 여성의 목소리가 흘러나왔다.

"유키 리쿠히코. 야간 외출. 경고 2회."

그리고 희미한 구동음이 들렸다. 머니퓰레이터와 사출식 전기 충격기가 장착된 가드가 그 성능을 발휘하려 하고 있었다.

반항해서 좋을 건 없다. 유키는 신속히 도망쳐 나왔다.

알약이 든 주머니를 두드렸다.

이게 있으면 니시노의 죽음에 관해서는 확실히 설명할 수 있을 것이다.

마음을 놓은 유키는 잠에 빠져들었다. 꿈조차 꾸지 않는, 깊고 깊은 잠이었다.

Day 6

1

어젯밤엔 누가 죽었을까. 눈을 뜨자마자 그런 생각을 하는 제 모습을 깨닫고, 유키는 경악을 금치 못했다. 환경 적응 능력은 나름대로 높은 편이라고 자부하긴 했지만 심지어 암귀관에도 익숙해진 것일까.

그대로 침대 안에서 누군가가 '큰일 났어! 이번에는 ○○○가!' 하고 달려오는 것이 아닐까 기다렸지만 딱히 그런 낌새는 없었다. 느긋하게 침대에서 일어난 유키는 세수를 하고 양치를 했다. 물기를 닦으며 침실로 돌아온 순간 그는 깨달았다. 그러고 보니 자신이 표적이 되어도 이상할 것은 없다. 안도의 말대로 정말 태평한 성격이 맞구나 자조했다.

주머니 속에 든 알약은 확인했다. 그리고 다른 증거품들도.

식당에 들어서자, 안도와 스와나, 세키미즈, 후치가 먼저 아침을 먹고 있었다. 사람이 적군. 그렇게 생각했다가 곧 깨달았다. 적지 않다. 이들이 지금 암귀관에 있는 사람 전부다.

유키는 생각했다.

니시노가 총에 맞아 살해됐고,

마키가 석궁에 맞아 살해됐으며,

오사코와 하코시마가 낙하식 천장으로 짓눌렸고,

가마세와 와카나가 권총으로 죽었고,

이와이가 감옥에 갇혀 있다.

틀림없이, 이곳에 있는 사람이 전부다. 유키, 안도, 스와나, 세키미즈, 후치. 이 다섯 명이.

스와나가 첫날 아침과 똑같은 미소로 "좋은 아침이에요" 하고 인사를 건넸다. 피부에는 잡티 하나도 없다. 첫날 호스트 측과 교섭하여 반입한 화장품은 충분히 효과를 발휘했고, 어젯밤에도 푹 잔 모양이었다.

커피 잔을 들고 있던 안도가 유키를 힐끔 쳐다봤다.

"늦었네. 죽은 줄 알았어."

농담에는 웃음으로 대꾸하는 것이 여유겠지. 분명 시간은 8시가 다 되어가고 있었다. 그렇게 이른 시간은 아니다.

아침 식사는 샌드위치와 양파 수프였다. 작은 나무 수저가 함께 나왔다. 샌드위치는 커다란 은색 접시 위에 아직 많이 남아 있다. 런치 박스 안에서 양파 수프를 가지고 온 유키는 안도 근처에 앉아 토마토 샌드위치를 집었다.

빵은 아직도 따뜻하다. 핫 샌드위치였다. 단순한 요리였지만 맛은 확실했다. 유키는 입을 열었다.

"음식은 꽤 호화롭게 나왔지?"

하지만 안도의 의견은 달랐다.

"난 풀코스 요리 같은 게 나올 줄 알았어. 일본 음식하고 중국 음식이 자주 나오지 않았어?"

"그것도 내일까지니까."

"아무 일도 없으면 말이지. 벌써 차고 넘칠 정도로 여러 가지 일이 일어났잖아."

유키는 암산했다. 앞으로 마흔 시간 정도 남았을까.

마흔 시간, 아무 일도 일어나지 않게 하려면 불안의 씨앗을 슬슬 제거해야만 한다. 이제 기다릴 만큼 기다렸다. 세키미즈와 후치, 이 두 사람과 자리가 떨어져 있는 것을 확인하고도 유키는 목소리를 죽여 말했다.

"안도."

"왜."

"누가 니시노를 죽였다고 생각해?"

각오를 굳히고 있었기에 유키의 말투는 단도직입적이었다. 각오가 되어 있지 않았던 안도는 놀란 듯 눈을 치떴지만, 역시나 금방 마음을 다잡은 것 같았다.

"또 물어봐?"

"어제 말한 대로라고?"

"뭐, 그렇지."

"와카나는 죽었어. 그런데도?"

안도는 유키에게 눈길도 주지 않았다.

"그래. 와카나가 니시노를 쏴 죽였어. 그 사실이 발각된 바람에 하코시마를 죽였지. 그리고 나서 뭔가 사정이 생겨서 오사코도 죽여야만 하게 되었어. 그런 일을 겪고 세상만사 허무해져서 목숨을 끊었다. 완벽하잖아."

그럴지도. 유키는 순간 그렇게 생각했다.

하지만 물론 아니다. 애초에…….

"그럼 가마세는?"

"……"

"자살할 거면 혼자 죽으면 돼. 가마세는 와카나에게 살해됐어.

이건 틀림없는 사실이야. 이와이가 마키를 죽인 것보다 더 틀림없는 사실이지. 만일 네 말대로라면 무엇 때문에 가마세를 끌어들일 필요가 있던 거지?"

안도는 한숨을 쉬었다.

"그걸 어떻게 알겠어. 가능성을 들자면…… 그래, 와카나가 오사코를 죽여야 했던 건 가마세 때문이었어. 그게 아니면, 와카나가 가마세를 죽이려다 실수로 오사코를 죽여버렸을 수도 있지. 이렇게 된 거라면 가마세를 죽이지 않고서는 원통해서 눈을 감을 수 없다. 그런 마음이 들 법도 하지 않아?"

유키는 말문이 막혔다. 이 녀석을 죽이지 않으면 원통해서 눈을 감을 수 없다. 그런 기분은 지금까지 한 번도 느껴본 적 없었기 때문이다.

하지만 그런 유키에게도 분명히 말할 수 있는 것이 있었다.

"그럼 흉기는?"

"흉기?"

안도는 그제야 의아스레 유키를 바라봤다.

"흉기라면, 와카나가 가지고 있었잖아. 권총 말이야."

"그 총으로 쐈다고? 그건 9mm 구경이 아니었어."

"큰 것은 작은 것을 대신할 수 있다는 말이 있잖아."

무슨 말인지 알아듣지 못하고 유키는 순간 말문이 막혔다. 안도는 못을 박듯 정중하게 설명했다.

"권총의 탄환은 꼭 그 크기에 알맞은 구경이 아니라도 쏠 수 있어. 조금 작은 정도라면 일단 쏠 수는 있지."

"와카나가 어제 그 총으로 9mm 탄환을 쐈단 소리야?"

"몇 번을 물어. 그것밖에 답이 없잖아."

유키는 천천히 고개를 저었다.

결국 안도 역시 스스로 생각하는 것만큼 똑똑하지도 박식하지도 않다는 건가. 아니면 단순히 관찰력이 부족한 걸까.

유키는 뜸을 들일 생각은 없었다. 그는 가엾은 안도에게 한 가지 사실을 가르쳐주었다.

"난 잘 알지도 못하는 걸 잘 아는 척하는 게 싫어. 그래서 어제도 입 다물고 있었고."

"무슨 말이야."

"네가 더 잘 안다고 생각했기 때문이야. 하지만 그렇지도 않은 것 같군."

"그러니까 그게 무슨……."

"너 와카나의 권총을 제대로 봤어? 탄창 옆에 새겨져 있었어. '.22LR'이라고. 눈치 못 챘냐? 그건 22구경이었어. 작은 것은 큰 것을 대신할 수 없어."

안도는 눈을 부릅떴다. 손까지 덜덜 떨리고 있었다. 반응을 보

428

니 정말 몰랐던 모양이다. 유키는 안도가 커피 잔을 떨어뜨리지는 않을지 내심 염려하며 물었다.

"다른 가능성은 없어?"

대답은 돌아오지 않았다. 안도는 잔을 든 채 굳어버렸다.

"없나 보군."

아무래도 안도에게 더이상 기대하기는 어려울 것 같았다. 유키는 작게 한숨을 쉬며 달걀 샌드위치를 집었다. 그것을 입에 넣고 단번에 넘긴 다음, 결심이 무뎌지기 전에 식당을 둘러보았다. 그리고 내키지 않는 목소리로 작게 중얼거렸다.

"지금부터 누가 니시노를 죽였는지 해결하겠어."

암귀관은 이 당돌한 선언에도 즉시 반응을 보였다.

스피커의 전원이 켜지는 칙 하는 소리. 곧 방송이 울려 퍼진다.

"니시노 가쿠 살해를 유키 리쿠히코가 해결하려 합니다. 유키 리쿠히코는 필요한 경우 조수 한 명을 지명해주십시오."

2

긴장하고 어떤 일에 도전하려던 순간, 예상치 못했던 요구 사항이 등장하면 초장부터 기가 꺾인다.

지금 유키가 처한 게 바로 그런 상황이었다. 그는 호스트 측에서 방송을 내보내리라는 건 예상했었다. 하지만 조수에 대해서는 전혀 생각도 하지 못했다.

"아아, 조수. 음."

슬쩍 안도를 본다.

하지만 안도는 일시적인 충격에서 벗어나 소름 끼치리만치 증오에 찬 시선으로 유키를 노려보고 있었다. 그런 반응은 예상한 바였다. 안도는 자부하고 있었다. 하코시마가 죽은 지금, 생존자 중에서 가장 머리가 좋은 사람은 바로 자신이라고. 그 자부심에 상처를 냈으니 유키가 미울 법도 했다.

도저히 조수를 지명할 수 있는 분위기가 아니었고, 애초에 다른 사람의 도움을 받을 생각도 없었다.

"아, 그럼 조수 없이 하겠습니다."

유키는 천장을 향해 말했지만 대답은 없었다.

조수 건만큼 유키를 당혹스럽게 한 일이 또 있었다. 안도 이외의 생존자들의 반응이었다. 스와나, 세키미즈, 후치.

후치는 정신이 한계에 이른 것 같았다. 통통하던 볼도 홀쭉해졌다. 유키의 선언도 남의 일처럼 듣고 있었다. 아니, 분명히 남의 일이긴 하지만 이렇게까지 관심 없는 표정을 지을 줄은 몰랐다. 불과 이삼 일 전까지만 해도 누구보다 남을 잘 돌봐주던 후치였는데……

세키미즈는 잔뜩 굳은 표정으로 이상하리만치 열띤 시선을 보내고 있었다. 짚이는 게 없었다면, 유키도 그 비정상적인 눈빛을 보고 '세키미즈는 자신의 범행이 발각되는 게 두려운 거군'이라는 결론을 내렸을지도 모른다. 하지만 유키는 알 것 같았다. 저건 공포다. 여기서 뭔가가 더 밝혀지는 게 두려운 것이다.

하지만 개중에서 가장 심한 사람은 스와나였다. 그녀는 작게 고개를 갸웃거리며 말했다.

"니시노 씨? 누구시죠?"

"스, 스와나 씨!"

자신도 모르게 유키의 목소리가 뒤집어졌다.

어떤 사람이었다고 또렷하게 기억하지 못하는 것은 무리도 아닐 것이다. 니시노는 어떠한 인상을 남길 겨를도 없이 너무도 일찍 암귀관에서 사라졌다. 실제로 유키 역시 그에 대해서는 아무것도 알지 못했다. 애초에 다른 열 명에 대해서도 아무것도 몰랐지만. 엿새나 함께 지내고서도 딱히 서로를 깊이 알게 된 상대는 없었다.

그렇다고 해도 존재조차 기억하지 못한다는 건 너무했다. 유키는 황급히 설명했다.

"그 중년 아저씨 말입니다!"

"중년……?"

스와나는 잠시 생각에 잠겨 있었다.

"아, 그런 분이 계셨죠."

이내 가슴께에 손을 모으며 웃는 얼굴로 고개를 끄덕였지만 어디까지 떠올렸는지는 아직도 미심쩍었다. 스와나에게는 설명할 필요가 있다. 아니, 유키 자신이 이야기하면서 정리하고 싶었다. 그는 천천히 운을 뗐다.

"니시노 씨는 사흘째 아침에 시신으로 발견되었습니다. 장소는 영안실. 총알을 여덟 발이나 맞아서 시신은 피투성이였죠. 현장에는 탄피가 아홉 개 떨어져 있었어요. 니시노 씨를 죽인 범인은 총알을 아홉 발 연사했고 그중 한 발이 빗나간 거죠.

밤에 살해된 건 분명하지만 정확한 시간까지는 알 수 없습니다. 맨 처음 시신을 발견한 건 우리였죠. 나와 안도, 그리고 스와나 씨. 그리고 이와이와 마키 씨도 있었군요. 여러 사람이 동시에 발견했으니, 적어도 최초 발견자란 이유로 의심받을 이유는 없겠군요.

니시노 씨를 죽인 범인이 누구인지 지금부터 이야기하겠습니다."

"저기, 잠깐만요."

후치는 막힘없이 말을 쏟아내던 유키를 제지했다. 테이블에 거의 엎드린 자세를 보아 하니 들을 생각이 없는 것 같았다. 그녀는 그 자세로 머뭇거리며 손을 들었다. 유키는 무슨 말이 나올지 걱정됐지만 단호한 태도로 말했다.

"뭡니까?"

"다 끝난 일을 이제 와서 다시 파헤치는 건 그만뒀으면 좋겠어요. 악취미예요."

후치는 단언했다.

악취미라고 해도 어쩔 수 없다. 불평할 상대는 암귀관, 그리고 호스트다. 파헤치지 말라고 하는 건 이해가 가질 않았다.

"다시 파헤치다니요, 애초에 끝난 게 없는데요."

"무슨 말이죠?"

거친 후치의 대답에는 약간의 짜증이 섞여 있었다. 흥분한 나머지 돌이킬 수 없는 일을 저질렀던 와카나를 상기하며, 유키는 자세를 살짝 고쳐 앉았다.

후치는 스스로 자제하려고 애쓰는 것 같았다.

"다 끝났잖아요. 와카나 씨가 총을 가지고 있었어요. 그러니까 니시노 씨를 죽인 것도 와카나 씨가 한 짓이죠. 당연한 결론이잖아요."

그걸 말하는 거였나. 유키는 내심 마음이 놓였다. 안도뿐 아니라 모두가 와카나가 한 짓이라고 생각하는 모양이다.

"아니, 그게 아니라는 겁니다."

총기 구경에 대해 설명할 필요는 없었다. 유키는 누가 봐도 한눈에 이해할 증거를 가지고 있었다. 주머니에 손을 넣은 그는 아무도 위험을 느끼지 않도록 필요 이상으로 천천히 그것을 꺼냈다. 접혀 있는 두 장의 종이, 메모랜덤을.

그는 말했다.

"니시노 씨를 쏜 건 탄피, 즉 화약을 사용하는 총입니다. 하지만 와카나의 권총은 달랐어요. 저도 실물을 본 건 처음이었습니다. 아, 화약을 쓰는 총도 본 적 없지만요.

아무튼, 그건 공기 피스톨이었어요."

종이를 펼쳤다.

"어제 몰래 와카나의 장난감 상자에서 꺼낸, 흉기에 대한 메모랜덤입니다. 모두 흉기에 대해서는 신경을 써도, 이건 너무 가볍게 보고 있어요. 분명히 썩 기분 좋은 내용은 아니지만…… 아마도 모두 이 메모를 한 장 받았겠죠. 하지만……."

와카나에게 지급된 종이는 두 장이었다. 총의 조작 설명서 한 장이 더 있었던 것이다.

유키는 두 장의 메모를 긴 테이블 위에 놓고 후치 쪽으로 밀었다. 하지만 메모는 도중에 힘을 잃고 멈췄다. 두 사람 사이에 앉아 있던 세키미즈가 메모를 정중하게 후치에게 건네주었다.

종이에는 이렇게 적혀 있었다.

총살銃殺

총의 발명은 인류 역사의 획기적인 사건이었다.

강인한 전사가 일개 시민에게 패하는 시대가 온 것이다. 그 때문에 총은 전제에 대한 저항의 상징이 되었다. 그것은 단순한 무기가 아니라 일종의 정신적인 상징이기도 했다.

수많은 총 중에, 권총은 특히 다루기 어려운 도구이다. 만족하게 사용하기 위해서는 오랜 수련이 필요하며, 뛰어난 사격수라 할지라도 유효거리는 활과 그다지 다르지 않다.

미스터리에서 깊은 인상을 남긴 총은 한둘이 아니다. 특히 하드보일드까지 시야에 넣으면, 무수한 총이 등장했다고 해도 과언이 아니리라. 그중에서 이번에 선택받은 건 '22구경 공기 피스톨'이다. 「제3의 총탄」에서는 두 종류의 총밖에 없는 공간에서 세 종류의 총알이 발견된다. 단편이지만 권총의 존재 자체를 인상적으로 그려낸 점에서는 발군의 작품이라 할 수 있을 것이다.

총이 원거리 무기라는 것은 당신에게 유리하게 작용한다. 하지만 과신해서는 안 된다. 이 총의 위력은 미약하며 다루는 데도 요령이 필요하다. 사용 전에 일단 공기를 충전시키도록. 사용법은 두 번째 장에 씌어 있다.

후치가 그것을 다 읽기 전에 유키는 말을 이었다.

"공기총이란 압축시킨 공기의 힘으로 총알을 발사하는 총입니다. 그리고 공기를 압축시키는 데에는 레버를 사용하죠."

유키의 뇌리에, 어제 가마세가 총에 맞은 직후 들렸던 소리가 되살아난다. 찰칵, 찰칵.

"수동으로 공기를 충전하는 총은 첫째, 위력이 약하고, 둘째, 연속해서 발사하는 것이 불가능하며, 셋째, 화약통, 즉 탄피가 필요 없습니다. 어제 가마세를 쏜 뒤, 와카나는 공기를 충전하고 있었어요. 자신을 쏘기 위해서 다시 공기를 충전해야만 했던 겁니다."

찰칵, 찰칵.

그 소리가 총을 쏘기 위한 예비 동작인 줄 알았다면 유키는 와카나의 자살을 막을 수 있었을 것이다. 하지만 그는 후회하지 않았다. 몰랐으니 어쩔 수 없다.

"연속해서 발사할 수 없고, 탄피가 남지 않는다. 둘 다 니시노 씨 사건의 특징과는 모순되죠. 와카나는 범인이 아닙니다. 적어도 와카나가 가지고 있던 권총은 니시노 씨를 살해한 흉기가 아니죠."

당당하게 선언한 유키에게 돌아온 대답은 간결했다.

"왜?"

"……뭐?"

세키미즈였다. 그녀는 다시 한번 물음을 던졌다.

"왜? 와카나가 총을 가지고 있었잖아. 그러니까 당연히 범인은 와카나잖아."

"아니, 종류가 다르다고. 방금 말했잖아."

"하지만 같은 총이잖아."

"······뭐?"

유키는 말문이 막혔다. 조작 방법이 적힌 메모랜덤을 읽던 후치 역시 추격타를 날리듯 말했다.

"자세한 건 모르겠지만, 같은 피스톨이잖아요."

이렇게 명백한 증거를 들이댔는데도 전혀 이해하지 못한다.

유키가 상상하지 못했던 사태였다. 그는 입을 떡 벌린 채 잠시 동안 멍하니 있었다.

고정관념의 무서움인가. 아니면, 유키가 그들에게 믿음을 주지 못한 걸까. 아니면 총에 관심 없는 사람에게는 세미오토든 공기총이든 다 같은 총이며, 처음부터 들을 생각이 없는 사람에게는 무슨 말을 해도 마찬가지란 건가. 어쩌면, 와카나의 짓이라고 일단락 지어진 일을 다시 뒤집고 싶지 않다는 심리적 저항감일지도 모른다.

대체 어떻게 말하면 이해해줄까. 애초에 말이 통하긴 하는 걸까. 유키는 절망적인 기분에 휩싸였지만 간신히 말을 쥐어짰다.

"와카나가 가지고 있던 이 총과 니시노 씨를 살해하는 데 쓰인 총은······."

비유를 생각했다.

"돌고래와 고래만큼 비슷하지만 결정적인 차이가 있어요."

말을 마치고 나서 원숭이와 고래라고 할걸 그랬나 하고 후회했다.

하지만 근거 없는 비유는 생각보다 큰 효과를 나타냈다. 후치는 고개를 갸웃거리면서 이렇게 말했다.

"그런가요?"

"그렇습니다."

"그렇구나."

아무리 봐도 완전히 이해한 것 같지는 않았지만 일단 수긍은 했다. 그때 안도가 끼어들었다.

"유키 말이 맞아. 니시노를 죽인 건 그 총이 아냐. 니시노 씨를 쏜 총은 9mm. 22구경은 6mm보다 작아. 아무리 애써도 그 총으로는 쏠 수 없어."

유키를 돕기 위해서라기보다는 이런 기초적인 부분에서 진행이 막혔다는 점에 짜증이 난 것 같았다. 안도의 도움으로, 세키미즈도 총에 대한 건 사실로서 받아들이기는 한 것 같았다.

유키는 일단 스와나에게도 동의를 구했다.

"스와나 씨, 이해하셨나요?"

스와나는 살짝 고개를 끄덕였다.

"실은 어제 그 공기총을 보았을 때부터 큰 총알은 발사할 수 없을 거란 생각은 했었어요. 그랬다간 분명 파열할 테니까요."

공기 피스톨의 총신이 화약의 작열에 견딜 수 있는 강도인지 아닌지, 유키는 알 수 없었다.

지금 대화를 나누며 유키는, 바로 조금 전까지 전혀 눈치채지 못했던 사실을 깨닫고 무심결에 중얼거렸다.

"그렇군. 그래서 와카나는……."

"뭐야, 뭐라고 하는지 안 들려."

안도가 유키를 재촉했다.

방금 깨달은 사실을 이야기해야 하는지, 유키는 잠시 망설였다. 쓸데없는 말을 해서 니시노를 죽인 것이 누구냐는 제일 중요한 결론에 악영향을 미칠지도 모른다고 생각했기 때문이다.

하지만 생각난 것을 다시 삼키기에 유키는 조금 흥분한 상태였다. 그는 말했다.

"나흘째 되는 날, 서로 흉기를 공개하자고 했을 때 와카나가 그렇게 거부하던 이유를 알았어. 와카나의 흉기가 권총이었기 때문이야.

니시노가 총으로 살해되었는데, 자기 흉기도 총이었지. 그 상황에서 흉기를 모두에게 공개하면 백 퍼센트 범인으로 몰리게 되겠지. 그래서 와카나는 그렇게 반대했던 거야."

"잠깐."

안도는 꺼림칙한 웃음을 지었다.

"그거 이상하군. 와카나의 공기총이 흉기가 아니라는 건 지금 네가 말했듯이 증명할 수 있어. 정말 범인이 아니라면 겁낼 필요 없잖아."

"이상한 건 너야."

유키는 그렇게 딱 잘라 말했다. 안도의 얼굴이 불쾌하게 일그러졌다.

"너도 지금 봤잖아. 조작 설명서를 보여주며 꼼꼼하게 설명해도 믿지 않았어. 지금도 정말 와카나가 범인이 아니라는 걸 납득했는지 미심쩍어. 만일 흉기를 공개한 시점에서 와카나의 방에서 총이 나왔다면, 우리는 틀림없이 와카나를 범인이라고 몰아붙였을 거야.

애초에 와카나도 니시노 살해에 사용된 것은 자신의 총일지도 모른다고 생각했겠지. 총에 대한 지식이 전혀 없으면 그렇게 생각할 수도 있어. '누군가 자신의 방에서 총을 가져갔을지도 모른다'는 게 의심되는 상황에서, 그렇게 친하지도 않은 우리가 이해해주리라고 믿고 '난 총을 가지고 있지만 범인은 아니에요'라고 말할 수 있을 것 같아?

안도, 이 암귀관에서 해결이란 '실제로 무슨 일이 일어났는지 알아내는 것'이 아냐. 룰 북을 읽었지? 이와이를 잊었어? 감옥에 보내지는 건 살인자가 아니라 다수결에 의해 범인으로 지목된 녀석이라고."

그리고 유키는 후치를 향해 말했다.

"후치 씨, 제 말이 틀렸다면 정정해주세요. 와카나의 흉기를 확인한 건 오사코 혼자였죠?"

후치는 무서운 것을 보듯 유키를 바라봤다. 그리고 작지만 똑똑히 고개를 끄덕였다.

"네. 그때는 그게 무슨 뜻인지 몰랐는데…… 맞아요. 와카나 씨 흉기를 확인한 것은 오사코 씨 혼자였어요. 오사코 씨는 하코시마 씨에게도 보여주려 했지만, 와카나 씨는 고집을 부리며 절대로 허락하지 않았어요.

두 사람은 꽤 오랫동안 방에서 나오지 않았어요. 하지만 나왔을 때, 오사코 씨가 분명히 '와카나는 아냐'라고 했어요. 그 말을 들은 하코시마 씨가 믿는다고, 다른 사람들에게는 모른 척하자고 했어요."

"망할 놈!"

그렇게 외친 것은 안도였다. 그는 이를 악물었다.

"말하면 됐잖아. 말 안 하다가 결국 그냥 죽어버리고…… 그것 때문에 내가 얼마나!"

유키는 생각했다. 안도가 왜 분해하는지는 모르겠지만, 유키 일행을 믿지 않았다고 와카나와 오사코를 탓하는 건 말이 안 된다.

오사코는 와카나를 감싸려고 거짓말을 했다. 빤히 들여다보이는 그 거짓말은 안도에게 의심의 씨앗을 심었다. 하지만 오사코는 와카나가 벌을 받지 않도록 감싼 것이 아니다. 무지와 공황이 초래할 오해로부터 그녀를 지키려 한 것이다.

그 결정이 옳았는지 아닌지는 알 수 없다.

안도는 손으로 테이블을 짚으며 일어나 따지듯 말했다.

"그럼 누구야! 와카나는 아냐. 그건 인정하겠어. 그럼 넌 누가 니시노를 죽였다고 하고 싶은 거지? 9mm 구경 권총은 대체 누가 가지고 있던 거냐고."

"아무도 아냐. 그런 권총을 지급받은 사람은 아무도 없었어."

모두의 얼굴에 똑같은 의문이 떠올랐다. 스와나조차 고개를 갸웃거리며 의아해했다. 유키는 반복해서 말했다.

"9mm 권총을 가지고 있던 사람은 아무도 없었어. 니시노 씨는……"

숨을 삼키고.

"자살했어."

"자살!"

흥분한 안도가 곧이어 '그게 말이 돼!'라고 반박할 게 뻔했기에 유키는 재빨리 선수를 쳤다.

"니시노 씨가 죽지 않았으면 암귀관은 모두가 죽느냐 사느냐 공포에 떠는 악취미적인 공간으로 변하지 않았을 거야. 첫날, 이틀째 되던 날 기억해? 방송으로 규칙과 목적을 들었지만 그걸 듣고 소란을 피운 건 와카나밖에 없었잖아? 아무도 진담으로 듣지 않았어. 적어도 표면적으로는.

그런데 사흘째 아침, 니시노 씨가 죽고 나서부터 분위기가 변했어. 오사코가 나서서 방침을 정하고, 3인 1조로 행동하게 되면서 밤에도 잘 수 없게 되었지. 이와이가 마키 씨를 죽인 것도, 사실 니시노 씨가 죽어서 공황 상태에 빠졌기 때문이잖아.

니시노 씨가 살아 있었다면, 아마 우리 모두는 푹 잘 자고, 맛있는 밥 먹고, 아르바이트비 받아서 집에 갔을 거야. 모든 건 니시노 씨가 죽으면서 달라졌어. 그건 인정하지?"

유키는 안도를 향해 물었다. 그리고 차례로 세키미즈, 후치, 스와나를 바라봤다.

아무도 아니라고 하지 않았다. 유키는 힘 있게 말했다.

"니시노 씨의 죽음으로부터 모든 게 시작됐어. 달리 말하자면, 니시노 씨가 죽지 않았다면 아무 일도 일어나지 않았을 거야.

그리고 이런 바보 같은 공간을 만들어, 우리를 모으고, 규칙을 정하고, 장난감 상자와 런치 박스, 그리고 낙하식 천장까지 만든 클럽이 7일 동안 아무 일 없이 실험이 끝나는 걸 용납할 리 없지."

괜히 넓어 보이는 식당에 유키의 목소리가 메아리친다.

모두가 숨을 삼키고 있는 것 같았다. 정적을 깨고 스와나가 입을 열었다.

"물론 용납할 리 없겠죠."

그녀가 동의하는 걸 보고 유키는 조금 놀랐지만 고개를 끄덕이며 말을 이었다.

"클럽은 우리 사이에 '어떤 일'이 일어나도록 하기 위해, 아마도 살인과 그에 기인한 의심이 발생하도록 하기 위해, 그 계기, 기폭제를 준비해야만 했어. 그렇지 않으면 모든 투자가 무용지물이 되어버리니까.

분명하게 말하자면 니시노 씨가 바로 그런 존재였어. 니시노 씨는 살해당한 것처럼 꾸며 자살해서 우리 사이의 불신감을 폭발시키는 기폭제 역할을 맡고 있었어."

"그런…… 그런 악랄한 짓을!"

후치가 소리쳤다. 유키는 틈을 주지 않고 대답했다.

"악랄하기로는 이 암귀관을 따라올 수 없죠. 이곳은 서로를 죽이기 위한 장소예요. 그것을 위한 규칙도 완벽하게 준비되어 있고, 도구도 갖춰져 있어. 건물도 악의를 담아 설계했고요. 단순한 복도에 그렇게 사각이 많다니 정말 성격 더럽다고밖에 할 수 없죠.

이런 상황을 준비한 클럽이 죽어야 할 사람도 준비했어. 그게 그렇게 믿기 어려운 일일까요?"

"그렇게 딱 맞는 사람이 있을까?"

안도가 그렇게 말했다. 유키는 곧바로 고개를 저었다.

"일본에서만 해도 매년 몇만 명이나 되는 사람들이 자살하잖아. 난 자살하려고 한 적이 없어서 모르지만 조건에 따라서 지원자는 얼마든지 모을 수 있을 것 같은데?

반대로 생각하면, 니시노라는 기폭제 요원을 먼저 확보한 다음에 구인 광고를 낸 것이 아닐까."

손가락을 물고 있는 세키미즈가 눈에 들어왔다. 그녀는 침통한 목소리로 말했다.

"맞아. 그랬을지도 몰라. 미쳐도 단단히 미쳤지만 있을 법한 일이야……."

"나도 그 정도로만 생각했어. 있을 법한 일이라고만. 하지만 어제 이걸 발견했어."

주머니에 들어 있는 것은 이게 끝이었다. 유키는 바둑돌을 놓듯 붉은 알약을 테이블 위에 올려놓았다.

전원의 시선이 조그만 알약에 쏠렸다. 가장 멀리 앉아 있는 후치의 눈에는 잘 보이지 않겠지만 유키는 딱히 배려하지 않았다.

"이건 어젯밤 니시노의 방에서 찾아낸 물건이야. 베개 밑에 감춰져 있더군. 이 알약은 무엇일까. 난 이게 호스트 측에서 준비한 자살용 독약일 거라고 생각해. 니시노는 이렇게 지시받았을 거야. 기회를 봐서 이 약을 먹어라. 그러면 니시노는 죽을 테고, 우리는 그 시체를 발견하고 이렇게 생각했겠지. '누군가에게 독살당한 거야. 이제 아무도 믿을 수 없어. 물도 못 마시겠어!'

하지만 니시노는 이걸 먹지 않았어."

"그 이유까지 알아냈다고?"

안도 본인은 야유하고 싶었는지도 모르지만, 그 목소리에서는 거센 반발의 느낌은 사라져 있었다.

"안다고는 할 순 없어. 하지만 상상은 할 수 있지. 니시노는 어떤 이유로 죽어야만 하는 상황에 처해 있었어. 그리고 이미 죽음에 대해 체념한 상태였을 거야. 그렇지 않으면 말이 안 되거든. 그리고 약을 건네받았어."

조금 숨을 돌리고, 유키는 한숨을 쉬듯 말했다.

"분했을 거야."

순간 찬물을 끼얹은 듯 식당 안이 조용해졌다.

"자기는 이제 끝인데, 우리는 태평하고, 이 암귀관은 쓸데없이 호화로워. 그런데 우리를 겁준다는, 호스트의 이상한 장난을 위해 죽어야 돼. 아무리 생각해도 너무 억울하잖아.

마지막으로 오기를 부리고 싶었던 게 아닐까. 호스트의 계획을 틀어지게 하고 싶었던 게 아닐까. 건네받은 알약으로 강요된 죽음을 맞이하는 게 아니라, 좀더 다른 방법으로."

목소리가 점점 가라앉았다. 유키는 의식적으로 힘주어 말했다.

"하지만 여기엔 흉기가 없어. 죽을 수 있는 도구가 없지. 건네받은 흉기 이외에 위험한 물건은 전혀 없어. ……안도."

갑자기 자신을 부르는 목소리에 안도는 불쾌한 얼굴로 대답했다.

"왜?"

"이상하게 생각했었지. 어째서 이곳에서 일본 음식과 중국 음식이 많이 나오는지. 오늘 아침은 샌드위치였고, 햄버거가 나온 날도 있었지. 죽은 하코시마도 장어덮밥이 나온 날 이상하게 여겼어. 그 이유가 뭔지, 생각해봤어?"

안도는 팔짱을 끼고 거칠게 대답했다.

"없진 않지."

"어떻게 생각했는데?"

"나이프와 포크를 사용하는 요리가 나오면 그게 흉기로 쓰일 수 있으니까."

뭐야. 유키는 맥이 빠졌다. 안도도 같은 결론을 도출했던 건가.

하지만 그는 그 이유에 대해 자세히 설명하지 못했다. 그 사실이 뜻하는 것은 바로 다음과 같다.

"그래, 나도 그렇게 생각해. 그건 있어서는 안 될 일이지.

만일 모두가 나이프를 소지하게 된다면 참가자들의 불안이 고조되었을 때 체력에 따라 승패가 갈리는 배틀로열이 벌어질 위험성이 있어. 클럽은 아무 일도 일어나지 않는 상황을 꺼렸지만, 단순한 싸움 역시 싫은 거야. 그 사실은 가드를 불러 싸움을 제지하도록 하는 규칙에도 나타나 있지. 아마도 호스트가 지시했을걸."

어제 아침, 가드는 머리에 피가 쏠린 나머지 안도에게 달려든 와카나를 무력화시켰다. 암귀관이 단순히 피를 보기 위한 장소였다면 그대로 방치해도 상관없었을 것이다.

"상당히 철저하게 꾸며놨어. 냉장고의 술병은 작은 병이라 흉기로 쓰기에는 부적합하지. 세면대에 놓여 있는 건 일반 면도칼이 아니라 전기면도기고. 그뿐 아니라 볼펜도 한 자루 없어. 덕분에 별거 아닌 메모를 하기 위해서 워드프로세서까지 꺼내야 한다고. 가드가 이와이를 제압했을 때 생각나? 욕실 유리문은 블록 형태로 깨어지게 되어 있어. 그래선 깨진 유리 조각도 흉기로 쓸 수 없지.

완전히 불가능하다고는 할 순 없어도 암귀관에서는 지급받은 흉기 말고 다른 것을 이용해 살인을 저지르기란 상당히 어려워. 맨손으로 덤빌 수도 있겠지만, 조금이라도 시간이 지체되면 바로 가드가 달려오지."

유키는 모두의 얼굴을 슬쩍 훔쳐봤다. 그런 생각은 하지도 못했다는 듯 눈이 휘둥그레진 후치와 세키미즈. 안도는 씁쓸한 표정을 지었고 스와나의 표정은 여전히 변함없었다.

"흉기가 될 만한 것이 거의 없는 암귀관에서 니시노는 건네받은 알약 말고 다른 방법으로 죽으려 했어.

죽어야 하는 운명은 이제 와서 바꿀 수 없어. 하지만 어떻게든 클럽의 허를 찌를 수 없을까. 오기를 부려볼 수는 없을까. 요령이 필요했겠지…….

결국 니시노가 선택한 게 우리가 본 9mm 총알이야. 니시노는 자살 방법으로 그걸 선택했어."

"그러니까 그게 어디 있었는데."

"가드 안에."

이 한마디가 격한 반응을 일으킬 것이다. 유키는 마음의 준비를 하고 있었다. 하지만 의외로 모두 냉정한 반응을 보였다. 그에게 쏟아지는 시선 속에는 차가운 뭔가가 섞여 있는 느낌조차 들었다.

"유키."

안도는 타이르듯 부르더니 한숨 섞인 목소리로 말했다.

"이봐, 장황하게 늘어놓더니 여기서 원점으로 돌아가면 어쩌자는 거야.

니시노가 우리를 혼란에 빠뜨리기 위해 미리 준비된 기폭제라는 네 생각에는 납득할 수 있는 부분도 있어. 분명히 그런 역할을 하는 사람이 없었다면, 우리는 7일 동안 편하게 지냈을 테지.

하지만 그 결론은 납득할 수 없어. 가드가 죽인 거 아니냐는 이야기는 분명히 니시노 씨가 죽은 직후에도 나왔었잖아. 하지만 아냐. 녀석은 우리에게 직접 위해를 가하지 않아."

유키는 물론 그때 일을 기억하고 있었다.

"맞아, 하코시마였던가. 구구절절 말을 늘어놓으며 가드는 우리에게 위해를 가하지 않는다고 했지. 하지만 최종적으로 가드가 아니라는 결론이 나오게 된 결정적인 이유가 뭐였는지 기억해?"

안도는 의기양양한 태도로 말했다.

"그래. 가드에게는 사출식 전기충격기밖에 장착되어 있지 않기 때문이지."

"난 그 점은 문제 삼지 않았어. 그때 이의를 제기하지 않은 건, 누군가가 니시노 씨를 불렀고, 그래서 니시노 씨가 영안실에 갔을 거라는 하코시마의 설명이 타당하다고 생각해서였지. 하지만 가드가 우리를 죽이는 게 허용되는 유일한 경우가 있어."

거기서 말을 끊고 사람들의 주의를 끈 다음, 유키는 설득하듯 한 마디씩 또박또박 암송했다.

"밤에 관한 규정. 그 1-4. 가드에게 세 번 이상 경고를 받은 상태에서 또다시 밤에 개인실을 나갔다가 가드에게 발견되었을 경우에는 가드에 의해 살해당한다."

유키는 이 자리에서 규정을 설명하기 위해 룰 북을 지참하지 않고 일부러 조항을 암기했다. 깊은 인상을 남길 수 있을 것이라고 생각했기 때문이다. 요컨대 단순한 퍼포먼스였다.

그 퍼포먼스는 유키가 상상한 것 이상의 효과를 나타냈다. 세키미즈는 입을 떡 벌리고 천천히 말했다.

"그러고 보니 그런 게 있었지……."

안도는 분한 듯 얼굴을 찡그렸다.

"그랬군. 그래서 자살이군."

유키는 고개를 끄덕였다.

"밤에는 방 밖으로 나와선 안 돼. 그건 우리가 24시간 함께 있으면 아무 일도 일어나지 않기 때문이야. 밤에 관한 규칙은 우리를 갈라놓고, 살인의 기회를 주기 위해 만들어진 거야. 밤이 무너지면, 니시노가 죽지 않은 경우와 마찬가지로 아무 일도 일어나지 않아.

그래서 밤은 중요했고, 관련 규칙을 어길 경우의 페널티도 무거운 거야. 밤에 방에서 나간 게 여러 차례 발각되면 가드에게 살해되지. 본질적으로는 단순한 협박에 불과해. 네 번씩이나 발각되기 전에 위험하다는 걸 깨닫고 방으로 돌아갈 테니.

하지만 룰 북을 본 니시노는 이 규정을 역이용했어. 일부러 밤에 방에서 나가, 다시 돌아오지 않고 가드가 자신을 죽이도록 유도했지. 이게 그가 자살한 방법이야. 누가 불러서 영안실에 간 게 아냐. 죽을 장소를 스스로 택한 거지."

그 말의 의미가 스며들기까지 기다렸다 유키는 마지막 정보를 발설했다.

"전기충격기로 밤에 돌아다니는 녀석을 죽이려면 너무 번거롭지 않나? 혹시나 하는 생각이 들었어. 아니, 확신했지.

어젯밤에 니시노의 방을 뒤졌어. 목적은 두 가지였지. 하나는 니시노의 원래 자살 방법을 조사하는 것. 처분됐을 줄 알았는데, 찾아보니 쉽게 이 알약을 발견할 수 있었어. 그리고 또 하나의 목적은 밤에 가드를 가까이서 살펴보는 것이었어.

경고는 두 번 받았지만 똑똑히 확인했어. 밤에 방 밖으로 나온 나를 향해 가드는 총구를 겨눴어. 물론 권총은 아니었지만, 총알이 9mm란 건 서브머신건 같은 것일 테지."

그렇게 말하고 나서 후치가 알아듣지 못했을까 봐 한마디 덧붙였다.

"총이 장착되어 있었다는 소립니다."

아무도 반론을 제기하지 않았다.

보아하니 내 이야기가 먹힌 것 같군. 유키는 그 사실을 깨달았다. 와카나의 누명이 벗겨졌고, 니시노 죽음의 진상이 밝혀진 것이다.

안도는 힘없는 목소리로 물었다.

"이해가 안 가는 게 하나 있어. 자살용 독약을 건네받은 니시노가 독약을 감추고 가드에게 사살되는 길을 택한 이유.

넌 '분했을 거야'라고 했지? 그 부분을 좀더 자세히 말해줬으면 좋겠는데."

"……그래."

유키는 분명치 않은 말투로 대답했다.

"나도 어렴풋이 짐작할 뿐이야. 잘은 모르겠어. 아까도 말했잖아. 난 잘 알지도 못하는 걸 잘 아는 척하는 게 싫어.

그래도 이런 생각이 들더라고. 독약을 마시는 건 진짜로 스스로 목숨을 끊는 행위지만, 가드를 적으로 돌리면……."

자신도 모르게 깊은 한숨이 흘러나온다.

"저항하며 죽을 수 있잖아."

남은 것은 의식儀式뿐이었다.

니시노 가쿠를 죽인 범인은 니시노 가쿠 자신. 유키 리쿠히코가 제안한 그 해결은 네 명 모두의 찬성을 얻어 진실로 인정받았다.

마지막으로 스와나는 살짝 얼굴을 찡그리며 이렇게 말했다.

"안타까운 일이네요."

3

유키는 탐정의 자리를 얻은 동시에, 안도의 옆자리를 잃었다.

해결이 끝난 뒤, 안도는 세키미즈와 식당에 나란히 앉아 뭔가 열심히 이야기하기 시작했다. '범인은' '사실은' '와카나가' 그런 말들이 드문드문 들리는 걸로 봐서는 아무래도 오사코, 하코시마 사건을 검토하는 것 같았지만, 유키가 다가가자 두 사람 모두 입을 다물고 눈빛으로 그를 견제했다. 단념하고 자리를 뜨자 두 사람은 또다시 진지한 표정으로 대화를 시작했다.

어제까지 안도의 파트너 역할을 맡고 있던 건 유키였다. 암귀관에 와서 알게 된 사이일 뿐이니 소외당했다고 그를 원망하지는 않았다. 그래도 자존심이 상했다고 바로 손바닥 뒤집듯 태도가 달라지는 모습을 보니 기가 막혔지만, 다른 한편으로는 서운한 마음이 들기도 했다.

유키는 안도를 꽤 배려했다. 니시노의 죽음이 자살이라는 가설과 가드와 밤의 규칙을 자살 도구로 이용했을지도 모른다는 아이디어는, 대략적이기는 해도 나흘째 밤에 머릿속에 있었다. 그걸 직접 이야기하지 않았던 건 안도의 자존심이 다칠까 신경 썼기 때문이었다.

그럼에도 엿새째 아침까지 잘못된 생각에 사로잡혀 있던 건 순전히 안도가 멍청했기 때문이다. 이제 함께 이야기할 일도 없겠지.

유키는 안도를 단념하고 라운지로 돌아갔다. 아무도 없다. 원탁과 열두 개의 의자만이 놓여 있을 뿐이었다. 오전의 해결에서 살인자가 지목되지 않았기 때문에 남은 사람은 여전히 다섯 명이었다.

그러고 보니…….

스와나의 행방은 알고 있다. 다 읽은 책을 반납하기 위해 오락실에 간다고 했다. 하지만 후치는? 해결이 끝난 뒤 정신을 차려보니 사라져 있었다. 생각해보니 어제도 여러 차례 모습이 보이지 않았던 것 같은데.

지금 유키가 제일 신뢰하는 상대. 신뢰한다기보다는 빈틈을 보일 수 있는 상대는 후치였다. 물론 스와나도 피비린내 나는 이야기와는 거리가 먼 존재였지만, 그렇다고 해서 선뜻 다가갈 수 있는 상대도 아니었다. 씻어낼 수 없는 생활감이 배어 있는 후치는 암귀관에서 유일하게 바깥세상을 느끼게 해주는 존재였다. 아주 조금이지만 마음이 편해지는 순간이었다.

그런 후치가 몰래 모습을 감췄다. 뭐, 별일은 없겠지만.

유키는 홀로 앞이 보이지 않는 바깥 회랑을 걷고 있었다. 손은 주머니 속. 무기는 없다.

박애 정신에서 비롯된 행동은 아니었다.

그는 고양되어 있었다. 마음속으로 중얼거린다.

'어차피 안도와 마찬가지다. 후치 씨도, 세키미즈도 굳이 신경 쓸 가치는 없지.'

니시노 사건의 진상을 밝혀낸 것은 다른 누구도 아닌 바로 나다. 유키 리쿠히코는 생존자 중에서 가장 가치 있는 존재인 것이다. 대체 어떤 멍청이가 자신을 해하려 하겠는가. 만일 누군가 정말로 덤벼들어도 상관없다. 실력을 보여주지. 유키는 자신이 완력으로도 안도에게 지지 않는다고 자부하고 있었다.

어느샌가 의식도 못 한 채 영안실 앞을 지나치고 있었다. 오락실의 나무 문 앞에 섰다.

아무리 유키의 자부심이 커졌다 해도 스와나와 대등하게 이야기를 나눌 수 있다고 생각할 만큼 주제 파악을 못한 건 아니었다. 후치가 바깥세상의 생활을 느끼게 해주는 존재라면, 스와나는 바깥세상에서의 격차를 느끼게 해주는 존재였다. 엿새는 길지는 않았지만, 그리 짧은 시간도 아니었다. 그런데도 유키는 스와나와의 거리가 단 1밀리만큼도 좁혀졌다는 생각이 들지 않았다.

하지만 유키는 니시노 사건의 진상을 파헤친 공로자다. 잠깐 대화를 나눌 권리쯤은 있겠지.

그렇게 생각하며 문을 열고 안쪽을 향해 말을 걸었다.

"스와나 씨?"

당구대와 책장, 사격 과녁 등이 늘어선 오락실 안에서, 유키의 목소리를 듣고 깜짝 놀라 흠칫하는 인영이 있었다. 유키의 예상과 달리 그 사람은 스와나가 아니었다. 통통한 체격의 그는 살짝 구부정한 자세로 놀란 듯 이쪽을 바라본다. 후치였다.

찾을 생각이 없었던 상대를 발견한 유키는 순간 당황했다. "아, 안녕하세요." 당황한 나머지 얼빠진 소리가 나왔다. 후치는 고개만 돌려 유키를 보더니 꾸벅 인사했다.

무슨 말을 들은 건 아니다. 하지만 후치 역시 유키에 대한 태도가 다소 달라진 것 같았다.

"여기, 아무도 사용하지 않네요. 아깝게."

어색한 미소를 지으며 하나 마나 한 소리를 하는 게 아무리 봐도 유키를 신경 쓰는 것 같아서, 유키는 오히려 머쓱해졌다. 그 때문에 그만 불퉁한 목소리로 툭 내뱉었다.

"여기서 뭐 하시는 겁니까?"

"아뇨, 그냥……."

후치는 분명하게 대답하지 않았다. 나쁜 짓을 하고 있던 것도 아닐 텐데 왜 똑바로 말을 못 하는 거지?

사실 유키는 후치가 뭘 하고 있었는지 딱히 관심이 없었다.

"그나저나 스와나 씨 못 보셨나요?"

유키가 다른 화제를 꺼내는 것을 본 후치는 노골적으로 안도한 표정을 지으며 말했다.

"스와나 씨요? 글쎄요……."

"그렇군요. 그럼."

발걸음을 돌리려던 찰나, 문득 떠오른 생각이 있었다. 유키는 다시 뒤돌아봤다.

"맞다. 그러고 보니."

"네, 아, 또 뭐죠?"

뭐가 그렇게 두려운 걸까? 그냥 모든 게 두려운 건가. 유키는 후치의 태도를 의아해하며 물었다.

"확인하고 싶은 게 있어요. 서로 흉기를 공개했을 때, 누가 뭘 가지고 있었는지."

"……그건."

"상관없잖아요. 이제……."

유키는 다음 말을 잇지 못하고 입을 다물었다. 후치와 한 조가 되어 서로 흉기를 공개한 사람들은 이제 모두 이 세상 사람이 아니다. 후치도 그 사실을 깨달았는지 울적한 듯 인상을 찡그리며 입을 꾹 다물었다. 하지만 거부할 생각은 없는 것 같았다.

"아까 말한 대로, 와카나 씨 건 못 봤어요. 하지만 다른 사람들 건 분명히 어제 금고실에 넣은 그게 맞아요."

"그렇군요."

유키도 진심으로 수상쩍다 생각해서 물어본 건 아니었다. 단순히 이 상황에서는 뭐라도 물어봐야 체면을 차릴 수 있을 것 같았기 때문이다.

하나 마음에 걸리는 건 하코시마에게 지급된 슬링샷이었다. 흔히 새총이라 불리는, 고무로 둥근 금속 구슬을 날릴 수 있는 Y 자 모양의 도구다. 슬링샷은 상당한 살상력을 가진 무기가 틀림없다. 하지만 이 암귀관에 등장하기에는 납득이 안 가는 점이 하나 있었다.

유키는 생각했다. 그런 도구가 등장하는 소설이 있었나? 나중에 하코시마의 방에서 메모랜덤을 가져와야겠군.

침묵을 어떻게 받아들였는지는 모르겠지만 후치는 지금이 기회라는 양 자리를 피했다.

"저기, 그럼 전 가볼게요."

"아, 네, 감사합니다."

후치는 꾸벅 고개를 숙이며 나갔다. 유키 또한 오락실에 있을 이유가 사라졌다.

밖으로 나가면서 문득 책장을 바라보니, 스와나가 읽고 있던 『The Problem of the Green Capsule』은 원래대로 책장에 꽂혀 있었다.

경비정비실 앞에서 유키는 무심코 걸음을 멈췄다.

흑갈색 문은 굳게 닫혀 있었다. 문에 살짝 귀를 대어봤지만 아무 소리도 들리지 않았다. 암귀관 내부는 모두 모니터링되고 있다. 유키가 니시노를 죽인 범인을 가드라고 지목한 것도 전달됐을 것이다. 그리고 어젯밤 유키의 무단 외출이 가드의 무장을 확인하기 위한 행위였다는 사실도.

가드에게 마음이 있다면, 적잖이 신경을 곤두세우고 분한 마음을 곱씹고 있을 것이다.

하지만 문 너머는 조용했다.

흑갈색 문을 중지로 한번 밀어보고 유키는 다시 이동했다. 걸음을 옮기며 하나 빼먹은 사실이 있다는 것을 깨달았다.

결국 후치의 흉기는 무엇이었을까.

나란히 늘어서 있는 개인실 이외의 방 다섯 개. 그중 하나인 감옥 앞에 누군가 서 있었다.

하얀 문과 쇠창살이 달린 작은 감시창. 감시창이라고 해도, 쇠창살뿐만 아니라 불투명 유리까지 가로막고 있어서 감옥 안이 훤히 보이지는 않았다. 처음부터 알고 있던 사실일 텐데, 새삼스레 감시창을 들여다보는 사람은 바로 스와나였다. 그녀는 열심히 쇠창살과 불투명 유리 너머를 들여다보려 하고 있었다.

찾고 있던 사람을 발견한 유키는 다소 황당함을 느끼며 말을 걸었다.

"스와나 씨, 거기서 뭐 하고 계십니까?"

스와나는 고개를 돌려 유키의 모습을 보았다. 그러고는 무아지경에 빠져 있던 모습을 들켜서 부끄럽다는 듯 고개를 숙였다.

"아니, 이와이가 뭔가 이상한 짓을 하고 있어서요."

그 말을 들은 유키는 감시창 너머를 볼 수 있는 위치로 갔다. 어둠에 잠긴 창 너머로, 분명히 사람의 얼굴로 추정되는 것이 보였다. 그 얼굴은 끊임없이 고개를 갸웃거리며 입을 벙긋거렸다.

"뭔가 말하고 싶은가 보네요."

"네. 들리지는 않지만요. 안 들려서 그런지……."

스와나는 살짝 부끄러워하며 말했다.

"보고 있으니까 재미있더라고요."

유키는 그저 입을 다물고 고개를 끄덕거릴 따름이었다.

스와나는 이제 말이 통하지 않는 광대에게 흥미가 떨어진 것 같았다. 발걸음을 돌려 유키를 마주 보며 말했다.

"그러고 보니 말씀드리고 싶은 것이 있었어요."

"아, 네."

그렇게 대답은 했지만 유키는 곁눈으로 필사적으로 무언가 호소하는 이와이를 보고 있었다. 저런 모습 앞에서 아무렇지도 않게 대화를 나누는 게 왠지 꺼림칙했지만 스와나는 전혀 신경 쓰지 않는 것 같았다.

"어제부터 제가 읽던 책 말인데요."

"아, 그 책이요. 책이 왜요?"

스와나는 고개를 갸웃거리며 목소리를 낮췄다.

"네, 곳곳에 흥미로운 부분이 있더라고요. 하지만 제가 말씀드리고 싶은 건 그게 아니라."

한적한 회랑에 스와나의 목소리가 울려 퍼졌다. 시야 한구석에서 이와이의 그림자가 춤추고 있다.

"아무리 생각해도 이상해서요. 『The Problem of the Green Capsule』에서 살인에 사용된 것은 청산가리였어요."

"……."

말문이 막혔다.

스와나가 무슨 말을 하고 싶은지 모르는 건 아니었다. 그 반대였다. 유키는 그게 왜 이상한지 잘 알고 있었다.

알 수 없었던 건 그 이상한 사실이 나타내는 점이다. 그는 애매한 말투로 말했다.

"스와나 씨에게 지급된 흉기는 청산가리가 아니라……."

"네. 니트로벤젠이었어요."

『The Problem of the Green Capsule』, 즉 『녹색 캡슐의 수수께끼』는 스와나에게 지급된 흉기의 출전이 된 작품이다. 그래서 스와나는 오락실의 수많은 책 중 그 작품을 선택한 것이다.

스와나는 계속 말을 이었다.

"거의 첫 부분부터 흉기는 청산가리라고 명시되어 있었어요. 이상하다는 생각은 했지만, 그런 유의 책은 마지막 부분에서 사실은 청산가리가 아니었다, 피해자는 죽지 않았다, 그런 반전이 나오잖아요? 그런 줄 알고 끝까지 읽어봤는데 결국 마지막까지 독의 종류는 변하지 않았어요."

유키는 고개를 숙였다. 스와나의 눈을 오랫동안 바라볼 수 없었기 때문이다.

"왜 클럽은 『녹색 캡슐의 수수께끼』에서 인용했다고 해놓고 다른 종류의 독을 준비한 걸까요. 이 점을 유키 씨에게 말씀드리고 싶었어요."

그 물음에 유키는 대답할 수 있을 것 같았다. 하지만 도저히 결심이 서질 않았다. 그는 망설이고 있었다.

"그건."

"그건?"

"아마도……."

하지만 유키가 그 이상 말을 잇기 전에 익숙해진 방송이 갑작스레 울려 퍼졌다.

목소리는 이렇게 말했다.

"오사코 유다이, 하코시마 유키토 살해에 관해 안도 요시야가 사건을 해결하려 합니다. 모두 라운지에 집합해주십시오. 안도 요시야는 필요한 경우 조수 한 사람을 지명해주십시오."

유키와 스와나는 서로 얼굴을 마주 봤다.

어찌된 일인지 스와나는 깜짝 놀란 듯, 총 맞은 비둘기처럼 영문을 모르겠다는 표정을 짓고 있었다.

4

잠시 산책하고 왔을 뿐인데, 아침에 해결이 끝난 뒤로 몇 시간이

나 지나 있었다.

유키와 스와나, 두 사람이 연이어 라운지에 들어왔을 때 나머지 세 사람은 이미 원탁에 앉아 있었다. 앉아 있던 안도가 팔짱을 끼고 험악한 눈으로 유키와 스와나를 바라보았다. 유키는 무언가 분위기를 누그러뜨릴 만한 이야기를 하려 했지만, 안도는 "앉아"라는 말로 유키를 제지했다.

정말 안도가 오사코, 하코시마를 살해한 범인을 알아냈다는 건가. 솔직히 믿기지 않았다. 범인을 지목할 수 있을 만한 어떤 정보를 얻은 건가? 그런 정보를 입수해 안도가 해석한 건가?

만일 정말로 살인자를 알아낸 거라면 축하할 일이다. 유키는 아무 말 없이 의자에 앉았다.

다섯 명에게 의자 열두 개는 너무 많다. 열두 개의 인형을 보고 새삼 사라진 사람들의 빈자리를 느꼈다.

어찌된 영문인지 세키미즈는 그 많은 자리 중에 안도의 옆자리를 골라 앉았다. 애초에 유키도 스와나의 옆에 앉았으니 딱히 이상하다고 여길 일은 아니었다. 후치 혼자만 안도와 유키에게서 멀찍이 거리를 두고 앉아 몸을 움츠린 채, 또 무슨 일을 벌이려는 거냐고 묻는 양 원망에 찬 시선을 보내고 있었다.

안도가 먼저 입을 열었다.

"조수 역할은 세키미즈가 해줘. 오사코와 하코시마가 살해된 사건에 대해 지금부터 이야기하겠어."

안도는 숨을 삼키며 가슴에 손을 올렸다. 세찬 고동을 진정시키려 하는 것일까. 그 동작은 이상하리만치 소심해 보였다.

하지만 목소리만큼은 단호했다.

"지금 우리가 처한 상황은 그다지 좋지 못해. 사망자는 니시노, 마키, 오사코, 하코시마, 가마세, 와카나, 이렇게 여섯 명이나 되고, 남은 사람도 고작 다섯 명인데, 이 안에 살인자가 있을까 봐 떨고 있어야만 하지. 오늘 밤은 분명 이곳에서 맞이하는 제일 무서운 밤이 될 거야. 왜 이런 사태가 벌어졌나? 답은 하나밖에 없어."

답은 누군가 암귀관이란 어처구니없는 건물을 지었기 때문이다. 유키는 그렇게 생각했다. 하지만 곧이어 나온 안도의 말을 듣고 숨이 멎을 정도로 놀라 말문이 막혔다.

"니시노 사건이 자살이라고 단정 지어졌기 때문이지."

안도는 입술을 한번 핥은 다음 계속 말을 이었다.

"미안하지만 와카나가 죽고 나서 난 안심했어. 세키미즈도 같은 마음이었다고 하더군. 그도 그럴 게 난 와카나가 니시노를 죽인 줄 알았고, 니시노를 죽인 녀석이 오사코, 하코시마를 죽인 범인이라고 생각했었거든. 이제 살인자는 죽었다 생각하니 어젯밤에는 마음 편히 잠들 수 있었어. 몇 주 동안이나 제대로 자지 못했던 것 같은 기분이 들어. 어제는 정말 천국 같은 밤이었지."

말을 마친 안도는 별안간 유키를 노려봤다.

"그런데 오늘 밤부터 다시 원상 복귀야. 이 중에 살인자가 있다
고 의심하며 밤을 보내야 해. 니시노를 죽인 범인이 와카나가 아니
라면, 와카나가 네 명을 죽이고 자살했다는 주장도 근본부터 흔들
리게 돼. 난 오늘 아침 이렇게 말할 생각이었어."

이어서 안도가 꺼낸 이야기는 어제 유키에게 했던 것의 재탕이
었다. 와카나는 어떤 이유로 니시노를 죽였다. 그리고 자신이 저지
른 짓에 겁을 먹고 범행을 은폐하려 했다. 하지만 오사코에게 그
사실이 알려졌고, 오사코는 와카나를 지키기 위해 흉기 은폐를 도
왔다.

어제 처음 제기된 시점에서는 가능성이 아예 없는 이야기는 아
니었다. 하지만 안도가 그 이야기를 입에 담은 순간부터 상황은 크
게 움직였다. 새로운 증거품과 논증이 등장하면서 상황이 달라진
것이다. 그런데도 안도의 이야기에는 그 사실이 전혀 반영되어 있
지 않았다. 솔직히 유키는 안도의 진의가 무엇인지 짐작조차 가지
않았다.

하지만 유키는 문득 깨달았다.

어느샌가 후치가 열심히 안도의 이야기를 듣고 있다는 걸. 몸을
앞으로 내밀고, 지금까지 피폐했던 눈동자에도 생기가 돌아와 있

었다. 왜인지는 모르겠지만.

유키는 생각했다. 혹시 안도의 이야기가 매력적으로 들리는 건가.

안도의 말대로 와카나가 범인이라면 후치도 오늘 밤은 마음 편히 잘 수 있다.

"……그래서 와카나는 오사코와 하코시마를 죽였어. 그건 니시노를 죽였다는 사실을 감추기 위해서였지만, 실제로 일을 저지르고 난 와카나는 자신의 실수를 깨달았어. 아무리 자신이 한 짓을 감추기 위해서라고 해도, 연인을 죽여서는 안 됐어. 오사코를 죽이고 혼란에 빠진 와카나는 가마세를 길동무로 삼아 자살한 거야.

그렇게 생각하면 안 될 이유는 아무것도 없었어. 그랬으면 모두 편해졌을 텐데. 그럼에도 불구하고 모든 것을 부수어버린 사람이."

안도는 유키를 가리키며 말했다.

"바로 너야, 유키."

"나, 나라고?"

물론 안도의 말이 맞다. 와카나 범인설을 부정한 것은 틀림없이 유키다. 하지만 그게 내 책임인가? 저렇게 삿대질당할 정도로 나쁜 짓을 한 건가?

그건 아니잖아. 유키는 그렇게 생각했다.

니시노는 자살이었다. 적어도 범인은 와카나가 아니다. 와카나가 가지고 있던 흉기와 니시노를 죽인 흉기는 다른 것이었다. 자명한 사실을 지적한 것뿐인데, 안도는 마치 유키가 편안한 수면을 방해하고 있다는 듯 말하고 있다.

하지만 이 시점에서는 유키도 강하게 나갈 수 없었다. '사실을 얘기한 게 뭐가 나쁘다는 거야!'라고 반박할 수 없다. 그 역시 지금에서야 깨달았다. 오늘 아침 이루어졌던 해결의 본질적인 약점을.

안도는 그 약점이 뭔지 말했다. 이제 그는 거의 유키를 향해서만 말하고 있었다.

"굳이 오늘 아침에 해결할 필요가 있었어? 와카나가 범인이 아니라고 주장하는 건 우리 마음속 불안을 부채질하는 짓이라는 걸 몰랐을 리도 없을 텐데. 그런데도 넌 왜 또다시 우리를 의심의 구렁텅이로 떨어뜨리려 하는 거지!"

그게 진실이라고 생각했으니까. 그것이 대답이었다.

하지만 유키는 중요한 사실을 잊고 있었다. 진실에는 때와 장소가 필요하다는 것을. 아마도 아침이라 잠에서 덜 깼던 것이다. 애초에 이 암귀관에서 살인자를 재판하는 데 진실은 필요 없다. 상관있는 건 다수결뿐이다.

뼛속까지 절감했던 그 사실을 잊고 있었다는 것을 깨닫고, 유키는 아무 말도 할 수 없었다.

"우리 사이에 의심의 씨앗을 뿌려서 대체 네가 얻는 게 뭐지? 왜 그런 짓을 한 거냐고. 난 세키미즈와 함께 그 이유를 생각해봤어.

그리고 깨달았지. '다섯 명 중에 오사코, 하코시마를 죽인 범인이 있다'고 외쳐도 공황 상태에 빠지지 않을 사람이 딱 한 명 있다는 것을. 무슨 뜻인지 알겠어?"

그리고 안도는 후치와 스와나를 차례로 바라본 뒤 진중하게 선언했다.

"네가 범인이라면 적어도 너는 누가 범인일까 의심하며 불안에 떨지 않아도 되지."

힉. 목구멍에 걸린 비명 소리. 후치의 것이었다.

후치는 고개를 숙인 채 눈만 치뜨며 유키의 표정을 훔쳐보았다. 그 눈에는 공포의 빛이 뚜렷했다.

유키는 등골이 오싹해졌다. 설마……. 아무에게도 발언할 기회를 주지 않고 안도는 말을 이었다.

"유키가 범인이라 가정하고 사건을 재구성해봤어.

유키가 주장한 자살설에는 중대한 문제점이 있어. 세키미즈의 말을 듣고 떠올린 거지만, 니시노가 가드에게 죽었다는 주장이 옳다고 한다면, 오사코를 죽인 '낙하식 천장을 작동시키는 스위치'의 출처가 불분명해지지. 유키는 그 문제점을 인식하고 있었어. 인식했으면서도, 니시노가 자살했다고 주장했어.

이 시점에서 의심은 더욱 깊어지지. 그럴 리 없으니까. 스위치는 물론 니시노의 것이었어. 그가 아닌 다른 누군가의 것이라면, 흉기

검사와 뒤이어 사건이 일어났을 때 소유자가 밝혀지지 않을 리 없잖아. 니시노의 방에서 흉기는 발견되지 않았어. 니시노가 죽은 뒤에 누군가가 방에서 훔쳐 간 거야.

아까, 다시 한번 니시노의 방을 찾아봤어. 화장실 변기 뒤에서 이게 나오더군."

안도는 그렇게 말하며 구겨진 종이를 원탁 위에 올려놓았다.

그것은 유키가 몰래 찾던 것이었다. 일단 찾고는 있었지만 결정적인 증거는 되지 않을 것이라고 생각했던 것. 메모랜덤이었다.

압살壓殺

제거하고 싶은 사람을 함정에 빠뜨린다.

음모에 의한 암살이 인류의 역사에 얼마나 영향을 미쳤는지, 정량적으로 연구하기란 결코 불가능하리라. 하지만 그 필요성을 이야기하듯, 이 세상에 존재하는 함정의 종류는 실로 무궁무진하다.

그중에서도 특징적인 것으로 '낙하식 천장'을 들 수 있다. 일단 작동만 시키면 희생자는 결코 도망칠 수 없다. 하지만 한편으로는 너무나도 커다란 증거를 남기고 만다. 사용할 수 있는 상황이 지극히 한정된 함정이라고도 할 수 있다. 일본에서는 혼다 마사즈미가 우쓰노미야 성에 설치했다는 함정*, 진무천황의 동쪽 정벌 중 에우카시라는 호족이 설치했다는 함정에 대한 이야기가 남아 있지만,

모두 실제로 존재했을 가능성은 희박하며 전승에서조차도 미수에 그쳤다.

설치가 어렵기 때문에, 미스터리 속에서 압살은 자주 등장하는 방법이라 할 수 없다. 하지만 바로 그 때문에, 사용되었을 때에 더욱 깊은 인상을 남기게 되는 무대장치이기도 하다. 좋은 예로,『백발귀』**를 들 수 있을 것이다.

이 저택에 설치된 함정은 당신에게 주어졌다. 이 스위치를 누르면 영안실 천장이 떨어져 방 안의 사람을 죽일 수 있다.

하지만 이 점을 유념하도록. 실험의 목적을 위해, 동시에 죽일 수 있는 것은 한 명뿐이다.

역시 내 예상이 맞았군. 그것을 읽은 유키는 그렇게 생각했다. 낙하식 천장은 동시에 여러 명을 죽일 수 있도록 설계되어 있지 않다. 유키는 자신의 예상이 정확하게 들어맞은 것을 기뻐했다.

히죽거리는 유키를 향해 안도는 씁쓸한 표정으로 말했다.

"니시노의 방에서 스위치를 훔친 것은 누굴까. 나는 와카나일

✦ 도쿠가와 막부 초기, 우쓰노미야 번주인 혼다 마사즈미는 쇼군 도쿠가와 히데타다를 암살하기 위해 우쓰노미야 성에 함정을 설치한 혐의로 귀양 보내지고 우쓰노미야 번은 폐번되었다.

✦✦ 영국 작가 마리 코렐리의 작품을 일본으로 무대를 바꾸어 에도가와 란포가 번안한 작품으로 아내와 그 정부에 의해 살해당했던 남자가 무덤에서 되살아나 복수한다는 내용.

거라고 생각했어. 하지만 생각해보니 꼭 와카나일 필요는 없더군. 예를 들어, 유키가 그랬다고 해도 딱히 이상할 건 없어."

그래, 이상할 건 없다.

하지만 유키는 터져 나오려는 웃음을 필사적으로 참고 있었다. 안도는 자신의 말이 '누구나 그럴 수 있었다'는 뜻이라는 걸 알고는 있는 걸까?

비아냥거리는 유키의 속내를 아는지 모르는지 안도의 표정은 점점 자신만만해졌다.

"즉, 일은 이렇게 된 거야.

사흘째 되던 날 새벽, 와카나가 니시노를 죽였어. 그리고 그날 유키는 니시노의 시체에서 몰래 카드 키를 훔쳐 니시노의 흉기였던 천장 스위치를 손에 넣었어.

닷새째 되던 날 새벽. 모두 함께 순찰을 돌았던 날이지. 두 번째 조는 조원인 가마세와 세키미즈의 불참으로 인해 하코시마 혼자서 순찰을 돌게 되었어. 유키는 그때를 노렸어. 그 뒤의 행동이 애매했는데……."

일단 말을 끊더니, 안도는 옆에 앉은 세키미즈를 바라봤다. 세키미즈는 말없이 눈빛으로만 신호를 보냈다.

"……세키미즈가 힌트를 줬어. 두 번째 조의 가마세와 세키미즈는 모두 하코시마와 함께 순찰을 도는 걸 거부했어. 어쩔 수 없지.

목에 밧줄을 걸어 끌고 갈 수도 없는 노릇이니. 하코시마는 혼자서 순찰을 돌았어.

자기 방에서 숨죽이고 기회를 노리던 넌 하코시마가 혼자 있다는 사실을 알아챘어. 그리고 하코시마가 영안실에 들어간 사이에 함정을 작동시켰어.

여기서부터야. 넌 내가 널 깨우러 가기 전에 하코시마가 죽은 것 같다고 오사코를 부르러 갔을 거야. 놀란 얼굴로 소란을 피우는 널 보고, 오사코는 분명 자세한 이야기는 묻지도 않고 하코시마의 생사를 확인하기 위해 영안실로 달려갔을 거야. 넌 거기서 오사코를 죽였어."

안도는 유키의 눈을 노려보며 이야기를 마무리했다.

"모순점은 없어. 어때?"

"어……."

어디 모순이 없다는 거냐. 유키는 그렇게 말하고 싶었다.

어떻게든 와카나가 니시노를 쏘아 죽였다고 하고 싶은가 본데, 구경의 차이, 연사가 불가능했다는 점 등 내가 증명했던 사실은 완전히 무시할 생각인 건가.

니시노의 방에서 발견된 붉은 알약은 어떻게 설명할 건가. 니시노의 물건이라는 것을 의심하는 거라면, 다른 입수 경로를 입증할 수 있나?

사흘째 되던 날에 카드 키를 훔쳤다고 하는데, 니시노의 시체가 발견된 직후부터 오사코의 주도로 3인 1조 체제가 강력하게 실시되고 있었다. 그런 상황에서 언제 훔칠 기회가 있었다는 건가.

하코시마가 혼자 순찰을 돌았다는데, 과연 시종일관 이성적이었던 하코시마가 그런 경솔한 행동을 했을까?

왜 유키가 오사코와 하코시마를 죽여야 한다는 건가. 하코시마는 '혼자서 걷고 있었으니까'라고 친다 해도, 오사코는 타깃으로 선택해서 죽인 셈이 아닌가.

더욱 중요한 사실이 있었다. 유키는 무심코 중얼거렸다.

"증거 있어?"

하지만 안도는 씩 웃으며 유키의 말을 무시했다.

"범인의 단골 대사군."

유키는 안도의 고발을 도저히 참을 수 없었다. 증거 하나 없는 이런 헛소리를 내 해결과 동급으로 취급하면 안 되지. 속으로 분통을 터뜨리며 유키는 좌우를 둘러봤다.

날카로운 눈빛으로 이쪽을 보고 있는 안도.

세키미즈는 차갑고 오만한 얼굴로 입을 다물고 있었다.

그리고 후치는.

"다, 당신이……."

말을 잇지 못하고 유키로부터 1밀리라도 멀어지려는 듯 몸을 뒤로 몰리고 있었다.

'……그래. 그랬지.'

이와이가 감옥에 수감됐을 때 이해했다고 생각했다. 그리고 아까 자신이 그렇게 주장하기까지 했다. 하지만 유키는 아직 암귀관의 철칙을 진정으로 이해하지 못하고 있었던 것이다.

이번에야말로 진심으로 이해했다.

필요한 건 논리의 정합성이나 조리 있는 설명이 아니다. 왠지 저 녀석이 범인 같다. 그런 공통적인 합의, 암묵적으로 형성된 분위기야말로 가장 중요한 요소였다. 다수의 의심을 받는 것. 암귀관에서는 그것이 '범인'의 유일한 조건이었다.

도리가 아니라고 생각하면서도 유키는 와카나가 죽었다는 사실에 안도했다. 만일 그녀가 살아 있었다면 유키가 어떤 이유를 대더라도 와카나는 그에게 달려들었을 것이다.

이러한 가운데 유일하게 감동적이었던 것은, 스와나의 표정에서 혐오나 멸시의 감정을 찾아볼 수 없었다는 것이다. 그녀는 다수에 휩쓸려 유키를 살인자 취급하지는 않을 것이다. 그것이 무엇보다 고마웠다. 고마웠지만, 딱히 유키를 변호할 생각도 없는 것 같았다. 옆에 앉은 스와나는 무릎에 가지런히 손을 올려놓고 이야기가 어떻게 진행되는지 흥미롭게 지켜보고 있었다.

이제 어쩌지.

유키는 생각했다. 이건 중요한 문제다.

안도의 해결은 지리멸렬하다.

하지만 놀랍게도 그는 올바른 선택을 했다. 유키는 안도의 비논리적인 설명에는 분통이 터졌지만, 그의 선택의 가치는 인정할 수밖에 없었다.

요컨대, 논리적으로 반론하든지 실질적인 이익을 택하여 침묵하든지 둘 중 하나다. 암귀관의 철칙을 이해한 유키에게, 논리를 위해 몸을 내던질 생각은 전혀 없었다.

그래서 유키는 아무 말도 하지 않았다. '범인의 단골 대사군.' 그 말을 들은 순간부터 웃어야 할지 화내야 할지 알 수 없어서 미묘한 표정으로 입을 다물고 있었다.

안도가 운을 뗐다.

"다수결로 정하자. 유키가 오사코와 하코시마를 죽였다. 내 말에 찬성하는 사람은 손을 들어."

머뭇거리며 후치는 천천히 손을 들었다. 하지만 스와나는 가지런히 두 손을 모은 채 꿈쩍도 하지 않았다. 안도는 노골적으로 불만에 찬 얼굴로 말했다.

"스와나 씨. 제 추리에 찬성 못 하겠다는 겁니까?"

"추리?"

스와나는 그제야 손으로 입을 가리며 생긋 웃었다.

"음, 그래요. 추리라고 하기엔 조금."

"뭐가!"

세키미즈는 세차게 항의하는 안도의 소매를 잡아당겼다. 그녀는 낮은 목소리로 안도를 달랬다.

"내버려둬."

"하지만."

"내버려두라니까. 이걸로 반수 이상이잖아."

그 말을 듣고, 유키는 정신이 확 드는 것 같았다.

안도가 탐정 역, 세키미즈가 조수, 유키가 피고. 그러면 다수결의 대상은 후치와 스와나, 둘뿐이다. 한 사람이 손을 들면, 50퍼센트의 찬성표를 얻은 게 된다.

아무리 유키라 해도 이론을 제기할 수밖에 없었다.

"잠깐. 과반수 이상이 필요한 거 아니었어?"

과반수란 전체의 절반이 넘는 수를 말한다. 대상이 두 사람이라면, 둘 다 찬성하지 않는 경우는 과반수라 할 수 없다.

하지만 세키미즈는 유키를 거들떠도 보지 않고 차갑게 내뱉었다.

"아니. 규칙에는 반수 이상이라고 되어 있어."

반수 이상이라면 둘 중 하나라도 찬성하면 조건을 만족한다.

세키미즈는 의자 밑에서 가죽 표지의 룰 북을 꺼냈다. 미리 준비해둔 모양이다. 그녀가 펼친 페이지에 분명히 명시되어 있었다.

(4) 범인 지목에 대해 참석한 참가자들의 절반 이상이 찬성했을 경우, 범인으로 지목된 사람은 감옥에 수감된다. 단, 이 다수결에는 범인을 지목한 사람, 범인으로 지목된 사람, 조수로 지명된 사람은 참가할 수 없다.

규정에 따라 고발은 효력을 얻었다. 유키 리쿠히코는 오사코, 하코시마를 죽인 범인으로 인정되었다.

5

감옥 문에는 전자 잠금장치가 설치되어 있었다.

저항 한번 않고 유키는 하얀 문 앞에 섰다. 안도 일행은 배웅조차 하지 않았다. 이제 없는 사람 취급하는 건가. 수감되는 그를 지켜본 유일한 사람은 스와나였다.

그녀는 말했다.

"유키 씨, 수고하셨습니다. 즐거웠어요."

마치 연극을 보고 난 뒤 감상을 말하듯 위로의 말을 건네는 스와나를 보고, 유키는 그녀가 자신을 살인자라고 생각하지 않는다는 것을 깨달았다. 그는 이렇게 말하지 않고는 견딜 수 없었다.

"일단 말해두겠는데요, 그 두 사람을 죽인 건……."

스와나는 조금 곤란한 듯한 표정을 지었다.

"그 이상 말씀하시는 건 꼴불견이죠. 퇴장하는 사람은 조용히 떠나는 게 예의라는 겁니다."

"그럴지도 모르겠네요."

조금 전 고발당했을 때에는 항변도 하지 않고서 이제 와서 주절 대는 건 분명히 꼴불견이었다. 유키는 머리를 긁적인 뒤 시선을 들었다.

"하지만 스와나 씨만은, 저기, 믿어주셨으면 해서."

스와나는 살짝 웃으며 일축했다.

"스스로 판단할 수 있으니까 걱정 마세요."

유키는 쓴웃음을 지을 뿐이었다.

문의 잠금장치는 해제됐다. 하지만 안에 있는 이와이가 뛰쳐나 오는 일은 없었다. 무슨 장치라도 되어 있는 걸까?

모든 것이 끝날 때까지 스와나와 대화할 일은 없을 테지. 유키는 가까이 있는 사람의 얼굴조차 뚜렷하게 보이지 않는 어두운 회랑 이 새삼 원망스러웠다. 오늘도 옅게 화장을 마친 스와나는 차분한 색의 립스틱을 바르고 있었다. 그 투명한 하얀 피부를 환한 조명 아래에서 보고 싶었다.

그는 마지막으로 계속 마음에 걸렸던 것을 물었다.

"스와나 씨, 무섭지 않으세요?"

"네?"

"벌써 여섯 명이나 죽었어요. 전 무서웠어요. 무서웠지만, 지금은 신경이 마비됐어요. 아무래도 좋다는 생각뿐이에요. 하지만 스와나 씨는 처음부터 무서워하지 않는 것처럼 보였어요."

스와나는 고개를 갸웃거리며 정말 모르겠다는 표정을 지었다.

"무섭다…… 뭐가 무섭다는 거죠? 모르는 사람들이 살해당하는 것 말인가요?"

그런 건가. 내가 무서워했던 건. 유키는 자문해본 뒤 고개를 저었다.

"아뇨. 그건 상관없어요."

"그렇죠."

"하지만, 제가 살해당할지도 모른다는 건 무서웠어요."

유키가 그렇게 중얼거리자 스와나는 싱긋 웃으며 이렇게 말했다.

"절 죽이려 하는 사람이 있다는 말씀이신가요. 참신한 생각이군요."

"스와나 씨는 왜 이런 곳에 오신 거죠?"

"말씀드렸잖아요. 빚이 있다고."

"돈 말하는 겁니까?"

스와나는 미소 지은 채 문을 가리켰다.

빨리 들어가라는 뜻이리라.

감옥 안은 밝았다. 환기도 잘되어 있는지 습하지도 않다. 그리고 이와이는 식사중이었다.

유키는 웃으며 고개를 숙였다.

"잘 부탁드립니다, 선배님!"

이와이는 미심쩍다는 듯 유키를 올려다봤다.

하지만 그 표정에는 어딘지 모르게 친밀감 비슷한 것이 섞여 있는 것 같았다.

6

감옥에는 쇠사슬에 달린 침대, 작은 화장실, 그리고 쇠창살이 달린 창이 있었다. 애초에 암귀관은 지하에 있다. 창을 통해서는 아무것도 보이지 않았다. 단순한 연출이리라.

라운지에 있던 커다란 테이블과는 비교도 되지 않는 사무용 철제 책상. 비즈니스호텔에 있을 법한 작은 냉장고. 그리고 고맙게도 텔레비전이 한 대 놓여 있었다. 저렴한 붉은 플라스틱 몸체의 작은 브라운관 텔레비전이었다. 이게 있으면 대충 시간을 때울 수 있겠지.

이와이는 생각보다 혈색도 좋았고, 수감되었을 때 보였던 착란 증세도 깨끗이 사라져 있었다. 하지만 모든 일에 무관심한 듯 활력이 없었다. 그는 자신의 침대에 누운 채 꿈쩍도 하지 않았다. 시계를 보니 오후 1시가 조금 지나 있었다.

이렇게 이와이와 단둘이 되었으니 이제 와서 숨길 필요도 없겠지. 유키는 등 돌린 이와이를 향해 말했다.

"이와이 씨. ……이와이 선배."

자고 있는 줄 알았는데, 잠시 후 이와이는 반항적으로 대답했다.

"선배라고 부르지 마. 감옥에 먼저 들어온 선배라는 거야 뭐야. 너, 안 죽였지?"

유키는 의외의 발언에 놀랐다.

"어떻게 그걸……."

이번에는 팔을 들어 손가락질로 대답을 대신했다. 그가 가리킨 건 작은 텔레비전이었다.

"저걸로 들었어. 라운지와 식당에서 무슨 일이 일어나는지 그걸로 볼 수 있거든. 그 안도라는 놈은 뭐야, 똑똑한 척하더니 그냥 바보 아냐."

유키는 쓴웃음을 지었다.

"그런 말씀 마세요. 바깥에 있으면 중압감이 장난 아니라고요."

텔레비전 전원 스위치는 버튼, 채널은 좌우로 돌리는 형태의 골동품이었다. 잠시 생각한 끝에 유키는 텔레비전의 전원을 켜지 않았다. 바깥 전파를 수신하는 게 아니라면 무엇을 봐도 침울해질 뿐이다. 특히 지금 라운지에서는 모두들 유키의 험담에 열중하고 있을 것이다.

등을 돌린 채 이와이는 가냘픈 목소리로 말했다.

"너, 아무렇지도 않냐?"

"감옥에 들어온 거 말인가요? 굳이 따지자면 감사했죠. 딱히 페널티가 없다면 잠금장치가 있는 방에 있는 게 마음은 편하니까요."

근거 없는 안도의 고발에 저항하지 않았던 이유는 단지 그뿐이었다.

사람 수가 줄면서 암귀관에서 이 이상 살인이 일어날 가능성은 낮아졌다. 하지만 그렇다고 해도 잠금장치 없는 방에서 또다시 하룻밤을 보내는 것은 무척 우울한 일이다. 어젯밤에는 편히 잤지만 오늘 밤은 어떨지 알 수 없다.

하지만 감옥의 문에는 잠금장치가 달려 있다. 내부가 어떤지 모르는 상황이라 불안했지만, 이와이가 살아 있는 걸 보면 안에 들어가도 죽을 위험은 없는 것이리라. 그렇다면 손쉽게 감옥에 들어갈 수 있는 방법이 있으면 주저 없이 그 길을 택할 것이다. 유키는 내심 안도에게 감사하는 마음마저 들었다.

하지만 이와이는 조금 짜증이 난다는 듯 언성을 높였다.

"그거 말고. 나 말이야."

"……."

"난 이 손으로 마키를 죽였어. 나하고 같이 있어도 아무렇지도 않냐고 묻는 거다."

이와이에게 들키지 않도록 유키는 몰래 침을 삼켰다.

사실 유키는 감옥 내부도 개별적으로 나누어져 있을 것이라고 생각했다. 쇠창살로 가로막힌 독방에 각자 수감되는 감옥의 이미지를 가지고 있었던 것이다. 설마 이와이와 같은 공간에서 함께 생활할 줄은 몰랐다. 마음 놓고 지낼 수 있는 공간이라고 생각하고 감옥에 들어온 건 분명히 오산이었다.

이와이는 예민해져 있다. 여기서 대응을 잘못해서는 안 된다. 유키는 가벼운 태도로 대답했다.

"뭐, 마키 씨 일은 분명히 경솔했어요. 잘한 행동은 아니죠. 하지만 전 선배가 정말로 죽일 생각이었는지, 그 점이 애매하다고 생각해요.

석궁은 총 종류예요. 방아쇠를 당기면 무조건 화살이 날아가죠. 예를 들어, 경계할 생각으로 화살이 장전된 석궁을 들고 있다가 의심스럽다고 생각한 마키 씨를 본 순간 저도 모르게 손가락에 힘이 들어갔다. 그 정도만으로도……."

마키의 시체를 떠올렸다.

철제 화살은 마키의 연골을 정확히 꿰뚫었다. 하지만 암귀관의 희미한 조명이 설치된 복도에서 그토록 정확하게 조준하기란 거의 불가능하다. 이와이에게 정말 살의가 있었다면, 먼저 맞히기 쉬운 몸에 중상을 입힌 다음 머리에 마지막 일격을 가하지 않았을까.

그렇게 말한 것은 분명히 스와나였다. 그것이 문제시되지 않았던 것은, 살의가 있었든 없었든 이와이가 마키를 죽였다는 사실은 변함없기 때문이다.

이와이는 대답하지 않았다. 긍정은 하지 않았지만 부정 또한 하지 않았다. 유키는 비장의 키워드를 꺼냈다.

"공황에 빠진 것도 이해가 가긴 해요."

유키는 잠시 말을 끊었다 다시 입을 열었다.

"애초에 클로즈드 서클에서는 전멸할 가능성이 있으니까요."

등을 돌리고 있던 이와이가 흠칫했다. 반응이 있다. 역시 그런 거였군. 자신이 생겨서인지 목소리도 왠지 조금 커진 것 같다.

"암귀관은 분명히 클로즈드 서클을 상정하고 설계되었다. 그런 이상, 우리를 이곳에 집어넣은 녀석들은 우리가 전멸할 가능성도 염두에 두고 있는 것이다.

그런 생각이 드는 것도 무리는 아니죠. 시작부터 열두 개의 인디언 인형이 등장했으니까요. 그런 오마주 티를 낸 노골적인 연출은 질색이지만, 그걸 보면 모두 죽을 수도 있겠다는 생각이 들 법도 하죠. 그런 상황에서 니시노 씨가 죽었으니 다음은 내 차례일지도 모른다는 생각이 들기도 하겠죠. 다른 녀석들이 생각보다 태연하게 행동하는 게 신기할 정도였죠.

요컨대 그들은 클로즈드 서클의 개념을 몰랐던 겁니다. 우리도 머지않아 죽는다, 그런 위기감이 없던 거죠."

이와이는 천천히 몸을 일으켰다. 게슴츠레하던 눈에 빛이 돌아왔다. 그는 답답하다는 듯 말을 쏟아냈다.

"그래, 맞아. 이곳에 내려와서 그 인형을 보자마자 알아챘지. 이곳은 클로즈드 서클이야. 현실성이 결여된 장치라고 줄곧 바보 취급했는데, 그런 바보짓을 진짜로 하는 바보에게 휘말릴 줄이야. 우리를 모두 죽이겠다는 예고를 받은 거나 마찬가지라고. 그런데 아무도 그 사실을 알아채지 못했어!

아니, 하지만 넌 알고 있던 거냐?"

"물론이죠."

유키는 미소 지으며 자기소개를 했다.

"유키 리쿠히코. 연합 미스터리 클럽의 서기를 맡고 있습니다. 봄에 총회에서 뵈었는데 기억 못 하셨나 보네요, 선배."

연합 미스터리 클럽의 서기.

"네가? 미스터리 클럽의?"

그 말을 들은 이와이의 표정에 점점 웃음이 번져간다.

"그렇군, 몰랐어."

흐트러진 자세를 바로잡고 침대에 걸터앉은 이와이는 몸을 내밀며 말했다.

"미스터리 클럽의 간부라면, 미스터리 독자라면, 클로즈드 서클에서는 등장인물들이 전멸할 수 있다는 사실도 물론 알겠지! 다행이다, 알아주는 녀석이 있었군!"

이와이는 진심으로 기쁜 듯 외쳤다. 만세라도 부를 기세였다.

클로즈드 서클이란 '폐쇄된 공간'이란 뜻이지만, 미스터리 작품에서 등장할 때는 종종 현저한 특징을 보인다. ……사건이 많다. 살인이 연이어 발생하고, 사건이 종료된 시점에서 생존자는 한 사람뿐이라거나, 혹은 전원이 사망한 사례도 그리 드물지 않게 찾아볼 수 있다. 그리고 '열두 개의 인디언 인형'은 『그리고 아무도 없었다』를 상징한다.

사전에 그런 지식을 가지고 있었으니 공포가 깊어지는 것도 당연하다. 이와이가 첫날부터 겁에 질려 있던 것은 이런 이유 때문이었다.

"봄에 만났다고? 아, 미안, 전혀 기억이 안 나."

"그럴 법도 하죠. 전 그냥 구석에 있었을 뿐이니까요."

"그렇군……. 그런 거였군!"

생각지도 못한 곳에서 생각지도 못한 지인을 만난 이와이는 기뻐했다. 하지만 순간의 감동이 사라지자 의아스레 인상을 찌푸렸다.

"왜 더 빨리 알려주지 않은 거지? 그리고 왜 클로즈드 서클에 대해 알고 있었으면서도 아무 말도 안 한 거야."

그 질문을 할 줄 예상하고 있었지만 막상 닥치자 대답하기 힘들었다. 유키는 살짝 시선을 돌리고 뺨을 긁적였다.

"그게."

"뭔데, 기분 나쁘게."

"아뇨, 좀 그래서요."

그렇다고 입을 다물고 있을 수도 없었다. 각오를 굳혔다.

"공기 말입니다."

이와이의 미간 주름이 한층 깊어졌다.

"공기?"

"네, 공기. 분위기 말이에요.

선배 말고 다른 참가자들은 인형을 보고도, 카드 키에 적힌 십계를 보고도, 영안실의 존재를 알고서도, 악질적인 장난 정도로만 받아들였을 뿐이에요. 확실히 말해 첫날, 그 시점에 구체적인 위험을 느끼고 있던 사람은 선배 혼자뿐이었죠. 나머지는 뭐, 다소 두려워하긴 했지만 절박한 정도는 아니었어요. 속으로는 어땠는지 모르겠지만요."

적어도 유키는 내심 위기감을 느끼고 있었다. 그리고 아마 니시노는 자신에게 남은 얼마 없는 시간을 곱씹고 있었을 것이다.

"전 클로즈드 서클에 대해 알고 있었으니까, 선배가 무서워하는 것도 당연하다고 생각했어요. 이렇게 말해서 죄송합니다만 선배는 사람들 사이에서 기름처럼 붕 떠 있었어요.

그게 이유입니다. 주변 사람들이 위기감을 느끼지 않는데 호들 갑을 떨기는 싫었어요. 그리고 혼자 붕 떠 있는 사람은 솔직히 모르는 척하는 게 당연하잖아요. 다수파가 아무렇지도 않은 얼굴로 '진지하게 받아들이는 건 바보 같다'고 생각하니 그쪽에 붙기로 한 거예요."

또 한 가지 중요한 이유가 있었다.

스와나였다. 유키는 스와나 앞에서 '이상한 사람과 아는 사이'라는 것을 티 내고 싶지 않았다. 이와이가 유키를 기억하고 있었다면 어쩔 수 없겠지만, 그렇지 않았기에 굳이 신분을 밝히지 않았다.

이와이는 화난 표정을 지었다 쓴웃음을 지었다 하며 차례로 표정을 바꾸고 있었지만 발끈한 건 분명한 것 같았다. 그럴 법도 했다. 위로할 생각은 없었지만 유키는 쓴웃음을 지으며 말을 이었다.

"아무래도 우린 조금이라도 미스터리 냄새가 나면 자동적으로 알아채고 과잉 반응을 보이나 봐요. 괜히 겁먹거나 센 척하거나 아는 척하며 일장연설을 펼치지 않나. 그러면 인간관계가 나빠질 것 같아서 가급적 분위기 파악은 하려고 노력하고 있었는데…… 그래서 선배한테 인사도 못 드리고 그렇게 되어버린 거예요.

뭐 저도 잘난 척할 주제는 아니죠. 니시노 씨가 자살한 걸 알고, 딱히 그런 소리 할 필요 없었는데도 괜히 우쭐해져서 해결했고, 그게 원인이 돼서 감옥에 보내졌으니까요."

"미스터리 취미를 일부러 숨긴 거냐? 다른 경우였다면 그것도 괜찮았을지도 모르지."

"이런 '경우'가 좀처럼 있는 게 아니죠."

두 사람은 공범처럼 미소 지었다. 자조가 담긴 소리 없는 웃음이었다.

작은 냉장고에는 캔 맥주가 들어 있었다. 이와이의 말에 의하면, 원하는 걸 요청하면 어느샌가 넣어준다고 했다. 요청만 하면 엄청나게 비싼 술도 마실 수 있지만 이와이는 일부러 평소에 마시던 캔 맥주를 달라고 했다고 한다. 유키 역시 그 마음을 알 수 있었다. 익숙한 맛은 바깥 공기를 느끼게 해준다. 두 사람은 맥주 캔을 땄다.

"그건 그렇고, 분위기 파악 못 하는 미스터리 마니아가 하나 더 있어요."

유키는 그렇게 말했다. 이야기가 재미있어서 이대로 밤을 새울 수도 있을 것 같았다. 그래도 문제는 없겠지. 유키도 이와이도, 모두 드롭아웃한 상태다.

"누구?"

"에이, 선배. 말할 것도 없잖아요."

유키의 말을 들은 이와이는 약간 얼굴을 찌푸렸다.

"호스트 말이야? 하긴 말할 것도 없지."

조금 망설이던 유키는 입을 열었다.

"호스트도 마니아인지는 모르겠지만요. 이 암귀관을 디자인한 녀석, 클럽 말입니다. 그 녀석들은 분위기 파악 못 하는 미스터리 마니아가 맞아요."

굳이 정정한 건, 유키에게 호스트는 감히 생각하고 싶지 않은 존재였기 때문이다. 암귀관은 어중간한 재력으로 만들 수 있는 건물이 아니다. 그리고 실제로 지금까지 나온 사망자도 당연히 호스트 측에서 처리해야만 한다. 유키는 그 모든 행동에 소요되는 수고와 돈, 그리고 무엇보다도 피해자들의 목숨과 바꿀 수 있을 정도의 무언가가 이 세상에 있을 거란 생각은 도저히 들지 않았다. 호스트는 천진난만하고 어리석은 어린애일까? 아니면 단순히 미친놈일까? 그것도 아니라면 죽음을 앞두고 이성을 잃은 노인인가? 그는 이 공간을 설계한 자의 악의는 느낄 수 있었지만, 호스트의 생각은 전혀 이해할 수 없었다.

이해할 필요조차 없다고 생각한다.

유키의 속내를 아는지 모르는지 이와이는 짓궂게 히죽 웃었다.

"여러모로 신경 쓴 모양이지만 안타깝게도 계획은 엉망진창이 됐어. 지금쯤 녀석은 분해서 이를 악물고 있겠지. 엿새째인데 여섯 명이나 남았잖아."

클로즈드 서클에서는 전멸할 가능성도 있다고 하지만, 모든 클로즈드 서클에서 등장인물이 전멸하는 건 아니다. 니시노와 와카나는 자살했지만 그래도 네 사람이나 살해당했으니 충분히 비극이고 참극이었다.

하지만 슬픔이나 분노를 전부 제쳐두고 분위기 파악 못 하는 미스터리 마니아로 돌아가서 생각해보면, 분명히 반수 이상의 생존자는 너무 많다는 생각이 들었다. 유키는 고개를 갸웃거렸다.

"하지만 우린 퇴장했잖아요. 남은 사람이 넷이라는 건 상당히 매력적인 상황 아닌가요?"

의아스레 동작을 멈추는 이와이를 향해 유키는 웃었다.

"탐정, 조수, 범인, 그리고 '말도 안 돼!' 하고 외치는 역. 꽤 균형 있는 역할 분배잖아요."

맥주를 한 모금 마시고 말을 이었다.

"고육지책이었겠지만, 밤의 룰도 납득이 가질 않아요. 클로즈드 서클의 명물, '이 중에 범인이 있을지도 모르는데 함께 있을 순 없어! 난 방으로 돌아갈래!'가 성립되지 않잖아요."

"하긴 그렇지. 정말 24시간 모두 함께 행동하면 7일간 아무 일 없이 끝날 테니까."

술이 들어가서인지 말도 술술 잘 나왔다.

"애초에 문을 잠을 수 없다니, 웃기지 말라고 해요. 실제 실행 여부를 떠나 밀실을 만들 수 없다는 건 말도 안 되잖아요."

"물리적인 밀실 말이지. 심리적인 밀실은 가능하지 않나?"

"그래도 문이 안 잠기는 건 말도 안 돼요. 매너 위반, 코드 위반, 가능성 포기라구요. 그리고……."

그리고 아마 '한 사람, 또 한 사람씩 죽어간다', 그런 상황이 보고 싶었을 텐데, 오사코와 하코시마, 가마세와 와카나, 이렇게 두 사람씩 짝을 지어 죽어간 것도 참 유감스러웠고요. 유키는 그렇게 생각했지만 그 말은 차마 내뱉을 수 없었다.

이와이는 맥주를 단번에 들이켰다.

"그건 그래. 미스터리 설정에 대한 집착과 어떻게든 파란을 일으키려는 요구를 절충한 끝에 나온 고육지책이었겠지. 그러고 보니 내 흉기도 이상했어."

그 흉기가 실제로 한 사람의 목숨을 빼앗았다는 사실은 일단 제쳐두고 유키는 몸을 내밀며 물었다.

"이상하다고요? 뭐가 어떻게요?"

"석궁이잖아."

"그랬죠."

"출전이 된 작품이 적혀 있었는데 뭐였을 것 같아?"

유키는 말문이 막혔다. 그렇게 물어봐도 바로 답이 나오지 않았다. 잠시 생각하던 유키는 신중하게 말을 골랐다.

"최근 작품 중에서는 본 것도 같은데……."

이와이는 흡족스레 고개를 끄덕이더니 주머니에서 종이를 꺼냈다.

"그런데 아니었어. 이걸 봐."

사살射殺

장력을 이용한 활은 고도의 기술력의 산물이라고 할 수 있다. 활의 등장으로 인류는 정확하게 사냥감을 조준해 숨통을 끊을 수 있게 되었다. 그리고 물론 그 사냥감은 동물만이 아니었다.

활은 상대의 눈을 보지 않고 죽일 수 있는 도구다. 수십 수백 명의 사람들이 빗줄기처럼 화살을 쏘아대면, 누가 누구를 죽였는지는 결코 알 수 없으리라. 활은 원한에 찬 피를 뒤집어쓰며 인간이 인간을 직접 죽인다는 원칙에서 벗어난 존재이다. 그러한 까닭에 때로는 기묘한 신성성을 띠었고, 때로는 명예롭지 못한 무기로서 멸시의 대상이 되기도 했다.

『비숍 살인 사건』의 서두에서 '활'은 무척 인상적인 형태로 등장한다. 머더구스의 한 구절과 함께.

석궁은 당신에게 주어졌다. 이것을 이용하면 상대의 눈을 보지 않고 살해할 수 있다. 하지만 그것이 무슨 뜻인지는 잘 생각해보아야 할 것이다.

"『비숍』이라."

유키의 얼굴에서 표정이 사라졌다.

"누가 울새를 죽였나? 나, 참새가 말했네. ……당연히 읽었겠지?"

"아, 아뇨. 죄송합니다, 밴 다인은……."

"뭐야, 안 읽었어?"

이와이는 자신의 이마를 탁 쳤다. 히죽거리며,

"연합 미스터리 클럽도 한물 갔군! 밴 다인은 그렇게 작품이 많은 편도 아니니까 번역된 작품 정도는 읽으라고. 정말 세대 차이 느껴지는군."

전에 없이 희색이 만연한 얼굴을 보고 유키는 속으로 구시렁거렸다.

'이래서 봄 총회 때 말을 안 걸었지.'

결과적으로는 총회에서 대화를 나누지 않은 덕에 이와이와의 연결고리를 아무에게도 들키지 않았지만.

물론 클럽은 알고 있었을 테지. 와카나와 후치, 안도와 하코시마처럼 느슨하게 연결된 사람들을 일부러 참가자로 선택한 것이다. 그것도 어쩌면 미스리드였을지도 모르지만, 미싱 링크에 대해 아무도 깊이 생각하려 하지 않았던 것도 클럽의 기대를 배반한 일이었을 것이다.

이와이는 계속 말을 이었다.

"그야 요즈음의 가벼운 문장에 비하면 무겁게 느껴지기도 하겠지만 원문으로 읽으라는 게 아니니까……. 설마 밴 다인이라는 이름만 듣고 읽으려 하지도 않은 건 아니겠지? 파일로 밴스를 어려워하면 오구리 무시타로 같은 건 읽을 수 있겠어?"

내버려두었다간 이야기가 계속 딴 길로 샐 것 같아서 유키는 억지로 화제를 돌렸다.

"아, 그럼『비숍』에서 등장한 흉기는 석궁이라는 거죠?"

"그게 아냐."

"네?"

"안 읽어봤다니 자세히 말하지는 않겠지만, 하나만 말하자면『비숍』에서 등장한 무기는 석궁이 아니라 평범한 장궁이었어. 어떻게 생각해?"

그 물음에는 지금까지 축적해온 견해를 그대로 응용해 대답할 수 있었다. 유키는 바로 답했다.

"흉기는 살상 능력이 너무 높거나 낮지 않도록 분배되어 있었어요. 예를 들어, 총을 지급받은 사람도 있었지만 자주 충전해야 하는 공기총이었죠."

"아……. 와카나의……."

이와이는 한숨 섞인 목소리로 중얼거렸다. 그렇군, 텔레비전으로 라운지의 모습을 볼 수 있었지. 유키는 그 사실을 떠올렸다.

그렇다면 가마세의 죽음도 브라운관 너머로 지켜보고 있던 건가.

그뿐만이 아니다. 오사코의 죽음, 하코시마의 죽음. 유키가 체험한 일들을 이와이는 간접적으로 알고 있을 것이다. 우울한 일들을 따로 설명할 필요는 없겠군. 고마운 일이다.

"그렇게 생각하면 장궁은 너무 사용하기 불편하다. 그렇게 판단한 게 아닐까요. 석궁은 화살을 메긴 채 움직일 수 있지만, 장궁처럼 거대한 무기는 상대와 겨우 몇 미터 정도밖에 거리를 둘 수 없는 암귀관에서는 너무 불리하니까요."

구부러진 회랑을 떠올리며 유키는 그렇게 말했다.

"일부러 어디서 인용했는지 밝혔으면서 흉기 자체는 충실하게 재현하지 않았다는 건가."

"그렇죠."

홍. 이와이는 불쾌한 듯 신음했다.

"철저하지 못하군. 난 그런 건 별로야. 다른 녀석들의 흉기는 뭔지 알아?"

"알아요."

"적어줘."

그렇게 말하더니, 이와이는 텔레비전 거치대 앞에 쭈그리고 서랍을 열었다. 안에서 편지지 다발과 만년필을 꺼냈다.

유키는 감동을 이기지 못하고 저도 모르게 외쳤다.

"종이하고 펜이다!"

이와이는 당혹스러운 표정을 지으며 물었다.

"종이하고 펜이 왜?"

보물이라도 되는 양 만년필을 받아 이리저리 살펴보며 유키는 이와이에게 이유를 설명했다.

"바깥에는 펜 종류가 전혀 없었어요. 덕분에 간략하게 정리 좀 하는 데도 워드프로세서까지 써야 했죠. 아마 펜 종류는 뾰족한 데다 내구성도 있으니 바로 흉기로 사용할 수 있기 때문이겠죠. 쉽게 자살刺殺용 흉기를 입수할 수 있다면, 자살을 지급받은 녀석이 가엾잖아요."

"아, 그래서 주먹밥이며 샌드위치가 나왔던 거군."

이와이도 통찰력은 갖춘 편이었다. 펜 이야기를 듣고 나이프나 포크가 나오지 않았던 이유까지 알아챘으니.

유키는 필기를 시작했다.

이내 편지지 위에 대략적인 목록이 나타났다.

(실제로 확인한 것)

유키 구살毆殺 부지깽이

스와나 독살毒殺 니트로벤젠

안도 교살絞殺 끈

세키미즈 약살藥殺 니코틴

와카나 총살銃殺 공기 피스톨

이와이 사살射殺 석궁

오사코 박살撲殺 만돌린

하코시마 격살擊殺 슬링샷

가마세 자살刺殺 얼음 나이프

마키 참살斬殺 손도끼

(추리한 결과, 실물 존재함)

니시노 자살自殺 붉은 알약

(불명)

후치

(소유자 불명)

압살壓殺 낙하식 천장의 작동 스위치

목록을 본 이와이는 먼저 불평을 터뜨렸다.

"뭐야, 아직 소유자가 밝혀지지 않은 것도 있잖아!"

유키는 꾸벅 머리를 숙이며 변명했다.

"그게, 타이밍이 맞질 않아서요."

하지만 속으로는 그렇게 쉽게 말할 일이 아니라고 생각했다. 와카나가 공개하기를 거세게 거부한 탓에 흉기에 대한 이야기는 꺼내기 어려운 상황이었다. 검사를 강행하면 대립의 싹이 될 수도 있었다. 어떠한 이유에서든 대립은 피해야만 했다.

유키가 후치에게서 이야기를 들을 수 있던 것도 니시노 자살설을 발표해 발언권이 강해진 결과였다. 그때도 후치는 유키가 순간 생각에 잠긴 틈을 타서 제 흉기는 밝히지 않고 달아났다. 속으로는 역시 흉기에 대해 이야기하는 걸 꺼렸던 것이리라.

모두가 피하는 화제를 억지로 꺼내려면 발언자는 통솔력을 갖췄든지 무신경한 성격이어야 한다. 유키는 오사코처럼 리더십을 발휘할 그릇이 아니었고, 또한 명탐정처럼 무신경해질 수도 없었다. 그런데도 억지로 사정 청취를 한 결과 무슨 일이 일어났나?

함께 있게 해서는 안 될 두 사람을 같은 자리에 앉혀놓았다. 그 결과 와카나와 가마세는 죽었다. 지금은 그들의 죽음을 제 탓이라고 생각하지는 않는다. 하지만 앞으로도 과연 후회하지 않고 살아갈 수 있을지, 유키는 자신이 없었다.

하지만 이 미묘한 심리는 이와이에게는 통하지 않을 것이다. 이해를 바라지도 않는다.

다행히 이와이는 유키의 한심한 꼬락서니를 탓하지 않았다. 그는 더욱 허구적인 부분에 정신이 팔려 있었다.

"하나 이해가 안 가는 게 있어."

예상대로 그걸 문제 삼는군. 인용된 작품에 대한 것이겠지. 유키는 한숨을 내쉬었다.

"슬링샷 말입니까?"

"그래."

이와이는 맥주를 들이켰다. 그리고 고개를 갸웃거리며 말했다.

"하지만 『비숍』에서 석궁을 가져오는 억지를 부렸으니. 슬링샷이라고 해도, 요컨대 돌을 던지는 행위를 뜻하는 거 아냐. 그거라면 짚이는 게 있는데."

대단하군. 유키는 혀를 내둘렀다. 그리고 주머니에서 종이 한 장을 꺼냈다.

"바깥에 있는 녀석들은 아무도 메모랜덤에 신경 쓰지 않아요. 뭐, 종이니까요. 여기 들어오기 전에 시간 때울 겸 슬쩍했어요."

메모랜덤은 하코시마의 방 책상 위에 방치되어 있었다. 유키는 메모랜덤을 들고 술기운이 돈 눈으로 읽기 시작했다.

격살擊殺

떨어진 곳에 있는 사냥감의 숨통을 끊기 위해, 인류는 원거리 무기를 발전시켰다. 그 원형은 물론 투석 행위다. 그리고 사냥에 사용된 수법은 모두 인간을 죽이기 위해 응용될 숙명을 가지고 있었다.

돌을 던지는 행위, 그것은 인류 역사 속에서 상징적인 의미를 가지고 있다. 다윗과 골리앗의 일화를 보라. 일본에서도 근세까지 이어진 투석전 풍습을 보라. 돌을 던지는 행위는 저항을 뜻하며, 돌에 맞아 죽는다는 것은 천벌을 받았다는 뜻을 내포하고 있다.

미스터리에서도 돌에 의해 죽은 사람은 단순한 피해자가 아닌 경우가 많다. 천벌에 의한 것, 혹은 죄가 없으면서도 마치 욥처럼 재앙에 휘말린 자. 『두 개의 미소를 가진 여인』은 잊을 수 없는 작품이다.

당신에게는 '돌'이 주어졌다. 당신은 이것을 저항자로서 사용할 것인가, 살인자로서 사용할 것인가.

어느 쪽이든, 일어나는 현상은 하나다. 노려야 할 부분은 머리뿐이다.

"흠, 『두 개의 미소를 가진 여인』이라."

"모르는 작품이에요."

"알아둬, 뤼팽 시리즈야."

"르블랑 작품이군요."

이와이는 고개를 끄덕이더니 다시 편지지로 시선을 돌렸다.

"손도끼는 뭐지? 너무 흔해서 곧바로 생각나지 않는데."

"아, 『이누가미 일족』이더라고요. 요키코토키쿠斧琴菊 잖아요."✛

유키가 자신만만하게 설명하자 이와이는 인상을 찌푸렸다.

"왜요?"

"아니, 생각을 해봐. 『이누가미 일족』에서 도끼는 흉기가 아냐."

유키는 입을 다물었다.

여기서 사실 『이누가미 일족』은 영화로만 봤다는 사실이 밝혀지면, 또 무슨 말을 들을지 모른다. 한편 자신의 흉기인 부지깽이의 출전이 「얼룩 띠」라는 사실로 미루어 짐작해볼 때, 출전이 된 작품에서 흉기로 사용되지 않았던 도구가 지급되는 사례도 있다는 걸 유키는 처음부터 알고 있었다. 대답 없는 유키를 보고, 이와이는 그가 생각에 잠겼다고 생각했는지 잠시 맥주를 마시다 이내 부루퉁하게 중얼거렸다.

"도끼가 실제로 사용됐으면 거꾸로 세워놓을 필요가 없잖아."

"네, 뭐."

유키는 건성으로 대답했다. 이와이는 울분이 터진다는 듯 구시렁거렸다.

✛ 요코미조 세이시의 『이누가미 일족』에서 사건의 무대가 되는 이누가미가에는 상속권을 의미하는 세 가지 가보가 전해 내려온다. 도끼斧, 거문고琴, 국화菊. 연이어 읽으면 요키よき, 코토こと, 키쿠きく, 좋은 말을 듣는다는 뜻이 된다. 살인은 이 세 가지 물건들을 모방하여 일어난다.

"『이누가미』에서 인용할 거라면 일본도라도 가져오면 될 것을!"

하지만 유키는 손도끼를 택한 이유를 잘 알고 있었다. 정확히는 일본도는 안 되는 이유를.

클럽은 목적에서 벗어난 용도로 흉기를 사용하는 걸 꺼린 것이다. 구살용 부지깽이를 구살 이외의 용도로 사용하기란 지극히 어렵다. 독살용 니트로벤젠 역시 독살 이외의 다른 용도로 사용할 수 없다. 그와 마찬가지로 얼음 나이프 역시 자살刺殺용으로밖에 사용할 수 없고, 손도끼는 참살용으로밖에 사용할 수 없다. 하지만 일본도는 참살 말고도 자살이나 구살용으로도 사용할 수 있지 않은가. 그건 불공평하다.

거기까지 생각한 순간 유키의 머릿속에 어떤 생각이 스쳐지나갔다.

그래. 이렇게까지 사례가 축적되면 이제 의심할 여지가 없다. 출처가 된 작품에 충실한지 아닌지는 나중 문제다. 흉기 선정은 암귀관에서 공평하도록 이루어진 것이다. 스와나가 신경 썼던, 『녹색 캡슐의 수수께끼』에서 인용했으면서도 캡슐의 내용물은 니트로벤젠이라는 점도 공평성을 위한 것이었으리라.

하지만······.

관자놀이에 주먹을 대고 유키는 생각에 잠겼다.

그의 사고를 방해한 건 이와이의 의미심장한 말이었다.

"뭐, 그런 건 아무래도 상관없어. 문제는…… 이거야."

그가 가리킨 것은 목록에 적힌 낙하식 천장이라는 글자였다. 유키가 다소 질린 기색을 내비치며,

"낙하식 천장의 출전 말인가요? 『백발귀』라는데, 전 모르는 작품이에요."

유키의 대답에 이와이는 눈을 까뒤집으며 버럭했다.

"바보 같은 놈!"

"네? 뭐가……."

이와이는 몸을 내밀더니 침을 튀기며 말을 쏟아냈다.

"『백발귀』는 거장 에도가와 란포 작품이잖아. 하지만 중요한 건 그게 아냐. 난 봤어, 분명히. 낙하식 천장의 스위치를 지급받은 녀석이 오사코와 하코지마를 죽였다는 소리지?"

이와이의 말대로였다. 물론 유키는 그걸 알아내기 위해 참가자들의 흉기를 알아내려 한 것이다. 갑자기 이와이가 정론을 쏟아낼 줄이야…….

'지금까지 그런 건 신경도 안 썼으면서.'

주정뱅이의 변덕은 감당할 수 없다. 크게 숨을 들이마시며 마음을 진정시킨 유키는 고개를 끄덕였다.

"맞아요. 그게 제일 알고 싶은 겁니다."

"이렇게 써보면 딱 보이잖아."

이와이는 낙하식 천장이라는 글자를 짚고 있던 손가락을 스윽 움직였다.

"X=A, X=B. 따라서 A=B. 대체 왜 쓸데없이 고생하고 있던 거야?"

그가 가리킨 것은 열두 명 중 유일하게 흉기가 밝혀지지 않은 사람. 즉, 후치의 이름이었다.

당연히 그렇게 생각할 수 있다. 후치 말고 후보가 될 만한 사람은 없다. 하지만 그것이 모니터를 통해서만 논의를 파악할 수밖에 없었던 이와이의 한계였다. 유키는 침착하게 반론했다.

"첫 번째 이유는 오늘 아침까지 니시노의 흉기가 확실히 밝혀지지 않았기 때문이에요. 니시노가 자살했다는 건 의심할 여지없는 사실이지만 와카나 범인설을 고집하는 안도는 결국 그걸 인정하지 않았죠. 그래서 니시노가 제일 유력한 스위치 소유자 후보가 되는 바람에 이야기가 혼선을 빚은 겁니다.

두 번째 이유는, 후치는 절대 범인이 아니에요."

"……뭐라고?"

"후치의 흉기가 무엇인지 제가 알아낼 기회는 없었어요. 하지만 오사코와 와카나, 가마세는 봤을 겁니다. 오사코가 그걸 보고도 함정에 걸렸을까요? 설령 그런 일이 일어났다고 해도 가마세와 와카나는 범인이 누구인지 즉시 알아챘을 거 아닙니까.

하지만 그 두 사람은 죽을 때까지 후치를 의심하지 않았어요. 와카나는 안도에게 달려들고, 가마세를 쏘고, 요란스레 난리를 쳤지만 후치에게는 아무 말도 하지 않았어요. 후치는 아니에요. 전날, 그들이 후치의 방에서 본 건 낙하식 천장 스위치가 아닙니다. 다른 무언가겠죠."

오랜 시간 동안 암귀관과 격리되어 있던 이와이는 냉정한 태도로 유키의 이야기를 정확하게 이해해주었다. 정체 모를 '분위기'에 휩싸여 논의를 왜곡하지 않았다.

이와이는 팔짱을 끼고 신음성을 흘리며 중얼거렸다.

"그럼…… 열두 명이 열세 가지 흉기를 가지고 있었다는 건가."

유키는 고개를 끄덕였다.

"그게 문제예요."

이와이는 이미 얼굴이 벌겠지만 맥주 캔 하나를 더 땄다.

그리고 유키가 잠시 생각에 잠긴 새에 빈 캔은 점점 늘어나 철제 책상 위를 가득 채웠다.

"열둘…… 열셋……."

그렇게 중얼거려 봤지만 그것은 이미 술주정에 지나지 않았다.

유키는 입을 다물었다. 주정뱅이 역시 논리를 알아듣지 못할 것은 분명했으니까.

Day 7

1

7일째. 암귀관 마지막 날이다.

끝없이 술을 퍼마시는 이와이에게 대충 장단을 맞춰주다 유키는 어느샌가 의식을 잃었다.

귀중한 시간은 낭비됐고 유키는 깊고 깊은 잠에 빠져들었다.

그의 눈을 뜨게 한 것은 목을 졸리는 듯한 신음 소리였다. 순식간에 잠이 깼다. 딱딱한 침대에서 벌떡 일어난 유키의 눈에 들어온 건, 그와 마찬가지로 상반신을 일으킨 채 거친 숨을 헐떡대는 이와이의 모습이었다.

"무슨 일입니까!"

황급히 다가오려는 유키를 이와이는 손으로 제지했다.

"괜찮아. ……괜찮다고."

그렇게 말하면서도 어깨를 들썩이며 숨을 헐떡이고 있다. 유키는 얼굴을 찌푸렸지만 그 이상 아무 말도 하지 않았다.

단둘만의 식사. 메뉴는 암귀관의 식사와 딱히 다를 바 없었다. 밥에 된장국, 작은 참깨두부, 단무지, 그리고 대구 양념 구이. 하지만 식기가 달랐다. 암귀관에서는 식사가 일본식이든 서양식이든 중화풍이든, 저마다 고급스러운 식기에 담겨 있었다. 딱 봐도 값비싼 물건이었지만, 감옥의 그릇은 그와는 전혀 달랐다. 유키는 무심코 중얼거렸다.

"세세한 데까지 악취미로 도배했군."

양극산화 처리된 금속 식기 안에 담긴 음식. 감옥의 분위기에 맞추기 위해서일 테지.

이와이는 익숙해졌는지 그릇 이야기 같은 것은 신경도 쓰지 않고 담담하게 젓가락을 움직이고 있었다. 이와이가 이 그릇으로 식사를 하는 것은 몇 번째일까, 유키는 몰래 횟수를 세어보았다. 그가 감옥에 수감된 것은 나흘이 되던 날 아침이었다. 그렇다면 여덟 번이나 아홉 번 정도 되겠군. 그쯤 되면 신기할 것도 없을 것이다.

진한 풍미가 느껴지는 대구 구이와 구수한 된장국. 모두 알루미늄 그릇에 담겨 있었지만 그 맛을 잃지 않았다. 하지만 식기가 너무 뜨거워서 된장국 그릇을 들 수가 없다. 후후 불며 국물을 식히는 유키를 향해 이와이가 불쑥 말을 걸었다.

"오늘로 다 끝나는군."

유키는 젓가락도 내려놓지 않은 채 대답했다.

"그러게요."

"무사히 끝날 것 같아?"

"글쎄요……. 아마 괜찮지 않을까요?"

"남은 네 사람 중에 살인자가 있는데도?"

어젯밤과는 달리 어둡기 짝이 없는 목소리를 듣고 유키는 시선을 들어 그를 바라봤다. 이와이는 어떤 계시라도 나타난 것처럼 뚫어지게 된장국 표면을 바라보고 있었다. 유키는 이와이의 표정에서 무언가 읽어낼 수 없을까 하고 그를 주시하다 이내 단념하고 입을 열었다.

"그건 또 모르는 일이죠."

"무슨 뜻이야?"

예상했던 것보다 험악한 반응이 돌아왔다. 유키는 적잖이 당황했다. 이 좁은 감옥에서 오해를 사는 상황은 피해야 한다.

"제가 범인이란 말이 아니라요."

유키는 한숨을 내쉬며 마음을 가라앉히려 했다.

"오사코와 하코시마를 죽인 녀석 말이죠? 지금 암귀관에 있는 네 명, 안도, 세키미즈, 후치, 스와나 씨. 이 사람들에게는 물론 범인일 가능성이 있어요. 하지만 그뿐만이 아니죠. 와카나와 가마세, 그리고 오사코에게도 혐의는 있습니다."

"와카나는 제외하는 거 아니었나? 그리고 오사코까지?"

이와이의 목소리에서는 긴장의 빛이 엷어져 있었다. 유키는 내심 안도의 한숨을 내쉬었다.

"와카나는 니시노 씨를 죽이고 입막음을 위해 오사코와 하코시마도 죽였다. 안도가 주장했던 그 시나리오가 이상했던 것뿐이에요. 제외될 이유는 없죠. 낙하식 천장으로 살해된 건 하코시마가 먼저예요. 오사코가 하코시마를 죽인 뒤에 자살했을지도 모르잖아요."

이와이는 아무 말도 하지 않았다.

어라. 유키는 내심 뜻밖이라 생각했다. 어제 이와이는 미스터리 비슷한 이야기만 나오면 즉시 달려들었다. 하지만 하룻밤이 지난 오늘 아침에는 그저 조용히 식사를 계속할 따름이었다.

마지막 남은 된장국을 비운 뒤 유키는 젓가락을 내려놓았다. 남은 단무지를 아작아작 씹었다.

그때 갑자기 이와이가 질문을 던졌다.

"넌…… 여기서 나가면 어떻게 할 거냐?"

슬쩍 이와이를 향해 시선을 돌렸지만 고개를 숙이고 눈을 맞추지 않았다. 유키는 작게 한숨을 쉰 다음 천장을 올려다보며 말했다.

"음. 일단은 푸른 하늘을 보고 싶네요. 여기도 환기는 잘되지만 역시 하늘은 소중하니까요."

이와이는 나지막하게 쿡쿡 웃었다.

"시인 났군."

"문학부거든요."

"하지만 내가 묻고 싶었던 건 그런 게 아냐. 잊었어? 이건 아르바이트야. 거금이 들어온다고."

이와이의 물음에 '아뇨, 기억하고 있었습니다'라고 곧바로 대답할 수는 없었다. 그러고 보니 그랬다. 분명 계속 의식하고 있었을 텐데 한동안 잊고 있었다. 유키는 머리를 긁적였다.

"그랬죠. 얼마나 받을 수 있을까요?"

단무지를 씹으며 그렇게 물었다.

"룰 북에는 분명……"

이와이는 그렇게 말하며 젓가락을 내려놓고 텔레비전 거치대 서랍에서 룰 북을 꺼냈다. 그것을 받아 든 유키는 보수가 언급된 페이지를 펼쳤다.

보너스에 관한 규정

(1) 자신이 아닌 타인을 살해한 사람에게는 '범인 보너스'로 한 명당 전

체 보수의 2배를 지급한다. 이 보너스는 누적된다.

(2) 다른 참가자에게 살해된 사람은 '피해자 보너스'로 전체 보수의 1.2배를 지급한다. 이 보너스는 누적되지 않는다.

(3) 살해 한 건에 대해 해결(자세한 사항은 후술한다)하는 자리에서 정확한 범인을 지목한 사람은 '탐정 보너스'로 전체 보수의 3배를 지급한다. 이 보너스는 누적된다.

(4) 범인을 지목하려는 사람은 해결(자세한 사항은 후술한다)할 때, 본인의 동의하에 조사에 도움이 된 사람 한 명을 지명할 수 있다. 지명된 사람에게는 '조수 보너스'로 전체 보수의 1.5배를 지급한다. 이 보너스는 누적되지 않는다.

(5) 범인을 지목할 경우, 증언을 한 사람은 발언 한 건당 '증인 보너스'로 10만 엔을 얻는다.

"기본 시급은 분명 11만 2천 엔이었죠."

유키는 기억을 더듬으며 그렇게 말했다. 그 시급 규정, 11만 2천 엔을 보고 놀라 제 눈을 의심했던 게 아득히 먼 옛날 일처럼 느껴졌다. 따져보면 불과 한 달 전 일인데도.

고개를 저었다. 감상에 젖는다고 달라지는 건 없다. 어쨌든 유키는 큰돈을 손에 넣게 될 것이다.

"제가 감옥에 수감된 게 엿새째 되던 날, 오후 1시경이었죠. 그러면……."

유키는 고개를 갸웃거렸다. 그는 암산에 약했다.

하지만 이와이는 밥을 입에 넣으며 태연하게 말했다.

"133시간이군."

유키는 눈이 휘둥그레졌다. 그러고 보니 이와이는 분명 영안실의 영어 표기도 그 자리에서 해석했다. 어설픈 비주얼 록 스타일에 분위기 파악도 제대로 못 하는 남자. 그렇게 생각하고 있었지만, 의외로 얕볼 수 없는 구석이 있군.

이와이는 머뭇거리며 말을 이었다.

"거기다 11만 2천 엔을 곱하면……."

"대충 1500만쯤 되겠군."

우와. 저도 모르게 터져 나오려는 탄성을 꿀꺽 삼켰다.

아니, 알고 있었다. 첫날, 방송으로 규칙에 대한 설명을 들었던 직후. 누군가가 7일 동안 아무 일도 일어나지 않는다면 모두 1800만 엔을 가지고 돌아갈 수 있다고 말했었다.

그때 또 다른 누군가는 죄수의 딜레마가 성립되는 거 아닌가 의심했다. 유키 역시 목숨이 달려 있으니 모두 망설임 없이 위험 부담이 적은 쪽을 선택할 것이라고 믿었다.

실제로 그 시점, 아니, 암귀관에 발을 들여놓은 시점에 이미 참가자 열두 명 속에는 니시노의 죽음이라는 폭탄이 설치되어 있었는데.

아무튼.

"1500만……."

그렇게 중얼거리는 유키를 향해 이와이는 한마디 더 거들었다.

"넌 탐정 보너스도 받았잖아. 거기서 3배 더 받을 수 있다고."

"4500만!"

유키는 저도 모르게 외쳤다. 4500만. 최고급 승용차를 몇 대는 살 수 있는 돈이다. 중고 경차로 충분하다고 생각했던 유키에게는 파격적인 금액이었다.

군침이라도 흘릴 것 같은 표정의 유키를 향해 이와이는 냉랭하게 말했다.

"니시노 자살설이 사실이라면 말야. 아니라면 반액이고."

"그런 규칙이 있었나요?"

"있어."

룰 북을 뒤져보니, 분명히 적혀 있다.

페널티에 관한 규정

(1) 감옥에 수감된 사람의 보수는 그 시점부터 한 시간당 780엔이 된다.

(2) 살인을 저지르지 않은 사람을 범인으로 지목한 경우, 지목한 사람의 탐정 보너스는 모두 몰수하고 전체 보수의 0.5배를 지급한다. 이 페널티

는 누적된다. 단, 실험 종료 시까지 올바른 범인을 지목한 경우에는 예외로 한다.

(3) 살인을 저지르려던 순간 제삼자에 의해 제지당했는데 그에 따르지 않은 사람은 가드에 의해 제압되고, 모든 보수를 몰수당한 다음 감옥에 수감된다.

"그렇다는 건…… 안도는 반액이군. 가엾어라."

유키는 자신이 범인이 아니라는 사실을 누구보다 잘 알고 있었다. 안도의 보수는 틀림없이 삭감될 것이다.

"넌 괜찮아?"

안도는 의아하다는 듯 물었다.

"뭐, 자신 있으니까요."

유키는 태평하게 가슴을 폈다. 하지만 갑자기 표정이 어두워졌다.

"그나저나…… 허무하네요. 벌벌 떨면서 이런 악질적인 이벤트를 견딘 대가가 보너스까지 포함해도 4500만 엔이라니. 그야 엄청난 금액이긴 해요.

하지만 복권 1등에 당첨되면 이것보다 몇 배는 더 받잖아요. 주식 투자로 대박이 나서 억 단위 돈을 벌었다는 이야기도 그리 드문 건 아니고요. 라스베이거스에서 잭팟이 터지면 그 몇십 배고. 4500만 엔이라는 금액 자체만 놓고 보면, 연봉이 그쯤 되는 사람도 꽤 있잖아요!"

절로 깊은 한숨이 나왔다.

"이래선 니시노 씨도 편히 잠들지 못하겠군요."

이와이는 뭐라 형언할 수 없는, 그리운 것을 보는 눈빛으로 고개를 젓는 유키를 바라보았다. 말없이 젓가락을 움직이던 그는 그릇이 깨끗하게 비자 불쑥 중얼거렸다.

"태평하군."

"네?"

안도에게 몇 번이나 들은 그 말을 지금 이와이에게 또 들을 줄이야. 유키는 살짝 혼란에 빠졌다. 그리고 난 누가 봐도 태평해 보이는 건가, 하는 생각을 하며 자신을 돌아봤다.

"그렇게 태평하게 보입니까?"

이와이는 묘한 웃음을 짓고 있었다.

"뭐, 나쁘단 건 아니고."

"선배는 여기서 나가면 어떻게 할 건데요?"

별생각 없는 질문이었는데, 이와이는 흠칫하며 동작을 멈추더니 탁 소리 나게 젓가락을 내려놓았다.

그 무거운 분위기에 덩달아 유키의 얼굴에서도 점차 표정이 사라졌다.

이와이는 말문을 열었다.

"어렵겠지만…… 마키에게 속죄하고 싶어. 하지만 어떻게 하면 좋을지 모르겠군."

"……."

"그 뒤로 밤마다 지독한 꿈을 꿔. 난 죽일 생각은 없었어. 없었다고. 그런데 꿈속에서는 정말 죽일 생각으로 조준해 마키를 쏘는 거야."

양손을 들여다본다.

"술을 마시지 않으면 잠을 잘 수가 없어……."

이와이는 조용하게 오열했다.

유키는 뭐라 위로할 말이 없었다. 지금까지 이와이가 홀로 무슨 생각을 하며 시간을 보냈을지 생각조차 못 했던 자신의 멍청함을 자각했을 뿐이었다.

그는 코를 훌쩍이며 말을 이었다.

"네 말대로야. 난 분명히 마키가 수상쩍다고 생각했어. 하지만 너처럼 논리적으로 생각한 끝에 내린 결론이 아니었어. 단순히 니시노가 죽기 전에 제일 오래 이야기했던 사람이 마키였고, 그후의 태도도 수상했으니까, 그런 이유에서였어. 그 순간에는 미스터리 같은 건 떠오르지도 않았어.

그저 무서웠어. 니시노가 살해되고, 설마 자살일 줄은 상상도 못 했었으니까, 혼자 있으면 미칠 것만 같았어. 그런데 혼자 있을 수밖에 없었어!

마키를 추궁해야겠다고 생각했어. 위협하려고 석궁을 들고 갔지. 지금 생각해보면 화살을 메겨놓을 필요는 없었어. 설령 메겨놓았다고 해도 방아쇠에 손가락을 걸고 있을 필요는 없었어. 아침 6시가 됐을 때 나는 복도로 나가 걸었어. 어둡고 구부러져 있어서 앞이 보이지 않았지. 너무나 공포스러운 곳이었어. 그래서 커브 끝에서 사람 그림자를 발견했을 때, 나는, 난 실수로……."

방아쇠를 당긴 것이다.

"난 겨냥하고 쏘지 않았어. 왼손으로 석궁을 받치고, 오른손 손가락을 방아쇠에 걸고 있었을 뿐이야. 화살은 대각선 아래쪽을 향하고 있었다고.

원래대로라면 마키는 죽지 않았을 거야. 실수로 화살을 쏘았어도 다리에 맞은 정도로 끝났을 거라고. 그랬는데, 정말 운도 더럽게 없지.

마키는 양말이라도 신경 쓰였던 건지 쭈그리고 있었어. 쭈그린 자세라 내 화살은 그 녀석의, 그 녀석의 머리에!"

그렇게 외치며 이와이는 머리를 싸안았다.

"이럴 줄은 몰랐어! 난 그저 아르바이트 정보지에서 오자를 발견하고, 설마 하는 생각으로, 그냥 장난으로 응모한 거라고. 전화가 걸려 왔을 때 이상하다고 생각했어. 그때 그만뒀어야 했어. 난 돈을 원했어. 누구나 그렇잖아. 하지만 사람을 죽이면서까지 돈을 원하진 않았어! 사람을 죽인 죄를 어떻게 갚을 수 있겠어!"

철제 책상을 세차게 내리친다. 금속제 식기가 튀어 오르며 귀에 거슬리는 소리를 냈다.

이와이는 더이상 소리를 죽이지 않았다.

그는 계속 누군가에게 이야기하고 싶었던 것이다. 마키를 죽인 뒤로 계속, 누군가 자신의 이야기를 들어주기를 원했던 것이다.

유키는 그것만으로도 자신이 감옥에 수감된 보람이 있다고 생각했다.

그리고 유키는 이와이의 이야기 속에서 자신이 안다고 생각했지만 실상 잊고 있었던 요소를 하나 발견했다.

그것은 단순한 심리였지만, 도저히 단순한 심리적 요소로 치부할 수는 없는 것이었다. 유키는 떠올렸다⋯⋯. 그리고 그것을 계산에 넣었다.

그러자 스스로도 생각지 못한 하나의 결론이 보이기 시작했다.

궁금한 게 생겼다. 하지만 유키는 그걸 묻기 전에 이와이에게 고백해야 한다고 생각했다.

"선배⋯⋯. 나흘째 되던 날부터 맹세한 게 있어요."

분위기에 어울리지 않는 맹세라는 단어가 이상하게 느껴져서일까. 이와이는 얼굴을 감싸고 있던 손가락 사이로 유키를 바라봤다.

유키는 말했다.

"저는 이 암귀관이 정말 마음에 들지 않아요. 요컨대 사람들에게 살인을 저지르게 하고 싶은 것뿐인데 거기에 이러쿵저러쿵 이유를 갖다 붙이는 호스트가 마음에 안 들고, 판타지이기 때문에 즐겁게 볼 수 있는 미스터리를 여봐란 듯이 현실로 가져와 더럽힌 암귀관도 마음에 들지 않아요. 재미로 사람을 죽이게 할 거면 죽은 사람이 살아 돌아올 수 있는 세계 정도는 준비해놓든지 해야 하는 거 아닌가요. 선배는 첫날부터 클로즈드 서클을 떠올리고 겁에 질리셨죠? 하지만 전 그 인형을 본 순간부터 계속 진절머리가 났어요.

선배, 전 선배가 저지른 일을 사고라고 믿어요. 하지만 그런 사고가 일어날 만한 상황은 용서 못 하겠어요. 실험인지 뭔지 모르지만 결국 스너프 취미잖아요. 그걸로 선배와, 와카나, 오사코와 하코시마, 마키, 니시노 씨, 가마세가 납득하겠느냐고요.

전 계속 호스트의 생각대로 되지 않게 하기 위해 움직였어요. 찬반을 결정해야 했을 때에는 어느 쪽을 택해야 호스트를 화나게 할 수 있을지 생각하고 행동했죠. 니시노 자살설을 폭로한 것도, 분명 조금 도가 지나치긴 했지만, 그걸 폭로하면 호스트를 제일 화나게 만들 수 있을 것 같아서 그런 겁니다.

전 분명 별 볼 일 없는 평범한 대학생이에요. 하지만 그렇다고 마음대로 장기말처럼 부려도 되는 건 아니죠. 속죄해야 할 사람은 우리를 장기말로 구경거리 삼아 미스터리에 푹 빠져 계신 호스트예요.

하지만 분명 제 힘으로는 어쩔 방법이 없겠죠. 이렇게 된 이상 오기로라도 암귀관에서 일어난 일을 이 감옥에서 밝혀낼 겁니다. 아마 호스트가 두 번째로 기대하는 건 해결일 겁니다. 제일 기대하는 건 물론 살인일 테고요. 그 해결을 엉망진창으로 만들 겁니다. 제가 할 수 있는 발악은 이제 그 정도밖에 없어요."

유키는 어깨를 으쓱했다. 다들 그를 낙천가라 부르니 너무 진지한 건 어울리지 않겠지.

"선배. 계산 좀 도와주실래요? 아무래도 분위기 파악 못 하는 미스터리 마니아가, 한 명 더 있는 것 같네요."

2

텔레비전 속에서 안도 일행은 머리를 맞대고 있다. 익숙한 라운지의 풍경. 하지만 각도가 다르다. 테이블 바로 위에서 내려다보는, 불편한 각도의 앵글이다.

시계를 보자, 시간은 12시. 암귀관 실험 종료까지 남은 시간은 열두 시간.

브라운관 안에는 안도, 세키미즈, 후치, 스와나, 이렇게 네 사람이 모여 있었다. 어제 유키가 감옥에 보내진 후로 목숨을 잃은 사람은 아무도 없나 보다.

"다행이군. 모두 살아 있어."

이와이는 그렇게 중얼거렸다. 유키는 고개를 끄덕이며 입을 열었다.

"죽일 이유가 없다는 건 알고 있었지만요."

두 사람이 주목하는 가운데 확고한 의지를 가지고 먼저 입을 연 사람은 후치였다.

"앞으로 열두 시간이라고는 하지만 전 이제 이런 건 질렸어요. 이제 일분일초도 이곳에 있고 싶지 않아요."

지금까지 계속 누군가의 의견에 따르기만 했던 후치. 그런 그녀의 갑작스런 선언에 당황한 기색이 역력한 사람이 있었다. 세키미즈였다.

"후치 씨, 갑자기 왜 그래요. 그야 나도 같은 마음이긴 하지만, 앞으로 조금만 버티면 되잖아요. 진정해요."

세키미즈는 후치의 어깨에 손을 올리려 했지만 후치는 무시무시한 표정을 지으며 그녀의 손을 뿌리쳤다.

"만지지 마요!"

브라운관의 조악한 화질로 세키미즈의 표정까지는 읽어낼 수 없었다. 하지만 내쳐진 손을 힘없이 늘어뜨리는 것을 보면, 아마도 상처받은 표정을 짓고 있겠지.

그에 비해 안도의 태도는 의외로 지극히 냉정했다. 후치의 마음을 완전히 읽은 것인지 세키미즈를 향해 앉으라고 손짓한 뒤에 팔짱을 끼며 말문을 열었다.

"탈출하자는 겁니까."

후치는 숨을 삼키는 것 같았다.

"알고 있었어요?"

"그렇게 여기저기 뒤지고 다니는데 모르겠어요. 처음에는 뭘 하는지 이해가 안 갔지만, 그러고 보니 이 건물에는 비밀 통로가 있었지, 하는 생각이 들어서. 납득이 가더라고요."

안도는 침착하게 말했다.

"우리에게 찾는 걸 도우라는 겁니까?"

부탁한다면 못 도와줄 것도 없다는 태도였다. 하지만 후치는 고개를 저었다.

"아뇨."

"무슨 뜻이죠."

"찾아냈어요, 비밀 통로를."

분위기가 얼어붙는 게 화면 너머로도 느껴졌다.

안도는 벌떡 자리에서 일어났다.

"말도 안 돼! 정말입니까!"

마치 그것이 나쁜 짓이라는 양 안도는 험악하게 외쳤다. 하지만 후치는 한 걸음도 물러서지 않고 대응했다.

"정말이에요."

그렇게 말하고, 주머니에서 뭔가를 꺼냈다. 작아서 잘 보이지는 않았지만 아무래도 카드 키인 것 같았다.

"이 카드 뒷면에 적힌 말이 계속 신경 쓰였어요. 진지한 건지 장난인지 모를 소리만 적혀 있고……. 하지만 이 부분은 분명히 이상하다고 생각했어요."

카드 한구석을 가리키는 후치.

스와나는 정중하게 그 구절을 읽었다.

"두 개 이상의 숨겨진 방이나 비밀 통로를 사용해서는 안 된다, 라고 적혀 있네요."

후치는 고개를 끄덕였다.

"이 카드의 뒷면에 적혀 있는 모든 항목을 정말 믿어도 되는지는 모르겠어요. 하지만 여기에 이렇게 적어놓고 클럽 측이 그걸 어기지는 않을 거라는 생각이 들어서……."

"그렇군."

안도는 그렇게 말했다. 그 한마디에서도 억압적인 느낌이 풍겼다.

"낙하식 천장이 설치된 영안실은 비밀의 방이야. 두 개 이상의 비밀의 방이 없다면, 비밀 통로가 있는 건 영안실이군."

"저도 그렇게 생각했어요. 그래서 잘 생각해보니까 이상한 점이 있더라고요."

후치의 말에서 제 발견을 자랑스러워하는 기색은 전혀 느껴지지 않았다. 그저 필사적인 느낌만이 전해져 올 뿐이었다.

"관이 열 개 있다는 게 이상했어요. 규칙을 읽어보면, 생존자가 두 명이 되었을 경우 실험은 종료, 우리는 해방되게 돼요. 즉, 관은 아홉 개만 있어도 돼요. 열 명째 사망자가 나온 시점에서 실험은 끝나니까요."

큭. 눌러 죽인 그 목소리는 물론 안도의 것이었다.

"그렇군. 열한 개는 너무 많을 거라고만 생각했어. 그게 아냐. 열 개라도 너무 많아."

"그렇게 생각하고, 무서웠지만 관을 조사해봤어요. 그랬더니 분명히 있더군요. 관 뚜껑 뒤에 있는 레버를 당기면, 바닥에 이중으로 설치된 잠금장치가 해제되는 장치가 되어 있더라고요."

세키미즈는 기막히다는 듯 소리쳤다.

"용케도 찾아냈군요!"

후치는 조용히 고개를 끄덕였다.

"이제 그것밖에 희망이 없다고 생각했으니까요……."

"하지만 이상하네요."

스와나는 그렇게 말했다.

"아무리 복잡한 장치라도 그런 곳에 있으면 못 찾을 리도 없었을 텐데요. 이틀째 되던 날에 하코시마 씨와 다른 분들이 그렇게 찾아봤는데도 나타나지 않았다는 건 이해가 안 가네요."

"누군가 죽을 때까지 장치가 드러나지 않도록 해놨겠죠."

안도의 목소리에는 어딘지 모르게 체념의 감정이 섞여 있었다. 유키가 사라졌다고 생각했는데 또다시 복병에게 추월당한 것이다. 짜증스러운 속내가 손에 잡힐 듯 느껴졌다.

"어쨌든 아무도 죽지 않았는데 우리가 탈출해버리면 이 호화로운 지하 공간을 만든 게 헛수고로 돌아가니까요."

마이크 성능은 좋은 편이었지만 아주 작은 소리까지는 들리지 않았다. 스와나가 무언가 말한 것 같았지만, "그렇게……지만요"이라는 부분밖에 들리지 않았다.

"단순히 하코시마 씨와 다른 분들이 못 찾았던 것뿐일지도 모르죠. 그런 것보다……."

후치의 태도에서 약간의 조바심이 느껴진다.

"비밀 통로의 문을 열기 위해서는 아무래도 금고실과 마찬가지로 참가자 전원의 카드가 필요한 것 같아요. 돌아가신 분들 것과 감옥에 있는 분들의 것은 여기 있지만, 여러분의 카드가 없으면 문을 열 수 없어요."

목소리는 점점 커졌다.

"도망쳐요! 이제 질렸어요. 이게 벌이라면, 벌은 충분히 받았어요. 부탁이에요, 제발 바깥으로 내보내주세요!"

마지막 말은 거의 울부짖음에 가까웠다.

제일 처음 반응을 보인 것은 세키미즈였다.

"후치 씨, 진정해요."

조금 전과 같은 말을 반복한다.

"이제 아무 일도 일어나지 않아요. 그 비실한 놈은 감옥에 들어 갔잖아요. 정말 바깥으로 이어져 있는지 의심스러운 비밀 통로를 사용하지 않아도, 이제 조금만 있으면 끝나잖아요."

후치가 뭐라고 말하기 전에 스와나가 온화한 태도로 먼저 입을 열었다.

"하긴 그렇네요. 하지만 전 슬슬 넓은 하늘을 보고 싶어요."

그리고 스와나는 손으로 입을 가렸다. 텔레비전 너머로는 잘 알 아볼 수 없었지만 아무래도 하품을 참는 것 같았다. 그리고 웃음 섞인 목소리로 한마디 덧붙였다.

"세탁이 잘된다고는 해도 슬슬 새 옷으로 갈아입고 싶기도 하고 요."

"세키미즈."

안도가 입을 열었다.

"네 말도 일리 있어. 이제 살인자는 없어. 열두 시간쯤은 금방 지날 테지.

하지만 나도 나갈 수 있는 방법이 있다면 나가고 싶어. 애초에 그 감옥도 잠금장치가 제대로 되어 있는지 의심스러워. 언제 유키나 이와이가 나올지 모르잖아. 그냥 나가자."

의아스러울 정도로 친밀한 어조였다.

안도의 설득을 들은 세키미즈는 고개를 숙이고 있었다. 몇 초, 십 몇 초, 그녀는 그대로 움직이지 않았다. 하지만 슥 고개를 들더니, 희미하긴 했지만 고개를 끄덕였다.

"알았어. 더이상 아무 말도 하지 않을게."

그것은 모든 힘이 빠져나간 것 같은 메마른 목소리였다.

"나가기 전에 여러분에게 건네고 싶은 것이 있어요. 잠깐 기다려주세요."

모두의 의견이 정리되었다고 간주하자마자 후치는 서둘러 라운지에서 나갔다.

모두 그녀의 행동을 의아해하는 눈치였지만, 후치는 얼마 지나지 않아 돌아왔다.

"후치 씨……"

안도는 말을 잇지 못했다. 무리도 아니었다. 후치는 암귀관과 전혀 어울리지 않는 물건을 어깨에 메고 있었다.

골프 가방이었다.

후치의 목소리에는 주저하는 기색이 섞여 있었다.

"네, 이상하다는 건 알아요. 하지만 탈출하기 전에 여러분에게 알리고 싶어서…… 지금까지 말씀드리지 못해서 죄송합니다. 이게 제게 지급된 흉기예요."

가방을 연다.

골프 가방이니 당연히 안에는 골프채가 들어 있었다. 모든 클럽이 우드*였다.

"박살撲殺용인가."

안도는 혼잣말처럼 중얼거렸다.

"다행히도 개수는 충분해요. 비밀 통로에서 무슨 일이 일어날지 모르잖아요. 여러분, 하나씩 받으세요."

안도, 세키미즈, 그리고 스와나는 거부하지 않고 골프채를 집었다.

"박살도 구살도 이미 나왔어. 그렇다면…… 혹시 벤틀리인가?"

경악하는 이와이와 달리 유키는 힘주어 고개를 끄덕였다.

"이걸로 결론이 났네요."

"계산은 처음부터 다시 해야겠군."

유키와 이와이, 두 사람 다 조금의 여유도 느껴지지 않는 긴박한

✛ 골프채의 종류. 헤드가 두껍고 샤프트가 길다. 공을 멀리 보내는 용도로 쓰인다.

표정을 짓고 있었다.

"맞아요. 그 결과에 따라서…… 저 클럽은 불을 뿜겠죠."

그렇게 말하며 유키는 주먹을 꼭 쥐었다.

시간은 오후 1시를 지나고 있었다. 암귀관 실험 종료까지 앞으로 열한 시간.

3

편지지 위에 나타난 숫자.

955,584,000

유키는 신음을 내뱉었다.

"부족해……."

계산 결과는 아슬아슬하게 모자랐다.

"부족하면 어떻게 나올까?"

이와이는 그렇게 물었다. 그는 미처 사태를 완전히 이해하지 못했다. 유키가 아직 설명을 하지 않았기 때문이다. 일부러 뜸을 들인 게 아니라, 몇 번이나 곱셈을 반복하는 사이에 텔레비전 속에서 마지막 회의가 시작된 까닭이었다.

편지지 위에 나타난 숫자를 노려보며 유키는 생각했다. 하지만 아무리 생각해도 답은 처음부터 나와 있었다. 부족하면…….

"또 한 명 죽겠죠."

"누가?"

유키는 이와이를 돌아보며 외쳤다.

"오사코와 하코시마를 죽인 범인이!"

"어제 했던 얘기 기억나세요? 열두 명과 열세 가지 흉기. 그게 문제라고. 그걸 해결할 수 있는 방법은 두 가지예요.

첫째. 니시노 씨에게도 자살 이외의 흉기가 지급됐다. 열두 가지 플러스 자살로, 열세 가지가 되었다는 설명. 이 경우, 니시노 씨가 원래 지급받았던 흉기는 낙하식 천장의 스위치를 포함해 뭐든 가능해요. 니시노 씨가 자살하고 나서 오사코와 하코시마를 죽인 살인자가 니시노 씨의 흉기를 훔쳤다고 생각하면 되니까.

하지만 이 설명으로는 납득이 가질 않았어요. 외출이 가능해진 아침 6시부터, 식사 시간이 시작되기까지의 짧은 시간 동안에, 강렬한 살의를 감추고 있던 누군가가 영안실에서 남몰래 죽어 있던 니시노 씨의 시체를 처음 발견하고 카드 키를 훔쳤다. ……이 가설 자체에 상당한 무리가 있어요. 이 경우, 나중에 오사코와 하코시마를 죽이게 되는 녀석은 니시노 씨가 자살하는 걸 처음부터 알고 있었다고밖에 생각할 수 없어요. 하지만 그런 사실을 니시노 씨가 발설할 리 없죠. 그는 클럽에 고용된 바람잡이였으니까."

유키는 말하면서도 정신없이 펜을 움직이고 있었다. 편지지 위에 나타난 숫자는 112000.

"그럼 그 밖에 열세 가지 흉기에 대해 설명할 수 있는 방법이 있을까? 답은 간단해요. 선배도 알아채셨죠?"

"그래."

이와이는 고개를 끄덕였다.

"직접 보지는 못했지만 네 이야기를 듣고 짐작이 가더군. 누군가 흉기 검사에서 속임수를 썼어. 원래 흉기가 아닌 걸 지급받은 흉기라고 주장한 녀석이 있었어."

"맞아요."

계속 숫자가 더해진다. 24 그리고 5, 그다음은 13.

"전 그게 누군지 몰랐어요. 일본어로 '총살銃殺', '약살藥殺', '격살擊殺'이라는 말은 좀 어색한 것 같았지만, 그것만으로 판단할 수는 없었죠. 애초에 이 암귀관에는 흉기가 될 소지가 있는 물건을 철저하게 배제했으니까요. 번듯한 서양식 건물인 척하면서 식사로 주먹밥이 나올 정도로. 저택에 들어왔을 때 신발을 갈아 신게 했죠. 그것도 끈이 없는 구두로 갈아 신게 해서 끈 종류를 반입하지 못하게 하기 위해서였겠죠. 제 옷을 압수한 것도 그래서예요. 끈이 달려 있는 겉옷이었으니까. 죄수를 교도소에 집어넣을 때, 자살 방지를 위해 끈을 압수하는 것과 같은 원리죠."

"그래. 내 부츠도 압수당했어."

"하지만 반입이 허락된 물건이 있었죠."

유키는 당시 상황을 떠올렸다. 이제 그리운 느낌마저 드는 기억. 한없이 청량한 스와나의 목소리. '평소에 사용하던 화장품은 반입하게 해주시면 안 될까요?'

"스와나 씨의 주장으로, 화장품 반입이 허용됐죠. 그게 포인트예요."

아무래도 감이 오지 않는 것 같다. 이와이는 입을 꾹 다물고 있었다.

딱히 뜸을 들일 생각은 없었다.

"화장품은 반입이 가능해요. 그렇다는 건, 화장품 용기도 반입할 수 있다는 말이죠. 그리고 누군가는 그것을 독이 든 병으로 위장했어요!"

"설마, 스와나 씨가……."

숨을 삼키는 이와이를 향해, 유키는 세차게 고개를 저었다.

"아니에요."

"하지만 반입한 사람은……."

"화장품 반입은 스와나 씨의 주장으로 허용됐어요. 모두에게. 화장을 했던 사람은 스와나 씨뿐만이 아니에요. 와카나도, 후치 씨도, 그리고 세키미즈도 화장을 하고 있었죠. 그래요, 화장품 병을 독이 든 병으로 위장한 건, 세키미즈예요!"

유키는 다시 한번 힘을 주어 말했다.

"낙하식 천장 스위치의 진짜 주인은, 세키미즈예요."

유키는 소리가 날 정도로 꽉 어금니를 악물었다.

방심했다. 흉기 사용 방법이 적힌 메모랜덤이 있다고 해서 세키미즈의 흉기를 전혀 의심하지 않았다. 하지만 멍청한 것도 정도가 있지. 유키 자신도 사용했으면서 몰랐다. 세키미즈가 메모랜덤을 위조한 타이프라이터풍의 워드프로세서를.

최근 작업 문서 항목에 의하면, 누군가 워드프로세서를 조작한 것은 첫날이다. 그렇다는 건, 첫날, 오락실이 개방된 직후, 세키미즈는 가짜 메모랜덤을 작성한 것이다. 언젠가 반드시 서로에게 흉기를 공개해야 할 때가 온다. 그렇게 예상한 세키미즈는 니시노를 제외한 모두가 앞으로 무슨 일이 일어날지 예상하지 못했던 첫날에, 이미 가짜 단서를 작성해두었던 것이다. 독살에 해당되는 참가자가 있으리라고 예상하고 자신의 메모랜덤은 약살로 작성했다.

즉, 그것은 세키미즈가 처음부터 살의를 가지고 있었다는 증거다. 유키는 기억을 더듬었다. 부엌에서 "당신이 독을 넣지 않는지 감시하는 중이야"라고 했던 세키미즈. 그 순간, 이미 그녀는 계획을 실행하고 있었던 것이다.

유키는 다른 참가자들이 메모랜덤을 중요시하지 않는 걸 내심 불만스레 생각했다. 분명히 흉기 자체에 비하면 단순한 종이에 불과하지만, 이건 중요한 물건이라고 생각했다. 하지만 그런 그조차 결국 메모랜덤의 위력을 정확하게 이해하고 있던 것은 아니었다. 메모랜덤을 위조하면 흉기 위조 또한 손쉬워지는 것인데.

"진작 눈치챘어야 했어요. 살상 능력이 공평하게 분배되었다는 원칙은 간파했으면서 왜 그걸 놓쳤던 걸까요.

세키미즈의 약살, 니코틴은 명백히 너무 강력해요. 스와나 씨의 독살, 니트로벤젠에 비하면 압도적인 위력을 자랑하죠. 스와나 씨의 니트로벤젠은 캡슐 두 알분의 독약을 마셔야만 사람을 죽일 수 있는데, 니코틴은 한 방울로 충분하죠. 이 오버스펙을 진작 알아챘어야 했어요."

세키미즈는 메모랜덤을 직접 작성했다. 그렇다는 것은, 그녀가 그럴 만한 능력을 가지고 있었다는 뜻이기도 하다. 세키미즈는 메모랜덤의 그 잰 척하는 문장을 모방할 수 있던 것이다.

요컨대, 그녀 역시 미스터리 마니아인 것이리라.

유키는 계산했다. 133×3. 사고가 분산되는 바람에 계산 능력이 제로에 가까워진다. 움직임을 멈춘 펜을 본 이와이가 짜증스레 외쳤다.

"399!"

"닷새째 새벽, 모두 함께 순찰을 돌았던 밤, 그날 무슨 일이 일어났던 걸까요. 가마세는 진실을 말했어요. 녀석은 하코시마와 순찰을 도는 걸 거부했고, 하코시마는 그걸 받아들였다고 했어요. 계속 그 부분이 걸렸어요. 그런 일이 있을 리 없다, 그건 거짓말이라고 생각했기 때문에 진척이 없었어요. 가마세는 사실을 말했어요. 하지만 이유는 거짓이에요. 졸렸기 때문이 아니에요. 녀석은 벼랑 끝에 서 있었죠.

선배 말을 듣고 생각났어요. 사흘째 되던 날 밤부터 나흘째 되던 날 새벽까지. 끔찍하게 무서운 시간이었죠. 잊고 있던 단어는 바로 공포예요. 저도 부지깽이를 쥐고 하룻밤 내내 떨고 있었으니까요. 이성을 잃을 법도 해요. 저한테도 선배를 탓할 자격은 없죠.

그리고 그런 밤을 가마세가 버텨냈을 리 없죠. 녀석은 공포를 이기지 못하고 자신이 따라야 할 사람에게 보호를 요청하기 위해 달려갔어요. 오사코의 방에 갔던 겁니다!"

유키는 이와이를 돌아보며 물었다.

"아시겠어요? 이게 무슨 뜻인지."

이와이는 대답하지 않았다. 모르는 것일까? 아니면 유키의 생각을 방해하고 싶지 않아서? 그리고 유키 역시 그의 대답을 기다리지 않았다.

"가마세는 그전에 가드에게 경고를 받았던 겁니다. 한 번, 아니면 두 번. 어쩌면 세 번일 수도 있겠죠! 밤에 방에서 나가면 경고를 받죠. 니시노의 흉기를 찾을 때 저도 받았어요. 그리고 경고가 세 번 누적된 상태에서 외출했다 발각되면 사살되죠. 니시노가 그랬듯.

다소의 규칙 위반 정도야. 처음에는 그런 마음으로 밖으로 나간 것일 수도 있겠지만, 아무리 가마세가 멍청해도 죽인다고 씌어 있는데 그 뜻을 모를 리 없죠.

나흘째 되던 날, 가마세는 경고를 받은 상태였어요. 그건 훌륭한 이유가 되었을 테죠. '한 번만 더 발각되면 죽을 거야. 그러니까 순찰은 돌 수 없어.' 하코시마도 인정할 수밖에 없었겠죠. 그래서 결과적으로 가마세는 순찰을 돌지 않았던 겁니다.

가마세는 그 이유를 사람들 앞에서 말하지 않았어요. 밤이 무서워서 오사코의 방으로 도망쳤다. 그건 누가 들어도 부끄러운 이유니까요. 그는 허세를 부렸어요. 가마세가 경고를 받았다는 건 오사코와 하코시마만 알고 있었죠. 와카나는 몰랐던 겁니다.

그러면 어떻게 되는 걸까요.

애초에 제 생각이 짧았어요. 그렇게까지 단체 행동을 주장했던 오사코라면, 분명히 이렇게 했을 텐데.

먼저, 오사코, 와카나, 후치, 이렇게 세 사람이 순찰을 마친다.

오사코는 방까지 후치를 바래다준다. 그리고 와카나와 함께 하코시마를 깨우러 간다.

오사코와 하코시마는 그녀의 방까지 와카나를 바래다준다. 그리고 그들은 함께 가마세의 방으로 향했다. 두 사람은 가마세에게 납득 가는 사정을 들었다. 만일 가마세가 세 번이 아니라 한두 번 경고를 받은 상태였더라도 오사코라면 신중을 기해 가마세를 방에 남겨두었을 테죠.

그렇게 되면…….

세키미즈의 방을 찾아온 사람은 하코시마와 오사코, 두 사람이었어야 해요! 세키미즈는 가만히 앉아서 두 사람을 죽일 기회를 손에 넣은 겁니다. 그리고 녀석은 기회를 놓치지 않았죠."

마지막 남은 곱셈은 제법 자릿수가 크다. 399×112000.

이 계산은 현재 유키의 상태로는 도저히 풀 수 없는 것이었다. 이와이는 옆에서 펜을 뺏더니 숫자를 적어 내렸다.

그동안에도 유키는 이야기를 계속했다.

"놀라운 기지예요. 세키미즈는 우리 앞에서 딱 한마디만 빼고 말하면 되니까요. 자신의 방에 찾아왔던 사람이 하코시마와 오사코, 두 사람이었다는 사실. 그 한마디를 안 했을 뿐인데 우리는 멋대로 하코시마가 혼자서 세키미즈를 찾아갔다고 생각했으니까요. 구체적인 범행 순서는 모르겠어요. 하지만 방법은 얼마든지 있었죠. 세키미즈는 낙하식 천장의 스위치를 가지고 있었고, 영안실에 함정이 설치되어 있다는 사실은 오사코와 하코시마 둘 다 몰랐으니까요.

아마 세키미즈는 셋이 함께 영안실에 들어간 뒤에 상의할 것이 있다며 오사코를 방 밖으로 유인했을 겁니다. 그리고 하코시마를 죽인다. 그러고 나서 먼저 새파래진 얼굴로 방으로 뛰어든다. 시체를 내려다보며 비명을 질러도 좋겠죠.

오사코는 세키미즈를 혼자 내버려둘 성격이 아니에요. 반드시 방으로 들어왔을 테죠. 일단 들어온 순간, 이번에는 하코시마의 시체를 무시할 수 없으니 그쪽으로 온 신경이 쏠렸을 겁니다. 딱 봐도 이미 숨이 끊어진 상태였겠지만, 살릴 수 있는 가능성이 없는지 하코시마 옆에 서서 내려다봤겠죠.

그사이 세키미즈는 방에서 빠져나갑니다. 이런 식으로, 먼저 하코시마를 죽이고, 그 뒤에 오사코를 죽일 수 있죠. 머리 잘 굴렸죠. 먼저 오사코를 죽였다면 눈치 빠른 하코시마는 세키미즈를 의심해서 영안실에 들어가지 않았을지도 모르니까요."

이와이의 계산이 끝났다. 44,688,000.

"이거라면!"

유키가 쾌재를 부른 순간 이와이는 비명을 질렀다.

"하지만 여기선 아무것도 할 수 없어!"

그 순간은 마치 두 사람의 외침이 암귀관의 설비를 파괴하기라도 한 것처럼 찾아왔다.

아무 전조도 없이 감옥은 어둠에 휩싸였다. 원래 어두운 암귀관이었지만, 이 상황은 그와는 전혀 달랐다. 한 줄기 빛도 비치지 않는 진정한 어둠이다. 완전히 시야를 차단당한 유키는 당황하기에 앞서 정신이 아득해지는 느낌을 받았다.

"뭐, 뭐지 이건……."

이와이의 신음 소리가 바로 옆에서 들려왔다. 가냘프고 불안한 목소리. 무리도 아니다. 유키 역시 온몸에서 식은땀이 흘러내리는 걸 느끼고 있었다.

꿀꺽 침을 삼키고, 이를 악물며 공포를 견뎌냈다. 마음을 진정시킨 순간 유키의 뇌리에 떠오른 생각이 있었다.

"망설임의 방."

"뭐라고?"

"생각났어요. 룰 북에 망설임의 방에 대해 적혀 있었어요. 비밀 통로를 빠져나가면 바깥으로 나가는 문 바로 직전에 망설임의 방이 있어요. 그곳에 사람이 들어가면, 암귀관의 에너지 공급은 모두 끊기게 되죠……. 참가자들이 탈출하자고 주장하는 파와 계속 있자고 주장하는 파로 나뉠 경우, 탈출을 망설이게 만들려는 장치일 거라고 생각했는데……."

유키는 끝까지 말을 잇지 못하고 숨을 삼켰다.

그것이 무엇을 의미하는지 이와이 역시 깨달은 것 같았다. 어둠 속에서 숨넘어가는 소리가 들린다.

"에너지 공급이 끊긴다. 전기가 끊겼다는 말인가?"

"아, 잠금장치는!"

말이 끝나기가 무섭게 감옥은 더듬거리는 소리로 가득 찼다. 유키는 필사적이었다. 전기가 끊기는 동시에 감옥의 문이 열리고, 죄수들은 희망에 가득 찬다. 그것은 어쩌면 클럽이 구상했던 각본대로의 연출일지도 모른다. 하지만 이 순간, 유키에게 그런 생각을 할 여유는 없었다.

기나긴 시간이 흘렀다. 아니, 시계가 보이지 않으니 시간은 알 수 없다.

이와이의 발이 유키의 콧등을 걷어차는 해프닝을 겪은 뒤 두 사람은 문 앞까지 갈 수 있었다.

천천히 힘을 준다.

빛이 있다면 하얗게 보였을 문은 아무런 저항도 없이 열렸다.

4

전기가 끊겨 조명이 사라진 암귀관에서는 아무것도 보이지 않았다. 희미하게 빛바랜 느낌이 아름다웠던 벽지도, 상처라고는 하나도 없어 건드리기조차 꺼려졌던 벽도. 네 발로 바닥을 디디고 까칠하지만 부드러운 펠트의 감촉을 느끼며 유키는 조금씩 앞으로 나아갔다. 계속 의식하고는 있었지만, 암귀관이 지하 공간이라는 걸 실감했다. 인공적인 빛이 없으면 정말 아무것도 보이지 않았다.

이와이가 뒤를 따라오고 있을 것이다. 그도 네 발로 기어오고 있는 것일까. 아니면, 아무도 보지 않는데 쓸데없는 허세를 부리며 벽에 손을 대고 서 있을까. 유키는 그에게 말을 거는 시간조차 아까웠다. 바닥과 벽에 손을 대고, 기억에 남은 지도를 의지해 목적지로 향했다.

목적지. 즉, 영안실이다.

이윽고 손끝에 차갑고 단단한 금속 느낌이 전해졌다. 이것이 영안실 문이다. 유키는 문에 달라붙어 힘을 주었다.

"……"

영안실 내부를 보고 유키는 숨을 삼켰다.

열 개의 관 중 하나의 뚜껑이 벗겨진 채 세워져 있었다. 그리고 관 속에서 흘러나오는 희미한 푸른빛이, 그 밖에 일체의 빛이 존재하지 않는 영안실 전체를 검푸르게 물들이고 있었다.

이와이에게는 시인이라고 칭찬받았지만, 유키는 스스로를 지극히 산문적인 인간이라고 생각했다. 그는 그 푸른빛을 보고 신비로움이나 공포심을 느끼지 않았다. 닿으면 소독될 것 같은 빛이군. 그런 생각만 들었다.

물론 그것은 비상등 불빛이리라. 유키는 주저 없이 앞으로 나아갔다.

"정말 갈 거야?"

희미하게 두려움이 느껴지는 이와이의 목소리. 당연하다는 듯유키는 대답조차 하지 않았다.

관 바닥에는 지하로 이어지는 사다리가 뻗어 있었다.

5

그 풍경에서는 일종의 장엄함마저 느껴졌다.

유키는 암귀관에는 결정적으로 부족했던 것이 있었다는 사실을깨달았다. 층고. 암귀관의 마지막 방인 망설임의 방의 천장은 압도적인 층고를 자랑했다. 오랫동안 맛보지 못했던 개방적인 느낌에, 유키는 저도 모르게 무릎을 꿇을 뻔했다.

무엇보다 유키는 지금 바깥 공기를 마시고 있었다.

비유 같은 것이 아니다. 진짜 바깥 공기를 느끼고 있는 것이다. 방문을 지나 완만한 경사로를 올라가자, 그 끝으로 문이라고 부르기에는 너무나도 거대한 문이 밖을 향해 활짝 열려 있었다.

시간은 오후 2시가 좀 지났을까. 보아하니 오늘 날씨는 맑은 모양이다. 화창하다 할 수 있을 만큼. 문 너머 일대는 눈이 부실 정도로 선연한 파란빛이었다.

그 하늘을 등지고 선 인영이 보였다. 마치 문지기라도 되는 양 당당하게 팔짱을 낀 채 서 있는 인물은 바로 세키미즈 미야였다. 실제로 문지기라 해야 할지도 모른다. 세키미즈는 목적을 달성할 때까지 절대로 아무도 밖으로 나가지 못하게 할 테니까.

드넓은 공간. 하늘을 배경으로 경사로 위에 서 있는 세키미즈. 그리고 햇빛이 닿지 않는 지하에서 그녀를 올려다보는 세 사람. 안도, 스와나, 후치. 신탁을 내리는 무녀인가, 설법을 전하는 교주인가……. 하지만 아쉽게도, 그 손에 들린 것은 신성한 나뭇가지도, 성스러운 인장도 아닌, 투박한 골프채였다.

망설임의 방 앞에 당도한 유키가 문 너머로 본 것은 그러한 광경이었다.

세키미즈가 필요로 했던 과정은 지금 막 끝나려는 참이었다. 그녀는 경사로 밑의 사람들을 내려다보며 선언했다.

"그러니까 오사코를 죽인 것도 바로 나야. 이상, 추리는 끝났어."

그 한마디로 유키는 자신의 추리가 큰 틀에서 들어맞았다는 사실을 알았다. 틀림없다고 생각하긴 했지만 그래도 안도의 한숨이 나왔다.

하지만 동시에 괴로운 느낌이 들었다. 스스로도 이상해서 견딜 수 없었다. 유키는 자신이 마음 한구석에서, 이런 상황에서조차 살인자 같은 건 한 사람도 없었으면 좋겠다고 바랐던 사실을 깨달았다.

"왜!"

피를 토하듯 목소리를 쥐어짠 사람은 안도였다. 세키미즈는 마치 가엾은 존재를 보듯 냉랭하면서도 동정 어린 시선으로 되물었다.

"왜라니, 어떤 점에 대해서 묻는 건데?"

안도는 반사적으로 외쳤다.

"왜 나한테 창피를 준 거야! 네가 유키가 수상하다고 해서, 나는 어제…… 왜 나를, 날 속인 거냐고!"

세키미즈는 눈을 가늘게 뜨며 말했다.

"당신을 남겨놓은 게 정답이었네."

"무슨 뜻이야."

"지금 난 이 손으로 사람을 둘이나 죽였다고 고백했어. 스위치를 눌렀을 뿐이지만, 분명히 죽을 줄 알고 누른 거라고. 당연히 윤리적인 비난이 날아올 줄 알았는데, 처음 나온 말이 '나한테', '나는', '나를', 그거야?"

목소리는 결코 크지 않았지만 망설임의 방에 묵직하게 울려 퍼졌다. 유키를 등지고 있었기 때문에 안도가 어떤 표정을 지었는지는 알 수 없었다. 하지만 그의 입에서 반론하는 말은 전혀 나오지 않았다.

살짝 입가에 미소를 지으며 세키미즈는 입을 열었다.

"좋아. 안도, 내가 당신을 끌어들인 이유는 하나야. 왓슨 역을 맡고 싶었기 때문이야."

잠시 생각한 다음, 한마디 덧붙인다.

"왓슨 역이라는 건, 룰 북에 나온 조수를 말하는 거야."

"그런 건 나도 알아."

안도는 가까스로 쥐어짠 목소리로 대답했다. 그리고 혼잣말처럼 물었다.

"왜, 그런 짓을 했는지 모르겠다는 거야……."

"아직도 모르겠어?"

그렇게 소리치더니 세키미즈는 얼굴을 구겼다. 그녀는 웃고 있었다. 금방이라도 울음을 터뜨릴 것 같은 얼굴로 한바탕 웃고 있었다. 비어 있는 왼손으로 안도를 가리키더니 그를 향해 손가락질하며 웃었다.

"바보 아냐? 너 바보야? 그래, 바보라고 생각해서 탐정 역으로 고른 거야. 정말 바보였구나!

난 두 사람을 죽였어. 널 끌어들여 조수가 되었어. 그리고 지금 여기서 두 번 해결했어. 그게 무슨 뜻인지 생각할 것도 없지. 너도 룰 북을 읽었잖아!"

"배율이군요."

낭랑한 목소리로 그렇게 말한 건 스와나였다.

유키가 있는 위치에서는 스와나의 뒷모습밖에 보이지 않았다. 손이 보이지 않는 걸로 봐서는 아마 가지런히 손을 모으고 있는 것이리라. 그 목소리는 이 자리에 걸맞지 않은, 부드러움을 띠고 있었다.

세키미즈는 안도를 가리키던 손을 내리더니 스와나를 노려봤다. 보기만 해도 오싹해지는, 증오로 가득 찬 눈으로.

"그래. 역시 당신은 알고 있었군. 당신, 참가자 아니지? 당신은 방관자고, 관찰자였어. 어차피 이렇게 된 거 알려주지그래? 이런 연극에 왜 참가했지?"

"전……."

뜻밖이라는 듯 스와나의 목소리에 놀라움이 섞였다.

"당신과 마찬가지예요, 세키미즈 씨. 전 돈을 벌기 위해 온 겁니다."

"과연 그럴까!"

세키미즈는 그렇게 내뱉었다.

하지만 스와나에게 내비쳤던 증오를 가라앉히고, 그녀는 여유를 되찾았다.

"맞아, 배율. 사람을 죽이면 2배. 두 명을 죽이면 4배지. 그 때문에 난 두 사람을 죽였어. 그리고 지금 두 번이나 해결했지. 3배가 두 번. 안도, 여기까지 말했으니 이젠 알겠지? 여긴 모든 게 거짓말투성이야. 전부 허구에다 웃기지도 않는 장난투성이…… 미쳤어! 이런 곳에서 행동 원리로 삼을 수 있는 건, 처음부터 돈밖에 없잖아.

너무 당연해서 말할 필요도 없을 만큼, 당연한 일이지!"

처음 만났을 때, 남자인지 여자인지 분간이 가질 않았던 세키미즈. 하지만 지금, 그녀의 미소는 기분 나쁠 정도로 요염했다.

"누군가가 탐정이 되어주지 않으면 조수의 보너스 배율을 얻을 수 없잖아. 난 무슨 일이 있어도 조수의 배율이 필요했어. 1.5배는 군침 도는 배율이지. 그래서야. 당신을 선택한 건, 당신이라면 내가 유도하는 대로 잘못된 추리를 할 것 같아서였다고.

내가 조수 역을 맡을 탐정은 무슨 일이 있어도 잘못된 추리를 해야만 했어, 그렇지 않으면 마지막에 내가 진짜로 해결할 수 없잖아. 니시노 씨 죽음의 진상을 알아낸 유키는 위험했어. 그런 유키를 감옥에 집어넣어 제거하고 난 조수 보너스를 얻었지. 그리고 당신은 한때의 우월감을. 아아, 인생이 전부 이렇게 멋졌다면 얼마나 좋았을까!"

"오, 오사코 씨와."

완전히 겁에 질려 반쯤 공황 상태에 빠진 후치가 외쳤다.

"하코시마 씨를, 주, 죽인 것도, 위험했으니까……?"

"그건 아니에요."

세키미즈는 고개를 저었다. 후치에게만은 다소 부드러운 태도로 입을 열었다.

"하코시마는 우연이었어. 기회가 왔을 때 우연히 눈앞에 있었으니까. 사실 '잘못된 추리를 하는 탐정' 역은 하코시마에게 맡길 생각이었기 때문에, 이래 봬도 상당히 고민했다고.

위험하다고 판단해서 노리고 있던 건 오사코 쪽이야. 녀석이 있으면 좋든 나쁘든 모두 하나로 뭉쳤으니까. 뭉치면 손을 쓸 수 없잖아."

세키미즈는 소리 죽여 웃었다. 두세 걸음 물러나던 후치는 차가운 바닥에 털썩 주저앉았다.

"자, 이제 됐지. 미련은 없지? 그럼 내 추리는 모두가 인정한 걸로 봐도 되겠네."

경멸하듯 속세를 내려다보는 눈빛으로 그렇게 말하더니 세키미즈는 오른손의 골프채를 높이 치켜들었다.

지금밖에 없다. 유키는 망설임의 방 문을 있는 힘껏 걷어찼다. 암귀관 내부의 문처럼 고급 원목이 아니라 단순한 금속으로 만들어진 문은 귀에 거슬리는 소리를 내며 단숨에 열렸다.

유키는 모두의 시선이 자신에게 쏠리는 걸 느꼈다. 원래부터 주목받는 것에 익숙하지 않은 유키는 이 순간에도 시선을 느끼고 얼굴이 달아오르는 것 같았다. 창피한 마음을 근성으로 극복하고, 유키는 당당하게 망설임의 방 한가운데를 향해 걸음을 내디뎠다.

"유키!"

그렇게 소리치며 그를 부른 건 안도였다. 유키는 그를 무시했다.

지금 이 시점에서 그는 더이상 중요한 존재가 아니었다. 유키의 시선은 똑바로 세키미즈를 향하고 있었다. 안도, 스와나, 후치. 유키는 이 세 사람 앞에 섰다.

세키미즈는 유키의 등장을 예상하지 못했는지 당황한 기색이 역력했다.

"유키…… 어떻게 여길……."

"망설임의 방에 누군가 들어가면 암귀관의 기능은 정지하지. 조명은 전부 꺼졌어. 그리고 전자 잠금장치도 풀렸지."

그렇게 말하며 유키는 이것도 클럽의 함정일지도 모른다고 생각했다. 왜 망설임의 방에 들어오면 암귀관의 기능이 정지하는 것일까. 그 답은 지금 눈앞에서 전개되고 있는 것이 아닐까. 배제되었던 자들까지 포함한 생존자 전원이 이곳에 모였다. 그리고 최후의 해결이 거행되려 하고 있다.

유키는 혀를 차고 싶은 기분이었다. 결국 어느 정도 클럽의 의도대로 움직이고 만 셈이지만, 여기서 살인이 일어나게 내버려두는 것보다는 낫지 않을까? 유키는 세키미즈를 노려보며 강한 어조로 말했다.

"위악을 떠는군, 세키미즈. 위험한 존재로 봐주셔서 고맙다고 해야 하나?"

"듣고 있었어?"

세키미즈는 몸에서 힘을 살짝 뺀 것 같았다.

"들었으면 알겠지? 이제 전부 끝났어."

유키는 그녀의 말이 끝나기가 무섭게 반박했다.

"아니, 아직 끝나지 않았어!"

"……."

"난 이곳에 오기 전에 스와나 씨에게 아르바이트 정보지에 대한 질문을 받았지. 그때, 나도 물어봤어. 무엇 때문에 아르바이트를 구하는 거냐고. 스와나 씨는 손가락 하나를 세우며 말했어. 이만큼 빚이 있다고."

그렇게 말하며 유키는 그때의 스와나처럼 손가락 하나를 세웠다. 그 손가락으로 세키미즈의 시선을 끌며 그는 말을 이었다.

"손가락 하나, 그게 어느 정도의 금액인지 짐작이 가질 않았어. 그때 스와나 씨는 머리에서 발끝까지 10만이나 20만 정도로는 가당치도 않은 고급스런 차림새였기 때문이지. 결국 지금도 모르겠어. 하지만 넌 달라.

언제였더라, 오사코가 물어봤지? 무엇 때문에 이곳에 왔고. 오사코는 결혼 자금을 모으기 위해. 후치 씨는 도시락 가게를 다시 열기 위한 자금을 벌려고. 스와나 씨는 그때도 손가락 하나를 세웠지. 그리고 너도 스와나 씨와 마찬가지로 손가락 하나를 세웠어.

생각해봤어. 그 손가락 하나가 의미하는 게 과연 얼마인지.

여기서 7일 동안 머물면, 그것만으로도 대충 1800만 엔은 받을 수 있어. 그러니까 네가 필요한 금액이 100만이나 1000만 엔 정도라면, 그 배를 벌 필요는 없지.

그럼 1억인가? 그 금액을 벌기 위해서는 원래 받을 수 있는 1800만 엔의 5배 이상이 필요하지. 하지만 네가 안도를 끌어들이면서까지 얻은 보너스는 5배가 훨씬 넘어. 감옥에서 천천히 계산해 봤어.

두 명을 죽이고, 그 사건을 스스로 두 번 해결하고, 조수 보너스 한 번. $2×2×3×3×1.5$는……."

손가락을 세운 채 유키는 침묵했다.

몇 초가 지났을까. 뒤쪽에 있던 스와나가 말했다.

"54배죠."

"54배야. 그렇게 큰 보너스를 노린 네 목표액은 1억 정도가 아냐. 네가 세웠던 손가락 하나에 해당하는 금액은…… 10억이야."

세키미즈는 말없이 유키의 손가락을 바라보고 있었다. 유키는 세키미즈에게서 시선을 돌리고 싶은 마음을 필사적으로 억눌렀다. 그는 손을 내리고 말했다.

"암귀관에서 7일을 보내고 시급의 54배를 받으면, 네가 받는 보수는 10억을 넘게 돼. 아슬아슬하게."

기억 속에 남은 숫자. 몇 번이나 계산한 결과였다. 뇌리에 달라붙어 지워지지 않는다.

7일째 종료 시점에서 세키미즈가 받게 되는 금액은 10억 1606만 엔.

세키미즈는 입가에 웃음을 지은 채 고개를 끄덕였다.

"그래. 역시 당신이 제일 위험했어. 당신 말이 맞아. 난 10억이 필요했어."

유키의 목소리에 어느샌가 그늘이 드리웠다. 그럼에도 눈만은 필사적으로 세키미즈를 바라보려 애썼다.

"아까 네가 그랬지. 미련은 없느냐고. 있어, 가르쳐줘.

왜 아슬아슬하게 계획을 짠 거지? 네 계획은 너무 위태로워. 범인 보너스가 두 번, 탐정 보너스가 두 번, 조수 보너스가 한 번. 그리고 7일 동안 암귀관에 머무를 것. 어느 한 조건이라도 빠지면 10억을 채울 수 없게 되지.

왜 니시노 씨의 죽음에 대해 탐정 역을 맡으려 하지 않았지? 그게 아니라도, 왜……."

유키는 말을 잇지 못했지만, 그다음 말을 알아챈 세키미즈는 싸늘하게 말했다.

"왜 한 명 더 죽이지 않았느냐고?"

세키미즈 또한 이 자리에서 그녀에게 대항하는 유일한 인물인 유키에게서 눈을 떼지 않았다. 미소는 여전했지만 그것은 살인자의 냉소라기보다는 어딘지 모르게 단념의 빛이 짙은 웃음이었다.

"그래. 첫 번째 질문의 답은 이거야.

니시노 씨 사건에 도전했다 실패하면 보수는 반액으로 줄어들지. 게다가 마지막까지 맞았는지 틀렸는지 알 수 없잖아. 그런 도박은 할 수 없었어. 만일 내가 니시노 씨 사건의 진상을 밝혀내더라도, 어찌되었든 난 한 명은 죽여야 했어. 그런데 추리 실패로 목표액에 도달하지 못한다면 내가 죽일 한 명에게 너무 미안하잖아?"

이 암귀관 실험에서 제일 확실하게 보너스를 얻을 수 있는 방법은 무엇인가.

탐정에 도전하기에는 실패할 경우의 페널티가 두렵다.

살인자가 되기에는 간파당할 위험부담이 너무 크다.

그렇다면 방법은 하나. 살인을 저지르고, 스스로 폭로한다. 폭로한 시점에서 감옥에 수감되기 때문에, 폭로하는 시점은 오직 종료 직전이다. 마지막 순간에 자백하기 위해 죽인 것이다.

"그리고 두 번째 이유는……."

유키는 심장이 세차게 뛰는 걸 느꼈다. 세키미즈가 고개를 숙이고 그에게서 시선을 돌렸기 때문이다. 그녀는 나지막하지만 경사로 아래까지 들리도록 말했다.

"난 살인자야. 두 명이나 죽였어. 하지만…… 두 사람으로 충분한데 만일을 위해 한 명 더 죽인다는 생각은 도저히 할 수 없었어."

"그래서 오사코와 하코시마를 죽인 뒤에 곧바로 스위치를 버린 거야?"

그녀는 고개를 끄덕였다. 곧이어 세키미즈는 거세게 고개를 저으며 얼굴을 들고 목이 찢어져라 외쳤다.

"하지만! 그런 건 모두 소용없는 짓이었어! 난 나를 위해 오사코와 하코시마를 죽였어. 두 명으로 충분할 줄 알았어. 하지만 난 결국 네 명이나 죽였어. 그렇잖아? 와카나도, 가마세도, 내가 죽인 거야!"

세키미즈는 오른손에 든 골프채를 유키를 향해 겨눴다.

"거기까지 계산했다면 알아챘겠지? 이대로 밖에 나가도 내 보수는 10억에 채 못 미쳐. 적어도 오늘 밤 10시까지 암귀관에 남아 있지 않으면 계산 결과는 10억이 되지 않는다고. 지금은 아직 2시인데! 암산했어. 계산엔 자신 있어. 9억 5558만 4000엔. 부족해!

하지만 차라리 다행이야. 네 명이나 죽이고, 나 혼자 돈 받아서 바이바이라니. 역시 그럴 순 없지. 마지막 보너스를 받기로 결심했어."

유키는 억지로 세키미즈의 말을 무시했다. 뒤를 돌아본 그는 이야기에 끼어들지 않는 세 사람 가운데, 흥미진진하게 그들의 대화를 지켜보던 스와나를 향해 손을 뻗었다.

"스와나 씨, 죄송하지만 그 골프채 좀 주실래요."

스와나는 손안의 막대기를 신기하다는 듯 바라봤다.

"이거 말인가요? 이건 후치 씨 물건입니다만."

"상관없어요."

"하긴 그렇겠네요."

바닥이 철판으로 된 망설임의 방에서도 스와나는 암귀관에서와 마찬가지로 발소리 하나 내지 않고 조용히 걸어왔다. 상이라도 내리듯 스와나는 유키에게 골프채를 건넸다. 그것을 받아 든 유키는 다시 세키미즈를 바라보았다.

그는 팔을 올려 골프채 끝으로 세키미즈를 가리키며 말했다.

"줄 수 없어."

세키미즈의 뺨에 물방울이 떨어졌다. 거리가 멀어서, 그 물방울이 무엇인지 유키는 알 수 없었다. 그는 개의치 않고 말을 이었다.

"세키미즈, 미안하지만 너에게 보너스는 줄 수 없어.

널 위해서가 아냐. 오사코나, 하코시마나, 와카나나, 가마세를 위해서도 아냐. 니시노나 마키를 위해서도 아니고.

난 이제 암귀관이라면 진저리가 나. 새로운 사망자를 내서 호스트를 기쁘게 하지는 않겠어, 절대로."

"당신, 내가 무슨 짓을 하려는지 아는 거야?"

유키는 골프채를 스윽 쳐들었다. 머리 위에서 휙 돌려 힘을 더했다. 저도 모르게 그는 웃고 있었다. 웃으며 말했다.

"공교롭게도 분위기 파악 못 하는 미스터리 마니아거든. ……알 수 있지."

그리고 골프채를 집어 던졌다.

바람을 가르는 소리를 내며 갈색 막대기가 날아간다. 출구에서 쏟아지는 햇살을 받아, 반짝 빛나는 그 모습이 눈을 찔렀다.

세키미즈에게까지는 닿지 않는다. 그녀의 발밑에 세차게 부딪친 골프채는…….

귀가 떨어져 나갈 정도의 소리를 내며 폭발했다.

유키는 혼잣말처럼 중얼거렸다.

"우드 클럽. 사용법은 폭살. E.C. 벤틀리*라는 것까지는 생각 못 했어요, 선배."

눈앞에서 일어난 폭발을 본 세키미즈는 반사적으로 얼굴을 감 쌌다. 폭발 시에 발생한 뜨거운 바람이 닿았을 리도 없을 텐데 한 발짝 두 발짝 비틀거렸다.

그 틈을 놓칠 리 없었다. 온몸이 용수철이라도 되듯 단숨에 거 리를 좁히는 그림자. 세키미즈가 저항할 틈을 주지 않고 그녀를 덮 쳤다. 그림자는 세키미즈의 오른손에서 골프채를 빼앗아 비탈길 아래로 밀어버렸다.

✦ 영국의 추리소설가로 명작 『트렌트 최후의 사건』을 썼다.

무슨 일이 일어났는지 이해하지 못했으리라. 혼란에 빠진 세키미즈는 큰 소리로 외쳤다.

"누구야? 당신 누구야!"

"분위기 파악 못 하는 미스터리 마니아, 라고 하더군."

이와이는 고개를 들고 유키를 향해 쓴웃음을 지었다.

방금 전까지의 대화는 전부 이 순간을 위해서였다. 진상을 밝힐 필요 같은 건 없었다. 하지만 유키는 세키미즈를 고발하고 그녀에게 질문을 던졌다. 그녀의 시선을 유키에게 붙잡아두기 위해서.

벽에 붙어 살금살금 거리를 좁혀가는 이와이의 모습을 알아채지 못하도록 하기 위해.

도중에 그녀가 시선을 돌렸을 때에는 전부 끝난 줄 알았지만 간신히 성공했다.

유키는 바다 깊은 곳에서 물 밖으로 솟아오른 사람처럼 깊고 깊은 한숨을 내쉬었다. 한숨과 함께 체력, 기력, 지금까지 필사적으로 자신을 지탱해왔던 것들까지 함께 빠져나간 것 같았다. 그는 차가운 철판 위에 털썩 무릎을 꿇었다.

경사로를 오른다.

이와이는 이제 세키미즈를 구속하고 있지 않았다. 필요가 없었기 때문이다. 그녀의 눈은 공허했다. 눈앞에 서 있는 유키를 올려다보는 표정 역시, 어딘지 모르게 이성이 사라져 있었다.

후치가 나누어준 골프채는 내부에 폭약이 설치되어 있었다. 머리 부분에 충격을 가하면 그립 부분이 폭발한다. 그리고 쥐고 있는 사람을 죽인다.

물론 후치는 사용법을 알고 있었다. 그런데도 전원에게 나누어준 건, 아마도 최후의 보험이었겠지. 탈출 도중에 누군가가 살인을 저지르려 하면 그는 폭발로 죽을 것이다.

하지만 암귀관에 존재하는 흉기에는 출전이 있다. 유키와 이와이는 텔레비전 너머로 골프채를 본 순간 그 정체를 눈치챘다. 그리고 세키미즈도 골프채가 폭발할 것이라는 사실을 알고 있었다.

탈출구에 도달했지만 그 때문에 10억을 채우지 못하게 된 세키미즈. 그녀는 폭발하는 골프채를 역이용하여 마지막 보너스를 얻으려 한 것이다. 피해자 보너스, 1.2배를.

사람을 죽이면서까지 얻으려 했던 목표액을 채우지 못한 세키미즈. 차액은 어쩔 수 없다고 단념하고 탈출구를 통해 밖으로 나갈 것인가, 아니면 자신의 목숨으로 보너스를 얻을 것인가.

세키미즈에게 희망의 빛이 되어주었던 건 후자였다.

설령 세키미즈가 우드 클럽의 정체를 눈치채고 있었더라도 후치가 미필적 고의로 살의를 가지고 그걸 건넨 이상, 세키미즈의 죽음은 타살이 된다. 세키미즈는 그렇게 생각하고 피해자가 되기로 한 것이리라.

마지막 희망이 사라진 지금, 세키미즈는 과연 의식이 있는지조차 의심스러운 상태였다. 유키는 그녀의 눈을 들여다봤다. 지근거리까지 얼굴을 들이대도 세키미즈는 눈을 돌리지 않았다.

마치 기나긴 침묵이 지나간 것 같았다. 세키미즈의 메마른 입술이 천천히 움직였다.

"죽여줘."

"……."

"죽지 않으면 10억을 채울 수 없어. 10억을 못 채우면, 난 무얼 위해, 무얼 위해 오사코를, 하코시마를……. 죽여줘. 제발 피해자로 만들어줘."

태양 빛 아래에서 보니, 세키미즈의 피부는 완전히 뒤집어져 있었고, 눈도 붉게 충혈되어 있었다. 도저히 볼 수 없어서 유키는 가만히 고개를 돌렸다.

"10억이 필요해?"

"필요해."

"이곳에서 일어난 사건은 외부로 유출되지 않는다. 클럽이 아무리 보증해도 그런 말은 믿을 수 없어. 여기서 나가는 즉시 체포당해도 이상할 건 없지. 돈도 정말 받을 수 있을지 미심쩍어.

그쯤은 너도 알고 있었잖아. 그런데도 어떻게든 그 돈이 필요했던 거야?"

세키미즈는 입을 반쯤 벌리고 있었다. 어째서인지 오른쪽 눈에만 눈물이 고여 있다.

"내가 여기서 10억을 벌지 못하면…… 모두, 죽어. 사람이 몇이나……."

유키는 짐작하고 있었다.

니시노는 암귀관에 분란을 일으키기 위해 자살하기로 되어 있었다. 그렇다면 그 분란을 기점으로 살인을 실행할 역할을 맡은 사람도 존재하지 않았을까. 설령 보수에 관한 이야기가 아무리 미심쩍더라도, 거기에 매달릴 수밖에 없을 만큼 강렬한 동기를 처음부터 가지고 있던 사람이 나머지 열한 명 중에 섞여 있지 않았을까.

이제 충분하다. 유키는 생각했다. 암귀관도 이제 막을 내릴 때다.

그는 입을 열었다.

"내 보수를 줄게. 난 니시노 씨 사건으로 탐정 보너스를 얻었어. 계산해봤어. 10억을 채울 수 있을 거야."

그 말을 듣고 눈이 휘둥그레진 건 세키미즈뿐만이 아니었다. 세키미즈를 부축하던 이와이도 아연실색한 눈치였다.

"아까 했던 계산은 그것 때문이었어?"

"눈치 못 채셨어요? 어떻게든 10억을 채우지 않으면 이 녀석을 막을 수 없잖아요."

"괜찮겠어?"

괜찮을 리 없다. 유키가 획득한 4500만 엔은 빈곤한 학생인 그에게 꿈같은 큰돈이었다. 그 돈만 있으면 뭐든 할 수 있을 것 같은 생각마저 든다.

그렇지만 유키는 고개를 끄덕였다.

꿈같은 큰돈은, 그렇기 때문에 실감이 나질 않는다. 신기루라면 쉽게 놓아버릴 수 있겠지, 한번 사치를 부려보면 그 맛을 못 잊는다고들 한다. 하지만 유키는 아직 한 번도 사치를 부려본 적이 없었다.

유키는 드높은 천장을 올려다보며 외쳤다.

"이봐! 듣고 있지? 세키미즈의 보수가 10억이 되도록 내 보수를 나누어줘. 그 정도는 해주겠지? 이제 충분히 즐겼을 거 아냐?"

대답은 기대하지 않았다.

하지만 목소리가 울려 퍼졌다. 한마디뿐이었지만.

"처리하겠습니다."

유키는 오른손으로 손차양을 만들며 비틀비틀 구르듯 출구를 빠져나왔다. 상쾌함과는 거리가 먼, 찌는 듯한 여름 공기와 햇살이 그를 덮쳤다.

7일째. 2시 31분.

규정에 따라 암귀관 실험을 종료한다.

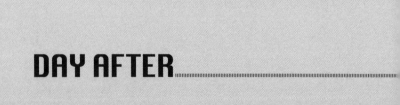

DAY AFTER

Day+3

후치 사와코에게 암귀관 실험은 악몽일 뿐이었다.

수상쩍은 규칙.

그것을 그다지 이상하게 생각하지 않는 참가자들.

줄줄이 늘어나는 시체.

그런 상황이 펼쳐지는데도 놀라지도 않고, 동정심을 잃어가는 자신의 모습.

모든 것이 악몽이었다.

악몽은 꿈이고, 꿈은 아무리 무서워도 잊힌다. 그 지하 공간에서 돌아오고 나서 사흘째. 후치는 벌써 그것은 공들인 장난이 아니었을까 하고 생각하기 시작했다.

니시노의 피는 케첩.

마키의 목에 꽂힌 화살은 마술.

오사코와 하코시마는 마네킹.

가마세와 와카나는, 그래, 뭔가 잘못 본 거야.

왜냐면 후치는 그들의 몸을 만져본 적이 없었기 때문이다. 전부 인위적으로 만든 것이고, 연기였다 해도 이상할 건 없다. 무엇보다 암귀관은 어두웠으니까. 여러모로 잘못 보기도 했겠지.

후치의 계좌로 돈이 입금될 것이다.

그 돈으로 밀린 임대료를 내고, 남편의 입원비를 정산하고, 하는 김에 가게도 오래되었으니 새 단장을 해야겠다.

식재료도 주문해놓았다. 내일이라도 다시 영업을 시작해야겠다.

우리 단골인 짙은 화장의 대학생…… 그래, 와카나라고 했던가. 그 아이도 또 도시락을 사러 와줄 거야.

후치 사와코.

보수 총액, 1769만 6000엔.

Day+4

안도 요시야에게 암귀관 실험은 굴욕 그 자체였다.

전반에는 누가 뭐라 해도 자신이 머리가 좋다는 게 확실했는데, 주변 상황은 그 경박한 하코시마, 남자인지 여자인지 모를, 주목받고 싶어 하는 녀석과 자신이 호각으로 겨루도록 몰아갔다.

하코시마가 죽은 건 안됐다고 생각했지만 이걸로 바보들도 정신을 차릴 거라고 생각했다. 그랬는데. 어찌할 수 없을 만큼 멍청한 와카나가 달려들었다. 보는 눈이 없었다면 죽여버렸을지도 모른다.

와카나가 죽고, 그제야 속이 시원해졌는데 이번에는 유키가 나서기 시작했다. 애초에 나도 다 생각했던 사실인데, 졸졸 쫓아다니며 빈틈을 노리더니 남의 추리를 전부 훔쳐 갔다.

그런 유키가 수상하다기에 세키미즈의 말을 들어줬는데. 녀석은 결국 타인의 호의를 이용하는 것밖에 재능이 없는 제일 저급한 종류의 인간이었다. 조금만 더 시간이 있었다면 분명히 녀석의 정체를 알아챘을 텐데.

내가 무슨 말만 하면 반박하기나 하고. 나한테 맡겼으면 피해자를 좀더 줄일 수 있었는데 결국 그렇게 되어버렸잖아. 안도는 스스로를 바보라고 생각했다. 바보들과 엮이다니, 이렇게 바보 같은 짓이 어디 있을까.

안도의 계좌로 입금된 금액은 그가 계산한 것보다 훨씬 적었다. 규칙에는 탐정이 된 사람은 3배의 보너스를 받는다고 적혀 있었는데 어떻게 된 일이냐 말이다. 사기다. 난 사기를 당한 거다.

안도는 분개하며 술을 마셨다. 술은 끝없이 들어갔다.

바보와 거짓말쟁이만 기세가 등등하고 나처럼 똑똑한 사람은 손해를 본다. 이런 말도 안 되는 일이 어디 있냐. 안도는 그렇게 소리쳤다.

안도 요시야

보수 총액, 442만 4000엔.

Day+5

이와이 소스케에게 암귀관 실험은 공포 그 자체였다.

그는 동서고금의 미스터리를 사랑했다. 그 사랑은 암귀관에서 나온 뒤에도 줄어드는 법이 없었다. 체험은 체험. 이야기는 이야기. 이와이는 그것을 구별하지 못할 정도로 책을 읽지 않은 것이 아니었다.

실제로 이와이는 암귀관에서 나온 지 이틀째 되던 날, 단골 중고 서점을 찾아 우연히 들어와 있던 진귀한 고서古書를 입수했다. 신간 체크도 게을리하지 않았다. 『두 개의 미소를 가진 여인』도 읽어야겠군. 그렇게 생각하며 구입 리스트에 추가해놓았다.

하지만.

이름 모를 군중들의 제일 앞줄에서 역으로 들어오는 전철을 기다리는 순간.

좁은 도로를 걸어가다, 문득 앞뒤에 사람이 없다는 것을 깨닫는 순간.

밤에 잠들기 전에.

아침에 잠에서 깨어난 뒤에.

이와이는 몸서리쳤다.

마키를 죽인 자신은 분명 누군가에게 살해당할 것이다. 그것이 인과이며, 세상의 이치다. 남은 건 그 순간이 빨리 오느냐 늦게 오느냐의 차이다. 언제까지 살아갈 수 있을지의 문제에 지나지 않는다.

마키의 유족에게 사죄하고 그의 무덤을 찾고 싶다. 하지만 분명 죽음조차 은폐되었을 것이다. 어찌할 방도가 없다. 전부 끝이다. 불현듯 찾아드는 공포는 오래가지는 않았지만, 떨쳐낼 수 없을 정도로 깊었다. 지금도 이와이는 공포에 사로잡혀 자신이 빨간 신호가 켜진 교차로에 걸음을 내디딘 사실을 눈치채지 못했다.

이와이 소스케.

보수 총액, 1759만 6800엔.

Day+6

스와나 쇼코에게 암귀관 실험은 결코 유익한 시간이 아니었다.

7일 만에 느끼는 태양과 바람 아래에서 유키라는 남자가 물었던 말을 떠올린다.

"스와나 씨……. 스와나 씨도 빚이 있다고 하셨죠."

자신은 뭐라 대답했던가.

유키는 품위와 예의를 갖춘 남자는 아니었지만, 스스로 그것을 파악하고 있었다. 주제 파악을 할 줄 아는 인간은 바람직하다. 매정하게 대하지는 않았을 것이다.

그는 이어서 이렇게 물었다.

"그럼 스와나 씨는 왜 돈을 더 벌려고 하지 않았던 거죠?"

어리석은 질문이라고 생각했다. 스와나는 자신이 웃음을 터뜨릴 뻔했었던 것을 기억하고 있었다.

이번 실험의 보수 체계는 스와나의 바람을 채워줄 수 없었다. 세키미즈라는 소녀는 분투했지만, 그런데도 10억을 채우지 못했다. 조금 더 공을 들이고 대담함을 갖췄다면 스와나도 그 몇 배는 벌었을 것이다. 아무리 스와나 가문이 자금을 필요로 한다 해도, 암귀관에서 얻을 수 있는 정도의 금액을 감당하지 못할 정도로 몰락하지는 않았다.

하지만 유키에게 그런 부분까지 설명할 이유는 없다. 뭐라고 짧게 말했을 텐데, 스와나는 그때 자신이 뭐라고 말했는지 기억나지 않았다.

이번 실험의 주최자는 명성을 잃었을 것이다.

이유가 있었다고는 해도 식사는 너무나 질이 떨어졌다. 건물 역시 구석구석까지 공을 들인 것처럼 보였지만, 곳곳에 허접스러운 부분이 존재했다. 욕실에 크리센트 잠금장치를 쓰다니 이 얼마나 품격 없고 세심하지 못하단 말인가. 실험에 규칙이 필요하다고는 해도, 그 역시 너무 노골적이라 참가자들에게 간파당하고 말았다. 투자 자금은 회수했을지도 모르지만 사업으로서의 매력은…….

명성은 신용이다. 그래서는 다음 개최는 힘들 테지.

한편으로 전혀 수확이 없었던 것도 아니었다.

가드라 불린 로봇은 상당한 고성능을 자랑했다. 몇 번인가 불러 내 동작을 확인했지만 문제는 없는 것 같았다. 겉모습은 조금 손을 봐야겠지만 도입할 가치는 충분하다. 이미 시범 운행을 검토하도 록 했다.

또한, 질이 높다고는 할 수 없지만 이번 실험에 참가함으로써 대 충 개최까지의 일련의 과정을 알아냈다. 준비 기간은 반년이면 충 분하겠지. 장소는 지하로 설정하면 불만이 나올지도 모른다. 좋은 실험을 주최하면 스와나 가문의 명성은 다시 높아질 것이다. 그리 고 본래 목적인 투자 자금 모집도 원활하게 진행될 것이다.

스와나 쇼코.

보수 총액, 1769만 6000엔.

Day+7

세키미즈 미야에게 암귀관 실험은 생존을 위한 장소였다.

착란 끝에 유키가 내뱉은 말에 의해 목표액을 채울 수 있다는 계산이 섰다. 유일한 두려움은 유키의 추리가 틀렸을 경우였다. 니시노의 죽음에 대한 그의 추리가 틀렸다면, 그의 보수 전부를 받는다 해도 필요한 금액에는 미치지 못한다. 보수 총액이 판명될 때까지는 고문과도 같은 시간을 보내야만 했다.

하지만 쓸데없는 걱정이었다. 입금액은 예정대로 확정되었다.

모든 것이 끝난 뒤, 세키미즈는 말없이 집을 나왔다.
한 자루의 나이프를 들고.

세키미즈 미야.

보수 총액, 10억 엔.

Day+7

차가 없으면 여자들에게 인기를 끌 수가 없다. 여자에게 인기가 없으면 학창 생활이 조금 쓸쓸해진다. 그렇게 생각한 끝에 유키 리쿠히코는 차를 사기로 했다. 차를 사기로 했으니 돈을 벌기로 했다.

돈을 벌어 그는 차를 샀다. 괜찮은 벌이였다.

다행히도 판매 가격 14만 엔에 꽤 상태도 좋고 나름대로 세련된 중고차를 찾았다. 비용을 지불하고, 옵션으로 CD 체인저를 달고, 새로 계약한 주차장 보증금과 한 달 치 주차비를 지불하고 나니 아르바이트 급료가 전부 사라졌다. 차를 사기 위한 아르바이트였다. 그걸로 족했다.

짙은 녹색의 2인승 자동차. 출고된 차 앞에서 유키는 기쁨에 차 있었다. 번호판이 노란색이 아니라 흰색이었다면 더욱 좋았겠지만.✤ 뭐, 그건 지금의 한계였다. 너무 신경을 쓰면 오히려 여자들은 싫어할지도 모른다.

자, 유키는 차를 바라보며 생각에 잠겼다. 먼저 어디부터 갈까. 조수석에 여자를 태우는 건 나중 일로 미뤄두고, 일단 오늘은 시범 운전부터 해야겠다. 목적지를 여러 군데 떠올리고 있는데, 빨간 오토바이가 이쪽을 향해 달려왔다. 우편배달 오토바이였다.

우편배달부는 익숙한 손놀림으로 차례차례 우편함 안에 우편물을 넣었다. 그 모습을 멍하니 지켜보던 유키는 자신의 우편함에 우편물이 들어가는 것을 보았다.

유키는 우편배달부가 일을 마치고 떠나기를 기다렸다. 어차피 광고지겠지. 그렇게 생각하며 그는 우편함을 열었다. 받는 사람은 유키 리쿠히코. 자신의 이름이 틀림없었다.

하얗고 두툼한 봉투.

보내는 사람의 이름이 깨끗한 글씨로 적혀 있었다. 스와나 쇼코.

✤ 노란색 번호판은 경차, 흰색 번호판은 소형차 이상의 자동차를 의미한다.

명경정明鏡庭 실험에 초대합니다.

유키 리쿠히코 님 전 상서.

이 무더운 여름, 유키 님은 무탈히 지내고 계신가요.

지난번 암귀관 실험에서는 신세를 졌습니다. 유키 님의 활약은 무척이나 훌륭했습니다.

이번에 저희 스와나 가문에서도 슬슬 본격적인 실험을 주최하게 되었습니다.

그래서 그 전 단계로, 시범적인 실험을 실시하려 합니다.

그 모니터 요원으로, 유키 님을 참가자로서 초대합니다.

장소는 임시로 '명경정'이라 이름 붙였습니다. 암귀관과 달리 널찍하고 아름다운 곳입니다. 분명 마음에 드시리라 생각합니다.

그럼 나중에 참가 의사 확인을 위해 사람을 보내겠습니다. 바쁘신 줄은 알지만, 부디 긍정적으로 검토해주십사 부탁드립니다.

그럼 이만 줄이겠습니다.

스와나 쇼코.

유키 리쿠히코.

보수 총액, 33만 500엔.

본격 미스터리를 넘어서

2001년 가도카와학원소설대상 『빙과』로 데뷔한 요네자와 호노부는 '고전부' 시리즈, '소시민' 시리즈 등, 일상의 리얼리티가 강조된 '일상'을 무대로 '사람이 죽지 않는' 수수께끼를 그리는 일상계 청춘 미스터리의 기수로 인지도를 높여왔다. 그런 그가 2007년 발표한 『인사이트 밀』은 그때까지의 작품과 달리, (신)본격 미스터리 요소를 철저히 추구했다는 점에서 이색작으로 비칠 수도 있을 것이다.

하지만 데뷔 초부터 요네자와는 각종 인터뷰나 대담에서 (신)본격 미스터리의 영향을 짙게 받았음을 고백해왔다. 그가 존경하는 일상 미스터리의 대가 기타무라 가오루가 '본격원리주의자'라 불리듯 말이다. 애초에 (신)본격 미스터리를 보고 자란 세대가 일상 미스터리를 쓰게 된 이유를 단순히 취향의 변화라거나, 역량의 차이에서 찾을 수만은 없을 것이다. 1987년 아야쓰지 유키토의 『십각관의 살인』을 신호탄으로, 하나의 무브먼트가 된 신본격이란 장르가 등장한 배경에 1950년대 후반 이후 일본 미스터리계를 풍미했지만 결국은 형해화된 사회파 미스터리에 대한 비판이 내재되어 있듯, 일상 미스터리의 대두 역시 한계에 봉착한 (신)본격 미스터리의 상황과 맞닿아 있다. 『인사이트 밀』에서 (신)본격 미스터리와 일상 미스터리가 접속하는 지점을 알기 위해서는, 먼저 1980년대 후반부터 2000년대 초반에 이르는 일본 미스터리의 변천과 그 과정에서 나타난 '후기 퀸 문제'라는 담론을 간략하게 살펴볼 필요가 있다.

"나에게 있어 추리소설이란 단지 지적인 놀이의 하나일 뿐이야. 소설이라는 형식을 사용한 독자 대 명탐정, 독자 대 작가의 자극적인 논리 게임, 그 이상도 이하도 아니야. 그러므로 한때 일본을 풍미했던 '사회파'식의 리얼리즘은 이젠 고리타분해. 원룸 아파트에서 아가씨가 살해된다. 형사는 발이 닳도록 용의자를 추적한다, 드디어 형사는 아가씨의 회사 상사를 체포한다, 이런 식의 이야기는 좀 그만두었으면 좋겠어. 뇌물과 정계의 내막과 현대사회의 왜곡이 낳은 비극 따위는 이제 보기도 싫어. 시대착오라고 할지 모르겠지만 역시 미스터리에 걸맞은 것은 명탐정, 대저택, 괴이한 사람들, 피비린내 나는 참극, 불가능 범죄의 실현, 깜짝 놀랄 트릭…… 이런 가공의 이야기가 좋아. 요컨대 그 세계 속에서 즐길 수 있으면 그만이라는 거지. 단, 지적으로 말씀이야."(『십각관의 살인』, 아야쓰지 유키토 지음, 양억관 옮김, 한스미디어 펴냄)

『십각관의 살인』에서 등장인물 엘러리가 늘어놓는 이 대사는 신본격이란 장르의 정체성을 명확하게 말해주고 있다. 수수께끼의 논리적 해결이라는 중심축에, 미스터리의 황금기라 불리는 20세기 초 영미권의 본격 미스터리에서 따온 '클로즈드 서클', '명탐정', '불가능 범죄', '기발한 트릭' 등 본격 코드를 철저히 추구한, 작가와 독자와의 공정한 지적 대결을 다시 한번 재현하려는 신본격의 시도는 아야쓰지 유키토를 비롯, 아리스가와 아리스, 아비코 다케마루, 노리즈키 린타로 등 걸출한 작가들에 의해 큰 성공을 거두었지만, 그에 대한 비판은 늘 따라붙었다. 신본격의 선구자로 불려도 과언이 아닌 시마다 소지는 『본격 미스터리 선언 Ⅱ』에서 신본격 작가들의 성취를 평가하면서도, 1. 스토리 전개의 기본을 의도적으로 도식화하고, 2. 등장인물을 필요한 대사를 읊는 로봇처럼 조형함으로써, 3. 결과적으로 소설의 드라마성은 퇴색되고 '본격 퍼즐'이라는 설계도대로 움직이는 정밀 기계가 된다고 지적했다. 요컨대 게임성을 중시한 나머지 소설로서의 리얼리티가 결여되어 있다는 것이다.

이러한 비판과 더불어, 신본격 미스터리의 기세가 주춤하고, 근

대의 이성중심주의에 대항해 탈중심화를 제창한 포스트모던 사상
이 대중화된 1990년대 중반 노리즈키 린타로와 가사이 기요시가
제기한 '후기 퀸 문제'는 본격 미스터리라는 장르를 더욱더 궁지로
몰아넣었다. 노리즈키는 '초기 퀸론'에서 어떠한 형식 체계도 그 체
계가 무모순적인 한, 그 체계 안에서 주어진 공리와 규칙들만으로
는 그 일관성을 증명할 수 없다는 괴델의 불완전성 원리에 기초한
가라타니 고진의 '형식화' 논의를 참조하여, 본격 미스터리 장르를
닫힌 형식 체계로 간주한다. 애초에 본격 미스터리 작품의 전제는
'작중에서 제시된 정보를 통해 수수께끼를 해결할 수 있다'는 것이
다. 그래야만 탐정은 추리를 통해 유일한 진실에 도달할 수 있기 때
문이다. 하지만 괴델의 불완전성 원리를 미스터리 장르에 적용한다
면, 작중에서 제시된 정보만으로 수수께끼를 해결할 수 있는 본격
미스터리란 성립할 수 없게 된다.

후기 퀸 문제에 대한 논의는 다양하게 전개되었지만, 평론가 모
로오카 다쿠마는 그 근본적인 문제로 '탐정은 자신을 둘러싼 세계
가 완결되어 있다는 걸 알 수 없다'라는 명제를 들고 있다*. 메타
레벨에서 책을 읽는 독자는 이 세계가 완결되어 있으며, 진상에 도

＊ 모로오카 다쿠마, 『현대 본격 미스터리 연구』, 2010, 홋카이도대학출판회 펴냄, pp.16-
17

달하기까지 필요한 단서가 제시되어 있다는 사실을 인지하고 있지만, 작중 인물인 탐정은 그렇지 못하기 때문에 늘 새로운 단서의 출현을 염두에 두어야만 하고, 그 결과 거의 모든 단서의 진위 여부는 결정 불가능한 상태에 놓이게 된다**. 여기서 유명한 '가짜 단서' 문제가 발생한다. 작중에서 살해당한 피해자가 다잉 메시지로 범인의 이니셜을 남겼다고 해보자. 피해자는 오른손잡이였지만, 다잉 메시지는 피해자의 왼쪽에 남겨져 있었다. 다잉 메시지란 단서는 진범이 다른 사람을 범인으로 몰아가기 위해 남긴 것일 수도 있다. 또한 이러한 '논리적'인 추리를 역이용하여 자신을 용의선상에서 제외하기 위해 일부러 자신의 이니셜을 남겼을 수도 있다. 이처럼 '단서'를 둘러싼 무한한 해석 가능성을 탐정은 논리적으로 부정할 수 없다. '가능성을 하나씩 제거해나간 뒤 마지막으로 남는 것이 유일무이한 진실이다'라는 소거법적 추리가 불가능해지는 것이다.

이른바 '탐정의 패배'라고도 불리는, 미스터리의 근간을 뒤흔드는 이러한 위기 상황에서 벗어나기 위해 작가들은 다양한 방법을 모색하였는데, 평론가인 가사이 기요시는 그중 하나로 일상계 미스터리의 추구를 들고 있다. 미스터리의 무대를 현실성이 담보된 '일

** 이러한 관점에서 보면, 본격 미스터리의 논리성을 보증하는 것으로 여겨진, 작중에서 해결에 필요한 모든 단서가 제시되었음을 명시하는 '독자에의 도전'은 오히려 미스터리의 불완전성을 방증한다고 할 수 있을 것이다.

상생활'로 옮김으로써 무한히 퍼져나갈 수 있는 탐정의 추리를 제한하는 방법이라 할 수 있다.

　다소 이야기가 길어졌지만, 이처럼 지극히 논리적이고 정합적으로 보이는 미스터리란 장르는 곳곳에서 난관에 부딪쳐왔다. 요네자와 호노부는 미스터리의 장르적 특성과 그로 인해 발생하는 한계에 지극히 의식적인 작가이다. 예를 들어, 2006년 잡지 《미스터리 매거진》에서 '현대 본격의 행방'이라는 제목으로 열린 기타야마 다케쿠니, 쓰지무라 미즈키, 가사이 기요시와의 좌담회에서 그러한 자각은 다음과 같은 발언으로 표현된다.

　평범한 주인공이 탐정이라는 역할을 부여받고, 아직 실력은 부족하지만 이야기가 진행됨에 따라 그 역할에 대한 자각과 실력을 획득하는 빌둥스로만(성장소설) 같은 것도 엔터테인먼트로서 해나가면서, 전혀 다른, 그야말로 퍼즐적인 것, 수수께끼와 그 논리적 해결 구조를 추구하고 싶다.

　후기 퀸 문제에서 제기된 '탐정의 패배' 혹은 '탐정의 죽음', 요네자와는 그러한 난관을 극복하기 위해 탐정이 추리를 성공시키더라도 사태는 전혀 달라지지 않은 상황을 그림으로써, 완벽하지 않은 탐정, 혹은 성장하는 탐정을 제시한다. 미스터리의 한계를 자각함과 동시에 그를 극복하기 위한 방법론적 추구는 본격 미스터리를 추구한 『인사이트 밀』에서 한층 현저히 드러난다.

아야쓰지 유키토의 '관' 시리즈를 연상시키는 '암귀관'이라는 폐쇄 공간에 갇힌 열두 명의 참가자들이 벌이는 살인 게임. 유명한 본격 미스터리를 출전으로 삼은 다양한 살인 무기들과 열두 개의 인디언 인형, 녹스의 '십계' 등, 암귀관 곳곳에 배치된 미스터리적 요소들. 그리고 작위적이고 악의적인 상황을 설계한, 미스터리 마니아 '호스트'. 이러한 설정들은 (신)본격 미스터리에 대한 오마주인 동시에 서두에 명시되어 있듯, 부조리하고 비윤리적인 (신)본격 미스터리라는 장르 자체를 상대화하는 메타 미스터리라고도 할 수 있을 것이다. 또한 2000년대라는 시대적 배경을 고려한다면, 〈배틀 로얄〉로 대표되는 서바이벌 게임 장르의 특성까지 반영되었다 할 수 있으리라. 예를 들어 『인사이트 밀』의 설정은 당시 인기를 끌었던 〈극한추리 콜로세움〉이나 『라이어 게임』과 여러 면에서 공통점을 가진다. (2010년 발매된 게임 〈단간론파〉도 이 계보에 위치한다 할 수 있으리라.)

하지만 앞서 언급한 것처럼, 신본격 미스터리의 대두, 후기 퀸 문제의 제기, 대안으로서의 일상 미스터리라는 장르적 흐름을 생각해볼 때, 『인사이트 밀』에서 나타난 '본격' 코드의 과잉을 단순한 오마주나 안티테제, 혹은 동시대적 유행의 반영이라고만 볼 수는 없다. 『인사이트 밀』은 후기 퀸 문제가 제기한 진실의 확정 불가능성을 전제로, 이를 극복하기 위해 살인 게임이라는 설정을 도입했다. 작중에서는 이 게임을 규칙이 정해진 상황에서 인간의 행동을 관찰하려는 목적으로 시행되는 '인문과학적 실험'이라 설명하는데, 작품 외적으로는 본격 미스터리가 품은 다양한 모순에 도전하는 작가적 '실험'이라 봐도 무방할 것이다. 작중의 실험에는 각종 세세한 규칙이 설정되어 있으며, 실험의 무대인 암귀관의 설정 역시 문이 닫히지 않는다거나, 주어진 '무기'를 제외하고는 흉기로 쓸 수 있는 물건은 처음부터 구비되어 있지 않는 등 참가자들의 행동을 제약하고 있다. 이처럼 작위적으로 보이는 설정은 한없이 뻗어나갈 수 있는 추리를 제한시키는 역할을 한다.

또한 '해결'에 대한 규칙의 세부사항을 보면 알 수 있듯, 이 실험의 추리−해결은 반드시 '하나뿐인 진실에 도달하는 것'을 상정하지 않는다. 다수결로 이루어지는 범인 판정은 '진실'이란 단 하나의 완전무결한 것이 아니라, '분위기'를 읽는 것, 즉 공동의 합의에 의해 도출되는 것임을 시사한다는 점에서, 후기 퀸 문제에 대한 작가 나름의 응답이라 할 수 있다. 유일무이한 진실을 상대화하는 시도는, '신처럼 진실을 제시하고 절대적인 판단을 내리는 탐정의 존재'를 약체화시킨다. 작중에서 유키는 단서와 '실험'의 규칙을 바탕으로 니시노가 게임의 시작을 위해 투입된 '폭탄'이며 그가 자살했다는 것을 논리적으로 증명하지만, 그것은 오히려 참가자들의 불안을 부채질하는 결과를 불러일으켜 유키는 '추리'의 성공에도 불구하고 감옥에 갇히게 된다. (여기서 '추리' 능력으로 인해 트라우마가 생긴 '소시민' 시리즈의 주인공 고바토를 연상하는 독자도 있을 것이다.)

결국 유키는 감옥에서 '분위기 파악 못 하는' 미스터리 마니아 이와이와 함께 추리를 전개한다*. '취미', 미스터리에 탐닉하며 '살인 게임'이 벌어지는 와중에도 어딘지 모르게 태평한 태도를 유지하던 유우키가 '살인 게임'을 기획한 '호스트'와 '클럽'에 대한 분노를 드러내며 그를 망치기 위해 분투하는 모습은 요네자와 특유의 '주인공'이 '성장'하는 장면이라 할 수 있을 것이다. 하지만 유키가 추리를 성공시켜 범인의 동기와 정체를 알아낸 뒤에도, 충족되는 건 독자의 호기심뿐이며, 작중 세계에서 달라지는 건 없다. 그가 자신의 '보너스'를 희생해 세키미즈의 목숨을 지켜낸 것도 결국은 헛수고였음을 '해결' 이후의 결말은 독자에게 제시하고 있다.

✢ 명민한 독자라면 범인의 트릭이 후기 퀸 문제와 관련되어 있다는 사실을 알아챘으리라. 사람을 해칠 수 있는 방법이 지급된 '흉기'를 이용하는 것밖에 없는 상황에서, 살인의 방법은 곧 범인을 말해주는 것이나 마찬가지다. 범인, 세키미즈는 자신의 흉기를 감추기 위해 메모랜덤을 위조하고, 이 '가짜 단서'를 통해 세키미즈는 일단 용의선상에서 벗어난다.

이러한 결말의 씁쓸함은 범인의 목적이 '시급'으로 표현되는 돈이라는 사실과 관련이 있다. 사람을 죽여야 할 '동기'가 '돈'이라는 설정, 그리고 범인 역시 절박한 상황에 처해 있었다는 사정은 독자의 사고를 동시대의 현실—장기 불황에 빠진 2000년대 초반의 일본 사회와 그 대안으로서 대두한 신자유주의 개혁과 고용 불안, 사회의 양극화, '생존'을 위해 무한 경쟁을 강요당하는 사회의 분위기—과 접속시킨다. 사건은 종결되었지만 달라진 것은 아무것도 없으며, 스와나의 편지를 통해 돈이라는 목적하에 살인 게임, '실험'이 계속될 것을 암시하는 결말의 묘한 리얼리티는, '살인'을 '지적 게임'으로 즐길 수 있는가, 란 위화감을 야기하는 동시에 (신)본격의 약점으로 지적되었던 '동기'의 비현실성을 보완한다고도 할 수 있다.

이처럼 『인사이트 밀』은 본격 미스터리 형식의 집요한 반복을 통해 차이를 낳음으로써, 본격 미스터리의 한계에 도전한 작품이다. 이러한 작가적 실험은 『인사이트 밀』 이후로 『추상오단장』, 『부러진 용골』, 최근에는 『흑뢰성』에 이르기까지 계속되고 있다. 본격 미스터리에 대한 애정을 바탕으로 장르가 쌓아온 자산을 최대한 활용하면서, 그 한계에 도전함으로써 장르를 풍요롭게 만드는 작가의 열린 자세에 미스터리 독자의 한 사람으로서 경의를 표할 뿐이다.

최고은(번역가)

해설 참고 문헌

가사이 기요시, 『탐정소설론Ⅱ 허공의 나선』, 1998, 도쿄소겐샤

노리즈키 린타로, 『명탐정은 왜 시대에서 도망칠 수 없는가』, 2007, 고단샤

모로오카 다쿠마, 『현대 본격 미스터리 연구』, 2010, 홋카이도대학 출판회

겐카이켄 엮음, 『21세기 탐정소설』, 2012, 난운도

《유리이카》, 2007년 4월, 세이도샤

옮긴이 최고은

도쿄대학교 대학원 총합문화연구과에서 석사 학위를 받았고, 현재 동 대학원 박사 과정에서 일본 전후 문학을 중심으로 공부하면서 전문 번역가로도 활동하고 있다. 옮긴 책으로 아이바 히데오의 『비틀거리는 소』, 노리즈키 린타로의 『노리즈키 린타로의 모험』, 『킹을 찾아라』, 무라타 사야카의 『소멸세계』, 기리노 나쓰오의 『천사에게 버림받은 밤』, 히가시노 게이고의 『옛날에 내가 죽은 집』, 요네자와 호노부의 『부러진 용골』, 미카미 엔의 『비블리아 고서당 사건수첩』, 요코야마 히데오의 『64』, 이사카 고타로의 『서브머린』 등 다수가 있다.

인사이트 밀

초판 발행 2022년 9월 30일

지은이 요네자와 호노부 | **옮긴이** 최고은

책임편집 지혜림 | **편집** 임지호 김유진 | **디자인** 이효진
저작권 박지영 형소진 이영은 김하림
마케팅 정민호 이숙재 박치우 한민아 이민경 박지영 안남영 김수현 정경주
브랜딩 함유지 함근아 김희숙 박민재 박진희 정승민
제작 강신은 김동욱 임현식 | **제작처** 상지사

펴낸곳 (주)문학동네 | **펴낸이** 김소영
출판등록 1993년 10월 22일 제2003-000045호

주소 10881 경기도 파주시 회동길 210
문의 031-955-1901(편집) 031-955-3578(마케팅) 031-955-8855(팩스)
전자우편 editor@elmys.co.kr | **홈페이지** www.elmys.co.kr

ISBN 978-89-546-8853-6 03830

엘릭시르는 출판그룹 문학동네의 장르문학 브랜드입니다.

잘못된 책은 구입하신 서점에서 교환해드립니다.
기타 교환 문의 031) 955-2661, 3580